비바, 제인

비바, 제인

개브리얼 제빈

엄일녀 옮김

문학동네

YOUNG JANE YOUNG
by Gabrielle Zevin

Copyright ⓒ Gabrielle Zevin, 2017
Korean Translation Copyright ⓒ MUNHAKDONGNE Publishing Corp., 2018

This Korean edition is published by arrangement with Sterling Lord Literistic, Inc.
through Danny Hong Agency, Seoul.
All Rights Reserved.

이 책의 한국어판 저작권은 대니홍 에이전시를 통해
Sterling Lord Literistic, Inc.와 독점 계약한 (주)문학동네에 있습니다.
저작권법에 의해 한국 내에서 보호를 받는 저작물이므로
무단 전재 및 무단 복제를 금합니다.

이 도서의 국립중앙도서관 출판예정도서목록(CIP)은
서지정보유통지원시스템 홈페이지(http://seoji.nl.go.kr)와
국가자료종합목록 구축시스템(http://kolis-net.nl.go.kr)에서 이용하실 수 있습니다.
(CIP제어번호: CIP2018023924)

내가 알지
못하는 이 내 손들
그런데 있었던 것 같아
나 같은 여자가 한때 손이
이 같았던

애들레이드 크랩시, 〈경악〉

차례

일러두기
1. 각주는 모두 옮긴이주이다.
2. 본문 중 기울임체나 고딕체는 원문에서 이탤릭이나 대문자로 강조된 부분이다.

제1장

할머니들의 속설

레이철

Rachel

하나

　내 절친한 친구 로즈 호로위츠는 온라인 미팅 사이트를 통해 새 남편을 만났다. 로즈는 나보다 세 살 위고 이십 킬로그램쯤 더 나가며 전반적으로 곱게 잘 늙었다는 소리는 못 듣는 편이므로, 비록 내가 인터넷은 되도록 하지 않는다는 주의지만 그래도 한 번 해볼까 하는 생각이 들었다. 로즈의 전 남편은 결장암으로 죽었고, 그녀는 행복하게 살 자격이 있다. 그렇다고 그 새 남편이란 자가 특별한 구석이 있다는 건 아니다. 이름은 토니, 예전에 뉴저지에서 자동차 유리 쪽 일을 했던 사람이다. 하지만 로즈는 토니를 매끈하게 차려입혀 블루밍데일 백화점에 데려가더니 셔츠 몇 장을 새로 장만시켰고, 이제는 상공회의소 문화센터에서 이런저런 강좌를 함께 듣고 있다. 스페인어 회화, 볼룸 댄스, 연인을 위한 마사지, 비누와 양초 만들기. 나는 딱히 남편 생각은 없다. 남편들은 손이 많이 간다. 그렇다고 여생을 홀로 보낼 생각도 없다. 내 말은, 강좌를 같이 들을 정도의 사람만 있으면 좋겠다는 뜻이다. 온라인 미팅은 젊은 사람들이나 하는 거라고 생각했는데, 로즈 왈, 아니란다. "아니 그게 맞는다고 쳐도, 레이철, 넌 앞으로 살 날 중에 지금이 제일 젊잖아."

그래서 나는 로즈한테 뭔가 조언할 게 없냐고 물었고, 그녀는 현재 모습보다 더 어려 보이는 사진은 올리지 말라고 충고했다. 인터넷에서는 다들 거짓말을 하지만, 아이러니하게도 인터넷에서 하는 가장 나쁜 짓이 거짓말이란다. 그래서 내가 말했다. "로즈, 그게 실제 삶하고 도대체 뭐가 다른데?"

내가 만난 첫번째 남자는 이름이 해럴드였다. 나는 농담으로 원래 이름이 그러냐고, 나한테는 노친네 이름으로 들린다고 했다. 그러자 해럴드는 정색하고 발끈했다. "〈해럴드와 자주색 크레파스〉라는 동화 몰라요? 거기서 해럴드는 꼬마라고요, 레이철." 어쨌든 그 데이트는 꽝났다.

두번째 남자는 앤드루였고, 손톱이 지저분해서 사람이 좋은지 나쁜지는 아예 눈에 들어오지도 않았다. 심지어 나는, 오이 거볼트,[1] 그 손톱 때문에 정신 산란해서 흑설탕 버터 크레페를 먹지도 못했다. 아니 그러니까, 이 남자는 도대체 데이트에 나오기 전에 뭘 한 거야? 정원 가꾸기 대회에 나갔었나? 지난번에 데이트한 여자를 파묻고 왔나? 앤드루가 말했다. "레이철 셔피로, 당신은 새 모이 쪼듯 먹는군요!" 나는 크레페를 싸갈까도 생각했지만, 안 그러는 편이 낫겠다고 결론을 내렸다. 크레페는 오래가지 않는다. 다시 데우면 달걀 냄새가 나고 흐물흐물해져서, 억지로 먹는다고 해도 원래 맛이 어땠는지, 그 맛있던 게 이렇게 되다니, 하는 생각만 자꾸 나서 비참할 뿐이다.

몇 주 후 앤드루는 내게 전화를 걸어 다시 만날 생각이 있는지

1 oy gevalt. 놀라움과 어이없음을 표하는 이디시어.

물었고, 나는 고맙지만 사양하겠다고 얼른 답했다. 그는 이유를 물었다. 나는 지저분한 손톱에 대해 말하고 싶지 않았다. 쩨쩨한 문제처럼 보여서였다. 사실 쩨쩨한 문제 맞을 것이다. 전 남편은 손톱에 대해 세심한 편이었는데도 인간 쓰레기로 판명됐다. 어떻게 말해야 하나 고민하는 사이 앤드루가 말했다. "아니, 답은 이미 나와 있었네요. 괜히 지어낼 거 없어요."

내가 말했다. "솔직히 우린 케미가 부족한 것 같아요. 그리고 우리 나이에," 나는 예순넷이다. "시간 낭비는 의미가 없잖아요."

그가 말했다. "뭐 알고 있겠지만, 당신이 올린 사진은 실제보다 십 년은 어려 보입디다." 작별의 일격이었다.

모욕당한 자의 앙심이라는 건 알지만 그래도 혹시나 해서 로즈한테 그 사진을 보여줬다. 내 딴엔 최근 사진이라고 생각했는데 곰곰 헤아려보니 부시 행정부 집권 2기 말쯤 찍은 것이었다. 로즈는 정말로 사진이 어려 보이긴 하지만 나름대로 봐줄 만하며, 그렇게 어이없을 정도는 아니라고 했다. 만약 제대로 된 레스토랑의 제대로 된 조명 아래서 찍으면 이 사진과 똑같은 나이대로 보일 거라고 했다. 나는 블랑슈 뒤부아[2]가 램프에 스카프 씌우는 소리처럼 들린다고 대꾸했다. 결국 로즈가 우리집 발코니에서 휴대폰으로 내 사진을 몇 장 찍어주는 것으로 그 일은 일단락됐다.

세번째 남자는 루이스였고, 그는 무척 근사한 티타늄 테 안경

2 테네시 윌리엄스의 희곡 「욕망이라는 이름의 전차」의 여주인공. 과거의 영화에 집착하여 밝은 빛에 노출된 현실을 외면하려 한다.

을 썼다. 나는 그가 곧바로 마음에 들긴 했는데, 그의 첫마디가 "와, 사진보다 실물이 더 예쁘시네요"였다. 그 바보 같은 사진 소동에서 내가 너무 극에서 극으로 달렸나 싶었다. 루이스는 마이애미 대학에서 유대계 미국문학을 가르치는 교수였고, 고관절이 말썽을 부리기 전까지 마라톤을 뛰었는데, 이제는 하프 마라톤을 뛴다고 했다. 그는 내게 운동을 하냐고 물었고 나는 네, 어르신들에게 필라테스를 가르치니까요, 당연히 하죠, 굴근 좀 봐드릴까요? 하고 말했다. 그는 그럼 좋죠, 그랬나, 하여간 그 비슷한 대답을 했다. 다음으로 우리는 머리는 텅 비고 몸만 좋은 사람들이 아니라는 것을 입증하기 위해 책에 관한 담소를 나눴다. 나는 필립 로스를 좋아한다, 비록 나 같은 이력과 나 같은 나이대의 여자한테는 클리셰겠지만, 하고 말했다. 그는 말했다. 아니다, 필립 로스는 훌륭하다. 내가 예전에 필립 로스에 관한 대중 강연을 한 적이 있는데, 거기에 필립 로스가 와서 맨 앞줄(!)에 앉았다. 필립 로스는 강연 내내 자리를 지켰고, 이따금 고개를 끄덕거렸으며, 긴 다리를 꼬았다 풀었다 꼬았다 했고, 강연이 끝나자 한마디 말도 없이 자리를 떴다.

"강연이 마음에 들었대요?" 내가 물었다. "아님 기분이 상했대요?"

루이스는 그걸 어찌 알겠냐며, 자기 생애 최대 미스터리 중 하나일 거라고 했다.

내가 말했다. "필립 로스 다리가 길어요?"

그가 말했다. "내 다리만큼은 아니죠, 레이철."

색기 어린 농담이 나쁘지 않다.

그러더니 루이스가 내게 아이가 있냐고 물었다. 나는 딸이 하나 있다고, 이름은 아비바라고 했다. 그는 아비바, 히브리어로 봄 철 또는 순진무구함을 뜻하죠, 라고 말했다. 나는 알고 있다고, 그래서 전 남편과 내가 그 이름을 고른 거라고 말했다. 그는 아비바라는 이름의 사람을 많이는 모르지만, 흔한 이름은 아니고, 레빈 하원의원과 말썽이 난 그 아가씨는 안다고 말했다. 그 어이없는 짓거리 기억나요?

"글쎄요." 나는 말했다.

그는 이랬다. "사우스 플로리다의 악재이자 유대인들의 악재이자 정치인들의 악재였고, 이런 말이 가능한지 모르겠지만 인류 문명 전체에 대한 악재였죠."

그는 이랬다. "진짜로 생각 안 나요? 2001년에 맨날 지역 뉴스에 나왔는데, 9/11이 터지고 다들 그 여자에 관해 싹 잊어버렸지만."

그는 이랬다. "그 여자애 성이 뭔지 생각나면 좋겠는데. 정말 몰라요? 아니, 레이철, 그 여자애는 완전 모니카 르윈스키[1]였어요. 그 여자애는 하원의원이 유부남이라는 걸 알면서도 유혹했죠. 내 보기에 그 여자앤 권력과 스포트라이트를 향해 달려든 거예요. 아니면 정서적으로 불안정하거나. 행실이 단정치 못하고 몸매는 좀 많이 풍만하지만 얼굴이 예쁘장한 그런 여자들 있잖아요. 그

1 미국 백악관에서 인턴으로 근무하던 중 빌 클린턴 당시 대통령과 성 스캔들로 유명해진 여자.

래서 자기가 대단한 사람이나 되는 줄 알고 레빈 같은 남자를 꾀려고 했던 거죠. 나는 그런 사람들한테는 영 동정심이 안 생겨요. 아니 근데 그 여자애 성이 뭐였더라?"

그는 이랬다. "진짜 수치였어요. 레빈은 입지가 탄탄한 하원의원이었거든요. 파칵테,[1] 그 여자애만 아니었다면 레빈은 첫번째 유대계 대통령이 될 수도 있었는데."

그는 이랬다. "누가 제일 안됐다는 생각이 들었냐면요, 그 여자애 부모요."

그는 이랬다. "그 아가씨가 어떻게 됐는지 궁금하네. 아니 그러니까, 누가 그 아가씨를 고용하겠어요? 누가 그 아가씨랑 결혼하겠어요?"

그는 이랬다. "그로스먼! 아비바 그로스먼! 맞아!"

그리고 내가 이랬다. "맞네."

나는 화장실에 간다고 실례한다며 자리를 잠깐 떴고, 돌아와서는 직원에게 남은 빠에야를 싸달라고 말했다. 빠에야는 무척 맛있었고 일인분치곤 굉장히 양이 많았다. 사프란을 지나치게 아끼는 식당도 더러 있지만 이곳 라감바는 그렇지 않다. 빠에야는 전자레인지로 데우면 안 되고, 가스불에 올려 데우면 아주 맛있다. 나는 각자 밥값을 내자고 했고, 루이스는 자신이 다 낼 생각이었다고 말했다. 그러나 나는 더치페이를 고집했다. 나는 다시 만날 의향이 있을 때만 남자에게 밥값을 내게 한다. 로즈는 그게 페미니즘이거나 페미니즘의 정반대라고 하지만, 나는 그냥 그게

1 farkakte. 분노, 울분을 표하는 이디시어 욕설.

매너라고 생각한다.

우리는 주차장까지 걸어갔고, 루이스가 말했다. "아까 무슨 일이 있었나요? 내가 뭘 잘못 말했습니까? 잘 되어가고 있는 줄 알았는데 갑자기 틀어져서."

내가 말했다. "그냥 당신이 마음에 들지 않네." 그리고 나는 내차에 탔다.

둘

나는 해변의 침실 세 개짜리 콘도에 산다. 바닷소리가 들리고, 하나하나 내 취향이 아닌 게 없다. 그게 혼자살이의 가장 좋은 점이다. 밖에서 대부분의 시간을 보내는 의사와 결혼하더라도 남자는 인테리어에 자신의 의견을 내세우고 싶어한다. 그리고 그의 의견이란 이런 식이다. '침대는 좀더 남성적인 편이 좋은데' 그리고 '절대 암막커튼으로 해야 해, 당신도 내 스케줄이 어떤지 알잖아' 그리고 '물론 예쁘긴 하지, 하지만 금방 더러워지지 않을까?' 지금 나의 집 소파는 흰색이고, 커튼도 흰색, 이불도 흰색, 조리대도 흰색, 내 옷도 흰색, 모든 게 다 흰색인데, 천만에, 더러워지지 않는다, 난 무척 조심스럽거든. 이 콘도는 시장이 거의 바닥을 칠 때 샀고—내가 딴건 몰라도 부동산 운은 항상 좋다—구입가의 세 배로 뛰었다. 팔아서 한몫 잡을 수도 있겠지만, 솔직히 팔고 어디로 가겠는가? 어디 좋은 데 있으면 추천 좀 해주길!

결혼하고 아비바가 어렸을 때는 시내 반대편에 있는 포리스트그린 컨트리클럽의 토스카나풍 단독주택에 살았다. 포리스트그린 컨트리클럽은 외부인 출입이 제한된 주택단지였다. 더이상 거기 살지 않아서 하는 말인데, 나는 출입을 통제하는 그 철문이 늘 마음에 걸렸다. 보카러톤[1]에 살면서 누굴 못 들어오게 막는답시고 철문을 지키는 걸까? 어쨌거나 포리스트그린 사람들은 밤낮 도둑을 맞았다. 철문과 담이 도둑을 끌어들이는 것 같았다. 철문을 세워라, 그러면 사람들은 그 안에 뭔가 지킬 만한 것이 있다고 생각할 것이다. 그래도 포리스트그린에서 로즈를 만났고, 한동안 그녀는 나의 가장 친한 친구였음을 말해두련다. 우리가 레빈 부부를 만난 곳도 그곳이다. 레빈 부부는 아비바가 고등학교 1학년 때, 즉 애가 열네 살 때 이사 왔다.

처음 봤을 때 에런 레빈은 별 볼 일 없는 주 상원의원이었다. 돈을 버는 쪽은 그의 아내 엠베스였다. 그녀는 사우스 플로리다 병원 그룹 소속 변호사로 일했다. 로즈가 에런에게 붙인 별명은 '유대계 슈퍼맨', 줄여서 '유퍼맨'이었다. 아닌 게 아니라 그는 정말 그렇게 보였다. 190쯤 되는 키에 뉴발란스 운동화를 신었고, 검은색 곱슬머리에 청록색 눈에다, 크고 상냥한 웃음을 맹하게 지었다. 그 남자는 드레스셔츠도 잘 어울렸다. 아나폴리스에서 해군에 복무했고, 그 사실을 과시하듯 어깨가 떡 벌어졌다. 로즈와 나보다 몇 살 아래였지만, 로즈가 우리 둘 중 한 사람이 그를 꼬셔서 자봐야겠다는 농담도 못 할 정도로 어리진 않았다.

그의 아내 엠베스는 언제나 불행해 보였다. 허리 위쪽은 가냘 팠지만 그 아래쪽은 튼실했다. 굵은 종아리와 두툼한 엉덩이, 불룩한 무릎. 갈색 곱슬머리를 금발 보브 스타일 생머리로 유지하

---

1 플로리다 주 팜비치 카운티 남단의 부유한 동네. 인구의 대부분이 유대인이고 범죄율이 아주 낮다.

려면 얼마나 고달플까. 로즈는 이렇게 말하곤 했다. "이런 습한 날씨에, 오이 베이 이즈 미어,[1] 저 머리 모양을 유지하는 건 그야 말로 미친 짓이지."

분명히 말해두는데, 나는 엠베스와 친해지려고 노력했지만 그녀 쪽에서 관심이 없었다. (나한테만 그런 게 아니었다, 로즈도 노력했으니까.) 마이크와 나는 레빈 부부를 두 번 집으로 초대해 저녁을 같이 먹었다. 첫번째 식사 때 나는 비프 브리스킷[2]을 만들었는데 하루종일이 걸렸다. 에어컨을 최대로 틀고 도나 카란 민소매 드레스를 입고서도 한증탕에 있는 것처럼 땀을 뻘뻘 흘렸다. 두번째 때는 메이플 시럽을 바른 연어를 내놨다. 간단하니까. 십오 분 동안 양념장에 재우고 오븐에서 삼십 분이면 끝이었다. 엠베스는 절대 답례하는 법이 없었다. 그 정도면 알아봐야지. 그러다 아비바가 고등학교 2학년이 됐을 때 에런 레빈은 하원의원 선거에 나갔고, 그들은 마이애미로 이사했다. 나는 두 번 다시 그들을 만날 일은 없을 거라 생각했다. 살면서 수많은 이웃들을 만나지만 로즈 호로위츠 같은 사람은 거의 없다.

그러나 내가 그날 온종일 곱씹고 있던 사람은 로즈가 아니라 레빈 부부였고, 전화벨이 울릴 때도 여전히 그 사람들을 생각하던 중이었다. 공립학교 역사 선생한테 온 전화였는데, 나보고 에스터 셔피로의 딸이 맞냐고 물었다. 선생은 우리 엄마한테 연락

---

1 oy vey iz mir. 놀라움과 안타까움을 표하는 이디시어.
2 소고기 양지 부위를 덩어리째 오븐에서 여러 시간에 걸쳐 천천히 익히는 요리.

하려 애쓰는 중이었고, 홀로코스트 희생자 추모의 날에 강연자로 모시고 싶은데 엄마가 전화도 안 받고 문자에도 답을 안 한다고 했다. 나는 엄마가 육 개월 전쯤 뇌졸중으로 쓰러져 상태가 몹시 좋지 않다고 얘기했다. 그러므로, 못 간다. 에스터 셔피로는 홀로코스트 희생자 추모의 날에 참석하지 못한다. 올해는 다른 생존자를 찾아보시라.

역사 선생이 우는소리로—사람 참 성가신데다 물러터졌다—생존자 찾기가 이곳 보카러톤에서조차 갈수록 어려워진다고 했다. 인구의 대략 92퍼센트가 유대인이고, 이스라엘 본진을 빼면 지구상에서 가장 유대색이 강한 곳이 아니냐. 자기가 이십 년 전에 처음 추모의 날을 시작했을 때는 쉬웠는데, 지금은 남은 사람이 누가 있느냐고. 암을 극복하고 살아남기도 하고, 홀로코스트에서 살아남기도 하지만, 결국 생은 언제나 삶을 거둬간다.

그날 오후, 나는 요양원에 있는 엄마를 보러 갔다. 요양원에서는 학교 구내식당과 죽음이 결합된 냄새가 난다. 엄마의 한 손은 축 늘어졌고 얼굴은 왼쪽 반이 무너졌다. 아니, 돌려 말할 건 뭐람? 딱 봐도 뇌졸중 환자 같다.

나는 그 물러터진 학교 선생이 엄마에 관해 물었다고 얘기했고, 엄마는 뭔가 말하려 했지만 자음 없는 모음으로만 흘러나왔으며, 아마도 내가 나쁜 딸이겠지만 하나도 못 알아들었다. 나는 제법 즐거운 데이트를 즐기다가 상대 남자가 뜬금없이 아비바를 비방하는 바람에 잡쳤다고 얘기했다. 엄마는 뜻 모를 표정을 지었다. 나는 아비바가 보고 싶다고 얘기했다. 엄마가 대꾸할 수 없다는 걸 아니까 하는 얘기다.

요양원을 막 나서려는데 엄마의 여동생 미미 이모가 도착했다. 이모는 내가 아는 사람들 중 가장 즐겁고 행복한 사람이지만 늘 미더운 건 아니다. 이렇게 말하는 건 불공평할지도 모르겠다. 이모가 미덥지 못하다기보다, 내가 전반적으로 행복한 사람들이나 행복을 못 믿어서일 것이다. 미미 이모는 그 크고 넉넉한 날개로 나를 감쌌다. (어릴 때 오빠와 나는 그런 팔을 하다사[1]의 팔이라고 불렀다.) 이모는 엄마가 아비바에 관해 물었다고 말했다.

"엄마가 정확히 뭐라고 했는데, 이모?" 엄마는 한마디도 못한다.

"걔 이름을 불렀어. 아-비-바라고." 미미 이모가 우겼다.

"세 음절을 전부 다? 설마. 게다가 엄마가 하는 말은 몽땅 '아비바'처럼 들린다고요."

이모는 이제 슬슬 엄마의 여든다섯번째 생일파티 계획도 세워야 하니 옥신각신은 그만하자고 했다. 이모는 여기에서 홈 파티로 할지(요양원도 집이라면 집이니까), 아니면 나들이를 가도 될만큼 엄마 상태가 좋아질지 잘 모르겠단다. 분명 이모는 다른 데서 파티를 여는 게 좋다고 생각한다. 어딘가 좀더 그럴싸한 곳—보카러톤 미술관이나 미즈너 공원에 있는 그 근사한 브런치 카페라든가 우리집이라든가. "너네 집 아주 멋지잖니." 미미 이모가 말했다.

---

1 하다사는 뉴욕에 설립된 유대 여성 자선단체로, 회원은 거의 나이 지긋한 여성들이다. '하다사의 팔'은 나이든 여성의 늘어진 팔뚝살을 뜻하는 차별적 은어.

내가 말했다. "이모, 엄마가 파티를 열고 싶어한다고 생각해?"

이모가 말했다. "너네 엄마보다 더 파티를 좋아하는 사람은 지구상에 없다."

내가 말하는 엄마와 이모가 말하는 엄마가 동일인물인지 궁금하다. 전에 나는 엄마에게 아빠랑 행복하냐고 물은 적이 있다. "네 아빠가 돈은 잘 벌어다줬지. 너와 네 오빠한테도 잘했고. 행복?" 엄마가 말했다. "그건 뭐에 쓰는 건데?" 요는, 백만번째 드는 생각이지만, 여동생으로서 겪는 것과 딸로서 겪는 건 천지차이다.

내가 말했다. "이모, 지금이 정말 파티하기 적당한 때일까?"

미미 이모는 이런 구제불능은 난생 처음 본다는 눈길로 나를 쳐다봤다. "레이철 셔피로, 파티하기 적당하지 않은 때가 어딨니?"

셋

우리의 결혼생활이 결딴나기 전의 일인데, 남편과 나는 아비바와 저녁을 먹으러 마이애미 대학까지 차를 몰고 갔다. 아비바는 우리에게 전할 소식이 있다고 했다. 남들보다 몇 학기 더 다닌 끝에, 드디어, 아비바는 전공을 결정했다. 스페인 문학과 정치학.

마이크는 그거 굉장하다고 감탄했다. 남편은 아비바에 관한 일이라면 늘 너무 물렀다. 뭐에 쓰는 물건인지 알 수 없는 그딴 학위를 갖고 도대체 뭘 할 계획이냐고 캐물어야 하는 사람은 나였다. 나는 내 딸이 캥거루처럼 부모 집에 얹혀사는 모습이 눈에 선했다.

아비바가 말했다. "정치를 할 거예요." 스페인 문학은, 이 지역 선거에서 이기는 사람들은 다들 스페인어가 유창하기 때문이라고 설명했다. 정치학이야 자명한 거고.

"정치는 더러운 일이야." 마이크가 말했다.

"나도 알아요, 아빠." 아비바는 제 아빠의 뺨에 뽀뽀하며 말했다. 그러더니 레빈 하원의원과 여전히 연락이 되냐고 물었다. 우리가 레빈 부부와 한동네에 산 건 오래전 일이지만, 마이크는 일년 전쯤 의원 어머니의 심장수술을 집도했다. 아비바는 제 아빠의 인맥을 활용해서 말단이나 인턴 자리를 얻어보려는 것이었다.

마이크는 내일 하원의원에게 전화해보마 했고, 실제로 연락했다. 아비바에 관한 일이라면 마이크는 믿음직스러움 그 이상이었다. 애는 아빠 딸이었다. '유대계 미국 공주'란 용어가 기분 나쁘긴 해도 맞는 말인 걸 어쩌랴. 어쨌든 마이크는 레빈에게 말했고, 레빈은 마이크에게 자기 사무소에서 일하는 누군가의 이름을 알려줬고, 아비바는 하원의원 사무소에 나가게 됐다.

그 당시 나는 보카러톤 유대인 학교에서 교감으로 일하고 있었다. 보카러톤 유대인 학교는 유치원부터 고등학교까지 있는 사립학교였다. 나는 십 년 동안 교감직에 있었고, 그해 가을에 아비바를 만나러 마이애미에 자주 가지 못한 이유 중 하나는 내 상관이자 우리 학교 교장 피셔 씨가 고3 여자애와 정사를 치르다 걸렸기 때문이었다. 여자애는 열여덟 살 성인이었지만, 그래도…… 성인 남자이자 교육자라면 제 고추를 바지 속에 갈무리해두는 법을 알아야 한다. 일라이 피셔는 어리석게도 자기 직위를 지키려고 마음먹었고, 내가 이사회에서 자신을 두둔해주길 바랐다. "나를 알잖아요." 피셔의 말이었다. "제발, 레이철."

나는 그를 아주 잘 알았고, 그런 고로 이사회에 피셔가 즉각 파면돼야 한다고 말했다. 그리고 이사회에서 후임자를 물색하는 동안 내가 교장을 맡게 됐다. 교장직에 오른 최초의 여성이었다. 그런 구분이 의미가 있는진 몰라도.

피셔가 짐을 싸러 교장실에 돌아왔을 때, 나는 그에게 블랙 앤드 화이트 쿠키를 갖다주었다. 화해의 선물 겸 이삿짐은 잘 싸고 있나 구경하려는 핑계였다. 나는 그가 장차 내 사무실이 될 공간에서 어서 나가주었으면 싶었다. 피셔는 흰색 유산지 포장을 열어보더니 원반 던지듯 쿠키를 내 머리를 향해 던졌다. "이 배신자유다!" 그가 소리쳤다. 나는 간발의 차이로 휙 피했다. 쿠키는 킹스 베이커리 제품으로, 직경은 십오 센티미터, 경도는 거의 프티푸르[1] 급이었다. 멍청한 녀석.

추수감사절 무렵 아비바를 만났는데 애가 살은 좀 빠졌지만 그것만 빼면 밝은 표정에 즐거운 모습이었고, 그래서 난 인턴 일이 도움이 되나보다고 생각할 수밖에 없었다. 애가 천직을 찾은 것 같았다. 어쩌면 정치가 딸아이의 소명일지도. 나는 훗날 아비바가 무슨 공직에 취임하는 식장에서 빨강, 하양, 파랑이 어우러진 에르메스 실크 손수건으로 눈물을 찍어내는 내 모습을 그리며 즐거운 상상에 젖었다. 아비바는 어릴 때부터 늘 머리 좋고 활력 넘치는 아이였고, 그게 종종 햇빛처럼 온갖 방향으로 뻗치거나 바닥에 떨어진 구슬 주머니처럼 사방으로 튀었다. 하지만 젊음이란 게 원래 그렇지 않나? 나는 아비바에게 물었다. "그 의원하고 일하는 건 재밌니?"

아비바는 웃음을 터뜨렸다. "사실 그 사람하고 직접적으로 같이 일하는 건 아니에요."

"그럼 넌 뭘 하는데?"

"따분한 얘기예요."

"엄마한텐 아니지! 네 첫 직업인데!"

[1] 식후 커피나 차와 함께 먹는 작은 케이크나 비스킷.

"돈 받고 일하는 것도 아닌걸. 그러니까 제대로 된 직업이라곤 할 수 없지."

"그래도, 궁금하잖니." 내가 말했다. "얘기해봐, 우리 딸. 넌 무슨 일을 해?"

"베이글을 사다날라요." 아비바가 말했다.

"그래, 또 딴건?"

"문구점에 심부름 가고."

"그럼 넌 뭘 배우고 있는 거야?"

"양면복사하는 법. 커피 내리는 법."

"아비바, 그러지 말고, 로즈 아줌마한테 들려줄 만한 괜찮은 얘기 하나만 내놔봐."

"내가 로즈 아줌마한테 들려줄 얘깃거리나 만들자고 취업한 게 아니잖아."

"그 하원의원에 대한 거라도."

"엄마." 아비바는 성깔 있게 말했다. "할 얘기가 없대두. 의원님은 워싱턴 D.C.에 있고, 난 거의 선거사무소 직원들하고 일하는 걸. 처음부터 끝까지 선거자금 모으는 일이고, 다들 후원금 모금을 지긋지긋해하지만, 본인들이 하는 일에 신념이 있고 또 의원님을 신뢰하니까 그걸로 괜찮다고 난 생각해."

"그래서, 넌 그 일을 좋아해?"

아비바는 깊이 숨을 들이마셨다. "엄마," 애가 말했다. "나 사랑에 빠졌어."

순간 나는 그게 일에 관한 얘기인 줄 알았다. 애가 정치와 사랑에 빠졌다는 줄 알았다가, 이내 그게 아님을 깨달았다.

"좀 이르긴 하지만," 아비바가 말했다. "그 사람을 사랑하는 것 같아. 사랑해."

"누군데?" 내가 물었다.

아이는 고개를 흔들었다. "잘생겼어. 유대인이고. 별로 자세히 얘기하고 싶진 않아."

"학교에서 만났니?"

"별로 얘기하고 싶지 않다고요."

"좋아, 그럼 한 가지만 묻자. 그 사람도 널 사랑하니?"

아비바는 귀엽게 얼굴을 붉혔고, 어릴 때 열이 펄펄 날 때처럼 발그레해졌다. "아마도."

숨기는 게 있었다. 애가 숨기는 게 뭔지 명백했는데도, 거기까진 생각이 미치지 못했다. 애는 겨우 스무 살이었고, 그냥 애기였고, 착한 딸이었다. 우리 아비바가 그렇게 지저분한 일에 연루될 줄은 꿈에도 생각지 못했다. 나는 애를 믿었다.

"몇 살인데?" 내가 물었다. 내가 생각할 수 있는 최악의 경우는 남자의 나이가 많다는 것 정도였다.

"많아." 애가 말했다.

"얼마나 많은데?"

"아빠보단 안 많아."

"흠, 그건 다행이네." 내가 말했다.

"엄마, 그 사람 유부남이야." 아비바가 말했다.

오 주여, 나는 속으로 생각했다.

"하지만 불행하대." 아비바가 말했다.

"사랑하는 우리 딸, 이건 엄마가 아무리 엄중히 경고해도 결코 지나치지 않아. 절대 타인의 결혼생활에는 끼어드는 거 아니야."

"나도 알아." 애가 말했다. "안다고요."

"아는 애가 왜 그래? 죽으나 사나 너한테 남는 건 평판뿐이야." 아비바는 울음을 터뜨렸다. "그래서 엄마한테 이렇게 얘기하고 있잖아. 나도 지금 너무 수치스럽다고."

"끝내야 해, 아비바. 그건 안 될 일이야."

"나도 알아."

"안다는 소리 좀 그만해! 알면 뭐하니? 실천을 해야지. 아무 일도 없었던 거야. 엄마 말곤 아무도 모르잖니."

"알았어, 엄마. 끝낼게. 아빠한텐 비밀로 해줘요, 응?"

하누카[1] 나흘째인가 닷새째 저녁에 나는 아비바가 그 유부남을 찾는지 확인하려고 마이애미까지 차를 끌고 갔다. 마음이 편치 않아서 아비바의 기숙사에 가져갈 선물에 너무 힘을 줬다. 전기식 메노라[2]와 금화 모양 초콜릿 한 자루, 블루밍데일 백화점에서 산 세수수건(이니셜 자수를 새겨넣어서 개당 7달러씩 줬다), 킹스 베이커리의 블랙 앤드 화이트 쿠키 두 개. 이건 아비바가 어릴 때 가장 좋아하는 과자여서 샀다.

"그래서 어떻게 됐어?" 내가 말했다.

1 11월 혹은 12월에 여드레간 치르는 유대교 축일.
2 하누카 의식에 사용되는 여러 갈래의 가지가 있는 큰 촛대.

"엄마, 그쪽 결혼생활은 완전히 끝났어. 하지만 지금 당장은 아내와 헤어질 수가 없대. 적절한 때가 아니래."

"오, 아비바. 그건 유부남들이 맨날 하는 소리잖니. 그 남자는 절대 아내와 헤어지지 않을 거야. 평생."

"아냐," 아비바가 말했다. "그 사람은 진심이야. 다만 지금 당장 결혼을 못 깨는 타당한 이유가 있어."

"그래, 그 이유가 뭔데?"

"말 못해요."

"왜? 그 '타당한 이유'라는 것 좀 들어보자."

"엄마."

"자세한 내용도 모르고 내가 너한테 어떻게 조언을 해주니?"

"이유를 알면 그가 누군지 아실 거예요." 아비바가 말했다.

"모를 수도 있지."

"아실걸요."

"그건 그렇다고 치자. 그래서 누군지 알면 뭐가 달라지는데? 내가 누구한테 떠벌리고 다닐 것도 아니고. 네 일에 관해서라면 엄마는 은행금고야."

"그 이유는……" 아비바는 잠시 말을 끊었다. "그 이유는, 그 사람이 지금 한창 재선 캠페인 중이니까."

"오 주여, 제발 끝내라, 아비바. 반드시 끝내야만 해. 그 사람 아내를 봐서—"

"그 아줌마는 끔찍해." 아비바가 말했다. "엄마도 맨날 그렇게 말했잖아."

"그럼 그 집 애들을 봐서라도. 지역 유권자들을 봐서, 그 남자한테 표를 준 사람들을 봐서. 그 남자의 커리어를 생각해서. 네 자신의 커리어도 생각해야지! 네 평판은 또 어떻고! 그걸로도 모자란다면, 네 아빠와 이 엄마와 네 외할머니를 봐서라도!"

"드라마 주인공처럼 호들갑 좀 떨지 말아요. 절대 들키지 않을 거야. 그 사람이 이혼할 수 있게 될 때까지 우린 비밀을 엄수할 거라고요." 아비바가 말했다.

"제발, 아비바, 엄마 말 좀 들어봐. 넌 그 관계를 끝내야 해. 못 끝내겠다면, 그 남자가 이혼할 때까지 냉각기를 가져. 그게 진짜 사랑이라면 내년까진 지속되겠지."

아비바는 생각에 잠긴 듯 고개를 끄덕였고, 나는 애가 말귀를 잘 알아들은 줄 알았다. 아비바는 내 뺨에 입을 맞추며 말했다. "걱정 마세요. 조심할게요." 자식이 사이비 종교에 빠지면 이런 기분일 거다.

그날 밤 나는 한숨도 못 잤다. 이튿날에는 병가를 냈다. 평생 안 하던 짓이었다. 평생 아파본 적이 없으니까. 당시 나는 마흔여덟이었지만, 내 자신의 어머니를 찾아가 조언을 구했다.

"엄마, 아비바한테 문제가 생겼어요." 나는 우리 엄마에게 상황을 자세히 얘기했다.

"아비바는 똑똑한 애야." 엄마가 마침내 입을 열었다. "다만 아직 철이 없고, 자신이 뭘 모르는지를 몰라. 레빈의 아내한테 가봐. 너와는 이미 안면이 있으니까 뭔가 건수를 만들어 만나자고 해. 그 아내 되는 사람이 하원의원을 잘 타일러 정신을 차리게 하겠지."

"하지만 그러면 난 아비바의 신뢰를 저버리고 고자질하는 셈이잖아요?"

"단기적으로 보면 애가 상처를 입겠지, 하지만 일시적 상처이고, 아이 본인을 위해서야."

"아비바한테 미리 말해야 할까?" 내가 물었다.

"그건 네가 알아서 할 일이지만, 나라면 말하지 않겠어. 아비바는 사리분별을 못할 거야. 너와 같은 시각에서 일을 바라보지 못할 거고, 이러나저러나 배신은 배신이니, 애는 분명 널 배신자로볼 거다. 네가 말만 안 하면 십중팔구 네가 고자질했다는 걸 평생모르겠지만."

마이크와 결혼식을 올리기 직전에 나는 엄마와 함께 웨딩 슈즈를 사러 갔다. 처음엔 굳이 이런 것까지 사야 하나 했던 기억이 난다. 꼭 하얀 구두를 신어야 하나? 하지만 그때 모조 다이아몬드로 뒤덮인 8센티미터짜리 스틸레토 힐이 내 눈에 들어왔다. "엄마, 저 근사한 것 좀 봐." 내가 말했다.

"에이." 엄마가 말했다.

"왜? 멋지잖아."

"예쁘긴 하지. 하지만 네 웨딩드레스는 바닥까지 내려오잖니. 뭘 신었는지 보이지도 않을 거다. 편한 게 낫지 않을까."

"하지만 드레스 밑에 저게 있다는 걸 내가 알잖아." 내가 말했다.

엄마는 특유의 부루퉁한 표정을 지었다.

"245예요." 나는 직원에게 말했다.

구두를 신어보고 나서, 나는 발 아픈 건 참을 만하다고 단정지었다.

"각선미가 끝내주게 나오죠." 판매직원의 말이었다.

"누가 네 다리를 본다고." 엄마가 말했다. "걸을 수나 있겠니?"

나는 걸었다.

"어린애처럼 아장아장 걷는구나. 후들거리는 것 같은데." 엄마가 말했다.

"신데렐라가 된 기분이야." 내가 말했다. "난 이거 사야겠어요."

"하나쯤 장만해둘 만하죠." 판매직원이 말했다.

엄마는 들으란 듯 콧방귀를 뀌었다.

"평생 간직하게 되실 겁니다." 판매직원이 말했다.

"평생 신발장에 처박혀 있겠지." 엄마가 말했다. "두 번 다시 신을 일은 없을 거다."

"이런 구두를 갖고 계시면 신고 갈 만한 곳이 생기게 마련이죠." 직원이 말했다.

"엄마가 안 사줘도 돼." 나는 엄마에게 말하고 내 신용카드를 계산대에 내려놨다.

차 안에서 엄마가 말을 꺼냈다. "레이철―"

"구두 얘긴 이제 그만해. 끝. 이미 사버렸잖아."

"아니, 그게 아니라. 내가 왜 그렇게 그 구두를 못마땅해했는지 모르겠구나. 네가 좋으면 사야지. 그보다 내가 하고 싶었던 말은―" 엄마는 말을 끊을 듯하더니 다시 이었다. "그 사람하고 결혼하지 않아도 괜찮아."

"뭐?"

"그게, 그러니까 엄마 말은, 그 사람하고 결혼해도 되지만 안 해도 상관없다는 거지." 엄마는 이 말을 아무렇지도 않게, 마치 저녁으로 샌드위치든 수프든 상관없다고 말하는 것처럼 툭 던졌다.

"엄마 지금 그이가 마음에 안 든다는 말이야?" 내가 물었다.

"아니, 그 사람은 좋아. 괜찮아." 엄마가 말했다. "다만 곰곰 생각하다보니까, 결혼식을 취소하는 것도 강행하는 것만큼이나 별 거 아니라는 걸 너한테 얘기해주고 싶었어."

"그건 또 뭔 소리래?"

"요는, 관성이 있다는 거지. 이왕 시작했으니까 쭉 밀고 나간다는 관성 같은 게 분명히 있어. 히틀러를 봐라, 레이철."

우리 엄마가 히틀러보다 더 경멸하는 인간은 세상에 존재하지 않았다. 히틀러를 들먹이는 일은 매우 드물었고, 일단 그가 등장했다는 건 엄마가 이 상황을 몹시 위중하게 여긴다는 뜻이었다. "엄마가 무슨 말을 하려는 건지 모르겠어."

"어쩌면 어느 순간엔가 그 자식도 '최종 해결'[1]에 의구심을 가졌을지도 모르지. 아닐 수도 있어, 자기성찰로 유명한 놈은 아니니까. 그래도 모르는 거잖니. 유대인이 백만 명 또는 이백만 명쯤 죽었을 때, 놈의 병든 자아가 남몰래 이렇게 생각했을 수도 있지. '이제 됐어. 이런 식으론 아무것도 해결되지 않아. 오히려 문제가

1 나치의 유대인 말살 계획.

더 늘어나잖아! 왜 그게 좋은 아이디어라고 생각했는지 모르겠군.' 하지만 이미 공은 굴러가기 시작했고, 그래서……"

"엄마 진짜 마이크를 히틀러에 비교하는 거야?"

"아니, 이 비유에서는 네가 히틀러지. 네 결혼식이 최종 해결이고, 나는 방관하지 않으려는 선한 독일인."

"엄마!"

"그렇게 곧이곧대로 받아들이지 말고. 그냥 예를 든 거야. 사람들은 흔히 주장을 강조할 때 예시를 하잖아."

"엄마는 아니지! 엄마는 안 그래. 더군다나 히틀러로는!"

"진정해, 레이철."

"왜 그런 얘길 하는 거야? 마이크에 관해 뭐 들은 거 있어?" 자기는 행복이 뭔지도 모른다는 여자가 이런 얘기를 하는 것이다, 나 원. 어디서 그 얘기가 나온 건지 나는 감도 오지 않았다.

"내가 뭘 들었다고 그러니." 엄마가 말했다.

"엄마가 꼭 뭔가 아는 사람처럼 굴잖아."

"아는 거 없다." 엄마는 가방에서 프랑스산 레몬 드롭스 통을 꺼냈다. 우리 엄마는 사탕 없이 못 산다.

"먹을래?"

"됐어."

엄마는 어깨를 한 번 으쓱하고는 사탕 통을 도로 가방에 넣었다. "난 아는 거 없다." 엄마는 거듭 말했다. "하지만 네가 그 사람의 온전한 관심을 항상 받지는 못할 거라는 예감이 들어."

나는 손이 덜덜 떨렸다. "마이크가 또 어디에 관심을 갖는데?"

"나도 모르지. 하지만 넌 자유의지를 가진 여성이고, 우리 딸, 몇 가지 선택지가 있어. 넌 그 구두를 샀지만, 결혼식 말고 오페라에 신고 갈 수도 있는 거지. 오페라 극장에서 신으면 아주 근사할 거야. 내가 그 구두 얘기를 꺼내는 건 이번이 마지막이다." 엄마는 나를 보고 싱긋 웃으며 내 허벅지를 가볍게 토닥였다. "구두 진짜 예뻐."

나는 그 구두를 신고 내 결혼식에 갔고, 시너고그[1]에서 나오는 길에 발목을 접질러 피로연 내내 절룩이고 다녔다. 춤은 하나도 못 췄다.

우리 엄마 말은 늘 피가 되고 살이 됐다.

1 집회와 예배 장소로 쓰이는 유대교 회당.

넷

나는 엠베스 레빈의 자동응답기에 두서없고 장황한 메시지를 남겼다. "엠베스, 전에 한동네 살던 레이철 그로스먼인데요." 그땐 아직 레이철 그로스먼이었다. "포리스트그린 컨트리클럽이었죠, 프린스턴 드라이브에 있는. 보카러톤, 플로리다, 지구별에 있는. 하하하! 하여간, 당신하고 애들 생각이 나서," 오 주여, 이렇게 말하지 말란 법은 없잖아요. "애들 어렸을 때처럼 만나서 같이 점심이나 하면서 서로 어떻게 지내는지 안부도 묻고 옛날 얘기도 하고 그럼 어떨까 해서요."

일주일이 지났고, 엠베스에게서 답신은 없었다. 사실 뭐하러 연락하겠는가? 그녀는 내가 만든 비프 브리스킷을 먹었고, 내가 만든 연어도 먹었지만, 우린 친구도 뭣도 아니었다. 나는 엠베스의 직장으로 전화를 걸기로 했다. 그녀의 비서가 기다리라고 했다. 통화 대기음은 쓰리 테너스 크리스마스 앨범[2]이었고, 비서가 다시 전화를 받을 때까지 최소 두 가지 버전의 〈아베 마리아〉를 하염없이 듣고 앉아 있었던 기억이 난다. "지금 회의중이시라서요."

---

2   세계 3대 테너라 불리는 파바로티, 도밍고, 카레라스가 함께 부른 크리스마스 콘서트 녹음 음반.

비서가 말했다.

"진짜로 회의중이에요?" 내가 물었다.

"당연하죠." 비서가 말했다.

엠베스에게 그 일에 관해 익명의 편지를 보내는 게 최선이 아닐까 하는 생각도 들었다. 하지만 그녀 혼자 그 편지를 볼 거라고, 비서 또는 조심성이라곤 없는 누가 중간에 열어보지 않을 거라고 어떻게 장담할 수 있겠는가?

팜비치에 있는 엠베스의 회사까지 직접 차를 몰고 가볼까, 거기까진 사십 분 걸리는데, 고민하던 차에 엠베스가 전화를 걸어왔다.

"여보세요, 레이철, 전화 받고 깜짝 놀랐어요. 잘 지내요? 마이크 선생님은요? 알리샤도 잘 있죠?"

평소라면 그런 실수를 모욕으로 받아들였겠지만(한동네 살았으면서! 아비바의 바트 미츠바[1] 때도 와놓고!) 그때는 엠베스가 아비바의 이름도 제대로 기억하지 못한다는 사실에 안도했다. 그녀가 이 일에 관해 알 리가 없다는 뜻이니까. "아비바는 잘 있어요." 내가 말했다. "지금 그쪽 하원의원 선거사무소에서 인턴으로 근무하는데."

"그건 몰랐어요. 잘됐네요."

"네."

이보다 더 말하기 좋은 때는 없었다.

하지만 전화로 한 여자의 결혼생활을 망칠 수는 없었다.

1 유대교에서 12세 여자아이들이 올리는 성인식.

"같이 점심이나 할래요?" 내가 말했다.

"오, 레이첼, 나도 그럴 수 있으면 좋겠어요! 하지만 회사 일도 산더미고, 남편의 재선 캠페인 때문에 정신 못 차리게 바빠서요."

"잠깐이면 되는데, 아니면 차라도 한잔."

"빨라야 올여름에나 가능할걸요." 엠베스가 말했다.

얼굴을 볼 핑계를 개발해내야 했다, 그녀가 여름까지 미룰 수 없는 것으로. 아비바가 선거운동과 돈에 관해 했던 얘기가 떠올랐다. 돈이야, 나는 생각했다.

"아니, 그냥 안부나 묻자고 전화한 건 아니고요. 기금 모금 행사를 논의해볼 수 있지 않을까 해서요. 들으셨는지 모르겠지만 내가 얼마 전에 보카러톤 유대인 학교 교장이 됐는데, 난 항상 우리 학생들에게 유대인 리더를 접할 기회를 마련해주고자 하거든요. 그래서, 내 생각에는, 우리 학교 주관으로 하원의원과의 만남 행사를 유료 강연 형식으로 개최하면 좋지 않을까요? 우리 학생들은 하원의원을 만나게 되고, 학부모님들을 초청할 수도 있고, 한번 진짜로 해보죠. 우리와 하원의원 양측 모두에 윈윈이잖아요. 보카러톤 유대인 학교가 유대인 리더와의 만남을 주선한다, 같이 의논해볼 만한 사항 아닌가요?"

엠베스는 웃음을 터뜨렸다. "사육사들이 날 내보내줄 때는 선거운동 관련일 때뿐이죠." 겸연쩍은 말투였다. "다음주 화요일 점심 어때요?"

나는 그 자리를 위해 로먼즈 아울렛에서 새 정장을 한 벌 샀다. 황금색 단추와 흰색 테두리 장식이 달린 세인트 존 블랙이었다.

대폭 할인된 상품이었고―사우스 플로리다에서 입기엔 원단이 좀 두꺼웠다―대충 사이즈도 맞았다.

로먼즈의 피팅룸은 공용이었고, 그 말은 곧 다른 사람들이 내가 시착한 옷을 평가한다는 뜻이다.

"그거 입으니 아주 멋져 보이는구먼." 나이 지긋한 여자가(지금의 나보다는 어리지만) 브래지어와 속옷, 알이 두툼한 터키석 목걸이만 걸친 채 내게 말했다. "아주 늘씬하네."

"사실 내 스타일은 아닌데." 내가 말했다. "그 목걸이 마음에 드네요."

"뉴멕시코의 타오스에 있는 아들녀석 집에 갔을 때 받았지." 여자가 말했다.

"거기 참 좋다고들 하던데요."

"사막인걸. 사막을 좋아한다면 거기도 괜찮지."

나는 팔을 휘둘러보았다. 갑옷을 입은 기분이었다.

"딱 당신 거네." 나이 지긋한 여자가 말했다.

나는 거울에 비친 내 모습을 보았다. 정장 차림의 여자는 촌스럽고 근엄해 보였다, 마치 교도소 여간수처럼. 전혀 나 같지 않았지만, 그게 딱 내가 추구하던 바였다.

내가 레스토랑에 도착했을 때, 엠베스는 정확한 직책명은 기억나지 않지만 하여간 레빈 하원의원의 기금 모금 책임자인가 뭔가 하는 사람과 함께 나와 있었다. 그의 이름은 호르헤였고, 무척 괜찮은 사람 같았지만, 나는 포크로 그를 푹 찔러버리고 싶었다. 성가시게 다른 사람을 데려오다니! 나는 팔자에도 없는 기금 모금 행사에 관해 얘기하는 척해야 했다. 고통스러운 점심시간 사십오 분을 보낸 뒤, 엠베스는 가봐야 하니까 자기 없이 호르헤와 둘이서 계속 모금 행사를 기획해보라고 했다. "즐거운 시간이었어요, 레이철. 나를 사무실에서 해방시켜줘서 고마워요."

"이렇게 금방?" 내가 말했다.

"나중에 또 봐요." 엠베스는 나중에 또 보지 말자는 투로 말했다.

나는 자리를 뜨는 엠베스를 멍하니 쳐다보다가, 그녀가 안내 데스크를 돌아나갈 때 일어나서 말했다. "호르헤 씨."

"네." 호르헤가 말했다.

"실례합니다. 잠시 여자 화장실에 가야겠어요!" 쓸데없이 구체적으로 말했다는 건 알지만, 나의 진짜 목적을 들키고 싶지 않았다.

"어, 제게 허락을 구하실 필요는 없는데요." 그는 대수롭지 않게 말했다.

나는 신중히 계산된 보폭으로 화장실을 향해 걷다가, 안내 데스크를 지나 호르헤의 시야를 벗어나자마자 냅다 주차장으로 달렸다. 엠베스는 아직 차 쪽으로 걸어가는 중이었다. 주여, 감사합니다! 나는 뛰어가며 미친년처럼 그녀의 이름을 불러댔다. "엠베스! 엠베스!"

아스팔트가 너무 뜨거워 거의 타르 상태로 녹아 구두굽이 쑥 들어갔다. 나는 발이 걸려 넘어졌고 무릎이 까졌다. 팬티스타킹을 뚫고 반짝거리는 도로포장재 부스러기가 살에 보석처럼 박혀 있는 게 보였다.

"레이첼," 엠베스가 말했다. "맙소사, 괜찮아요?"

나는 벌떡 일어났다. "별일 아녜요. 그냥…… 길이 끈적거리네요." 내가 말했다. "나도 참 칠칠맞지 못하죠."

"정말 괜찮아요? 피가 나는 것 같은데." 그녀가 말했다.

"그래요?" 나는 내 몸에서 피가 나는 게 무슨 대단한 농담이라도 되는 양 웃어젖혔다.

엠베스가 나를 보며 미소 지었다. "음, 만나서 정말 즐거웠어요. 이렇게 뵐 수 있게 되어 무척 기뻐요. 다음에 꼭…… 네, 확실히 피가 나네요. 나한테 일회용 반창고가 있을 텐데?" 엠베스는 핸드백을 뒤지기 시작했다. 윤기 나는 오각형 가죽가방은 모서리가 황동이었고 작은 여행가방 크기였다. 위기에 몰렸을 때 무기로 써도 되겠다.

"반창고를 갖고 다녀요?" 전혀 그런 걸 갖고 다닐 사람으로 안 보이는데.

"남자애들을 키우잖아요. 기본적으로 간호사 자격증도 있고요." 엠베스는 계속 가방을 뒤졌다.

"괜찮아요." 내가 말했다. "그냥 상처가 숨쉬게 놔두는 게 좋을지도요. 그럼 알아서 멎겠죠."

"안 돼요, 그건 할머니들의 속설이죠. 처음 닷새 정도는 상처를 습윤하게 유지해야 더 빨리 낫고 흉터도 작아요. 찾았다!" 엠베스는 공룡이 그려진 일회용 밴드를 내게 건넸다. "먼저 물로 깨끗이 씻어야 해요."

"그럴게요." 내가 말했다.

"나한테 연고도 있을 텐데?" 엠베스는 다시 가방을 뒤지기 시작했다.

"마술사의 모자 같네요, 그 가방."

"하하."

"됐어요!" 내가 말했다. "할 만큼 했네요. 그만해도 돼요."

"어, 다음에 꼭 다시 뵈어요."

그래서 내가 말했다. "네, 그래야죠."

그랬더니 그녀가 말했다. "뭔가 할말이 있나요?"

지금이 아니면 영원히 입을 다물어야 한다. 하지만 나는 그 말을 어떻게 꺼내야 할지 껄끄러웠다. 그런 소식을 전달할 때 좀더 예의바른 방법 따위는 존재하지 않는다. 나는 그냥 말해버렸다. "당신 남편이 우리 딸과 바람났어요, 안타깝게도."

"오." 그녀가 말했다. 이 단음절의 음감에서 심박 모니터의 일직선이 떠올랐다. 날카로운 단말마, 사망음. 엠베스는 자신의 세인트 존 정장을 한번 쓸어내렸다. 감청색 정장은 내 옷과 거의 똑같았다. 그녀는 스트레이트 퍼머를 한 허수아비 같은 머리카락을 손갈퀴로 훑어내렸다. 머리카락이 그 불지옥 같은 주차장에 서 있는 동안 시시각각으로 곱슬함을 더해갔다. "왜 그이에게 안 가고요?"

"왜냐면……" 왜냐면 우리 어머니가 당신한테 가라고 조언했으니까? 나는 왜 그에게 가지 않았을까? "왜냐면 이 문제를 여자 대 여자로 풀어야한다고 생각했으니까요."

"왜냐면 당신은 나의 압박 없이는 그이가 관계를 끝내지 않을 거라고 생각하니까요."

"맞아요."

"왜냐면 당신은 신뢰를 저버리고 고자질한 사람이 엄마라는 걸 딸이 알게 되기를 원치 않으니까." 엠베스는 행간을 채웠다. "왜냐면 당신은 딸이 당신을 사랑하기를 바라고, 엄마를 최고의 친구로 여기길 바라니까."

"맞아요."

"왜냐면 그애는 걸레고―"

"아니, 이봐요, 걔는 뭐가 뭔지 잘 모르는 아이일 뿐이에요."

"왜냐면 그애는 걸레고," 엠베스가 말했다. "당신은 비겁자니까."

"맞아요."

"왜냐면 당신은 그 관계를 끝장내고 싶고, 나라면 어떻게 해야 할지 안다고 생각했으니까."

"맞아요."

"왜냐면 당신은 내 남편을 보고, 나를 보고, 내가 전에도 이런 일을 해결한 적이 있을 거라고 생각하니까. 맞나요?"

"진심으로 미안하게 생각해요."

"물론 그래야지. 이건 내가 알아서 할게요." 엠베스가 말했다. "그리고 호르헤한테 기금 모금 행사 따윈 없을 거라고 전하지요. 유대인 리더와의 만남은 개뿔! 다음번에 당신이 또 타인의 결혼 생활을 망치고 싶어지면, 젠장 그땐 전화로 말하라고요."

죄책감은 느꼈지만 한결 홀가분했다. 내 문제는 남에게 전가됐다. 식당으로 돌아온 나는 호르헤와 함께 보드카 토닉을 마셨다. 나는 그에게 레빈 부부 밑에서 일하는 게 어떠냐고 물었다.

"대단한 분들이죠." 그가 말했다. "멋진 분들이고요. 최고예요. 우린 다들 그분들이 우주 로켓이라고 생각합니다. 아시잖아요?"

다섯

루이스 그 망할 자식 이후로 나는 온라인 미팅은 잠시 접기로 했고, 유리공장 사장 토니와 로즈 사이에 깍두기로 끼는 데 만족했다. 유리남은 여자 둘을 거느리니 좋다고 했지만, 로즈와 나의 우정은 그들의 연애보다 훨씬 오래됐으므로, 까놓고 말해 깍두기는 그였다.

로즈와 토니는 크래비스 센터의 브로드웨이 시리즈 정기관람권을 사기로 했고, 로즈가 나더러 같이 끊자고 했다. 세 좌석 나란히? 그럼 나는 공식 깍두기가 되는데. 내가 말했다. 뭐 어때? 로즈가 말했다. 제가 가운데 앉죠. 토니가 말했다.

그리하여 한 달에 한 번 극장에 같이 가는 날에는 토니와 로즈가 나를 데리러 와서 어딘가에서 이른 저녁을 먹고 극장으로 향했다. 첫 공연으로 〈코러스 라인〉을 보고 나서 토니가 나를 '각선미'라고 부르기 시작했다. 내 다리가 춤추는 사람 같다나. 필라테스 다리예요, 내가 말했다. 로즈는 자기도 칠면조 다리에 칠면조 목이라고 응수했다. 우리는 그 말에 신나게 웃었다. 우리 셋은 그런 식이었다. 딱히 깊은 관계는 아니지만 같이 있으면 유쾌하고 시간도 잘 간다.

시리즈 세번째 공연은 〈카멜롯〉이었는데 로즈가 감기에 걸려 나오지 못했다. 관람하는 내내 콜록거릴 수는 없다면서. 나는 여긴 고령자의 동네 사우스 플로리다, 어차피 사우스 플로리다의 뮤지컬은 음악소리보다 기침소리가 더 많다고 말해줬다. 그건 그렇긴 해도 자기는 사우스 플로리다 고령자 기침 합창단에 들어가고 싶지는 않다면서 로즈는 사양했다.

결국 토니와 나 단둘이 가게 됐고, 저녁을 먹으며 우리는 로즈에 대해 얘기했다. 토니는 로즈를 만나게 되어 자신이 얼마나 운이 좋은지, 로즈가 자신의 삶을 어떻게 통째로 바꾸었는지 얘기했다. 그래서 나는 세상에 로즈 호로위츠보다 더 좋은 사람은 없을 거라고 맞장구를 쳤다. 토니는 로즈의 친구와 친구가 되어 감사하다고 말했다.

뮤지컬 중간에 기네비어가 〈애욕의 달 오월 The Lusty Month of May〉을 부를 때 토니의 팔꿈치가 팔걸이를 넘어왔고, 나는 팔꿈치로 쿡쿡 밀어 도로 넘겼다. 문제의 팔꿈치는 기네비어의 제2막 곡 〈한때 묵묵히 당신을 사랑했다 I Loved You Once in Silence〉를 듣는 중에 또 넘어왔다. 이번엔 그의 자리까지 확 떠밀었다. 토니는 나를 보며 씨익 웃었다. "미안해요." 그가 속삭였다. "내 체구가 극장 의자에 비해 너무 큰가 봐요."

차까지 가는 길에 그가 말했다. "당신을 보면 이본 드 카를로[1]

---

1 1940~1950년대에 인기를 떨친 할리우드 유명 배우이자 가수, 댄서. 영화 〈십계〉의 세포라 역 등을 맡았다. 1960년대에는 드라큘라, 프랑켄슈타인 등의 이미지를 차용하여 괴물 가족의 평범한 일상을 그린 TV 시트콤 〈먼스터 가족 The Munsters〉에서 먼스터 부인 역을 맡아 새로운 인기를 얻었다.

가 생각난다는 얘기 들은 적 없어요?"

"먼스터 부인 말예요? 그 사람 아직 살아 있어요?"

토니는 그 배우가 이전에도 많은 작품에 출연했다고 말했다. "〈십계〉에서 고모라 아니었나?"

"고모라는 캐릭터 이름이 아니라 도시 이름이지." 내가 말했다.

"분명 고모라 맞아요. 내가 그 영화를 천 번은 봤는데." 그가 말했다.

"도시예요. 외지인들에게 극악하고 온갖 난교가 넘쳐났던 역겹고 폭력적인 도시였죠."

"어떤 난교?"

토니와 그 화제를 깊숙이 파고들 생각은 없었다. "됐네요. 맘대로 생각하든가."

"나한테 왜 이렇게 쌀쌀맞게 굴어요, 레이철? 친절할 때는 참 좋은데."

콘도에 도착해 나를 내려주면서 유리남은 우리집 문 앞까지 바래다주겠다고 엄청 선심쓰듯 말했다. "그럴 필요 없어요." 내가 말했다. "집까지 가는 길은 나도 알아요."

"끝까지 서비스해야죠."

"괜찮아요."

"로즈한테 약속했어요, 집까지 잘 모셔다드리겠다고."

우리는 걸었고, 문 앞에 도착하자 내가 말했다. "안녕히 가세요, 토니. 로즈한테 안부 전해주고요."

그는 내 손목을 잡아 자기 쪽으로 끌어당겼다. 그의 붉고 퉁실

한 입술이 내 입술에 들러붙었다. "들어오라고 안 할 겁니까?"

"안 해." 나는 입술을 떼고 손목을 비틀어 뺐다. "오해했나본데, 로즈는 내 제일 친한 친구야."

"어허이." 그가 말했다. "몇 달 동안 나한테 꼬리쳤잖아. 아니라고 하지 마."

"소가 웃을 소리!"

"여자가 나한테 꼬리칠 때를 난 놓치지 않아. 난 그쪽으론 보통 틀리는 법이 없어."

"이번엔 완전히 헛짚었어, 토니." 나는 가방을 뒤져 열쇠를 꺼냈지만 손이 부들부들 떨려서—무서워서가 아니라 화가 나서—현관문을 여는 데 애를 먹었다.

"'필라테스 강습'에 관한 얘기는 다 뭐였는데?" 토니가 말했다.

"그게 내 직업이니까. 그리고 코어 근육을 강화하면 당신의 좌골 신경통에 도움이 될 거라고 생각했고."

"그럼 오늘밤부터 내 코어 훈련을 시작해보면 어떨까."

"그만 가보시지."

"알았으니까 긴장 좀 풀어요" 하며 토니는 그 뭉툭하고 두툼한 손가락으로 내 어깨를 안마하기 시작했다. 안마는 시원했지만, 토니의 손이 거기에 있는 건 싫었다. "그렇게 예민하게 굴지 말아요. 로즈와 나는 이 정도는 서로 양해하고 있으니까."

"설마. 로즈는 그런 사람 아니야."

"당신은 로즈에 관해 모르는 게 많아." 유리남이 말했다.

"난 로즈에 관해 모르는 게 없어. 당신네 둘이 '양해각서'를 체결했다 치더라도, 그랬을 가능성도 매우 낮다고 생각하지만, 내가 당신을 원하지 않아!"

나는 열쇠로 문을 열었고, 토니가 따라 들어오려고 했다. 나는 그를 밀어내고, 문간에 얹은 그의 발을 차냈다. 문을 닫고 데드볼트까지 걸어잠갔다.

토니가 씩씩거리더니 이렇게 말했다. "이번 일로 유치해지지 맙시다, 레이철." 그 말인즉 로즈한테 얘기하지 않았으면 좋겠다는, 전처럼 쭉 브로드웨이 시리즈 관람을 했으면 좋겠다는 뜻이었다.

마침내 유리남이 떠났고, 나는 로즈에게 전화를 걸어 몽땅 까발리고 싶었지만, 관뒀다. 아무 일도 없었다, 특별한 건. 인생에서 행복의 열쇠는 언제 입을 다물어야 하는지 아는 것이다.

예순넷이 된다는 건 다시 고등학생이 되는 것과 비슷하다.

딱히 놈의 배신을 고자질하고 싶은 건 아니다. 배신은 우울한 일이고, 친구가 안됐다는 생각이 든다. 나는 로즈에게 그냥 그 이야기를 들려주고 싶은 거다.

전화기를 노려보며 로즈한테 전화하지 말라고 내 자신을 다독이고 있는데 전화벨이 울렸다.

"로즈?"

망할 루이스 자식이었다. "한참을 생각해봤는데요," 그가 말했다. "내가 무슨 짓을 했는지 알겠어요. 무슨 말을 했는지도. 미안

50

해요. 당신 사진에 대해 그런 식으로 얘기하는 게 아니었는데."

"무슨 얘기요?"

"내 입으로 다시 말하고 싶진 않은데요."

"다시 말해야겠는데요." 나는 그가 무슨 말을 하는 건지 전혀 알 수 없었다.

"사진보다 실물이 훨씬 낫다고 했던 거요. 내가 어리석었죠." 그가 말했다. "그러니까, 내 말을 듣고 당신이 무슨 생각을 했겠어요? 내가 당신의 분별력을 우습게 여겼다고 생각했겠죠. 당신 사진이 못생겼다고 말한 걸로 받아들였을지도요. 사진은 못생기지 않았어요, 레이철. 그 사진 완전 대박이에요."

나는 그것 때문이 아니었다고 말했다.

"그럼 뭣 때문이었어요?" 그는 알고 싶어했다. "뭔가 있었어요, 분명 뭔가 있었다는 거 알아요."

나는 그에게 말했다. "그냥 내가 당신이 마음에 들지 않았을 가능성은?"

"가능성 제로입니다."

"잘 자요, 루이스." 내가 말했다.

"잠깐만요. 내가 무슨 짓을 했든, 무슨 말을 했든 한 번만 용서해주면 안 될까요?"

"잘 자요, 루이스."

문학교수들이란 좀더 노회한 줄 알았는데.

내 보기엔 그가 아비바에 관한 얘기를 꺼내서 다행이었다. 어떤 사람인지는 처음부터 아는 게 낫다.

여섯

나는 아비바한테서 전화가 올 때까지, 하원의원이 아내한테 들키는 바람에 자기와 헤어졌다고 대성통곡할 때까지 기다렸다. 전화가 오지 않아서 나는 애가 혼자서 삭이고 있나보다, 다 컸다는 게 그런 거겠거니 했다. 자식만 바라보고 사는 유대인 엄마에 대한 고정관념—앞서 언급한 바와 같이 나는 필립 로스의 팬이다—도 잘 알고, 나도 그러한 평가에 어느 정도는 부합할지도 모른다. 하지만 솔직히 말해 난 그런 엄마가 아니었고, 지금도 여전히 아니다. 내게는 성취감을 주는 직업이 있었다. 친구들도 있었다. 딸을 사랑하긴 했지만 애가 내 삶의 전부는 아니었다.

그래서 나는 아이를 내버려두기로 했다. 크랩트리&에블린에서 라벤더 향 핸드로션을 사서 보낸 게 다였다. 라벤더는 아비바가 제일 좋아하는 향이다.

아비바에게서는 아무런 연락이 없었고, 하다못해 고맙다는 말한마디 없었다. 그러나 그다음주에 호르헤한테서는 연락이 왔다. "저기요, 레이철, 곧 여름이 다가옵니다. 학기가 끝나기 전에 행사를 하려면 슬슬 시동을 걸어야겠는데요."

"엠베스한테 아무 말 못 들었어요?" 내가 말했다.

"어라, 꽁무니 빼시는 건가요?"

"아뇨, 그런 게 아니라, 그…… 음, 내 쪽에서 오해한 걸지도 모르지만, 엠베스가 기금 모금 행사는 아닌 것 같다고 접은 줄 알았거든요."

"전혀 아닙니다, 오늘 아침에도 엠베스와 얘기했어요." 호르헤가 말했다. "지금도 백 퍼센트 진행중입니다. 엠베스가 설렌다고 했는걸요."

"설렌다고요?" 내가 말했다. "엠베스가 설렌다고 말했어요?"

"정확히 그런 표현이었는지는 모르겠어요. 잠시만요, 레이철―응, 금방 끊을게." 호르헤가 다른 방에 있는 사람에게 소리쳤다. "오늘 여긴 정신이 하나도 없네요." 그가 사과했다.

"뭔가 재밌는 일이 생겼나요?"

"원래 정신없어요. 어쨌든, 레이철, 당신만 좋다면 우리도 좋아요."

그때 왜 그만두자고 하지 않았는지 모르겠다. 변명을 하자면, 나는 당황스러웠다. 마치 휴대폰으로 통화하던 중에 수신에 문제가 생겨 잘 들리지 않는데도 잠시 계속 듣고 있는 척하는 형국이었다. 좀 있으면 수신 상태가 저절로 나아지겠지 하고, 내가 자기 말을 듣지 않고 있었다는 걸 상대가 알아차리지 못하기를 바라며 오 분을 보낸 셈이었다. 왜 그 즉시 안 들린다고 얘기하지 않았을까? 그게 왜 부끄러웠을까?

"난 좋아요." 내가 말했다. "그런데 학교 이사회에 얘기해봐야 해요." 물론 나는 이 건을 이사회에 상정할 의도는 없었다. 학교

안에서 정치적 기금 모금 행사를 주최하도록 허락할 리 없었다. 우리 학교에서 정치는 지뢰였다. 레빈 의원이 가령 라빈 총리[1] 암살이라도 들먹인다면 어쩔 것인가!

"네, 당연하죠. 5월 둘째주 화요일 어때요? 5월 11일이에요."

"5월 11일." 나는 따라 말했다. 머릿속 달력에 동그라미를 쳤다. 한 이틀 있다가 호르헤에게 전화를 걸어 이사회에서 정치적 기금 모금 행사를 승인하기를 꺼린다고 말하면 이 건은 마무리될 것이다.

찜찜한 건 엠베스의 태도였다. 그게 아비바의 침묵과 관련해 어떤 의미인지.

나는 아비바에게 전화해 잘 지내는지, 로션은 받았는지 물었다.

"좀 묽던데," 아비바가 말했다. "그 로션. 엄마가 전에 사준 이후로 제형이 바뀌었나봐요."

"아냐, 지난번에 내가 사준 건 핸드크림이라 더 빽빽했을 거야. 이번 건 로션이야."

"안 헤어졌어요." 아이가 말했다. "엄마가 진짜 알고 싶은 게 그거지."

그것도 물론 알고 싶었지만, 엠베스가 하원의원에게 얘기를 했는지도 궁금했다. "아비바, 그 남자의 아내한테 들키면 어쩌려고?"

"어떻게 들키는데? 누가 그 여자한테 말한다고?"

---

1 이스라엘의 군인이자 정치가로서 두 차례 총리직을 맡으며 중동의 평화를 이뤄냈으나 1995년 유대인 극우파에게 암살당했다.

"하원의원 주변에 보는 눈이 많잖니. 그 남자는 공인이니까."

"조심하고 있어요." 아비바가 말했다. "우리 둘 다 엄청 조심하고 있어."

"난 네가 그렇게 조심할 필요 없는 다른 남자를 사귀었으면 좋겠다."

"엄마, 그 사람은 다른 남자들이랑 달라. 그래도 아깝지 않은 사람이라고. 그는—"

"그 사람은 나이가 너무 많아, 아비바. 유부남이고. 애들도 있어. 난 너를 그렇게 판단력이 형편없는 애로 키우진 않은 것 같은데."

"언제까지 이런 얘기를 해야 해요?" 아비바가 말했다.

"그 남자가 왜 너한테 관심을 갖는지 이해가 안 가네." 내가 말했다.

"퍽도 좋은 소리네. 엄마, 그 사람 같은 남자가 나 같은 여자애한테 관심을 가질 수도 있다는 게 그렇게 믿기 힘들어?"

"그런 얘기가 아니잖니. 엄마 말은, 그는 나이 지긋한 어른이라고, 아비바. 그 사람은 엄마 또래야. 너희 둘 사이에 공통점이 뭐가 있겠니?"

"이래서 내가 엄마한테 전화를 안 하는 거야."

"하여간 그 여자가 진짜로 알아내면 어쩔 거야? 그럼 헤어질 거야? 그 남자가 헤어지려고 할까?"

"나도 모르지. 이만 끊어요, 엄마."

"아비바, 엄마는—" 애가 전화를 끊는 소리가 들렸다.

그로부터 일주일쯤 지나서 우리 학교 이사장 랍비 바니가 노크도 없이 교장실에 들어왔다.

"우리가 레빈 하원의원을 위한 기금 모금 행사를 한다는 게 무슨 소립니까? 호르헤 로드리게스라는 남자가 교장 선생님하고 얘기했다는데."

지난주에 호르헤가 남긴 메시지 세 통을 씹었다. 내 실수였다. 호르헤 같은 업종의 사람은 퇴짜맞는 데 도가 텄고, 무슨 짓을 해서라도 관심을 자기 쪽으로 돌리는 데 역시 도가 텄다. 그러면 나를 건너뛰고도 남는다.

나는 시간을 벌려고 웃음을 터뜨렸다. "아, 아무것도 아녜요. 이사장님도 정치하는 사람들이 얼마나 집요하게 닦달하는지 아시잖아요, 맨날 돈돈거리면서. 엠베스 레빈하고 예의상 미팅을 한 번 했어요—전에 포리스트그린에서 이웃으로 살았거든요. 아비바가 지금 레빈 하원의원 밑에서 일하고 있어서 빠져나갈 구석이 없었어요. 내가 얘기 안 했던가요."

"호르헤 로드리게스는 그렇게 말하지 않던데요. 교장 선생님이 유대인 리더와의 만남이라는 아이디어를 자기들한테 내밀었고, 그게 지금 하원의원의 공식 스케줄에 들어갔다고."

"아녜요." 내가 말했다. "구체적으로 합의한 건 하나도 없어요. 예의상 그 사람들하고 논의만 했을 뿐입니다."

"정치인들이란." 랍비 바니가 한숨을 내쉬었다. "하여간, 지역 신문에서 그 행사를 기사로 실었어요. 이젠 빼도 박도 못하게 생겼습니다."

빌어먹을, 왜 못해? "왜요?" 내가 말했다.

"우리가 행사를 취소하면, 전에는 레빈 의원을 지지하다가 지금은 지지하지 않는 걸로 보일 우려가 있습니다. 레빈 의원을 지지하는 것처럼 보이기도 싫지만, 그를 지지하지 않는 것처럼 보이기도 싫어요. 아주 난처한 입장이에요, 레이철. 교장 선생님 탓을 하는 건 아니지만, 사람을 만나기로 할 때는 주의해야 합니다. 당신은 지금 우리 보카러톤 유대인 학교의 교장이에요."

이사장은 명백히 내 탓을 하고 있었다. 나는 기분이 좀 상했다. 내가 그에게 얘기한 대로 일이 벌어진 거라면 그건 내 잘못이 아니었다. 물론 실상은 달랐고―그건 내 잘못 맞다―하지만 이사장은 모르는 일이니까.

랍비 바니 이사장은 행사를 진행하되 가급적 이목을 끌지 않도록 조용히 치르라고 지시했다. "잘리지 않게 우리 모두 노력하자고요, 레이철." 그가 말했다.

랍비 바니가 교장실을 나가자마자 나는 호르헤에게 전화했다.

"저 막 상처받으려는 참이었습니다. 당신이 나를 고의로 무시하는 줄 알았어요." 그가 말했다.

그날 저녁 아비바한테서 전화가 왔다. "엄마, 지금 나한테 무슨 짓을 하려는 거야?" 애는 고함을 질렀다.

"내가 널 이렇게 자기중심적인 애로 키웠던가? 세상 모든 게 다 너하고 관계있는 줄 아니? 엄마가 하원의원을 어떻게 생각하는지 알면서, 내가 우리 학교에서 기금 모금 행사를 하고 싶어할 거라고 생각해? 난 그 행사하고 아무 상관 없다."

"그럼 왜 우리 사무소로 전화한 거예요?"

"아니다, 아비바." 난 이러다 천벌 받아 죽지 싶었다. 내 생애 이렇게 많은 거짓말을 한 건 처음이었다. "내가 전화한 건 몇 달 전이었어, 네가 그 선거사무소에 들어가기도 전에. 우리 학교 사람들 중 한 명이 유대인 리더와의 만남이라는 아이디어를 냈어. 학교에서 부탁하기에 내가 레빈 부부한테 연락했다. 내가 그 사람들을 알고 있었고, 네 아빠가 레빈 의원 어머니의 수술을 집도했고, 레빈 의원은 내가 아는 가장 유망한 유대인 리더였으니까. 그냥 우연의 일치란다, 얘야. 엠베스가 그걸 선거자금 모금 행사로 기획했나봐. 어쨌든 내 머리에서 나온 생각은 아니었어."

"그럼 취소해요." 아비바가 말했다. "엄마가 교장이잖아. 엄마가 취소하면 되잖아요. 엄마의 허락 없이는 그 학교에선 아무것도 못하지."

"그게 그렇게 간단하지가 않아. 사무소 직원이 이미 하원의원의 공식 스케줄에 넣었어. 그 남자 이름이 뭐더라, 호르헤?"

"네, 호르헤 로드리게스요. 그 사람이 기금 모금 책임자예요."

"그래, 너도 그 사람 아는구나. 그 호르헤라는 작자가 나를 건너뛰고 직접 우리 학교 이사장한테 연락했어. 그리고 이젠 모든 게 정치색을 띠게 된 것 같아. 난 손발이 묶였다."

아비바는 씩씩거렸지만 전화를 끊지는 않았다.

"좋아, 엄마, 그 말 믿을게. 하여간 약속해, 말하지 않겠다고."

애는 목소리를 낮췄다. "우리 관계를 아무한테도 발설하지 않겠다고. 하원의원에게도, 그 사람 아내에게도 말하지 않겠다고 약속해줘요."

"아비바, 설마 엄마가 말하겠니. 그 얘긴 입도 벙긋 안 할게. 하지만 그 사람들하고 얘긴 해야지. 아예 대화를 안 한다는 건 말이 안 돼. 그 사람들, 우리 이웃이었잖니."

아비바가 흐느끼기 시작했다.

"아비바, 무슨 일 있니?"

"죄송해요." 어조에 배어 있던 심술이 사라졌다. "피곤해서요." 아이가 말했다. "보고 싶다, 엄마." 아이가 말했다. "난 스무 살인데 폭삭 늙은 기분이야." 아이가 말했다. "엄마, 아무래도 끝내야 할 것 같아. 엄마 말이 맞는다는 거 알아. 그냥 어떻게 끝내야 할지 모르겠어요."

내 심장이 온실 속 장미처럼 활짝 피어났다. 결과가 이렇다면 그동안 해왔던 모든 거짓말에 의미가 있었다. 이 빌어먹을 기금 모금 행사 때문에 학교에서 잘리더라도, 결국 딸을 구하고 딸의 이름에 먹칠하는 상황을 모면하게 된다면 그럴 만한 가치가 있을 것이다. "엄마의 조언이 듣고 싶다는 얘기니?" 나는 애가 겁먹고 숨어버릴까봐 조심스럽게 물었다.

"응." 애가 말했다.

"그 사람한테 담담하게 얘기해. 함께 보낸 시간을 사랑하지만, 두 사람 모두의 인생에서 이 관계를 지속하기엔 적절한 때가 아닌 것 같다고."

"응."

"그의 인생이 복잡하게 꼬였음을 이해한다고. 한 사람에게 정착하기엔 넌 너무 어리다고. 마침 학년 말이니까 재정비하기 좋은 시기라고. 그렇잖니, 아비바."

아비바는 다시 훌쩍이기 시작했다.

"왜 그래, 우리 딸?"

"그 사람처럼 좋은 남자는 내 생에 두 번 다시 만나지 못할 거예요."

혀끝을 너무 세게 물어서 입안에 피맛이 돌았다. 내가 할말은 많다만!

만약 내가 회고록을 쓴다면 제목을 이렇게 지어야겠다. 레이철 셔피로, 『내가 할말은 많다만!』

일곱

에런 레빈을 마지막으로 본 건 육 년 전이었고, 다시 보니 검은색 고수머리 정수리가 조금씩 벗어지고 있었다.

그 자리엔 물론 아비바도 있었다. 보카러톤 유대인 학교에서 주최하는 유대인 리더와의 만남에 아비바가 무슨 수로 빠지겠는가? 행사는 성황이고, 자기는 하원의원 밑에서 일하고, 제 엄마가 그 학교 교장인데. 아비바는 내가 엠베스와 미팅 때 입으려고 샀던 세인트 존 정장을 입고 나왔다. 나는 아비바가 언제 내 옷장에서 그 옷을 가져갔는지도 몰랐다. 가슴 부근이 꽉 꼈지만 아직 어린애로 보였다. 애가 레빈을 걸어찼는지, 아니면 레빈이 애를 걸어찼는지 나는 알 길이 없었다.

하원의원이 내게 정감 어린 인사를 건넸다. "레이철 그로스먼, 신수가 훤하신데요. 이번 행사를 기획해주셔서 감사합니다. 아주 멋진 저녁이 될 겁니다." 그리고 이어지는 정치적 빈말들.

"저야말로 영광이죠." 내가 말했다. 교양 있는 사람들의 품행이란 이런 것이다.

그의 행동거지로 봐서는 내 딸을 농락한 사람이라는 티가 전혀 나지 않았다. 하긴 그가 뭘 어쨌어야 했는지 나도 모른다. 그가 어떤 태도를 취했던들 내 마음에 들었을까? 나는 하원의원과 그의 수행비서 한 명을 강당 뒤쪽 탈의실로 안내했다. 유대인 리더가 된다는 게 어떤 의미인지 학생들이 먼저 발표하기로 되어 있었고, 그다음에 하원의원이 나와서 연설을 하고 가장 유망한 리더십을 보여준 3학년 학생에게 소정의 상금을 수여할 예정이었다. 전체 행사를 합법적으로 꾸미려고 일주일 전에 상금을 고안했다.

수행비서가 양해를 구하고 전화를 받으러 나가서 잠시 하원의원과 나 단둘이 있게 됐다. 그는 나를 똑바로 쳐다봤다. 그의 눈은 맑고 다정하고 정직했고, 그는 이렇게 말했다. "아비바가 아주 잘하고 있어요."

나는 주변을 둘러보았다. "네? 잘 못 들었어요." 내가 말했다.

"아비바가 아주 잘하고 있다고요." 그가 다시 말했다.

나는 다음과 같은 가능성에 대해 곰곰 생각해보았다.

1. 그는 내가 불륜 관계를 알고 있다는 걸 모른다.

2. 내가 불륜 관계를 안다는 건 알면서, 역겹게도 음란한 속뜻을 담아 빈정대고 있다.

3. 내가 불륜 관계를 안다는 건 알지만, 아비바는 정말로 일을 아주 잘하고 있다.

다른 가능성이 있을 수도 있겠지만, 당시 내 머리에 떠오른 건 그 정도였다. 어느 쪽이든 그를 한 대 패고 싶었지만, 실제로 패진 않았다. 아비바가 이미 그와 헤어졌다면, 지금 그를 패봤자 무슨 소용이 있겠는가?

"네." 나의 간결한 대답에 그는 분명 김이 샌 듯했다. 하원의원은 상대가 자신을 좋아해야만 직성이 풀리는 사람들 중 하나였다.

"마이크는 잘 있습니까?" 그가 물었다.

"아주 잘 있죠." 내가 말했다.

"오늘 저녁에 뵐 수 있기를 바랐는데요." 하원의원이 말했다.

"그게, 병원 일이 바빠서." 그리고 내가 왜 이 말을 덧붙였는지 모르겠지만, 하여간 이렇게 내뱉었다. "사교생활도 바쁘고요."

"사교생활요?" 하원의원이 껄껄 웃으며 물었다. "마이크 그로스먼이 어떤 사교생활을 영위하는데요?"

"바람났거든요." 내가 말했다. "여자가 있는데 나도 아는 사람이고, 그 외에도 몇 명 더 있을 거예요. 나로선 창피한 노릇이죠. 아비바가 아는지 모르겠네. 애한테는 비밀로 하려고 애썼는데. 나는 아이가 제 아버지를 사랑하고 존경할 수 있으면 해요. 하지만 애들은 말해주지 않아도 금방 눈치로 아는 것 같아서. 그래도 걱정스러워요, 에런, 아이의 도덕관념에 어떤 영향을 미칠지, 그런 아버지를 뒀다는 게."

"안타깝네요." 하원의원이 말했다.

"뭐 어쩌겠어요" 하고 나는 학생들을 챙기러 자리를 떴다.

하원의원은 강연에서 유대인이 극히 드문 아나폴리스에서 살았던 어린 시절 얘기를 하며 이따금 자신이 '유일'하다는 걸 실감

하는 게 나쁘지 않았다고 했다. '유일'한 사람이 되는 건 소수자나 심지어 가난한 이가 된다는 게 어떤 건지 상상하기에 좋은 연습이 된다. 정부의 가장 큰 위험 요소는 근시안적 사고와 자기중심주의다. 좋은 리더와 좋은 시민은 우리와 같지 않은 사람들의 요구 또한 고려해야 한다.

역겨운 인간이 했지만 훌륭한 연설이었다.

나는 리셉션 장소인 강당 로비로 사람들을 안내했다. 그러다 하원의원이 어디 갔는지 찾지를 못해 다시 강당 뒤쪽 탈의실로 가서 문을 두드리려는 찰나 누가 내 어깨를 잡았다. 호르헤가 고개를 저었다. 그는 왕의 음란한 농담을 듣고 억지로 웃어야 하는 농부처럼 미소 짓고 있었다.

"걱정 마세요, 교장 선생님. 제가 가서 의원님을 모셔오겠습니다." 호르헤가 속삭였다. "금방 모시고 갈게요."

하원의원이 문을 열었다. 아비바의 립스틱이 번졌고, 아이의 턱 주변은 쏠린 것처럼 핑크빛이 되어 있었다. 탈의실에서는 땀내 어린 사향 냄새가 났다. 아니, 뭐하러 에둘러 말해? 그건 섹스 냄새였다.

"아비바, 여기." 나는 주머니에서 티슈를 꺼내 아이에게 건넸다.

"의원님," 내가 말했다. "로비에서 당신을 찾고 있어요."

하원의원은 호르헤와 아비바에게 앞장서서 가라고 말했다.

"레이첼," 그가 목소리를 낮춰 말했다. "짐작하신 그런 일이 아닙니다."

누가 '짐작한 그런 일이 아니다'라고 할 때는 거의 틀림없이 짐작한 바로 그 일이다. "부끄러운 줄 아세요." 내가 말했다.

레빈이 고개를 끄덕이며 말했다. "알아야죠." 그의 고분고분한 반응도 불쾌했다.

"아비바는 스무 살이에요." 내가 말했다. "당신이 올바름에 대해 조금이라도 관심이 있다면…… 당신이 인간이라면, 당장 그만둬요."

"네……" 그가 말했다. "재밌네요. 여기 사방에 온통…… 로커에 야구방망이에 판사석이라니 — 올해는 학생들이 무슨 공연을 하나요?"

"〈빌어먹을 양키스〉."[1] 대답하면서 나는 그가 내 말을 듣기나 했는지 궁금했다.

"〈빌어먹을 양키스〉라. 그건 무슨 얘기인가요?"

"조 하디라는 야구선수가 있는데……"

그때쯤 우리는 리셉션 장소에 도착했다. 하원의원은 만면에 미소를 띠었고, 나도 마찬가지였다.

새벽 한시쯤 아비바가 집으로 쳐들어왔다. 경비실에서 연락해줘서 나는 애가 오는 것을 알고 있었다. 포리스트그린의 경비 시스템에 신의 축복이 있기를.

아비바는 눈이 체리처럼 퉁퉁 부었다. 아이는 법정 영화에 나오는 검사처럼 검지로 나를 가리켰다. "엄마가 뭔가 말했지, 난

---

1 뉴욕 양키스가 메이저리그를 거의 독점하다시피 하던 1950년대 워싱턴 D.C.를 배경으로 〈파우스트〉를 현대적으로 재해석한 코미디 뮤지컬.

다 알아!"

"무슨 일 있었니?" 내가 물었다.

"모르는 척하지 말아요. 엄마 때문이라는 거 다 아니까."

"내가 뭘 모르는 척한다 그러니. 도대체 무슨 일인지 원."

"그 사람이 끝내자고 했어." 아이는 입술을 바르르 떨더니 흐느끼기 시작했다. "다 끝났다고요."

오 주여, 안도감이 산소처럼 몰려들었다. 그 안도감은, 기나긴 겨울 끝에 난기류로 요동치던 비행기에서 내리니 열대의 따사로운 기후가 공항 밖에서 나를 맞이하더라는 기분이었다. 안도감이 너무 깊어 나른해질 지경이었다. 나는 미소 짓고 싶었고, 껄껄 웃고 싶었고, 흑흑 울고 싶었고, 무릎을 꿇고 신에게 감사기도를 올리고 싶었다. 나는 아이에게 다가가 손을 잡았다. "정말 안타깝다." 내가 말했다.

"나한테 손대지 말아요!" 아비바가 손을 확 빼며 말했다.

"너를 위해 안타까워하고, 동시에 너를 위해 안도하기도 해."

"엄만 내 행복에는 티끌만큼도 관심 없잖아!"

"당연히 있지."

"이해가 안 돼. 엄마가 뭔가 말했죠? 분명히 뭐라고 했을 거야. 말해봐요, 무슨 얘기 했어요?"

"아무 얘기 안 했어. 하원의원하고는 거의 말도 안 했어."

"나한테 휴지를 준 다음에는요? 그때 뭔가 얘기한 거죠? 엄마 완전히 알조라는 표정이었어."

"안 그랬어." 내가 말했다.

"정확히 둘이 무슨 얘기를 한 거예요?"

"아비바, 난 심지어 기억도 가물가물하다. 그냥 흔한 잡담이었어. 아, 네 아빠 얘기를 했다! 〈빌어먹을 양키스〉도."

"〈빌어먹을 양키스〉? 뮤지컬 말이에요?"

"이번 3학년 공연 작품이거든."

"내 잘못이에요, 내가 그러지 말았어야……" 아비바는 그러지 말았어야 했던 게 뭔지 말하지 않았다.

아비바는 고동색 가죽 소파에 털썩 주저앉았다. 남편이 고른 소파였다. 나는 아이의 몸짓을 퇴각으로 잘못 해석했다. 아이의 정장 재킷—'내' 정장 재킷—에 희끄무레한 얼룩이 묻어 있었다. 엄마 노릇이란 게 이런 거겠지. 딸은 엄마 재킷에 뭘 묻혀오고, 엄마는 그걸 세탁하고. "그 재킷 벗어라, 아비바." 내가 말했다. "드라이클리닝 맡겨야겠다."

아이는 재킷을 벗었고, 나는 그걸 현관 벽장에 걸었다.

"차라리 잘된 일일지도 몰라. 어차피 헤어질 생각이었잖아?" 내가 말했다.

"응. 안 그랬으면 못 헤어졌겠지." 애가 말했다.

"뭣 좀 만들어 올게. 내내 굶었지?"

아비바가 일어섰다. 먹을 걸 내오겠다는 내 말에 아이는 다시 분노를 토했다. "엄마는 나보고 뚱뚱하다면서 맨날 돼지처럼 먹여!" 애가 소리질렀다.

"아비바."

"아니지, 엄마는 머리가 잘 돌아가니까 절대 '뚱뚱'하다는 말은 안 해—내 체중을 집요하게 물고 늘어질 뿐이지. 바른 먹거리를 먹었는지, 물은 마셨는지 확인하고. 원피스 몇 벌이 좀 조이는 것 같다고 지나가듯 말하고."

"그런 게 아냐."

"얼굴이 동그랗게 보이니까 머리 너무 짧게 치지 말라고 하고."

"아비바, 무슨 얘기가 하고 싶은 거니? 넌 예쁜 여자애야. 난 있는 그대로의 널 사랑해."

"거짓말 마!"

"뭐가? 넌 긴 머리가 더 잘 어울려. 난 네 엄마고, 이왕이면 네가 예쁘게 보였으면 좋겠어. 그게 죄니?"

"엄마가 맨날 자기 몸매에 신경쓴다고 해서, 엄마가 디저트는 절대 세 입 이상 안 먹는다고 해서, 엄마가 미친 사람처럼 운동한다고 해서, 내가 엄마랑 똑같이 생각하거나 행동해야 하는 건 아니잖아!"

"그야 당연하지." 내가 말했다.

"어느 게 더 맘에 걸려? 내가 에런 레빈 같은 남자를 홀릴 수 있다는 거, 아니면 엄마는 못 홀린다는 거?"

"아비바! 그만하자. 정말 어처구니없고 볼썽사납다."

"엄마가 뭔가 얘길 했다는 거 나도 다 알아! 뭔 말인지 뭔 짓인지를 한 거잖아! 솔직히 인정해, 엄마! 거짓말은 그만해! 제발 좀 그만하라고! 난 무슨 일이 있었는지 알아야겠어, 안 그럼 돌아버릴 거야!"

"어째서 그게 꼭 엄마가 얘기를 해서라고 생각해? 학교에 와서 보니 네가 얼마나 어린지, 그 관계가 얼마나 부적절한지 그 남자가 새삼 깨달았을 수도 있지. 그럴 가능성도 있잖니, 아비바?"

"엄마 정말 싫어. 다신 엄마랑 얘기 안 해." 아이는 문을 쾅 닫고 집을 나갔다.

그 '다신 안 한다'는 팔월까지 갔다.

여름 끝물에 우리 부부는 메인 주 포틀랜드 외곽의 작은 마을에 집 한 채를 빌렸다. 나는 아비바에게 전화했다. "이제 충분히 말 안 하지 않았니? 엄마가 뭘 했든, 엄마가 뭘 했다고 네가 생각하든 다 미안하다. 엄마아빠랑 같이 메인에 놀러가자. 미치도록 우리 딸이 보고 싶어. 아빠도 네가 보고 싶대. 가서 매일매일 랍스터롤[1]이랑 우피파이[2]를 먹자."

"랍스터? 아니 무슨 바람이 분 거예요?"

"외할머니한테는 말하지 마, 엄마는 랍스터를 먹지 말라는 신은 믿지 않으련다."[3]

아비바는 웃음을 터뜨렸다. "알았어, 좋아요, 갈게요."

그곳에서 세 식구가 함께 지낸 지 나흘째 되던 날 아비바가 말했다. "작년 일은 꿈만 같아. 열병을 앓고 있다가 마침내 헤어난

1 그릴에 구운 빵 위에 바닷가재 살과 각종 야채를 소스에 버무려 올린 뉴잉글랜드 지방의 전통 요리.
2 동글납작한 초코케이크 사이에 크림을 잔뜩 넣은 미국식 디저트. 매우 달다.
3 유대인은 랍스터를 먹지 않는다. 구약 「레위기」 11장 10절을 보면 물속에 사는 것 중 지느러미와 비늘이 없는 것은 먹지 말라고 되어 있다.

기분이야."

"다행이다." 내가 말했다.

"그래도, 가끔은 그 열병이 그리워요."

"그 사람 더이상 안 만나지?"

"응. 당연하지." 아비바는 제 말을 정정했다. "그러니까, 사교적으로는 안 만난다고. 일로는 만나지."

아이가 용케도 하원의원 밑에서 그럭저럭 일을 해왔다는 생각이 들자 새삼 다르게 보였다. "힘들어?" 나는 물었다. "헤어지고 나서도 그를 계속 보는 게?"

"거의 보지도 못해요." 아비바가 말했다. "난 이제 그렇게 중요한 사람이 아니라서 그렇게 중요한 사람이 아니에요."

여덟

〈카멜롯〉 사건이 있고 나서 며칠 후, 로즈가 전화를 하더니 〈에드윈 드루드의 비밀〉[1]의 내 정기관람권을 빌려줄 수 있는지 물었다. 여동생이 놀러오는데 셋이 같이 보러 가면 좋을 것 같다면서. 나는 그러라고 답했다. 〈에드윈 드루드의 비밀〉을 뮤지컬 버전으로 보고 싶어하는 사람이 어디 있겠는가? 동네 극장 시즌권을 사면 지뢰 몇 개는 있게 마련이다. 로즈는 푯값을 주겠다고 했지만 내가 마다했다. 로즈 호로위츠, 내가 네 돈을 받아서 어디다 쓰겠어? 〈에드윈 드루드〉를 안 보게 해준 것만으로도 충분히 선행을 베푼 거야.

로즈는 깔깔 웃더니 이렇게 말했다. "오, 레이철, 어떻게 그럴 수가 있어?"

나는 로즈가 말을 꺼내기도 전에 무슨 얘기인지 알았다. '내 자리를 침범한 팔꿈치' 양반이 내가 자기한테 키스하려 들었다고 얘기한 것이다. 그 반대가 아니라. 놈이 선빵을 날렸다. 내가 먼저 전화를 할걸. 하지만 변명을 하자면, 누가 남의 부부 사이에 끼어

---

1 찰스 디킨스의 미완성 유작 〈에드윈 드루드의 비밀〉을 바탕으로 극작가 겸 작곡가 루퍼트 홈즈가 각색한 미스터리 뮤지컬.

들고 싶겠냔 말이다. 놈의 소행을 알고서도 나는 뭐라고 대꾸해야 할지 막막했다. 로즈가 이 세상에서 최초로 바람둥이 개새끼와 결혼해 살고 있는 여자는 아니다. 누구한테나 일어날 수 있는 일이다. 내가 정말 이 친구가 이혼하길 바라나? 그 나이에? 프로필 사진을 올리고 열심히 댓글을 읽고 보정속옷에 억지로 몸을 구겨넣고 또다른 꼰대와 데이트하러 나가는, 그런 미래를 내 친구에게 바라나? 아니 천만에, 그건 아니다.

"로즈," 내가 말했다. "로즈, 자기야, 그건 오해 같은데."

"그이 말이 네가 자기한테—" 로즈는 소리를 죽이고 분개한 어투로 소곤거렸다. "손으로 해주려고 했다던데, 레이철."

"손으로? 로즈, 그건 망상이야." 나는 로즈에게 실제로 무슨 일이 있었는지 얘기했다. 아니 도대체 그 자식은 왜 그런 얘기를 지어냈을까? 뭘 잘못 먹었길래?

"네가 외롭다는 거 알아, 레이철." 로즈가 말했다. "하지만 넌 1992년 이후로 내 가장 친한 친구였고, 난 네가 어떤 앤지 알아. 넌 외로움 타고, 허영심 많고, 남의 것에 손을 대지. 난 그이 말을 믿어."

내가 말했다. "나라면 절대 그 남자 편을 들면서 널 배신하지 않을 거야. 그 빌어먹을 유리남 편을 들어? 나라면 절대 안 그래. 우리가 함께 한 세월이 얼만데."

로즈가 말했다. "레이철, 그만해."

그래서 나는 그만했다.

내 나이 예순넷이다. 나는 언제 그만해야 하는지 안다.

아홉

새 학기가 되어 마이애미 대학으로 돌아간 아비바는 기숙사에서 나와 코코넛 그로브에 있는 아담한 원룸 아파트로 옮겼다. 우리는 그 조그만 장소를 함께 꾸미며 즐거운 시간을 보냈다. 집 전체를 아늑하고 세련된 빈티지 스타일로 꾸몄다. 중고용품점 굿윌에서 원목가구를 사서 사포질을 한 후 크림색으로 칠하고, 골동품점에서 빛바랜 꽃무늬 침대보와 베이지색 퀼트 이불을 사고, 라벤더 향과 치자 향 소이 캔들과 조개껍질을 청록색 그릇에 담고, 벽을 하얗게 페인트칠하고, 얇게 비치는 보일 커튼을 달았다. 운좋게 베그너의 자작나무 위시본체어[1] 진품도 손에 넣었다. 그때가 20세기 중반 복고 열풍이 불기 직전으로 35달러 정도 줬던 걸로 기억한다. 그리고 마지막으로 하얀 난초 화분도 샀다.

"엄마, 나 그거 죽일 텐데." 아비바가 말했다.

"물만 너무 많이 안 주면 돼."

"난 식물 키우는 데 소질 없어."

"넌 스물한 살이야." 내가 말했다. "네가 어디에 소질이 있는지

---

1 덴마크의 유명 디자이너 한스 베그너의 대표작. 유려한 곡선이 특징으로 등받이 모양 때문에 Y체어라고도 불린다.

아직 모르는 거야."

너무 예쁘고 완벽하고 공간도 넉넉해서, 그 아담한 아파트로 나도 아비바와 함께 이사하고 싶어했던 게 기억난다. 질투가 날 지경이었다. 그 아파트의 모든 것이 딱 아비바가 바라던 대로였다.

그때가 우리 모녀관계에서나 내 인생에서나 대체로 행복했던 시절이다. 학교 이사회에서는 새 교장을 구하지 않기로 결정했고, 나는 보카러톤 유대인 학교의 종신 교장이 됐다. 그 기념으로 칵테일파티가 열렸고, 훈제 연어를 얹은 삼각 식빵이 나왔다. 그런데 애석하게도 연어가 상했고, 연어를 안 먹은 나만 빼고 다들 복통에 시달렸다. 그게 전조일 줄은 몰랐다.

마흔아홉 살 생일 때 로즈가 내게 점심을 사줬다. 로즈는 나더러 신수가 훤해 보인다며 그동안 어떻게 지냈냐고 물었다.

"행복하게 지냈지." 내가 말했다.

"나도 그렇게 해봐야겠다." 로즈가 말했다.

그런데 난데없이—와인을 너무 많이 마셨을지도 모른다—눈물이 쏟아졌다.

"레이철, 맙소사, 왜 그래? 무슨 일 있었어?"

"그 반대야. 무슨 일이 날 줄 알았는데 아무 일도 안 일어나서, 그래서 너무 마음이 놓이고 감사해."

"꼭 얘기하진 않아도 되지만," 로즈는 내게 와인을 한 잔 더 따라주었다. "네 건강이 문제였어? 아니면 네 남편? 혹이라도 발견한 거야?"

"아냐, 그런 건."

"아비바?"

"응, 아비바와 관련된 일이지."

"나한테 얘기하고 싶어? 꼭 얘기하진 않아도 돼."

"로즈," 내가 말했다. "아비바가 유부남하고 불륜을 저질렀는데, 이젠 다 해결됐어. 다 끝났지, 천만다행으로."

"오 주여, 레이철, 그건 별거 아냐. 아비바는 아직 젊잖아. 젊음의 특권이 실수를 저질러도 되는 거지."

나는 눈을 내리깔았다. "그냥 불륜이 아니었어. 상대 남자가 어마어마했지."

"누구였는데, 레이철?" 로즈가 말했다. "꼭 얘기하진 않아도 돼."

나는 로즈에게 귓속말로 속삭였다.

"계 탔네, 아비바!"

"로즈! 너무 심하다. 그 남자는 유부남이고, 우리 또래고, 아비바의 상관이었다고!"

"뭐, 봐줄 만한 외모잖아. 우리도 전에 그 남자 '봄바람' 상대로 어쩌냐고 농담도 하고 그랬잖아. 기억 안 나?"

잘도 기억이 안 나겠다.

"아비바가 그때 우리 얘기를 들었을까?" 로즈가 말했다.

"그야 모르지." 내가 말했다.

"그 남자의 아내도 참." 로즈는 술이 기분좋게 올랐다. "말을 바꿔야겠다. 그 남자가 계 탔네! 아비바야 탐나는 색시감이지. 아아아아주 예쁜 아기가 나올 텐데, 그 둘이라면."

"뭐, 이젠 다 끝난 일이야." 내가 말했다. "아기 같은 건 없어, 천만다행히도."

열

　먼저, 그 사고는 아비바 잘못도 하원의원 잘못도 아니었음을 짚고 넘어가고 싶다. 운전면허가 정지된 여든몇 살쯤 먹은 치매 초기 할머니가 차를 끌고 나와 잘 보지도 않고 좌회전을 하다가 하원의원의 렉서스 세단 옆구리를 들이받았다. 할머니는 그 자리에서 즉사했고, 따라서 경찰이 수사에 나섰다. 수사 결과 할머니의 잘못임이 드러났지만, 더불어 당시 조수석에 타고 있던 우리 딸이 하원의원과 불륜을 맺고 있었다는 사실 또한 드러났다. 그렇게 사우스 플로리다의 아비바 그로스먼 집중 추궁의 서막이 올랐다. 요컨대 아비바게이트의 시작이었다.

　내가 너무 말을 앞서 나간 것 같다.

　아비바게이트 이전에, 즉 사건이 정식 명칭을 얻기 전에, 그 소식이 기사화될 때까지 잠시 두고보던 시기가 있었다. 우리는 그 사건이 과연 기사화될지, 아니 좀더 정확히 말해 아비바가 기사에 등장하게 될지 숨죽인 채 지켜보았다. 짧지만 희망에 찬 그 잠깐 동안 아비바는 하원의원과 함께 차를 타고 돌아다니던 '익명의 여성 인턴'이었다. 그땐 아이 이름이 공개될지 말지 알지 못했지만, 하원의원이 아비바가 기사에 나지 않도록 애쓰고 있다고 나는 믿었다. 그가 부도덕한 남자일지는 몰라도 잔인한 남자는 아닐 거라고. 그러나 불행히도 사건에 관한 대중의 관심이 너무 컸고 아비바를 보호하려는 하원의원의 역량을 넘어섰다. 대중은 그날 밤 하원의원과 함께 차에 타고 있던 사람이 누군지 알아내기 전까지 결코 성이 차지 않았다.

아비바는 제 아빠한테 말할 엄두를 내지 못했다. 그렇게 망설이는 사이 내일이면 경찰이 아이의 이름을 공개하고 하원의원이 그에 대한 기자회견을 하는 상황이 닥쳐와버렸다. 내가 대신 말해줄까 했지만, 아비바는 대견하게도 자신이 직접 아빠한테 말하고 싶다고 했다.

우리는 마이크를 한산한 식당으로 데려갔다. 그 식당이 있던 호텔은 그때만 해도 브리지 호텔이었는데 지금은 힐튼이다. 로즈와 나는 세상 모든 것이 결국 힐튼이 된다고 농담을 하곤 한다. 연안의 바다와 지나가는 배가 내려다보이는 탁 트인 전망 덕분에 우리 가족은 이곳을 좋아했다. 음식은 특별할 게 없었다. 호텔 수영장에서 흔히 파는 음식들. 클럽 샌드위치. 스테이크와 프렌치 프라이.

아비바는 콥 샐러드를 주문했지만 손도 대지 않았다. 그다음엔 식사 시간을 늘리려고 커피를 주문했지만 그것도 마시지 않았다. 우리는 이런저런 얘기를 나눴다. 내 학교 일, 아비바의 수업, 마이크의 병원 일. 레빈 하원의원 얘기는 하지 않았지만, 그 이야기— 아비바의 이름이 빠진—는 이미 세상이 다 알고 있었다. 하지만 마이크는 그런 종류의 가십에 관심이 없었다. 그래서 우리는 엉뚱한 얘기만 했고, 시간은 쏜살같이 흘렀다. 마이크는 식사 후 병원으로 돌아갈 계획이었다. 나는 아비바를 채근할까 하다가 관뒀다. 얘기하려는 게 내 비밀은 아니니까.

마이크는 계산서를 들여다보면서 몇 년 전 자신이 심장수술을 했던 할머니에 관한 얘기를 꺼냈다. "예순한 살이었어. 관상동맥 우회수술을 했지. 합병증은 없었지만 회복이 더뎠어. 어쨌든 수술하고 일 년이 지난 어느 날 손녀하고 놀아주다 별안간 컬러 점토로 그 집 닥스훈트 강아지를 완벽하게 만들었어."

"컬러 점토로!" 아비바는 과하다 싶게 호들갑을 떨었다.

"그래! 상상이 되니? 그래서 손녀가 말했지, '딴것도 만들어주세요, 할머니.' 그래서 손녀도 만들고 그 집도 만들고 자신이 어릴 때 살던 용커스의 고향집도 만들었어, 그 고향집은 수십 년 동안 본 적도 없는데 말이다. 그쯤 되니 온 집안 식구들이 다 몰려와서 그 기적을 목격했지. 할머니의 아들이 말했어, '어머니, 조각 교실에 가보실래요?' 심장마비가 오기 전까지 할머니는 미술에 소질이라곤 전혀 없었거든. 원근법도 모르고, 머리는 동그라미고 팔다리는 직선으로 찍찍 그은 간단한 사람 그림 하나도 그릴 줄 몰랐어. 그런데 지금은 대리석이든 점토든 뭐든 손에 닿는 재료로 3차원 입체를 사진처럼 정확히 만들어내는 거야. 가족과 친구들을 모두 만들고, 유명인사도 몇 명 만들었어. 워낙 솜씨가 좋아서 지역 신문에 기사가 났어. 사람들은 '기적의 할머니 조각가'라고 불렀지. 이제 그 할머니는 작품 의뢰도 받고, 수천 달러를 받고 도시와 공공장소와 기념식에 쓰일 조각품을 만들어."

"당신도 몇 퍼센트 받아야겠다." 내가 말했다. "그게 다 당신 덕이잖아."

"그렇게까진 못하겠고, 하여간 지금 내 흉상을 작업하고 계시대." 마이크가 말했다. "무료로."

"병원 로비에 두면 되겠네. '위대한 의사의 얼굴.'"

"원인이 뭘까요?" 아비바가 물었다.

"막혔던 심장을 뚫으면 혈류가 증가해서 뇌기능이 향상되지. 그리고 향상된 뇌기능이 새로운 신경망을 만들어내 숨겨진 재능이 발현된 게 아닐까. 뭐, 누가 알겠니?" 마이크가 말했다.

"심장은 참 신기하단 말이야." 내가 말했다.

"무슨 헛소리야, 레이철." 마이크가 말했다. "심장은 완벽히 설명가능해. 신기한 건 뇌지, 그건 나도 인정해."

"심장은 당신한테나 설명 가능하지. 딴 사람들한테는 미지의 영역이야."

마이크는 계산서에 서명했다.

"아빠." 아비바가 말했다.

"응?" 마이크는 고개를 들어 쳐다봤다.

아비바는 마이크의 뺨에 입을 맞췄다. "사랑해요."

"나도 사랑한다."

"정말 죄송해요." 아비바는 울기 시작했다.

"아비바, 무슨 일이야?" 일어나려던 마이크는 도로 자리에 앉았다. "우리 딸이 왜 이러지?"

"내가 다 망가뜨렸어."

"그게 뭐든 우리가 다 고쳐줄게."

"이건 못 고쳐요." 아비바가 말했다.

"세상에 못 고치는 건 없단다." 마이크가 말했다.

아비바는 마이애미로 돌아갔고, 마이크는 남아 있던 스케줄을 몽땅 취소했고, 나는 집으로 차를 몰고 돌아와 무의미한 언쟁을 했다.

"당신 알고 있었지." 그가 말했다.

나는 한숨을 내쉬었다. "의심은 하고 있었지. 짐작은 했어."

"의심을 했다면, 도대체 왜 조치를 취하지 않은 거야?"

"하려고 했어."

"제대로 안 했잖아!"

"마이크, 아비바는 다 큰 성인이야. 애를 방에 가둬놓을 순 없잖아."

"딴건 다 못해도 자식 하나만은 똑소리나게 키운 줄 알았는데."

그는 언쟁할 때 늘 저열했고, 이게 내가 그와 부부였던 때가 그립지 않은 수많은 이유 중 하나다.

"어떻게 애가 그렇게 부도덕한 짓을 하게 놔둘 수 있어?" 마이크가 말했다.

"당신이 훌륭한 모범이나 되면 모를까." 나는 조용히 말했다.

"뭐? 당신 지금 뭐라고 했어?"

"서로 모욕을 주고받는 건 아무 의미 없다고 했어. 앞으로 어떻게 할 것인가 궁리해야지."

"뭘 어떻게 해? 애한테 변호사를 대주고 일이 잠잠해지기를 기다리는 수 말고 뭐가 있어?"

"우린 부모로서 딸을 지지하고 격려해야 해." 내가 말했다.

"그야 당연하지." 마이크는 두 손으로 머리를 감싸쥐었다. "쟤가 어떻게 우리한테 이럴 수 있지?"

"쟨 부모 생각은 요만큼도 안 했을걸."

"당신도 그 나이 때 그랬어?"

"아니. 그리고 나는 하원의원이 그 나이 처먹고 하는 그런 짓거리도 안 하지. 딸뻘 되는 어린 직원이랑 자는 짓 따윈 안 해. 당신은 그래?"

남편은 대답하지 않았다. 그는 전화번호부를 휙휙 넘겼다. "내가 수술한 변호사가 백만 명은 될 거야. 여기 어딘가 잘하는 변호사가 있을 텐데."

아비바와 하원의원은 둘 다 관계를 끝낸 지 이미 오래라고 주장했다. 애가 나한테 끝났다고 말하긴 했지만, 사실인지 아닌지는 알 수 없는 노릇이었다. 하원의원 말대로 인턴을 집까지 데려다주는 길이었을 수도 있다. (말이 나왔으니 말인데 당시 사고가 일어난 지점은 코코넛 그로브에 있는 아비바의 아파트나 포리스트그린에 있는 우리집 방면이 아니었다.) 그 노파가 좌회전했을 때 아비바가 그 차에 타고 있었던 건 확실히 타이밍이 나빴다.

때로는 어떤 뉴스 기사에 한 지역의 상상력이 온통 쏠리기도 하는데, 하원의원과 우리 딸에 관한 기사가 바로 그랬다. 언론 보도가 어떻게 진행됐는지 그 상세한 내용을 말하지 못할 것도 없지만, 사우스 플로리다 사람이 아니더라도 생전 들도 보도 못한 내용이나 상상 못할 내용은 하나도 없다. 보도는 그런 유의 뉴스가 늘 진행되는 식으로 똑같이 진행됐다.

하원의원과 엠베스는 TV 뉴스 인터뷰에 나왔다. 그들은 그 불륜이 부부 사이에 잠시 불화가 있었을 때 생긴 일이라고 주장했다. 불화의 시기는 지나갔어요, 라고 그들은 말했다. 두 사람은 서로 손을 꼭 맞잡았다. 하원의원은 남자답게 눈시울만 적시고 울지는 않았다. 엠베스는 오래전에 남편을 용서했다고 말했다. 자기들은 동화 속 부부가 아니라 현실적인 결혼생활을 하는 거라고, 그 비슷한 말을 했다. 엠베스가 잘 맞지도 않는 자주색 트위드 재킷을 입고 있었던 게 기억난다. 그녀는 무슨 생각을 하고 있었을까?

선거가 있는 해였으므로, 하원의원의 선거사무소 직원들은 아비바와 거리를 두려고 엄청나게 노력했다. 그들은 아비바를 롤리타 인턴으로, 르윈스키 따라쟁이로, '난잡함'의 다양한 유의어로 낙인찍었다.

아비바가 하원의원 밑에서 일한 몇 달을 상세히 묘사한 블로그를 운영한 것도 불리하게 작용했다. 때는 2000년이었고, 아비바가 블로그를 하고 있다는 걸 알았을 때 난 그게 뭔지도 몰랐다. "블로그?" 나는 아비바에게 물었다. 그 낱말은 외국어처럼 혀끝에서 겉돌았다. "그게 뭔데?"

"웹로그의 줄임말이에요." 아비바가 말했다.

"웹로그." 나는 따라 말했다. "웹로그는 뭔데?"

"일기장 같은 거. 인터넷에 쓰는 일기장."

"왜 그런 걸 하는 거야?" 나는 물었다. "넌 왜 그런 걸 했어?"

"익명으로 썼는걸. 구체적 인명은 하나도 안 나와. 일이 이렇게 되기 전까진 구독자가 세 명이었어. 난 내 경험을 글로 풀어서 이해해보려고 했던 거야."

"그럼 일기장을 사, 아비바!"

"자판을 치는 게 좋아. 난 내 손글씨가 싫어요."

"그럼 컴퓨터에 폴더를 만들고 '아비바의일기.doc'라는 워드 파일로 저장하면 되잖아."

"알아요, 엄마. 나도 안다고."

아비바의 블로그 제목은 '어느 하원의원 사무소 인턴의 블로그'였다. 아이가 얘기한 대로 레빈의 이름이나 자신의 이름은 전혀 언급되지 않았지만, 그래도 사람들은 그게 아비바임을 알아보았다. 아비바의 블로그를 판독하는 것이 한동안 사우스 플로리다 주민들의 소일거리였다.

아이는 블로그를 내리려 애썼지만 마음대로 되지 않았다. 그 블로그는 좀비 같았다. 도대체 없앨 수가 없었다. 지우면 또 어디선가 나타났다. 지금도 조금만 열심히 파보면 인터넷 어드메쯤에서 찾을 수 있다. 나도 읽어보긴 했는데―대부분 읽었고, 몇몇 부분은 한쪽 눈을 감고 봤다―야한 장면 몇 군데를 제외하면 무척 지루했다. 그리고 야한 장면은 내게 전혀 즐거움을 선사하지 않았다. 로즈와 독서 모임에서 『O 이야기』[1]를 읽었을 때와 똑같은

기분이었다.[1]

학교 측은 기자들 때문에 같이 수업을 듣는 학생들에게 방해가 된다며 아비바에게 휴학을 강권했다.

아이는 집으로 돌아왔고, 폭풍이 잠잠해질 때까지 기다렸다.

그 시기에 관해 내가 말할 수 있는 또다른 사항은 이거다. 포리스트그린의 철문에 축복 있으라! 기자들은 우리집 앞마당 잔디밭이 아니라 철문 바깥에서 우리가 나오기만을 기다려야 했다. 로즈가 식량을 갖다주었다. 그녀의 공수품에는 마초볼 수프[2]와 향긋하고 달콤한 쿠글,[3] 호밀 흑빵으로 만든 우설 샌드위치, 할라빵,[4] 베이글, 훈제 연어, 청어, 하만타셴[5]도 들어 있었다. 마치 우리 가족 중에 환자나 망자가 있기라도 한 듯.

하만타셴 하니까 생각나는 짧은 일화가 있다. 학년 수료식을 일주일 남겨놓고 랍비 바니 이사장이 나를 자기 방으로 불렀다. 그는 내게 무화과 하만타셴을 내밀었다. "교장 선생님, 하만타셴 좀 드셔보세요."

"고맙지만 사양하겠습니다." 나는 보통 하만타셴을 별로 좋아하지 않는데, 속에 든 과일의 양이 너무 적고 쿠키 부분은 푸석푸

---

1 폴린 레아주가 1954년에 발표한 성애 소설. 프랑스 에로티시즘 문학의 고전으로 불린다.
2 유대인들이 유월절에 먹는 무교병으로 경단을 만들어 닭 육수에 넣고 끓인 국물요리.
3 에그누들과 감자 등으로 만든 유대식 전통 찜요리.
4 유대교 축일에 먹는 흰빵.
5 유대 퓨림 축일(부림절)에 먹는 세모꼴 과자로, 취향에 따라 다양한 속재료를 넣어 굽는다.

석하기 때문이다.

"한입만 먹어봐요. 우리 어머니가 2년에 한 번씩 만드는 하만
타셴입니다. 큰맘 먹고 하시는 요리예요. 우리 어머니만의 특별
레시피가 있거든요. 게다가 지금 어머니는 폐암을 앓고 계세요.
저 유명한 해리엇 그린바움표 하만타셴의 마지막 작품일걸요."

나는 그의 후한 마음씀씀이에 감사를 표했지만 내 입에는 돼
지 목에 진주일 거라며 사양했다. 나는 하만타셴에 대한 내 생각
을 말했다. 그래도 이사장이 계속 먹어보라고 강권하는 통에 한
입 먹었는데, 솔직히 맛있었다. 속과일이 꽤 실하게 들었고, 하나
도 푸석하지 않았다. 분명 버터 한 팩이 다 들어갔을 것이다. 너무
달고 맛있어서 신음이 나올 지경이었다.

"교장 선생님, 이사회에서는 선생님이 직에서 물러나 주셨으면
합니다."

나는 한입 가득 하만타셴을 우물거리던 중이었다. 마실 것이
필요했지만 주겠다는 말이 없었다. 하만타셴을 다 씹어넘길 때까
지 거의 이십 초가 걸렸다. "왜요?" 나는 물었다. 물론 나는 그 이
유를 알고 있었다. 하지만 어쩌겠나, 이사장이 얘기해야지.

"아비바와 관련된 추문 때문이죠. 우리한테 이로울 게 없어요."

"하지만 이사장님, 추문에 휩쓸린 사람은 내가 아니에요. 내 딸
이 그런 거고, 걔는 성인이며, 나와는 별개의 독립된 인격체입니
다. 애가 뭘 하는지 내가 일일이 관리할 수는 없어요."

"미안합니다, 선생님. 나도 그 말에 동의해요. 그런데 지금 문제
가 되는 건 아비바의 불륜이 아니라 그 기금 모금 행사입니다. 이

사회에서는 당신이 작년에 하원의원의 기금 모금 행사를 주장하는 바람에 의혹을 자초했다고 생각해요. 부적절한 모양새가 된 거죠."

"난 불륜에 대해 전혀 몰랐어요! 기금 모금 행사하고도 아무 관계 없고요. 기억하실 텐데요. 난 그 행사를 하고 싶어하지 않았다고요."

"기억하고 말고요, 선생님 말도 믿어요. 문제는 다른 사람들 눈에 어떻게 비치는가 하는 겁니다."

"내 인생의 십이 년을 이 학교에 바쳤습니다." 내가 말했다.

"나도 알죠." 이사장이 말했다. "일이 참 껄끄럽게 돌아가네요. 이사회는 가급적 만족스러운 출구전략을 찾고 싶어합니다. 교장 선생님이 가족과 함께 좀더 시간을 보내고 싶어서 사임한다고 말할 수도 있겠지요. 선생님이 한 해 동안 겪은 고초를 생각하면 다들 이해할 겁니다."

"그렇게는 못 합니다! 거짓말은 못해요!" 나는 반쯤 남은 하만타센을 들고 있었고, 그걸 이사장한테 던질까 잠시 고민했다. 작년에는 그 멍청한 피셔가 나한테 블랙 앤드 화이트 쿠키를 던졌었다. 이 학교를 떠나는 교장은 죄다 과자류를 집어던지고 나가는 의식이라도 있나 하는 생각이 들었다.

"뭐 우스운 일이 있나요?" 이사장이 물었다.

"세상만사가 다 우습죠." 내가 말했다.

"뭐, 내일까지 잘 생각해보세요."

"내일까지 생각할 것도 없어요."

"내일까지 생각해봐요, 교장 선생님. 당신을 해고하고 싶어하는 사람은 없어요. 이 일로 또다른 추문이 생기는 걸 좋아하는 사람도 없고요. 사임하시면, 다른 곳에서 또 일자리를 찾을 수도 있을 겁니다."

나는 이튿날까지 생각했다. 그리고 사임했다.

교장실에서 개인 물품을 다 챙겨 나온 후, 나는 도시 반대편으로 차를 몰아 카미노 레알에 있는 칙칙한 분홍색 아파트로 갔다. 나는 M. 최네 집의 초인종을 눌렀다. 여자 목소리가 누구인지 물었고, 나는 배달왔다고 말했다. 여자는 배달시킨 적 없다고 했고, 나는 꽃집에서 왔다고 했다. 여자는 꽃을 보낸 사람이 누구냐고 물었고, 나는 닥터 그로스먼이 보낸 거라고 말했다. 여자는 인터폰 버튼을 눌러 아파트 공동현관문을 열었다.

내가 계단을 올라가는 사이에 M. 최는 이미 문을 열어놨다. 최는 아직 간호사 유니폼 차림이었는데, 섹시한 의상은 아니었다. 형광색 기하학 무늬가 있는 파란색 수술복이었다.

남편의 정부가 말했다. "안녕하세요, 레이철. 마이크가 꽃을 보낼 리 없다고 생각하긴 했어요."

"마이크는 꽃을 보낼 줄 아는 남자가 아니죠."

"그렇죠." 최가 말했다.

내가 말했다. "나 오늘 잘렸어요."

최가 말했다. "저런. 안타깝네요."

내가 말했다. "개떡같은 일년이었어요."

최가 말했다. "여러 모로 안타까워요. 아비바도. 그 밖에도 모두."

내가 말했다. "위로를 바란 게 아니에요. 내가 왜 여기 왔는지도 모르겠네."

최가 말했다. "차 한잔 드실래요?"

내가 말했다. "아뇨."

최가 말했다. "내가 마시려고 물을 끓이던 참이었어요. 금방이면 돼요. 앉으세요." 최는 부엌으로 갔고, 나는 거실을 여기저기 뜯어보았다. 가족사진이 있고, 고양이 사진과 또다른 고양이 사진이 있다. 마이크 사진도 하나 있는데, 병원에서 일하는 다른 사람들과 함께 찍은 단체 사진이다. 심지어 마이크는 최 옆에 서 있지도 않았다. 최가 차를 준비해서 돌아왔을 때도 나는 그 사진을 들여다보고 있었다. 나는 최가 나를 바라보고 있음을 알면서도 시간을 들여 천천히 사진을 도로 벽난로 선반 위에 올려놨다.

"설탕 넣으세요? 우유는요?"

"아뇨, 아무것도 안 넣어요."

"난 살짝 달달한 게 좋아요." 최가 말했다.

"디저트는 달달한 게 좋지요. 하지만 난 밖에서는 되도록 단 걸 피해요." 내가 말했다.

"무척 건강하고 늘씬하세요."

"그러려고 운동하니까. 내 안엔 화난 뚱뚱한 여자가 있죠."

"그 여자를 거기에 어떻게 욱여넣어놓죠?" 정부가 내게 물었다.

"재밌는 사람이네. 당신이 재밌는 사람일 거라곤 생각지도 못했는데."

"왜요?"

"내가 재밌는 사람이니까. 그이가 재밌는 사람을 원했다면 집을 지켰을 텐데."

"내가 늘 재밌는 사람은 아니었을걸요. 선생님을 너무 어려워해서 농담은 꿈도 못 꿨으니까."

"마이크를 어려워했다고요? 그거 재밌네."

"처음에 난 겨우 스물다섯이었고, 선생님은 워낙 힘 있고 성공한 사람으로 보였어요. 선생님 같은 사람이 나한테 관심을 갖다니 어안이 벙벙했죠."

"지금은 몇 살이에요?"

"삼월이면 마흔. 티백 꺼내세요. 너무 우러나면 떫어요."

나는 시키는 대로 했다. "십오 년이라."

"십오 년 동안 우려낸 티백은 틀림없이 떫은 차가 되죠." 그녀가 말했다.

"나는, 당신이 마이크와 함께 보낸 세월을 말하는 거예요."

"알아요. 그 세월의 거의 대부분이 괴로운 시간이었던 것 같아요. 내 인생이 어디로 가버렸나 싶어요."

"그 심정 알아요. 하지만 당신은 아직 젊잖아요."

"젊긴 하죠, 선생님에 비하면. 적어도 나는 중년이니까." 최는 나를 물끄러미 바라보았다. "당신도 젊네요."

"겸양 떨 거 없어요."

"겸양 떨려는 게 아니에요. 그건 그렇고, 그렇게 안 보일지 몰라도 아비바는 운이 좋은 거예요, 그 건이 십오 년 후가 아니라 지금 터져서. 아비바한테는 아직 기회가 많이 남아 있어요."

나는 재채기를 했다.

"저런. 감기 걸렸어요?" 최가 말했다.

"난 절대 앓지 않아요. 단 한 번도 병에 걸린 적 없어요."

나는 다시 재채기를 했다.

"하지만 무척 피곤하네요." 내가 말했다.

최는 냉장고에 닭 육수를 내서 만든 마초볼 수프가 있다고 했다. "내가 직접 만든 거예요. 소파에 누우세요."

남편의 정부한테서 닭고기 수프를 얻어먹고 싶은지 아닌지 헷갈렸지만, 갑자기 온몸에 힘이 쫙 빠지면서 녹초가 됐다. 최의 아파트는 작지만 깨끗하고 아늑했다. 언제부터 여기 살았을까. 나는 내 남편과 데이트하러 나갈 준비를 하는 최의 모습을 상상했다. 그를 위해 립스틱을 바른다. 잔뜩 힘주어 치장한다. 젊은 그녀, 아비바가 얼른 자라서 마이크가 나와 이혼하길 기다리는 그녀를 상상했다. 우리 모두가 가여웠다.

최는 예쁘장한 델프트 블루[1] 짝퉁 그릇에 수프를 담아왔다.

수프를 먹으니 금세 나아졌다. 부비강도 뚫리고 깔깔했던 목도 한결 낫다.

"봐요, 닭고기 수프가 몸에 좋다는 건 그냥 할머니들의 속설이

---

1 네덜란드 델프트 지방에서 16세기부터 만들어온 도자기. 푸른색 유약으로 유명하다.

아니라니까요."

"난 그 말 싫어해요. 할머니들의 속설이라니."

"미안해요."

"아뇨, 당신을 탓하는 게 아녜요. 하지만 생각해봐요, 몹시 성차별적이고 노인 차별하는 혐오표현이잖아요. '할머니들의 속설'이란 말은 미신이라거나 과학적으로 입증되지 않았다거나 어리석다는 뜻을 담고 있잖아요? '할머니들의 속설'이라고 할 때는 기본적으로 뭘 모르는 할머니들이 하는 말은 전부 무시해도 된다는 뜻이니까."

"그런 생각은 못해봤는데." 최가 말했다.

"나도 그런 생각을 해본 적 없어요. 나 자신이 할머니가 되기 전까진."

그로부터 석 달 후 테러리스트들에 납치된 비행기 두 대가 세계무역센터 건물에 충돌했고, 그와 함께 아비바게이트도 사그라졌다. 사람들은 그 추문에 관해 더이상 얘기하지 않았다. 일련의 새로운 뉴스가 기존 뉴스를 밀어냈다.

그해 겨울, 아비바는 학부를 마쳤다. 창문도 없는 학부 사무실에서 졸업장을 받았다.

이듬해 봄, 아비바는 여기저기 이력서를 냈다. 행정부나 정치권 쪽에서 계속 일하고 싶었지만, 사우스 플로리다에서는 다들 한번쯤 아이의 이름을 들어봤고, 그건 어느 모로 보나 도움이 되지 않았다. 이름을 들어본 적 없는 사람들은 구글에서 검색했고, 그걸로 끝이었다. 아이는 마케팅이나 홍보 쪽으로 눈길을 돌려 일자리를 찾았다. 그쪽 사람들은 공공부문보다는 덜할 거라는─즉 덜 도덕군자인 척할 거라는─생각에서였다. 그런데 아니었다. 솔직히 말하면, 그때는 지금만큼 아이의 처지에 연민을 느끼지 않았다. 당시의 나는 아이가 집에서 나가주기를, 혼자서 극복하고 알아서 추스르기를 바랐다.

여름이 끝나갈 무렵 아비바는 구직을 포기했다. 아이가 어디 있나 찾아보면 노상 집안 수영장에서 둥둥 떠다니며 살갗을 까맣게 태우고 있었다.

"아비바, 선크림을 바르긴 했니?"

"아니. 괜찮아요, 엄마."

"아비바, 피부 망가지겠다."

"상관없어요."

"상관있어야지! 하나뿐인 피부인데."

"상관없어."

아이는 〈해리 포터〉 시리즈를 독파하는 중이었다. 아마 4권까지 나온 때였나 기억이 가물가물하다. 〈해리 포터〉를 어른들도 읽는다는 걸 알긴 했지만, 좋지 않은 징후로 보였다. 표지에 그려진 마법사 남자애 그림도 그렇고, 너무 유치해 보였다.

"아비바, 너 책 읽는 거 엄청 좋아한다. 아무래도 대학원에 진학해야겠는걸?"

"아, 그래요? 누가 나한테 추천서를 써줄까? 어느 학교가 내 이름을 인터넷에서 검색하지 않을까?"

"뭐, 로스쿨에 원서를 넣는 방법도 있지. 배경이 의심스러운 사람들 상당수가 로스쿨에 가잖아. 어느 TV 프로에서 보니까 유죄 판결을 받은 살인범들이 자기가 직접 변호해서 무죄를 받으려고 통신으로 로스쿨을 수강한다더라."

"난 살인범이 아니야. 난 걸레고, 그건 무죄를 받아낼 수 없어."

"그 수영장 물속에 영원히 있을 순 없잖아."

"이 수영장 물속에 영원히 있진 않을 거야. 물 위에 떠 있을 거고, 『해리 포터와 비밀의 방』을 네번째로 독파할 거야. 그러고 나서 샤워를 하고, 『해리 포터와 아즈카반의 죄수』를 네번째로 읽을 거야."

"아비바."

"그러는 엄마는 구직 활동 어떻게 되어가셔?" 아비바가 말했다.

나는 해서는 안 될 짓을 하고 말았다.

해서는 안 될 짓이었다.

그때까지 나는 딸아이한테 단 한 번도 손을 댄 적이 없었다. 나는 수영장 안으로 걸어들어갔다. 허리띠가 달린 내 여름용 캐시미어 카디건이 물에 젖으면서 사방으로 퍼져 하늘거렸다. 나는 아이가 타고 있던 물놀이용 에어매트를 확 잡아당겼다. 해리 포터가 물에 빠졌고, 아비바도 잠겼다.

"엄마!" 아이가 소리질렀다.

"염병할 수영장에서 당장 나와!" 나도 소리질렀다.

해리 포터는 수영장 바닥에 가라앉았다. 아이는 도로 에어매트에 올라탔고, 나는 또 매트를 잡아당겨 빼냈다.

"엄마! 그만해, 미친년같이!"

나는 아이의 귀싸대기를 올려붙였다.

아비바의 표정이 굳었고, 코가 빨개지면서 울음을 터뜨렸다.

"미안하다." 나는 미안했다. 나는 아이를 얼싸안으려 했다. 처음에 아이는 거부했지만 곧 얌전히 안겼다.

"가끔은 돌아버릴 것 같아, 엄마." 아비바가 말했다. "그 사람은 나를 정말 사랑했어, 그치?"

"그래. 아마 그랬을 거야."

돌이켜보면, 아비바는 우울증을 앓고 있었던 게 아닐까 싶다.

나는 우리 엄마를 찾아가 조언을 구했다.

"너는 아비바를 너무 친구처럼 대했어. 부모 노릇은 못하고." 엄마가 말했다.

"알았어요. 그럼 이제 어떻게 해야 해?"

"아비바한테 집에서 나가라고 해야지."

"그렇겐 못하죠. 애는 사람들한테 따돌림당하고 있어. 돈도 없고, 직업도 없고. 어떻게 먹고 살라고?"

"사지 멀쩡하고 머리 똑똑한데 뭐가 문제야. 어떻게든 알아서 잘할 거라니까."

아비바한테 그럴 수는 없었다.

"아비바 걱정은 그만하고, 너 자신의 인생이나 걱정해라. 너도 해결해야 할 일이 있잖니."

그러나 몇 달 후 아비바는 집을 나가버렸다.

나한테 상의 한마디 없었다. 어디로 간다고 주소도 남기지 않았다. 휴대폰 번호는 안다. 일 년에 한두 번쯤 전화가 온다. 손주도 생긴 것 같던데. 인생 살다 보면 서글프다는 게 이런 거겠지.

아비바가 말없이 나가버렸다 한들 내가 뭐라 탓할 수 있겠는가? 사우스 플로리다에서는 아이가 건질 게 전혀 없었다. 사람들은 재수없는 온라인 미팅남 루이스처럼 생각한다. 몇몇 자극적인 문구만 기억한다. 자신이 한 사람의 인간에 대해 얘기하고 있다고 생각지 않는다. 자신이 누군가의 딸자식에 대해 얘기하고 있다고 생각지 않는다.

마이크와 나는 아비바가 떠나고 몇 달 후에 이혼했다. 우리가 아비바 때문에 함께 살았다고까진 하지 않겠지만, 아비바가 없으니 남편과는 딱히 접점이라고 할 만한 게 전무했다. 우리는 아비바의 부모였다. 요컨대, 결혼 전에 쓰던 성으로 돌아간다고 대참사가 일어나는 건 아니었다.

나는 이따금 마이크와 마주친다. 그는 재혼했다. 덧붙이자면 그때 그 정부는 아니다. 그 불쌍한 여인은 기다리고 기다리다 결국 그를 딴 여자한테 장가보냈다. 나는 내 처지보다 그녀의 처지에 훨씬 더 분노했다. 마이크의 새 아내로 말하자면—내가 그 여자에 대해 뭘 알겠는가? 나보다 젊긴 하지만 우리 딸보다는 나이가 많다. 그럼 됐지 뭐.

레빈 얘기도 해야 할까? 그는 여전히 하원에 있다. 다른 사람들 딸 앞에서 제 성기는 그럭저럭 잘 간수하고 다니는 모양이다. 그 얼마나 훌륭한 남자인가.

열하나

엄마의 여든다섯번째 생일을 한 달 앞두고 요양원에서 전화가 왔다. 엄마가 병원으로 실려간다고. 폐렴이고 밤을 넘기지 못할 수도 있다고.

나는 아비바의 휴대폰으로 전화를 걸었다. 아이는 절대 전화를 받는 법이 없었지만, 어쨌든 전화를 걸었다. 로봇 음성이 아이의 전화번호를 읊었다.

"엄만데, 외할머니 돌아가시기 전에 뵙고 싶다면 지금 당장 사우스 플로리다로 날아와야 할 거다. 전화해."

나는 병원 로비에 앉아서 아이의 전화를 기다렸다. 깜박 잠이 들었고, 눈을 뜨니 미미 이모가 옆에 앉아 있었다.

"좋은 소식이 있어!" 이모가 말했다. "보카러톤 미술관에서 생일파티를 열 수 있게 됐단다. 정원에서 결혼식을 하려던 사람들이 취소했대!"

"이모, 지금 제정신이야? 엄마는 생명유지장치를 달고 있다고. 십중팔구 돌아가실 거야."

"언니는 이겨낼 거야. 늘 그랬으니까."

"아니, 이겨내지 못할지도 몰라. 엄마는 여든넷이야. 며칠 못 가서, 결국 이겨내지 못할 거야."

"레이철 셔피로, 너 참 매정한 애구나." 미미 이모가 말했다.

"그게 현실주의자를 뜻하는 거라면, 응, 맞아, 난 '매정한 애'야."

"최악의 상황을 상정하는 게 최악의 상황이 발생하는 것을 막아주는 보험은 아니다, 너."

말도 안 되는 일이 일어났다. 결국 이모 말이 맞은 것이다. 엄마는 이겨냈고, 우리는 보카러톤 미술관에서 생일파티를 했다. 엄마는 우리가 열어준 여든다섯번째 생일파티에 다섯 살배기 어린애처럼 신나 보였다.

엄마가 말했다. "미술관."

엄마가 말했다. "멋져."

엄마가 말했다. "레이철."

엄마가 말했다. "아비바."

그렇게 말씀하신 것 같다는 얘기다.

재활병원으로 돌아가는 차에 엄마를 태워드리고 나는 내 차로 걸어가는데 누가 내 이름을 불렀다. 루이스 그 재수없는 미팅남이었다. 그는 아들 부부와 함께 미술관을 관람하고 있었다.

"레이철 셔피로, 우연찮게라도 마주치길 엄청 바라고 있었어요. 이건 좀 알아주세요, 그 아비바가 댁의 아비바라는 걸 알았다면 절대 그런 말은 안 했을 거예요."

"마침내 알아냈군요."

"제가 알아낸 건 아니고요. 제가 많이 둔해서요. 토라 낭독 축

98

일[1]에 시너고그에 갔는데 로즈 호로위츠가 있더라고요. 그 사람이 당신과 친한 친구라는 게 생각나서 혹시 무슨 일인지 아냐고 물어봤더니 얘기해주더군요."

"로즈와 나는 더이상 친한 친구가 아녜요." 내가 말했다.

"에이, 설마요. 우정이란 게 썰물 때와 밀물 때가 있죠."

"로즈가 시너고그에 왔어요?"

"별로 잘 지내고 있진 못하더군요. 남편이 죽었어요."

"유리 남이 죽었어요?"

"심장마비라더군요."

"가엾은 로즈. 전화해봐야겠네."

루이스가 말했다. "제가 원래 좋아하는 사람 앞에서는 안절부절못하고 말이 많아집니다. 당신한테 멋지고 재밌는 사람으로 보이고 싶어서 좀 허세를 부렸는데, 미안합니다, 그게 역효과였네요. 제가 사교적인 척 굴지만 실은 낯을 많이 가려요."

그러거나 말거나.

"확실히, 저는 댁의 따님을 모릅니다. TV에 나온 얘기는 알지만, 따님을 아는 건 아니죠. 그리고 우리가 그 얘기를 하게 된 건, 아닌 게 아니라, 운이 나빴어요."

"운이 나쁜 게 아니라," 내가 말했다. "당신이 우리집 애에 관해 물었잖아요."

이건 반박하지 못하는군.

1 유대교 회당에서는 예배 때 경전 토라를 일 년에 걸쳐 완독하며, 매년 낭독이 끝나고 다시 시작하는 날을 축일로서 기념한다.

그래서 나는 말했다. "아비바가 내 딸이 아니었다면요? 누군가의 딸자식에 대해 그런 식으로 말해야 하나요? 레빈은 성인 남자이자 선출직 공무원이고 내 딸은 사랑에 빠진 철부지였는데, 레빈은 결국 아무 탈 없이 잘 살고, 내 딸만 두고두고 회자되는군. 뭐야, 그리고 십오 년이 지났는데, 어째서 그애가 또다른 꼰대의 농담거리가 돼야 하는 거지?"

"죄송합니다." 그가 말했다. "본의 아니게 실언을 했어요. 그때로 돌아갈 수만 있다면, 테이프를 되감아 데이트하던 때로 시간을 되돌릴 수만 있다면 좋겠습니다."

"테이프 같은 건 이제 없어요, 루이스. 0과 1뿐이고, 그것들은 절대 사라지는 법이 없죠."

"당신은 머리도 좋고 배짱도 두둑하네요. 난 배짱 있는 여자가 좋더라. 우리 나이도 먹을 만큼 먹었는데, 다시 한번 시도해볼 여유가 있잖아요? 다시 해볼 의무가 있지 않을까요?"

"난 오랫동안 혼자였고, 계속 혼자 있어도 좋은데요."

"그래도, 우린 좋은 것 이상으로 잘 살 것 같아요."

"난 좋은 걸로도 충분해요."

"칼같이 냉철한 분이시네요."

나는 우리 이모도 똑같은 말을 했다고 말해줬다.

"나는 냉철한 게 좋아요." 그가 말한다. "제발." 그가 말한다. "다시 해봅시다."

내가 예순넷이고 여자라는 이유만으로 사람들은 내가 아무하고나 살아도 좋아라 할 거라고 생각한다. 그러나 유리남 같은 개

자식이나—고인의 명복을 빕니다—우리 딸을 모욕한 허풍쟁이
와 사느니 혼자 살고 말겠다.

웃기는 일이 생겼다. 엄마가 미술관에서 귀걸이 한쪽을 잃어버
렸다. 엄마는 잃어버린 줄도 모르고 있었는데, 몇 주 후에 미술관
도슨트한테서 전화가 와서 당신 어머니의 귀걸이가 여기 있는 것
같다고 하는 것이다. 그녀는 귀걸이의 생김새를 자세히 묘사했
다—에메랄드와 오팔과 비취와 다이아몬드가 포도와 이파리처
럼 커팅되어 있다고. 나는 그게 우리 엄마 건지 어떻게 알았냐고
물었다. 도슨트가 말했다. "어머님이 홀로코스트 희생자 추모의
날에 고등학교에서 종종 강연하셨던 건 아시죠? 그때 부친이 보
석 세공인이었다는 말씀을 하셨고, 이름이 베른하임이라고 했던
걸 기억하는데, 귀걸이 안쪽에 베른하임이라고 새겨져 있어요."
    "어떻게 그런 걸 다 기억하고 있어요?" 내가 말했다.
    "어머님이 오셔서 하신 말씀이 전 무척 좋았거든요. 정말 깊은
감명을 받았어요."
    나는 필라테스 수업을 마치고 미술관으로 차를 몰았다. 그런
데 아무리 찾아도 도슨트가 안 보여서 잠시 미술관 안을 여기저
기 돌아다녔다. 초등학교 고학년, 아마도 5학년쯤 되는 아이들
무리가 보였고, 나이 지긋한 남자—즉 내 또래라는 얘기다—가
아이들에게 목판화 제작기법을 가르치는 중이었다. 남자는 나무
에 간단한 도안을 새겨넣고, 잉크가 가득 담긴 쟁반에 나무를 적
셨다가, 종이를 얹고 롤러로 문지르는 법을 아이들에게 알려주었

다. 굉장히 너저분했고, 나는 보통 너저분한 것들을 좋아하지 않는다. 남자는 장갑도 안 꼈고—나한테는 미친 짓으로 보였다—두 손은 잉크범벅이었다. 눈은 초록색이고, 녹슨 색깔의 턱수염에, 머리에는 털이 한 올도 없었다. 그는 절묘할 정도로 차분했다. 남자가 고개를 들어 나를 쳐다보더니 물었다. "뭔가 도와드릴 일이라도?"

"아뇨, 누굴 좀 만나기로 했는데 그 사람을 찾지 못해서요. 하시는 거 구경하는데 재밌네요."

남자는 어깨를 으쓱했다. "좋을 대로 계세요."

그래서 나는 뒤쪽에 앉았고, 솔직히 그가 아이들과 함께 목판화 만드는 모습을 보고 있자니 무척이나 평화로워졌다. 잉크에서는 기분 좋은 약 냄새가 났다. 목판이 틀 안에서 리드미컬하게 사각거리는 소리가 즐거웠다. 그중에서도 가장 좋았던 것은 아이들이 작업에 집중하면서 내는 조용한 웅성거림이었다. 내가 교육자였을 때 가장 좋아하던 것 중 하나였다.

아이들이 나가자 남자가 말했다. "한번 해보실래요?"

내가 말했다. "흰옷을 입고 있어서요. 안 되겠네요."

"다음에 언제 해보세요."

그는 싱크대에서 손을 씻었는데, 깨끗이 씻기진 않았다. 그제서야 나는 남자가 누군지 기억났다. 손톱이 지저분한 앤드루였다. 미술하는 사람이었구나! 자기가 미술한다고 얘기를 했던가? 나도 잘 모르겠다, 저 손톱 때문에 너무 심란했으니까. 하지만 때라고 생각했던 게 잉크라는 걸 알고 나니, 모든 것이 완전히 다르게 다가왔다.

"앤드루." 내가 말했다.

"레이철." 그가 말했다.

"못 알아봤어요."

"난 바로 알아봤는데."

"내 사진이 십 년은 어려 보인다고 했지." 나는 농담으로 말했다.

"그때 내가 좀 쌀쌀맞게 굴었죠." 그가 말했다.

"아, 괜찮아요. 나는 그런 데 무딘 편이니까." 내가 말했다. "그나저나 내가 무슨 허영심이 있어서 그런 건 아니고. 음, 민망하지만, 솔직히 그게 언제 찍은 사진인지 까맣게 잊고 있었어요. 그게, 어떻게 보면 2004년이 또 그렇게 오래전 같진 않잖아요."

"내가 참 형편없는 놈이었죠. 그전까지 미팅을 꽤 많이 했는데 다 허탕치는 바람에 홧김에 당신한테 퍼부었어요." 그가 말했다. "어쨌든 당신 말이 무슨 뜻인지 압니다. 애들이 다 크고 나면 시간 감각이 좀 없어지죠. 애가 있으신가요? 말 안 한 것 같은데."

"하나 있어요. 외동딸. 아비바."

"아비바. 예쁜 이름이네요. 아비바 얘기 좀 들려주세요."

제2장
어딜 가든 나는 나

제인

Jane

하나

유난히 진흙탕 싸움을 벌이던 선거운동이 한창일 때, 모니카 르윈스키에 필적하는 플로리다의 맞수 아비바 그로스먼이 꿈에 나오기 시작했다. 세기가 바뀔 무렵 플로리다에 살지 않은 사람은 아마 그녀를 기억하지 못할 것이다. 그 사건이 잠시나마 전국지 표제를 장식한 이유는 아비바 그로스먼이 멍청하게도 익명의 블로그를 운영하면서 거기에 사건의 '하이라이트 장면' 일부를 자세히 묘사했기 때문이다. 결코 그 남자의 이름을 언급하지는 않았다―그래도 다들 알았다! 흔히들, 아비바가 사람들이 알기를 '바라지' 않았다면 블로그를 하지 않았을 거라고 짐작한다. 그러나 나는 그렇게 생각지 않는다. 내 생각에 그녀는 어리고 철이 없었으며, 또 당시 사람들은 지금에 비하면 인터넷의 속성을 잘 알지 못했다. 자, 그래, 아비바 그로스먼 말이다. 스무 살짜리 인턴 아비바는 마이애미의 하원의원 에런 레빈과 불륜 관계였다. 하원의원이 기자회견에서 발표한 느물느물한 성명서를 인용하자면, 그는 그녀의 '직속상관'이 아니었다. "저는 단 한시도 그여자의 직속상관이 아니었습니다." 레빈 하원의원은 말했다. "그러므로 제 가족, 특히 아내와 아이들이 입은 상처에 대해서는 무척 미안합니다만, 위법한 일은 없었다는 점을 확실히 말씀드립니다." '그 여자'라니! 하원의원은 아비바 그로스먼의 이름조차 입에 올리지 않았다. 지역 내 모든 뉴스채널과 일간지에 불륜의 자세한 묘사가, 익히 알 만한 지저분하고 뻔하고 인간적인 내용이 몇 달 동안 실렸다. 심지어 한 채널에서는 아비바가 신출귀몰하게 해변에 나타나는 허리케인이나 범고래라도 되는 듯 '아비바 관찰하기'라는 고정 코너를 신설했다. 그로부터 십오 년이 지나고, 레빈은 여전히 하원에 있다. 아비바 그로스먼은, 그녀의 이력에는 마이애미 대학의 정치학 및 스페인 문학 복수전공 학위와, 구글 검색을 하면 끈질기게 나오는 블로그와, 저 악명 높은 인턴 활동도 포함되어 있으므로, 취업이 불가능했다. 사람들이 그녀의 가슴에 주홍글씨를 새긴 건 아니었지만, 사실 새길 필요도 없었다. 그러라고 인터넷이 있는 거니까.

하지만 내 꿈속에서 아비바 그로스먼은 용케도 그 모든 것을 극복했다. 꿈속의 그녀는 사십대이고, 세련된 커트머리이며, 중성적인 바지정장 차림에 눈길을 끄는 터키석 목걸이를 하고 공직 선거에 출마했다. 무슨 선거인지 꿈에서는 확실치 않다. 하원의원 선거 같았는데, 너무나 시적으로 합당해 보였다. 하지만 이건 어디까지나 내 꿈이니까, 그냥 하원이라고 해두자. 하여간 그녀가 기자회견을 하는데 한 기자가 그 불륜 사건에 관해 질문했다. 처음에 아비바는 정치인다운 대답—"그건 상당히 오래전 일입니다만, 저 때문에 상처를 입으신 모든 분들께 사죄의 말씀을 드립니다."—을 했고, 그 말은 레빈 하원의원의 말과 별반 다르게 들리지 않았다. 질문을 한 기자는 집요했다. "글쎄요," 아비바 가 말했다. "지금의 제 나이가 되어, 또 지금의 제 위치가 되어 여러분께 백 퍼센트 확실하게 드릴 수 있는 말씀은, 저는 결코 제 선거사무소 인턴들과 같이 자지 않을 거라는 거죠. 어쨌든 뒤돌아봤을 때, 당시 제가 했던 역할과 행동을 곰곰 되짚어봤을 때 제가 할 수 있는 말은…… 그에 대해 제가 할 수 있는 유일한 말은, 저는 너무 낭만적이었고 너무 어렸습니다."

둘

내 이름은 제인 영. 나이는 서른셋이고, 직업은 행사 기획자지 만 일거리의 대부분은 웨딩플래닝이다. 사우스 플로리다에서 나 고 자랐지만 지금은 메인 주 앨리슨 스프링스에 거주하고 있다. 포틀랜드에서 십오 분가량 떨어진 이곳은 여름철 데스티네이션 웨딩[1] 장소로 인기가 높다. 가을에는 인기가 좀 빠지고 겨울에는 더욱 빠지지만, 그럭저럭 먹고사는 데 지장은 없다.

음, 또 무슨 얘기를 할까? 지금 하는 일을 좋아하긴 하지만 어 렸을 때는 내가 이런 일을 할 줄 상상도 못했다. 대학에 진학해서 하려고 했던 일은 여러 가지 이유로 결국 포기했지만, 나는 내가 커뮤니케이션, 심리학, 정치학, 연출기법, 창의력 등 다양한 분야 를 조합하는 재주가 있다는 걸 알게 됐고, 그것은 결혼식을 기획 하는 데 필요한 요소였다.

아, 내게는 여덟 살짜리 조숙한 딸 루비가 있고, 애아빠는 가족 사진에 없다. 루비는 진짜 똑똑한 애지만, 애들 정신건강에 유익 한 정도보다 더 많은 시간을 예비 신부들 주변에서 보낸 것 같다.

---

1 하객들이 휴가를 즐기는 동시에 결혼식에 참석할 수 있도록 기획한 휴양 지 결혼식.

지난주에 루비가 내게 이런 말을 했다. "난 절대 신부가 되고 싶지 않아요. 신부들은 하나같이 불행한걸."

"에이," 내가 말했다. "행복해 보이는 사람도 있긴 있더라."

"아냐," 루비는 확신을 담아 말했다. "덜 불행해 보이는 사람도 있는 거지."

"불행한 신부들은 제각각의 사정으로 불행하지." 내가 말했다.

"물론 그렇겠죠." 루비는 눈썹을 찡그렸다. "근데 그게 무슨 뜻이에요?"

나는 저 옛날 톨스토이의 말로 장난을 쳐본 거라고 해명했고, 루비는 한숨을 쉬며 눈알을 굴렸다.

"좀 진지해져봐요."

"그래서 넌 평생 결혼 안 할 거야?" 내가 말했다. "엄마 일에 그다지 좋은 광고가 될 것 같진 않은데."

"난 그렇게 말하지 않았어요." 루비가 말했다. "내가 결혼을 할지 안 할지는 몰라요. 난 여덟 살이잖아. 하지만 내가 절대 신부가 되고 싶어하진 않을 거라는 건 알아요." 루비는 딱 좋은 나이다. 대화가 통할 만큼 충분히 컸지만 아직 십대는 아니다. 애는 너드기가 있고 약간 통통한 편이지만 깨물어주고 싶을 만큼 귀엽다. 나는 아이의 튼튼한 팔뚝을 꽉 깨물고 싶다. 아무튼, 나는 애한테 컴플렉스를 심어주게 될까봐 몸무게에 대한 얘기는 일절 꺼내지 않는다. 내가 루비 나이였을 때 비만이었고 우리 어머니는 귀가 닳도록 내 체중 얘기를 하고 또 했다. 그리하여, 결과적으로, 그래, 나는 내가 몇 가지 컴플렉스의 당당한 보유자임을 밝히는 바이다. 하지만 누군들 안 그렇겠는가? 생각해보면, 사람이란 기후와 풍토에 대응해 지어진 구조물에 지나지 않는 것 아닌가?

셋

　나의 사무실 정문은 시내 중심가 문구점과 초콜릿 가게 사이에 있다. 때는 십일월이었고, 일은 한가했다. 봄과 여름의 고객 커플 몇 명과 간단한 연락을 주고받고 나면, 오전에는 온라인 쇼핑으로 딱히 필요도 없는 물건들을 지르며 소일한다. 한 여자의 옷장에 검정색 시프트 드레스를 몇 벌이나 넣을 수 있을까? 아주 많이, 라고 나는 말하련다. 최근 확인된 바로는 열일곱 벌이다. 웨딩플래너는 결혼식 때 장례식 가듯 옷을 입는다. 세상 모든 신부는 불행하다는 루비의 말을 되씹고 있을 때 프래니와 웨스가 막 사무실 문을 열고 들어왔다. 그들은 예약도 없이 왔지만, 일 년 중 이맘때는 예약이 필요치 않긴 하다.

　프래니는 프랜시스 링컨이었다. 스물여섯 살인데 아직 여물지 않았다. 예쁜 편이었지만 어쩐지 숙성되지 못한 반죽 같은 느낌이었다. 프래니는 유치원 선생님─당연히 유치원 선생님이지! 그녀보다 더 유치원 선생님 같아 보이는 사람은 세상에 없을 거다─인데 휴직중이라고 했다. 웨스는 웨슬리 웨스트였다. 이름을 보아하니 부모님이 장난 아닐 듯했고, 나는 그 괴수들을 만나보고 싶어졌다. 웨스는 부동산 중개인이고, 자기 사무실이 여기서 모퉁이만 돌면 바로라고 하는데 나는 한 번도 그를 본 적이 없다. 또 하는 말이 자기는 정치적 야망이 있다고 한다. "아셔야 할 것 같아서요." 웨스는 비밀 모의하는 투로 앨리슨 스프링스의 미래를 위해 내가 그것도 모르면서 웨딩플래닝을 하면 안 된다는 식으로 말했다. 그는 스물일곱이었고, 그의 악수는 지나치게 힘이 들어갔다—뭘 증명하려는 건가, 젊은이? 그동안 의뢰인들을 만나온 경험으로 보건대 이 두 사람은 어느 면에서도 예외랄 게 없었다. 결혼식은 사람들을 케케묵은 고정관념 속의 남편과 아내로 변화시키는 교활한 구석이 있다.

"원래는 도시 업체로 할 생각이었는데." 웨스가 말했다. 여기서 '도시'란 건 포틀랜드를 말하며, 이 자식이 찔러보는 거 맞다.

"나도 도시에서 왔는데요." 나는 웃으며 말했다.

"그랬는데, 동네 사람하고 해보면 어떨까 싶더군요. 그러니까, 내가 맨날 이 앞을 지나다니거든요. 괜찮더라고요. 구석구석 깔끔해 보이고, 전부 다 흰색이고, 마음에 들어요. 게다가 나는 시의회에 출마할 생각이니까 지역 업체를 알아두는 것도 좋죠. 아시다시피 우리 선거구잖아요. 이맘때라면 분명 일도 한가하실 테고."

나는 그들에게 결혼날짜가 정해졌냐고 물었다.

웨스는 프래니를 쳐다봤고, 프래니는 웨스를 쳐다봤다. "일 년 후쯤 결혼하려고 해요, 내년 십이월에." 프래니가 말했다. "그 정도면 시간이 충분한가요?"

나는 고개를 끄덕였다. "넉넉하죠."

"이 사람은 겨울 결혼식이 낭만적이래요." 웨스가 말했다. "하지만 나는 가성비가 좋다는 게 마음에 듭니다. 장소도 편하게 고를 테고, 여름 성수기 대비 반값이니까. 내 말이 틀렸나요?"

"반값은 아니지만 확실히 저렴하죠." 내가 말했다.

"겨울 결혼식은 정말 낭만적이에요, 그렇게 생각지 않으세요?" 프래니가 말했다.

"그렇죠." 내가 말했다. 신부와 신부 들러리는 얼어죽을 지경일 거고, 눈이라도 내리면 멀리서 오는 하객 중 절반은 나타나지 않겠지. 거기에도 낭만이 있다면 있는 거지. 뭐 그래도 겨울 사진은 언제나 근사하게 나오기도 하고, 사진이 실제 행사보다는 좀더 기억에 남는 것도 같고. 어쨌거나 이들은 성인이었고, 나는 까딱 입을 잘못 놀려 겨울철 일거리를 날려먹을 생각은 없었다.

넷

몇 주 후에―아마도 대도시의 웨딩플래너 한두 사람을 더 만나본 후에―그들은 다시 와서 계약을 하고 예약금을 걸기로 했다. 약속시간에는 프래니만 나타났다. 드문 일은 아니었는데도 그녀는 웨스가 나오지 않았다는 사실에 당혹스러워했다. "기이하죠? 나쁜 징조 같죠? 그러니까, 남자도 와야 맞는 거 아닌가요?"

"기이할 거 하나도 없는데요." 나는 프래니가 내미는 수표를 받으면서 말했다. "종종 두 분 중 한 분과 더 자주 만나서 일을 하게 되는걸요. 두 분이 항상 같이 다닐 수는 없잖아요."

프래니는 고개를 끄덕였다. "집을 보여주는 중이래요. 그건 그이 맘대로 시간을 조정할 수 없는 일이라."

"백 퍼센트 이해합니다." 내가 말했다. "프로포즈는 어떻게 받았어요? 제가 묻지 않았던 것 같은데." 나는 계약서를 파일 캐비닛에 넣었다.

"아, 낭만적이었어요." '낭만적'은 프래니에게 대단히 중요한 단어였다. "음, 제가 보기엔 낭만적이었어요. 막상 말하려고 보니 기이하게 들릴 수도 있겠네요." '기이하다'는 프래니의 또다른 중요 단어였다.

웨스는 프래니 어머니의 장례식 때 프로포즈를 했다. 장례식 중간은 아니고, 장례식 직후에. 묘지 주차장에서 한 것 같다는 느낌을 받았는데 확실치는 않다. 프래니가 눈물 콧물 범벅이 되어 슬피 울고 있는데, 웨스가 한쪽 무릎을 꿇고 이 비슷한 말을 했다. "오늘이 당신 인생에서 가장 슬픈 날이 되진 않을 거야." 으웩. 나쁜 의도는 아니었겠지만, 이건 내가 웨스에 관해 들은 말 중 단연코 최악이었다. 아니 도대체, 어떤 날들은 인생에서 가장 슬픈 날이 될 수밖에 없다. 게다가, 어머니를 방금 여의었는데 인생에서 가장 중요한 결정을 내려야 했다고? 나는 이 사람들을 잘 모르지만, 그건 가장 약해진 틈을 타서 등쳐먹은 거나 마찬가지였다. 나는 웨스 웨스트에게 혐오감이 들기 시작했다. 혐오감이 스멀스멀 밀려들었다. 신랑을 싫어하게 되는 경우가 종종 있긴 하지만, 보통은 이렇게까지 급속도로 진행되진 않는다.

"아, 정말 기이해요. 기이하지 않아요?" 프래니가 말했다.

기이한 게 아니라 섬뜩한 거지. 섬뜩한데, 비범할 건 없고. 나는 프래니를 잘 몰랐고 내가 관여할 바도 아니었다. 나는 그 순간 낯빛으로 드러났을지도 모르는 생각을 감추기 위해 나답지 않은 짓을 했다. 나는 책상 너머로 손을 내밀어 그녀의 손을 꼭 잡고 말했다. "늦었지만 삼가 어머님의 명복을 빌어요."

프래니의 입술이 떨렸고, 그 크고 파란 눈에 눈물이 고였다. "아, 이런." 그녀가 말했다. "아, 이런."

나는 프래니에게 휴지를 건넸다.

"난 몸만 컸지 애기네요." 그녀가 말했다.

"아뇨, 슬퍼서 그런 거예요. 망망대해에 닻도 없이 흘러가는 느낌이셨겠죠."

"네, 바로 그런 느낌이었어요. 망망대해를 흘러가는. 댁의 어머니는 살아 계신가요?"

"네, 하지만 별로 자주 보진 않아요." 내가 말했다.

"어떻게 그럴 수가."

"저도 딸이 하나 있어요. 그래서 대충 어떤지 상상은—"

"근데 어머니가 손녀를 보고 싶어하지 않으세요? 당신의 손녀딸인데요? 말도 안 돼!"

"보고 싶어하시겠죠. 사정이 좀 복잡해요."

"아무리 복잡해도 그렇죠." 프래니가 나를 보며 미소지었다. "제가 너무 나갔네요. 죄송해요. 너무 편하게 대해주셔서 우리가 친구는 아니라는 사실을 깜박했어요."

귀여운 아가씨였다. "숙제는 해오셨나요?" 나는 그들에게 본인들이 상상하는 결혼식에 영감을 줄 만한 사진을 모아오라고 했었다.

프래니는 가방에서 태블릿을 꺼내 그들이 고른 사진을 보여주었다. 카우보이 부츠를 신은 신부 그리고 에스콧타이에 연미복을 입은 신랑. 파이 뷔페 그리고 7단 웨딩 케이크. 거베라 데이지가 가득 든 은색 양철통 그리고 키가 일 미터쯤 되는 백합과 장미 꽃꽂이 수반. 깅엄 체크무늬 테이블보 그리고 하얀 리넨 테이블보. 바비큐치킨 그리고 안심스테이크. 서울쥐와 시골쥐의 결혼식이

118

었다.

"별로 진도를 못 나갔어요. 그이가 고른 것도 있고, 제가 고른 것도 있어요."

"예, 그렇네요."

"웨스는 품격 있고 우아하게 하고 싶어하는데, 저는 소박한 전원풍으로 하고 싶어요. 이걸 좀 어떻게 해주실 수 있나요, 아니면 영 가망이 없나요?"

"가망 없습니다." 내가 말했다.

프래니는 웃음을 터뜨리며 얼굴을 붉혔다. "이것 때문에 둘이 좀 싸웠어요. 그냥 살짝 말다툼이었지만. 웨스는 내 취향이 단순하대요. 하지만 저는 하객들이 느긋하고 편안한 느낌을 받았으면 좋겠어요. 피했으면 좋겠다 싶은 느낌은 그—" 그녀는 표현을 찾다가 결국 이 단어로 정했다. "공장식요."

"품격과 소박이라. 생각 좀 해볼게요. 샹들리에와 하얀 테이블보가 있는 헛간. 아니면 십이월이니까, 흰색과 빨간색 깅엄 리본을 맨 메이슨 자[1]하고 안개꽃과 소나무 가지, 삼베 테이블보를 깐 산뜻한 호텔 대연회장 설정도 가능하겠네요. 연회장을 가로질러 반짝거리는 하얀 크리스마스 전구를 매달고, 손바닥만한 칠판에 손으로 적은 좌석 지정 표시를 놓고. 레이스 캐노피와 하얀 리넨 냅킨. 바비큐치킨과 파이. 타닥타닥 타오르는 벽난로. 네, 보이네요." 나는 말 그대로 그 장면이 눈에 선했다. 요즘은 다들 우아하고 소박하길 원한다.

1 뚜껑과 손잡이가 있어 컵과 보관 병으로 병용할 수 있는 유리 용기.

"너무 아름다울 것 같아요." 프래니가 말했다.

문에 달린 종이 댕그랑 울렸고, 루비가 들어오더니 책가방을 바닥에 턱 내려놨다. "이쪽은 내 조수예요." 나는 프래니에게 말했다.

루비는 손을 내밀어 프래니에게 악수를 청했다.

"프래니라고 해요. 조수라기엔 많이 어려 보이는데." 프래니가 말했다.

"그렇게 말씀해주시니 고맙습니다만, 난 쉰세 살입니다." 루비가 말했다.

"조수가 무척 동안이죠. 프래니는 우아하면서도 소박한 결혼식을 원하신다는군." 나는 루비에게 말했다.

"아이스크림 트럭이 있어야겠네. 전에 아이스크림 트럭으로 소박하고 세련된 결혼식을 만들었잖아, 엄마. 아이스크림 트럭은 누구나 좋아한다고."

"회사에서 엄마라고 부르면 안 되지. 실장님이라고 불러."

"다들 주차장에 나가서," 루비는 아랑곳하지 않고 계속했다. "먹고 싶은 아이스크림을 골라서 공짜로 실컷 먹었잖아. 진짜 최고였지."

"진짜 굉장했지, 하지만 프래니의 결혼식은 십이월이야."

"맞아." 프래니가 말했다. "하지만 아주 재밌을 것 같아요. 십이월에도 하면 안 될까요? 십이월이라고 전부 다 아이스크림을 안 먹는 건 아닐 테니까. 게다가 십이월에 아이스크림은 훨씬 더 재밌을 거예요. 뭐랄까, 추위를 껴안는달까?"

그날 저녁 나는 웨스로부터 아이스크림 트럭 건은 '수용 불가' 임을 고지하는 전화를 받았다. "바보 같아 보이잖아요." 웨스가 말했다. "내가 초대하는 하객들 중에는 나중에 내게 투표할 유권 자들도 있고 선거 기부금까지 후원할 사람들도 있는데, 그 사람 들이 나를 한겨울 결혼식에 아이스크림 트럭을 부르는 사람으로 생각하면 안 되죠."

"알았어요. 아이스크림 트럭은 빼죠."

"찬물을 끼얹으려는 건 아니지만, 그건…… 무식한 생각 같 아요."

"무식한이라. 상당히 과격한 표현인데요."

"무식하죠. 생각이 없고, 어수선한 머리에서 나온 발상이에 요. 내가 프래니를 사랑하긴 하지만, 좀 망상에 빠지는 경향이 있 어요."

나는 생각했다. 그래, 프래니는 머리가 있고, 머리란 것들은 원 래 성가시게 이것저것 아이디어를 내는 경향이 있지. "그 부분에 아주 확고한 의사를 갖고 계시네요. 웨스, 솔직히 지금은 그냥 브 레인스토밍 단계예요. 실제로 트럭을 대여하거나 뭐 그런 것도 아니고요."

"아니, 요는, 그쪽에서 프래니한테 겨울이라 아이스크림 트럭 을 확보할 수가 없다고 말해줬으면 해서요. 지금 프래니는 완전 히 마음을 굳혔거든요. 아주 기발하다나, 나 원."

"당신이 직접 프래니한테 마음에 안 든다고 말하는 편이 간단 하지 않을까요? 제 말은, 네, 프래니가 그 아이디어를 좋아하긴 했죠, 하지만 그게 그녀에게 그렇게까지 중요한 건 아닐 거예요. 프래니는 굉장히 많은 것들을 좋아하잖아요. 무척 긍정적인 사람이고."

"예," 그가 말했다. "그러니까 난 그쪽이 말해야 한다고 생각해요. 내가 말하면 난 결혼식의 재미를 망친 남자가 되죠. 당신이 말하면, 그냥 팩트일 뿐인 거고요. 웨딩플래너는 십이월에 아이스크림 트럭을 구할 수 없다는."

"하지만 나는 십중팔구 아이스크림 트럭을 구할 수 있어요." 내가 말했다.

"뭐, 그야 그렇겠죠, 하지만 프래니는 모를 테니까." 웨스가 말했다.

"솔직히 난 당신의 약혼녀에게 거짓말하는 게 마음이 편치 않습니다. 나는 고객들에게 절대 거짓말을 하지 않으려고 노력합니다. 그리고 아이스크림 트럭 같은 하찮은 일로 거짓말을 한다는 게 어이가 없는데요."

"어이없는 일이죠, 그러니까 심각할 거 없잖아요? 그리고 사실 거짓말도 아니죠. 당신은 당신이 제공하는 노동에 대해 비용을 지불하는 사람의 바람대로 실행하고 있는 거니까." 웨스가 말했다. "그럼 당신만 믿어요, 제인."

나는 이 징징이한테 딴 데 가서 알아보라고 하려다가 말았다. 내가 말은 안 했지만, 우리 귀여운 책벌레 루비 씨는 학교에서 괴롭힘을 당하고 있었다. 나는 아이가 괴롭힘을 당할 때 엄마로서 할 법한 조치들을 죄다 취했다. 학교 책임자를 만났다. 다른 학부모들한테 연락했다. 아이의 온라인 활동을 추적 관찰했다. 자존감을 높여준다는 온갖 프로그램―체조! 걸스카우트!―에 루비를 집어넣었다. 불쾌한 사람들을 상대하는 전략에 관해 루비와 광범위한 대화를 나눴다. 어느 것도 소용없었다. 아이를 사립학교로 전학시킬까 생각 중이었는데, 그건 돈이 들었다. 돈이란, 마음에 드는 사람하고만 일하는 건 사치라는 뜻이다.

"제인," 웨스가 말했다. "그렇게 하기로 된 거죠?"

"알겠습니다." 나는 그렇게 말하며, 무슨 일이 있어도 이 남자에게 투표하지 않겠다고, 이자가 어디라도 출마하면 대차게 낙선운동을 해야겠다고 생각했다. 이 결혼은 망했어.

나는 프래니에게 거짓말을 하지 않았다. 곰곰 생각해보니까 아이스크림 트럭 실행계획은 겨울에는 상당히 어렵겠다고 말했다. 그리고 실제로 어렵기도 했다. 외투를 맡았다 내줬다 도로 맡았다 하는 것만 해도 악몽이었을 것이다.

다섯

"괜찮아요." 프래니가 말했다. "어차피 즉흥적으로 정한 거였으니까. 그보다 제인이 해줬으면 하는 다른 일이 생각났어요. 메이슨 자하고 캐비지 로즈는 거의 확정이고, 그것도 더할 나위 없이 맘에 들지만, 혹시 난초에 대해 좀 아시나 해서요."

"난초요?" 내가 말했다.

"그게, 저쪽 창가에 하나 기르고 계시잖아요. 난초의 좋은 점은 절대 안 죽는다는 거죠. 제가 여기 올 때마다 항상 똑같고 변함이 없더라고요. 그래서, 뭐랄까, 위로가 되고 편안한 구석이 있어요."

난초를 보고 편안하다는 말은 생전 처음 들었다. "난초도 어쩔 땐 죽어요. 물만 계속 주면 결국 살아나지만."

"아, 전 그런 게 좋아요. 난초가 우아하고 소박한 콘셉트에 어울리는지는 잘 모르겠지만—"

"그 콘셉트에는 뭐든 어울려요."

"근데 화분에 심어진 난초를 테이블 중앙 장식으로 쓸 수 있을까요, 식이 끝나면 사람들이 집으로 가져갈 수 있게요. 그럼 무척 세련되고 우아한 동시에 그…… 뭐라고 하죠?"

"소박한?" 나는 빈칸을 대신 채웠다.

"저는 '친환경'을 생각했어요. 친환경은 저와 웨스 우리 둘 모두에게 중요한 거예요. 음, 적어도 저한테는 중요해요. 뭐랄까, 장미보다 더 특별한 것 같아요."

나는 프래니를 쉴리 화원으로 안내했다. 엘리엇 쉴리는 예비 신혼부부가 희귀한 것을 원할 때 찾아가는 플로리스트다. 그는 내가 본 중 가장 심각하고 진지한 플로리스트다. 특정 뜻을 내포하는 '청년 장인'이라는 단어로 그에게 오명을 씌울 생각은 없지만, 쉴리의 꽃은 장인의 예술품이라고 해도 틀린 말이 아니다. 그는 완벽주의자이고, 약간 강박적이고, 그에 걸맞게 비싸다.

쉴리가 말했다. "겨울 결혼식? 유일한 애로사항은 화분을 트럭에서 식장으로 옮기는 거죠. 난은 추위를 안 좋아하거든요."

"하객들이 집으로 가져갈 수 있을까요?" 프래니가 말했다.

"네, 주차장에서 꾸물거리지 말라고 얘기만 잘해주면 됩니다. 취급 및 주의사항을 적은 안내문을 프린트해서 드릴게요. 물 주는 법, 비료 주는 시기, 분갈이하는 법, 배양토 선택법, 시든 꽃대는 어디서 잘라야 하는지, 햇볕은 얼마나 쬐어야 하는지, 뭐 그런 것들요. 난은 잎사귀를 만져주면 좋아한다는 거 아세요, 프래니?"

"멋지네요." 프래니가 말했다.

"난 우리집 난초 이파리 절대 안 만지는데." 내가 말했다.

"그렇다면 분명 그 집 난은 꽤나 우울증에 시달리고 있을 겁니다, 제인." 쉴리가 말했다.

"어떤 종류의 난이 있어요?" 프래니가 물었다. "제인의 난초는 내가 좋아하는 흰색이던데."

"제인의 난은 전형적인 초심자용으로 슈퍼마켓에서 파는 호접란이죠. 뭐라 그러는 거 아닙니다, 제인. 그걸로 해도 아무 문제 없어요, 전혀. 하지만 난도 수천 종이 있습니다. 눈길을 사로잡은 첫번째 난으로 덜컥 결정해버리면 안 되죠."

"이봐요, 쉴리, 지금 당신이 얘기하는 그 난초가 내 난초라고요. 대학 때부터 쭉 키운 건데."

"멋진 난이죠. 든든한 초보자용 난초. 하지만 이건 결혼식이잖아요. 두 젊은이의 새로운 시작! 더 좋은 게 있을 거라고요." 쉴리는 커다란 난초 바인더를 꺼냈다.

프래니는 가냘픈 칼라 릴리가 무리를 이룬 듯한 모양의 브라사볼라를 골랐다.

"아, '밤의 여인'으로 하셨군요." 쉴리가 말했다.

"실제로 그렇게 불러요?" 내가 물었다. "아니면 당신이 붙인 수상쩍은 애칭이에요?"

"저녁때면 향기를 내뿜거든요." 쉴리가 말했다. "걱정 마세요, 프래니. 아주 근사한 향입니다."

쉴리는 비용이 얼마나 들지 견적을 내보겠다고 했다. 며칠 후 그는 우리 사무실로 견적서를 보내면서 잎이 죽순처럼 생긴 보라색 난과 쪽지를 하나 딸려보냈다. "내 이름은 미니어처 덴드로비움입니다. 나는 당신의 슈퍼마켓 출신 호접란 씨와 친구가 되고 싶어요, 비록 그는 극도로 평범하지만요. 그는 몹시 외롭고 벗이 간절할 거예요."

나는 쉴리에게 전화를 걸었다. "내 호접란은 여잔데요."

"아닐걸요. 사실 난 당신이 성차별주의자가 아닐까 하는 생각이 들려고 합니다. 꽃이라고 다 여자는 아니에요."

"난 그렇게 말하지 않았어요. 내 난은 여자라고만 했지. 꽃에도 성별이 있지 않아요?"

"고등학교 때 생물 선택 안 했습니까?"

"관심없었는데요."

"애석하군요. 한쪽 성만 있는 꽃을 피우는 식물도 있고, 양성다 있는 꽃을 피우는 식물도 있어요. 각각의 꽃과 식물을 별개로 생각해야 합니다. 오로지 팩트만 봤을 때, 당신의 호접란을 포함해 대부분의 난꽃은 자웅동체이고, 많은 꽃들이 양성이죠."

"그래도 난 기존 관점을 고수하겠어요. 우리 호접란은, 이 아이의 성적 발현과 기호에 상관없이, 여자애입니다. 당신이 아니라고 고집하는 건 성 정체성과 성별을 혼동해서예요."

"이 문제를 매듭지으려면 언제 커피라도 한잔해야겠는걸요. 제가 댁의 호접란을 검사해드리죠."

"그 제안이 좀 불편한 것 같은데요."

"난초는 아무런 느낌도 없을 겁니다."

"아뇨, 커피 말예요. 난 커피 안 마시거든요." 내가 말했다.

"그럼 차로 하죠."

"쉴리, 그냥 분명해 해두고 싶은데, 이거 데이트 아닙니다."

"아니죠, 당연히. 하지만 결혼산업 종사자들끼리 뭉치는 건 좋은 일이라고 생각지 않아요? 하여간, 친구가 되면 좋죠. 당신은 우리 화원보다 메인 이벤트 꽃집을 더 자주 가잖아요, 난 당신한테 최고의 꽃집 주인이 되고 싶은데."

"사감이 있어서 그런 건 아녜요. 메인 이벤트 꽃집이 더 싸거든요." 내가 말했다.

"게다가 말장난도 잘 치죠. 메인이라는 지명을 그렇게 갖다붙이다니." 쉴리가 말했다. "그걸 누가 당해내겠습니까?"

"그래서 오지랖으로 들리지 않았으면 좋겠는데," 레스토랑에서 쉴리가 말했다. "지금까지 꽤 많은 웨딩플래너와 일해봤지만, 당신은 딱 웨딩플래너 타입이다 싶진 않네요."

나는 그게 무슨 뜻이냐고 물었다.

"어릴 때부터 자신의 결혼식을 상상하고 계획했다가, 실제로 해보니 본인의 결혼식만으로는 성에 안 차서 아예 사업에 뛰어들기로 결심한 여자들 말입니다."

"당신 지금 상당히 성차별주의자나 뭐 그런 대단한 사람인 양 굴고 있는 느낌인데요."

"미안합니다. 제 말은, 당신은 무척 단단해 보인다는 거예요." 그가 말했다. "신체적으로가 아니라 인간적으로. 물론 전자도 감탄스럽게 단단해 보이지만. 아, 내가 실언했죠."

"네, 했어요." 내가 말했다.

"대놓고 말하죠, 난 당신이 끝내주게 멋지다고 생각해요. 당신을 보면 클레오파트라 시절의 엘리자베스 테일러가 떠올라요. 그리고 '단단하다'는 건, 지적이고 사려 깊다는 뜻입니다—그쪽 업계 사람들을 볼 때 흔히 연상되는 특질은 아니죠."

"그래서 당신 사업이 지금까지 아주 잘나갔던 거군요."

"흰소리 그만해요. 내가 하려는 말은, 당신은 어쩌다 웨딩플래너의 길로 들어섰을까? 학교에선 뭘 공부했을까? 학교에는 다녔을까? 어릴 땐 뭘 하고 싶었을까? 기본적으로, 당신은 어떤 사람일까? 제인 영은 어떤 사람일까?"

"구글에서 검색하면 되잖아요."

"그럼 무슨 재미예요?" 쉴리가 말했다. "안 그래도 해봤어요. 무척 흔한 이름이잖아요. 제인 영이 대략 천 명은 있더군요."

"질문이 많으시네요." 내가 말했다.

"제가 전직 교사라서 소크라테스식 문답법을 신뢰하거든요."

"구직 면접하는 기분인데요. 학교는 왜 그만뒀어요?"

"글쎄요. 내 화초들하고 더 많은 시간을 보내고 싶었어요."

"아무렴 그러시겠죠."

"식물들은 사람들보다 관심과 보살핌에 더 잘 반응하죠. 교사로서 나는 애들한테 따분한 선생이었던 것 같아요. 왜 질문에 불안해해요?" 쉴리가 말했다.

"아닌데요." 내가 말했다.

"그런 것 같은데요."

"난 알기 쉬운 사람인데. 질문하세요. 아무거나."

"대학 때 전공이 뭐였어요?"

"정치학과 스페인 문학."

그는 나를 빤히 쳐다보더니 작게 고개를 끄덕였다. "이제 이해가 가는군요."

"알아줘서 고마워요. 분명히 말해두는데, 웨딩플래닝이 내가 하려던 일은 아니었지만, 난 이 일을 좋아해요." 내가 말했다. "난 기념일과 축하파티가 좋아요. 사람들이 자신의 인생에서 가장 중요하다고 생각하는 날에 나를 자신의 삶 속으로 초대하는 거잖아요. 그건 특권이라고요." 이게 나의 영업 멘트였다.

"당신은 모든 사람의 비밀을 알죠." 그가 말했다.

"좀 알죠." 내가 말했다.

"당신은 이 동네에서 가장 영향력 있는 사람일지도 몰라요."

"그건 모건 부인이죠."

"원래는 뭘 하려고 했는데요?" 쉴리가 물었다.

"공공기관이나 정부 또는 정치 쪽으로 가려고 했죠. 잠깐 그쪽 일을 한 적도 있고."

"별로던가요?"

"좋았어요. 하지만 그러다 루비가 생겼고, 처음부터 계획을 다시 짜야 했죠. 당신은 뭘 전공했어요?"

"식물학. 예상하셨겠지만. 스페인 문학은 뭣 때문이었어요?"

"내 고향에서는 정치에 뜻이 있다면 스페인어를 유창하게 하는 게 쓸모가 많았거든요. 고등학교 때 이미 스페인어를 배우기도 해서 문학을 공부하면 더 얻을 게 많겠다 싶었죠. 하지만 솔직히 말해서 상당히 충동적으로 내린 결정이었어요, 거의 2분도 안 돼서. 대학교 3학년 때. 시간이 째깍째깍 흘러가고 있어서 뭐라도 선택해야 했어요."

"스페인 문학에 관해 얘기 좀 해주세요." 쉴리가 말했다.

"내가 제일 좋아하는 소설에 나오는 한 구절을 소개해드리죠. 'Los seres humanos no nacen para siempre el día en que sus madres los alumbran, sino que la vida los obliga a parirse a sí mismos una y otra vez.'"

"마음에 드네요. 무슨 뜻이죠?"

문에서 차임벨 소리가 나더니 모건 부인이 마치 제집인 양 레스토랑에 들어섰다. 실제로 부인은 이 레스토랑의 소유자다. 모건 부인은 이제 막 일흔을 넘겼으며, 아주 부유한 사람들이 그렇듯 언행에 거침이 없었다. 이 레스토랑 말고도 그녀는 이 동네의 절반과 언론사를 소유했다. 모건 부인과 나는 시장 광장에 앨리슨 장군의 동상을 재건하기 위한 모금 행사를 기획하는 중이었다.

"제인," 모건 부인은 우리 테이블 앞에 와서 섰다. "당신한테 전화를 하려고 했는데 마침 여기 있네, 요트 클럽에서 아무 얘기 없었나요? 그리고 쉴리 군, 당신의 아리따운 아내 미아는 잘 계시나?"

모건 부인은 우리 테이블에 합석하더니 직원에게 손짓으로 레드와인 한 잔을 주문했다.

"잘 지냅니다." 쉴리가 말했다.

"쉴리의 아내를 알던가?" 모건 부인이 내게 물었다.

"모르는데요." 내가 말했다.

"발레리나지." 모건 부인이 말했다.

"지금은 은퇴했습니다." 쉴리가 말했다.

"아니 뭐 그래도. 그런 재능을 타고 나다니 굉장하잖아." 모건 부인이 말했다. "실례 좀 하겠소, 쉴리 군. 내가 이렇게 예의가 없네. 두 분 말씀 다 나눴나? 내가 제인하고 우리의 소소한 자선행사에 관해 몇 가지 의논할 게 있어서."

쉴리가 일어났다. "괜찮습니다. 제인, 나중에 전화할게요."

그날 저녁, 쉴리한테서 정말로 전화가 왔다. "얘기를 하다 말았네요." 그가 말했다.

"그건 안됐지만, 모건 부인은 세상이 언제나 자신의 뜻에 따르는 건 아니라는 걸 이해하지 못하시는 양반이라서요. 뭐 또 얘기할 거 있어요?"

"요는, 나는 당신이 좋아요." 그가 말했다.

"그거야, 나도 그래요." 내가 말했다. "당신은 내가 본 중 세상에서 가장 엄격한 플로리스트예요."

"이봐요, 제인. 내 말은, 하루종일 내 머릿속에서 당신이 떠나질 않아요. 당신도 알고 있잖아요."

"흠, 그 머릿속에서 나를 쫓아내야겠네요. 나는 원래도 데이트를 별로 안 하지만, 단언컨대 유부남하고는 절대 안 합니다."

"나를 쓰레기로 볼 것 같은데, 내 결혼생활은 얼마 전부터 끝난 거나 다름없음을 알아줘요. 한동안 엉망이었어요."

"알고 있다니 다행이네요. 본인이 불행하다는 것을 인정하는 데는 정말 용기가 필요하죠. 어쨌든 전화줘서 고마워요. 안 그래

132

도 프래니가 만약 난과 화분을 따로따로 주문하면 화분 값을 할인받을 수 있는지 알고 싶어하더라고요."

"견적을 내볼게요. 며칠 후에 다시 전화해도 될까요?"

"이메일로 주시죠? 이만 끊을게요, 쉴리."

난 진짜 그를 좋아했다. 그러나 그동안 내가 배운 건, 아무리 불행한 결혼이라도 우습게 봐서는 안 된다는 것이다.

우리 할머니는 할아버지가 돌아가실 때까지 쉰두 해 동안 함께 사셨다. 할머니는 불행한 결혼이란 다시 좋아질 시간이 충분히 없었던 결혼이라고 입버릇처럼 말씀하셨다. 쉴리가 플로리스트라고 빗대어 말하는 게 아니라, 실제로 나의 '초보자용' 난초가 손쓸 수 없을 정도로 죽어버린 듯하여 다시는 꽃을 피우지 못할 거라고 생각한 적이 몇 번 있었다. 그중 한 번은 방학 때 루비와 샌프란시스코에 갔을 때였는데, 난을 라디에이터 위에 올려놓고 그대로 여행을 가버리는 바람에 이파리가 하나도 남김없이 죄 떨어져버렸다. 나는 일 년 동안 빈 화분에 물을 주었고, 처음엔 뿌리가, 그다음에 잎새가 하나둘 살아나더니, 이태쯤 지나서는 짜잔! 다시 꽃을 피웠다. 그것이 결혼과 난에 대해 내가 아는 바이다. 둘다 의외로 죽이기 힘들다. 그것이 내가 슈퍼마켓 출신의 우리 난을 사랑하는 이유이고, 유부남을 사랑하지 않는 이유이다.

여섯

호텔 연회장을 몇 군데 더 돌아보면서 프래니가 말했다. "이젠 이것저것 막 섞여서 헷갈리네요. 아까 거기보다 여기가 더 맘에 드는 것 같기도 하고, 잘 모르겠어요."

"그냥 감에 맡겨요. 어떤 느낌이 들어요?" 나는 입에서 나오는 대로 말은 하면서 정신은 딴 데 가 있었다. 루비 때문이었다. 학교에서 전화가 왔다. 아이가 여학생 화장실에 들어가 문을 잠그고 나오질 않는다는 것이다. 여기 일이 끝나자마자 프래니를 그녀의 집 앞에 내려주고, 누굴 족쳐야 하는지 알아내기 위해 곧장 학교로 달려갈 작정이다.

프래니의 시선이 살짝 때가 탄 꽃무늬 카펫에서 거울이 부착된 벽면으로 옮겨갔다. "모르겠어요. 아무 느낌도 안 드는걸요? 슬픈가? 무슨 느낌이 와야 하죠?"

"음, 이 공간이 가득 찼다고 상상을 해봐요." 내가 말했다. "난초와 크리스마스 전구와 하늘하늘한 레이스로 채워봐요. 친구들과 가족들과……" 자기와 다르거나 약한 아이와 마주쳤을 때 다짜고짜 덮치는 아이들의 심보는 뭘까? 자원이 희소했던 시절의 생존본능이 남아 있는 걸까?

"네?" 프래니가 말했다.

"아, 그렇게 상상해보시라고요." 내가 말했다.

프래니가 고개를 끄덕였다. "그래도 다른 선택지를 좀더 볼 수 있을까요?"

"솔직히 말해서, 이렇게 계속 보고 다녀봤자 방향을 완전히 틀어버릴 게 아니라면, 가령 호텔 연회장이 아닌 장소로요, 연회장이라는 이름으로 이 지역에서 가능한 옵션은 거의 다 봤어요. 그냥 텅 빈 방이에요, 프래니."

"제인이라면 어느 곳으로 하겠어요?"

"맨 처음에 봤던 곳요. 앨리슨 스프링스 산장." '그래서 거길 제일 먼저 보여줬잖아'라는 말이 목구멍까지 올라왔지만 참았다. "아직 예약이 가능하다면."

"그렇군요. 유치할지도 모르겠지만 저는 연회장에 들어서는 순간 '여기가 네 인생에서 가장 낭만적인 저녁을 맞이할 곳이야, 프래니' 같은 느낌이 들 줄 알았는데, 그렇지 않더라고요. 아무 느낌이 오지 않았어요. 온통 어두운 색깔의 목재들하며."

"소박한 전원풍을 원한다면서요." 내가 말했다.

"하지만 이건 좀, 뭐랄까, 남성적으로 느껴져요."

"안 그럴 거예요, 일단 난초와―"

프래니는 내 말허리를 잘랐다. "하늘하늘한 레이스요, 알아요. 지금 그곳으로 가서 한 번 더 보고 오면 어떨까요? 한 번만 더 보면 오늘 정할 수 있을 것 같아요."

나는 깊이 숨을 들이마셨다. "내가 시간이 안 돼요. 진짜로, 나도 장소 선정을 끝내고 다음 단계로 넘어가고 싶지만, 루비의 학교에 가봐야 해요. 루비가 화장실에 들어가서 문을 잠그고 나오질 않는대요. 점심시간 전에 애를 끌어내지 못하면 전교생이 알게 될 테고, 그럼 호미로 막을 것을 가래로 막겠죠, 애들이 어떤지 알잖아요." 나는 웃었다. "부담을 줘서 미안해요."

"전혀 부담 아녜요." 프래니가 말했다. "연회장이야 나중에 또 둘러보면 되죠."

"루비가 왜 화장실에 틀어박혔을까요?" 차를 타고 가면서 프래니가 물었다.

"그 빌어먹을 학교의 빌어먹을 아이들을 피하려고 그랬겠죠."

"끔찍하네요." 프래니가 말했다.

나는 루비의 학교를 싫어했다. 그 학교는 유독 높은 퍼센티지로 멍청한 놈들이 북적이는 곳 같았다. 나는 거기 교감을 지독히 혐오했다. 그는 자칭 '괴롭힘 총책'이었다. '총책'이라니, 그게 말이 돼? 생긴 것도 포르노 배우처럼 야비하고 미끈하게 생겨서. 교감이 스스로를 '괴롭힘 총책'이라고 부르는 유일한 이유는 십중팔구 몸소 괴롭힘과 가해를 수없이 해봤기 때문일 것이다. 그 남자는 집단 괴롭힘에 반대한답시고 미사여구(포괄성, 안전 환경, 불관용)를 늘어놓지만, 내 단언하는데 실제로 그는 모든 게 다 루비 잘못이라고 생각하는 게 분명하다. 괴롭히고 싶은 마음이 들지 않게끔 루비가 좀 조심만 하면 모두가 편할 텐데요.

"저도 괴롭힘 당했어요." 프래니가 말했다. "근데 고등학교에 가니까 뚝 그치더라고요."

"어떻게 그렇게 됐어요?" 내가 물었다.

"아, 그게……" 프래니는 웃음을 터뜨렸다. "제가 예뻐졌거든
요. 으스대는 얘기로 들리지 않았으면 좋겠는데."

"잘됐네요."

"그러니까, 그렇게 돼서 기뻤어요. 제 말 오해하진 마세요. 매일
아침 학교 가기 전에 토하지 않아도 돼서 기뻤어요. 하지만 바람
직한 상황은 아니었어요. 또 내가 잘해서 얻은 것도 아니고. 걔들
은 여전히 고약한 걔들 그대로였고, 나도 여전히 걔들이 싫어했
던 그 아이 그대로였으니까요. 괴롭힘 당해보셨어요?"

나는 브레이크를 콱 밟았다. 빨간불에 지나칠 뻔했다. 나는 길
을 건너고 있던 조깅하는 사람에게 손을 흔들고 입모양으로 '죄
송합니다'라고 말했다. 조깅하던 여자는 내게 손가락을 들어보였
다. "당해봤죠." 내가 말했다.

"믿기 힘든걸요. 워낙 강해 보이셔서. 철벽 같아요, 긍정적인 의
미에서."

"긍정적인 철벽이라. 누구나 벽을 좋아하죠."

"흔들림 없는 천하무적."

나는 껄껄 웃었다. "옛날에는 쉽게 흔들리고 쉽게 무너졌는
데요."

"근데 어떻게 이렇게 됐어요?" 프래니가 말했다.

"철이 들었죠." 내가 말했다.

나는 화장실 문을 두드렸다. "루비, 엄마야."

잠금쇠가 열렸다. 나는 아이에게 무슨 일이 있었는지 물었고, 상황이 너무 기가 막혀서 믿기지 않았다. 체육시간에 루비 반의 한 남자애가 '해맑게' 여자애들 다리를 손으로 훑고 다니며 누가 다리털을 밀고 누가 안 밀었는지 확인했다. 루비는 다리털을 밀지 않았다. 아니 정말 얘는 평생 제모를 해본 적이 없었다. 루비는 반에서 다리털 안 민 애는 자기밖에 없다고 했고, 나는 그 말을 도저히 믿을 수가 없었다. 얘네들은 여덟 살이고, 한겨울의 메인 주였다. 나만 해도 삼 주째 다리털을 안 밀었다. 언제부터 여덟 살짜리들이 다리털을 제모하게 된 거지?

"왜 나한테 다리털을 밀어야 한다고 얘기 안 해줬어요?" 루비가 물었다.

나는 화장실 바닥에 앉았다. "한번 밀기 시작하면 그다음부턴 안 밀 수가 없어." 내가 말했다. "제모를 안 한 상태에서는 보송보송하고 부드러운 솜털이지만, 일단 밀기 시작하면 털이 뾰족뾰족하고 따끔해져. 엄마는 그런 건 되도록 나중으로 미루는 게 좋다고 생각했어. 원래 다리털은 거기서 자라는 거잖아. 누가 뭐라 그래."

루비는 나이 지긋한 노인이 철없는 젊은이 보듯 나를 쳐다보았다. "엄마," 아이의 어조는 진지했다. "내가 올해를 무사히 넘기려면 엄마가 나한테 적절한 행동에 관한 정보를 제때 공급해줘야 해. 나는 누구의 시선도 끌고 싶지 않아."

"엄마 맘이 찢어진다." 내가 말했다.

"나도 그러긴 싫어. 하지만 전략적으로……" 루비는 나를 바라보며 내가 자기 말을 잘 이해하고 있는지 확인했다.

"전략적으로." 나는 복창했다.

"이 건에 대해서는 그렇게 나가야 해. 나는 나 자신을 괜찮은 애라고 생각해. 머리도 좋고. 하지만 저 애들은…… 내가 아주 작은 틈만 보여도 물고 늘어져. 쟤들하고는 타협의 여지가 없어."

"알았어." 내가 말했다.

집으로 오는 길에 우리는 잡화점에 들러 면도기를 샀다.

일곱

나는 프래니에게 전화를 걸어 헤어질 때 퉁명스럽게 굴어 미안하다고 사과했다.

"아, 아녜요. 천만에요. 제가 연회장 갖고 왜 그렇게 신경질적으로 굴었는지 모르겠어요." 프래니가 말했다.

"프래니, 신경질적이지 않았어요. 만에 하나 그렇다 쳐도, 당신은 예비 신부잖아요, 그러니까 신경질적이어도 돼요."

"좋은 소식은요, 오늘 오후에 제가 직접 그 산장까지 차를 몰고 가서 천천히 거닐어봤다는 거예요. 해가 뉘엿뉘엿 지고, 창문 밖으로 호수가 보이는데, 십이월에 그 호수가 다 얼어붙으면 창밖 풍경이 훨씬 아름답겠죠! 온통 삼나무 냄새가 나고, 레이스와 난초, 체크무늬 나비넥타이를 맨 웨스를 상상해봤어요, 체크무늬 타이를 매라고 그이를 설득할 수 있다면요. 그리고 속으로 생각했죠, '프래니, 이 멍청아, 당연히 제인 말이 옳지.' 너무 고마워요, 제인."

"좋은 소식이네요." 온종일 헛고생한 기분이었다.

"마침 전화해줘서 잘됐어요, 한 가지 생각난 게 있거든요. 스타인맨이라고 들어본 적 있어요?"

"물론이죠." 스타인맨은 맨해튼에 있는 대형 웨딩숍이다. 지나치게 비싸고 실속은 없다. 관광객 대상의 웨딩 놀이시설이랄까. 근처 어지간한 웨딩숍에 가도 그 정도 드레스는 살 수 있다.

"진부하다는 건 알지만, 그래도 전부터 가보고 싶었던 곳이에요." 프래니가 말했다. "그래서 말인데, 저랑 같이 가주실 수 있나 해서요. 루비도 같이 가도 돼요. 아니 꼭 같이 가야죠, 조수니까. 비용은 제가 다 낼게요. 어머니가 유산으로 남기신 돈이 좀 있어요."

평소라면 이런 제안을 받아들이지 않는데, 사실 루비와 나 둘 다 무대를 좀 바꿔볼 필요가 있었다. "멋진 제안이네요. 그런데 보통은 제일 친한 친구분하고 가는 게 맞지 않나요?"

"그런 친구가 없네요." 프래니는 겸연쩍게 웃었다. "데려가고 싶은 친구가 한 명도 없어요. 여자들하고 깊은 우정을 맺지 못하는 문제가 있는 것 같아요."

"괴롭힘을 당해서겠죠." 내가 말했다.

"그럴지도요." 프래니는 또 웃었다.

"그럼 신부 들러리는?" 프래니는 신부 들러리가 네 명이다. "그 사람들하고 같이 가도 되잖아요."

"그중 세 명은 웨스의 여동생들이고요, 나머지 한 명은 웨스의 절친한 친구인데, 제가 아주 좋아하는 사람은 아니에요. 이모랑 같이 갈 수도 있지만, 이모는 뭘 봐도 계속 엉엉 우실 거예요. 아무래도 전문가 의견이 듣고 싶어요."

하지만 옆에서 거들 일은 거의 없었다. 프래니는 웨딩드레스에 관해서만큼은 놀라운 결단력을 보였다. 그녀는 처음 입어본 드레스로 정했고, 덕분에 남은 시간은 셋이서 관광이나 하면 됐다. 그 웨딩숍에 가보기도 전에 이미 드레스를 골라놓았다는 느낌이 들었다.

우리는 드레스 매장에서 메트로폴리탄 미술관까지 걸어가기로 했다. 걷기엔 먼 거리였지만 날은 훈훈하고 화창했다, 특히 메인 주의 날씨와 비교하면. 루비가 가운데서 프래니와 나의 팔짱을 끼고 걸었는데, 사람들이 지나가면 비켜주느라 자꾸 일렬종대로 대열을 변환해야 했다.

루비가 말했다. "그거 알아요? 남자의 구십 퍼센트가―사람의 구십 퍼센트인가? 기억이 안 난다―마주 걸어올 때 길을 비키지 않는대요."

"그건 어디서 들었어?" 프래니가 말했다.

"내 친구 모건 부인한테서요." 루비가 말했다. "어쨌든, 난 언제나 사람들이 오면 길을 비키는데, 지금 보니 프래니와 엄마도 그러네요. 근데 궁금해요, 내가 안 비키면 어떻게 될까요? 내가 곧바로 쭉 걸어가면, 결국 사람들이 비켜줄까요?"

"내가 해볼게." 프래니가 말했다. "비켜주지 말아야지!" 프래니는 허리를 쭉 펴고 당당하게 걸었고, 일 분도 안 되어 비즈니스 정장 차림의 남자가 프래니를 마주보며 걸어왔다. 남자가 코앞 삼십 센티미터까지 다가온 순간 프래니는 길을 홱 비켰다.

"피했잖아요!" 루비는 허리를 반으로 접으며 깔깔거렸다.

"그러게. 젠장! 진짜 할 수 있을 줄 알았는데."

프래니는 울상을 지었고, 루비가 말했다. "너무 걱정하지 말아요, 프래니. 길을 비키는 사람이 몇 퍼센트는 있어야 할 거예요, 안 그럼 세상이…… 세상이…… 그 뭐라 그러지, 엄마?"

"무정부 상태." 내가 말했다.

"무정부 상태가 되죠." 루비가 따라했다. "길을 비키는 사람들이 약한 건 아니겠지? 그냥 다른 사람들이 무신경한 거겠지?"

메트로폴리탄 미술관에 도착한 우리는 곧장 덴더 사원[1]으로 갔다. 내가 가장 좋아하는 도시 명소 중 한 곳이다. 프래니가 분수에 동전을 던지고 있을 때 예스럽게 잘생긴 칠십대 노부부가 나를 불러세웠다. "우린 플로리다에서 휴가차 왔어요." 할머니가 말했다.

알 만했다. 그 사람들은 정원에 세워두는 분홍색 플라스틱 플라밍고나 디즈니월드만큼이나 플로리다스러웠다.

"아들네 집에 왔지요. 애들이 왜 이런 추위 속에서 살고 싶어하는지 난 죽었다 깨어나도 모르겠네. 애들 아파트는 성냥갑만하고." 할아버지가 말했다.

"우리끼리 얘기하던 중이었는데 ─ 기분 나빠하지 말아요, 내가 아는 사람이랑 꼭 닮아서." 할머니가 말했다. "그 하원의원하고 굉장한 사건을 일으킨 여자애랑. 그 여자 이름이 뭐더라?"

"아비바 그로스먼," 내가 말했다. "말씀하시는 그 여자가 누군

---

1   기원전 15세기경 건축된 고대 이집트 신전으로, 1960년대부터 뉴욕 메트로폴리탄 박물관으로 옮겨져 전시되고 있다.

지 저도 잘 알아요! 제 고향이 사우스 플로리다라서 항상 그 얘기를 들었어요. 하지만 지금 제가 사는 메인에서는 그 사람이 누군지 아무도 모르네요, 워낙 오래전 일이라."

옛날옛적 스캔들에 나왔다가 이제는 존재도 희미해진 어느 인물과 닮았다니 얼마나 웃기냐며 우리는 깔깔 웃었다.

"보면 볼수록 별로 안 닮았네." 할머니가 말했다.

"그러니까, 그 여자보다 당신이 훨씬 매력적이에요." 할아버지가 말했다. "더 날씬하고."

"그 레빈이란 사람은," 할머니는 콧잔등에 주름을 잡으며 말했다. "그 여자애한테 아주 몹쓸 짓을 했어."

"하지만 훌륭한 하원의원이었지." 할머니의 남편이 말했다. "그건 인정해야지."

"그 남자에 대해선 아무것도 인정하지 않을 거야." 아내 쪽이 말했다. "여자애도 잘한 건 없지만, 그 남자는, 그 남자가 한 짓은……" 아내는 고개를 절레절레 저었다. "좋지 못했어."

"그 여자앤 레빈이 유부남이라는 걸 알면서 그랬으니 당해도 싸지." 남편이 말했다.

"그거야 당신 생각이고." 아내가 말했다.

"근데 그 남자와 결혼한 여자 말이야," 남편이 말했다. "그 여자도 걸작이었어. 그 여잔 바늘로 찔러도 피 한 방울 안 나올걸."

"그 여자애가 결국 어떻게 됐는지 궁금하네." 아내가 말했다.

"핸드백이잖아." 남편이 위엄을 담아 말했다.

"핸드백?" 아내가 물었다.

"핸드백 사업을 시작했지. 아니면 손뜨개 목도리였나."

"그건 모니카 르윈스키 같은데요." 나는 그렇게 말한 뒤, 이만 가봐야겠다고 양해를 구했다. "그럼 평안한 여행 되세요."

나는 루비와 프래니가 앉아 있는 곳으로 건너갔다. "아비바 그로스먼이 누구예요?" 루비가 물었다.

여덟

호텔로 돌아오자 웨스가 로비에서 기다리고 있었다. "짜잔, 놀랐지." 하며 웨스는 프래니의 볼에 키스했다.

"세상에, 여기서 뭐하고 있는 거야?" 프래니가 말했다.

"웨스, 만나서 반갑네요." 내가 말했다. "이쪽은 우리 딸 루비예요."

"루비, 굉장한 이름이구나." 웨스가 말했다.

"감사합니다. 평생을 그 이름으로 살았지요." 루비가 말했다.

"근데, 여긴 왜 왔어?" 프래니가 말했다.

"지금쯤 쇼핑이 끝났겠다 싶어서, 같이 저녁 먹으려고." 웨스는 다시 프래니의 볼에 키스했다.

"같이 저녁 먹자고 여기까지 날아온 거야?"

"당연하지. 자기 혼자 재미를 독차지하려고?"

"여자들끼리 즐기는 주말이 될 예정이었는데." 프래니가 말했다.

"제인은 괜찮다고 할 거야." 웨스가 말했다. "당신은 별로 안 반가운가 보네." 웨스는 소리 낮춰 말했다.

"반갑지. 그냥 좀 놀라서." 프래니가 말했다.

"흠, 루비와 나는 우리끼리 잘 놀 수 있어요. 만나서 반가웠어요, 웨스." 나는 웨스와 악수를 하고 루비와 같이 자리를 비켰다.

우리는 방으로 올라가는 엘리베이터를 탔다. "참 내." 우리 층에 도착하자 루비가 말했다.

"그러게 말이다." 내가 말했다.

"더 나은 남자를 만날 수도 있었을 텐데." 루비가 말했다. "못된 여자처럼 보여도 아주 예쁘고 다정하잖아."

프래니의 방은 우리 방 바로 옆이었고, 그날 저녁 벽을 통해 두 사람이 싸우는 소리가 들렸다. 주로 웨스의 목소리가 들렸다. 웨스가 벽 또는 연결된 환기구와 더 가까운 위치에 있는 듯했고, 원래부터 목소리가 또렷이 잘 들리는 편이기도 했다.

"잘해주려고 했는데 내 기분을 잡쳐놔서 고맙군." 웨스가 말했다. "그 점에 대해 대단히 고마워. 그런 게 필요했어, 프랜시스."

프래니가 뭐라뭐라 말했지만 우리는 알아들을 수 없었다.

"넌 미쳤어!" 웨스가 소리질렀다. "그거 알아? 진짜, 넌 말 그대로 미쳤다고."

......

"오드라가 뭐라 그랬는지 알아? 너랑 결혼하다니 나더러 미쳤대, 네 전력을 생각해보면. 내 인생에 해보고 싶은 일들이 많지만, 미친 여자와 결혼하는 건 거기 안 들어 있어."

......

"아니, 아니, 그건 못 믿겠어. 내가 오드라한테 넌 그냥 십대 청소년이었을 뿐이었다고 얘기했는데, 오드라가 말하길 ─"

"오드라가 뭐라 그랬든 무슨 상관이야!" 프래니가 마침내 벽을 뚫을 만큼 큰 소리로 외쳤다.

"오드라가 또 뭐라 그랬는지 알아? 네가 웨딩플래너를 뉴욕에 데려가는 게 이상해 보인대, 기꺼이 너랑 드레스 쇼핑을 해줄 신부 들러리가 넷이나 있는데."

"난 저 웨딩플래너가 좋아!"

"저 여자를 잘 알지도 못하잖아. 그리고 지금 내 여동생들은 싫다는 얘기야?"

"난 그 사람들 잘 알지도 못해!" 이어서 프래니가 뭐라 얘기를 했는데 잘 들리지 않았다.

잠시 후 문이 쾅 닫혔다. 둘 중 한 사람이 방을 나갔다.

"어이쿠." 루비가 속삭였다.

우리 둘 다 더 나쁜 경우도 보아왔다. 사람들은 종종 결혼식까지 가는 몇 달의 여정 동안 최악의 모습을 보여준다. 하지만 가끔 그 최악의 모습이 본모습인 경우가 있는데, 어떤 사람이 바로 그런 경우라는 것은 돌이킬 수 없는 시점에 이르기 전까진 알기 어렵다. "평균적이네." 내가 말했다.

"불행한 신부들은 제각각의 사정으로 불행하다." 루비가 말했다. "'프래니의 전력'이란 건 무슨 얘기일까, 엄마?"

"우리가 상관할 바는 아니지." 내가 말했다.

"물어볼 수 있잖아. 분명 말해줄 거야."

"물어볼 수도 있고, 말해줄지도 모르지. 그래도 그건 남의 사정이야. 네가 알 권리가 있는 과거는 오로지 너 자신의 과거뿐이야."

"역사 수업시간에 공부해야 하는 인물들의 과거랑. 엄마 참 재미없게 왜 이래. 구글에서 찾아볼래." 루비는 자기 휴대폰을 집어 들었다. "프랜시스…… 성이 뭐였지?"

"링컨."

"너무 흔하다. 앨리슨 스프링스 출신의 프래니 맞아? 아님 딴 데야?"

"어이, 낸시 드루![1] 진지하게 말하는데, 우리가 상관할 바 아니라고. 딴 데일 거야."

"페이스북에서 찾아볼까." 루비가 제안했다. "프래니 친구가 누군지 보자고."

"너 지금 스토커 내지 조폭처럼 말한다."

"알았어." 루비는 휴대폰에 전원선을 꽂았다. "내 장담하는데 식이장애가 있어서 정신병원에 입원했을 거야."

"그건 좀 심하다." 내가 말했다.

"난 그냥, 음, 그게 뭐였을까 상상해봤을 뿐이야. 프래니 엄청 말랐잖아."

"진짜? 난 몰랐는데." 물론 알고 있었다. 드레스 숍에서 직원은 견본 드레스를 프래니의 몸에 맞게 잡아주려고 집게를 여러 개 동원해야 했다. 프래니의 견갑골은 칼날처럼 튀어나왔다. 인사하느라 그녀를 안을 때면 부서질까 걱정됐다. 하지만 원래부터 마른 체형일 수도 있다. 누가 알겠는가? 타인의 껍질 속에서 무슨

1 〈낸시 드루 미스터리 소설 시리즈〉의 주인공 어린이 탐정.

일이 일어나고 있는지 추측하는 건 어리석은 짓이다. 어떤 경우든 나는 우리 딸이 제 엄마가 다른 여자들 신체 사이즈에 주목한다고 생각지 않기를 바란다. 딸도 다른 여자들 신체 사이즈에 주목하지 않기를 바라니까. 자고로 어머니라면 자기 딸이 닮기를 바라는 여자로서 행동해야 한다는 게 내 신념이다.

"엄마 진짜로 눈치 못 챘어?" 루비가 말했다.

"진짜 몰랐다." 내가 말했다. "엄마는 다른 여자들 몸에 그렇게까지 관심 없다."

"엄마 진짜 심각하게 눈이 나쁘네." 루비는 한숨을 내쉬었다. "근데 낸시 드루가 누구야?"

아홉

"그렇게까지 나쁜 사람은 아니에요." 돌아오는 비행기 안에서 프래니가 말했다. 내가 가운데 앉고, 프래니와 루비가 양옆에 앉았다. 루비는 헤드폰을 쓰고 숙제를 하고 있었다. "마음만 먹으면 무척 다정해지기도 해요. 공동체에 신경을 많이 쓰기도 하고요. 가령, 시내 유기동물 보호소가 문을 닫아야 할 지경에 이르니까 자기가 부동산 중개를 했던 사람들을 일일이 다 찾아가서 보호소가 계속 운영될 수 있도록 후원금을 조성했어요. 거기에 제가 반했던 거죠. 그이는 공공의식이 투철하고 굉장히 부지런해요."

"괜찮은 사람이죠." 내가 말했다. "결혼식이란 게 원래 스트레스를 많이 줘요."

"음, 그래도 그이를 별로 안 좋아하시죠."

"무슨, 좋아해요. 웨스와 결혼하는 사람은 내가 아니잖아요."

"좋아요. 그럼 당신이라면 웨스와 결혼하겠어요?"

"아뇨, 내 타입이 아니라서."

"제 말뜻은, 당신이 만약 나라면 그와 결혼하겠어요?"

참말이지 나라면 안 한다. 하지만 프래니는 내 딸도 아니고 심지어 친구도 못 된다. 내가 프래니를 좋아하긴 하지만 그녀는 내

고객이다. "생각해볼 수도 있겠지만, '내가 만약 당신이라면'의 의미를 모르겠네요. 그래서 대답을 못하겠어요." 나는 잠깐 말을 끊었다가 물었다. "웨스를 사랑해요?"

"당신을 사랑해요." 프래니가 말했다.

"아뇨, 그건 아닌 것 같은데요."

"이 자리는 너무 환하네. 햇볕에 탈 것 같아. 창문 안쪽에 있어도 살이 타나?" 프래니는 창문 덮개를 내렸다. "제 말은, 당신을 친구처럼 사랑한다는 뜻이에요. 누구를, 무엇을 대하든 숨김없이 정직한 당신이 좋아요." 프래니가 말했다.

열

프래니의 결혼식 전날 밤, 꿈에 또 아비바 그로스먼이 나왔다. 아비바는 아직 젊었고, 스무 살이나 됐을까, 나는 그녀의 웨딩플래너였다. 그녀가 말했다. "머리를 드라이어로 펴면 거짓말쟁이가 된 느낌이 들겠죠."

"최대한 마음 편한 쪽으로 해요." 내가 말했다.

"에런은 내 곱슬머리를 좋아하지 않아요." 그녀가 말했다.

"어떻게 하든 다 괜찮을 거예요." 내가 말했다.

"그건 귓등으로 듣고 있을 때나 아무런 책임도 지기 싫을 때 하는 말이죠. 이거 지퍼 좀 올려줄래요?" 그녀가 뒤로 돌자 웨딩드레스의 지퍼 사이로 매우 넓은 면적의 맨 피부가 드러났다.

"왜 그래요?" 그녀가 말했다. "꽉 끼는 건 아니죠?"

"가만있어봐요." 나는 젖 먹던 힘까지 다해 드레스 양쪽을 잡아당겨 어찌어찌 지퍼를 올렸다.

"앉을 수 있겠어요?" 내가 물었다. "숨쉴 수 있어요?"

"숨은 왜 쉬는데요?" 그녀는 매우 천천히 앉았다. 드레스 안쪽의 보정용 살대에서 삐걱이는 소리가 났다. 나는 틀림없이 드레스가 갈가리 찢어질 거라 예상하고 사태에 대비했다. "숨쉬는 건 현실의 여자들이나 할 일이지." 그녀는 나를 쳐다보며 생긋 웃었다. "네가 웨딩플래너가 되리라곤 생각도 못했어."

나는 식은땀을 흘리며 잠에서 깼다. 휴대폰으로 날씨 예보를 확인했다. 눈발이 날릴 확률 66퍼센트.

눈은 내리지 않았다. 날은 차갑고 쾌청했다. 길도 얼지 않았다. 지연된 항공편도 없었다. 참석하겠다고 한 사람은 모두 참석했다. 그러나 이 종합선물세트 같은 기상조건에도 불구하고, 나는 온종일 간밤의 꿈에 취해 마음이 뒤숭숭했다.

웨스의 누이들은 제법 사근사근했지만 자기네들끼리 신기할 정도로 밀착해서 타인을 배제하는 종류의 친밀감을 형성했다. 경멸스러운 웨스의 절친 오드라는 여봐란듯 나댔는데, 내 눈에는—아마 누구의 눈에라도—그녀가 웨스를 사랑하고 있음이 빤히 보였다. 오늘은 그녀에게 비극의 날이었으므로, 나는 예외적으로 측은지심을 발휘해 가급적 친절히 대하려 애썼다. 나를 사랑해주지 않는 사람을 사랑한다는 게 어떤 것인지 나는 잘 알고 있다.

쉴리는 테이블 중앙 꽃장식을 마친 후 내게 확인받으러 왔다. "난초를 모두 대령했습니다, 마님. 제가 물러가기 전에 한번 보시겠습니까?"

나는 쉴리를 따라 연회장으로 들어갔다. 난초는 묘했다. 꽃들은 외롭고 으스스해서 거의 외계의 사물처럼 보였고, 흙 위로 드러난 뿌리와 화분이 장소에 어울리지 않고 위화감을 풍겼다. 하지만 그건 좋은 일이었다. 남들과 똑같아 보이는 결혼식을 원하는 사람은 아무도 없었고, 난초들은 프래니에게 어울렸다, 내가 아는 한.

"어떻습니까?" 쉴리가 자랑스럽게 말했다.

"솜씨 있게 잘했네요." 내가 말했다.

"세상 모든 예비 신부들이 난초로 해달라고 했으면 좋겠네요. 나한텐 이게 훨씬 즐거워요." 쉴리가 말했다. "이 결혼식은 여태껏 내가 한 작업 중 가장 마음에 드는 작품이 될 거예요." 그는 휴대폰을 꺼내서 스냅 사진을 찍기 시작했다. "정식 결혼식 사진이 나오면 몇 장 보내주실래요? 프래니가 싫어할까요?"

"좋아할 거예요." 내가 말했다.

"프래니는 특별한 사람이에요."

"네."

"뭡니까? 동의하지 않는군요."

"난 네, 라고 했는데요."

"하지만 말투에 가시가 돋쳤잖아요."

내 말투에 가시든 뭐든 돋쳤다고 생각진 않지만, 나는 식장을 둘러보고 우리밖에 없는지 확인했다. "딱히 프래니에 대한 게 아니라, 몇 년 전부터 해오던 생각이에요. 이런 세부사항들—꽃, 드레스, 예식장—이 다 무척 중요해 보이죠. 그런 디테일이 중요하다고 믿게 만드는 게 내 직업이고. 하지만 궁극적으로, 사람들이 뭘 고르든 어차피 꽃은 꽃이고 드레스는 드레스고 예식장은 예식장에 불과해요."

"하지만 굉장한 꽃이잖아요!" 쉴리가 말했다. "멋진 예식장에!"

"종종 결혼식이 트로이의 목마 같다는 느낌이 들어요. 결혼의 현실에서 눈을 돌리게 하려고 내가 열심히 팔고 다니는 꿈. 그들은 딴 사람들과 차별화하겠다며 이런 것들을 선택해요. 되도록 평범해지지 않겠다며 이런 것들을 선택하죠. 하지만 결혼하기로 선택한 것보다 더 평범한 게 세상에 어딨어요?"

"당신 참 야멸찬 사람이네요." 쉴리가 말했다.

"아마도."

"이런, 기분이 안 좋으시군요."

"난초 때문에 감상적이 됐나보죠."

"머리를 어떻게 해야 할지 모르겠어요." 예식 직전에 프래니가 말했다. "되게 복잡하게 해놓은 것 같은데, 이거 해준 사람이 머리칼을 너무 잡아당겨서 뇌졸중에 걸릴 것 같아요." 양 갈래로 굵게 땋아올린 머리가 왕관처럼 머리통을 빙 둘러쌌다. 애초에 프래니는 야외 음악제에 놀러가는 아가씨처럼 편안한 머리 모양을 원했지만, 실제로는 땋은 머리가 그녀를 머리부터 삼키려는 뱀처럼 보였다.

"풀어내려요." 내가 말했다.

"그래도 될까요?"

"우아하고 소박하죠. 그게 당신 테마에 어울리는 아름다움이에요. 하고 싶은 대로 해도 돼요."

프래니는 머리를 풀었다. "당신이 없었다면 난 어떻게 됐을까요?"

"비슷한 딴 사람을 고용했겠죠. 아마 포틀랜드 사람으로."

"그 얘긴 당신 귀에 안 들어갔으면 했는데. 처음 당신을 찾아 갔던 날 웨스가 참 고약하게 굴었죠. 그이는 사람들이 자기를 좋아하길 원해요…… 자기 딴엔 당신한테 좋은 인상을 주고 있다고 생각했을 거예요."

"꽤 인상적이긴 했어요." 내가 말했다.

프래니는 웃음을 터뜨리다가 한 손을 들어 입을 가렸다. "세상에, 나는 이제 웨스와 결혼하고, 당신은 나도 똑같이 고약한 사람이라고 생각하겠죠." 그녀는 잠시 말을 끊었다. "아마 이렇게 생각할 거예요, '어떻게 저런 남자를 사랑할 수 있지?' 저도 가끔은 그게 의아해요."

"난 당신을 좋아해요." 나는 프래니의 드레스 커버 지퍼를 닫고 그녀의 신발과 옷을 챙겨 더플백에 넣었다.

"아, 그런 건 안 해도 돼요!" 프래니가 말했다.

"기꺼이 하는 거예요. 내 일이니까."

"알았어요, 제인. 고마워요. 자꾸 이런 말 해서 질렸겠지만, 솔직히 당신이 없었다면 어떻게 해나갔을지 모르겠어요. 우리 어머니는……" 프래니의 눈시울이 젖어들기 시작했고, 메이크업 담당자가 이미 가버렸기 때문에 나는 그녀가 울지 않았으면 했다. 나는 프래니에게 휴지를 건넸다.

"콕콕 찍어요. 문지르지 말고. 숨을 깊이 들이마셔요."

프래니는 눈물을 찍어냈다. 숨을 크게 들이마셨다.

"캘리포니아에서 어떤 여자가," 내가 말했다. "신부 들러리인

척 결혼식에 참석해서 예식이 진행되는 동안 사람들이 두고 간 물건을 훔쳤대요. 아마 예식장 쉰 곳은 넘게 털었을걸요."

"하지만 결국 잡혔죠." 프래니가 말했다.

"결국은요. 하지만 한참 후에야 잡혔어요. 생각해봐요, 완전범죄잖아요. 다들 한창 예식에 정신이 팔려 있을 때니까."

"당신만 빼고요."

"게다가 하객 중 절반은 서로 모르는 사이고."

"지금 내가 딴 생각 못하게 하려는 거죠." 프래니가 말했다.

"난 털끝만큼도 당신이 고약하다고 생각지 않아요. 그리고 사람들이 결혼하는 동기는 가지각색이라는 걸 알아야 해요. 사랑은 그중 하나일 뿐이죠. 시니컬하게 들릴지 모르겠지만, 지금까지 이백여 건의 결혼을 진행해봤는데 어쨌든 사랑해서 결혼한다는 게 가장 좋은 동기인지는 잘 모르겠던데요."

"오 제인, 그건 유일한 동기예요."

"알았어요."

"하지만 내가 웨스에 관해 틀렸다면, 영원히 돌이킬 수 없겠죠." 프래니가 말했다.

"안 그래요." 내가 말했다. "만약 당신이 실수한 거라고 해도 돌에 맞아죽지 않아요. 당신 가슴에 주홍글씨로 '이혼녀'라고 새길 리도 없고요. 당신은 21세기에 살고 있어요. 변호사를 불러서 당신이 왔던 그대로 싸들고—아니면 뱉어내고—나오면 되고, 원래 쓰던 성으로 되돌리고, 다른 도시로 가서 새로 시작해도 돼요."

"당신이 말하면 간단하게 들리네요. 아이가 있으면 어떡해요?"

"그럼 좀더 어려워지겠죠, 네."

"가끔은 내가 어쩌자고 여기까지 왔을까 싶어요."

"잘 들어요, 당신이 정말로 이건 아니다 싶으면, 내가 저기 나가서 다들 집으로 돌아가라고 말할게요."

열하나

웨스가 신혼여행에서 돌아온 후 잔금을 치르러 잠깐 사무실에 들렀다. "프래니는 자기가 하겠다고 했지만, 그건 바보 같은 짓이라고 내가 말렸어요. 제인의 사무실은 내 사무실에서 이백 걸음이면 오니까."

나는 수표를 받아서 책상 속에 넣었다. "이백 걸음밖에 안 돼요?" 내가 물었다. 직업 특성상 나는 사소한 것들은 그냥 그러려니 넘어가는 편인데, 어찌된 일인지 웨스를 대할 때면 정반대로 치달았다. 신혼여행을 다녀온 웨스는 구릿빛 피부가 되어 더없이 거만해졌으며, 마땅히 지불해야 할 잔금을 주면서 감사를 바라는 듯한 태도였다.

"한 팔백 미터쯤 되겠죠." 그가 말했다.

"그러면 이백 걸음보다는 많은데요."

"뭐, 제인 맘대로 생각해요." 그는 선심 쓰듯 말했다. "프래니가 이거 루비 준다고 샀어요." 웨스는 플라스틱 스노 글로브를 내 책상 위에 올려놨다. 들어 있는 거라곤 맹물과 플라스틱 부품 몇 개뿐이었다. 코 하나, 실크해트 하나, 당근 하나, 숯 조각 세 개. "녹은 눈사람이죠. 플로리다니까." 그가 말했다.

"아주 깜찍하군요." 내가 말했다.

"여러 가지로 감사합니다. 예식은 근사했고, 당신의 우정이 프래니에게 꽤 의미가 컸더군요."

"저도 즐거웠어요."

웨스는 나가려고 몸을 돌렸다가, 다시 돌아섰다. "왜 나를 싫어해요?"

"좋아하는데요."

"내 보기엔 아닌데요. 오드라가 당신이 프래니에게 말하는 걸 들었대요. 나와 결혼하지 말라고 거의 뜯어말렸다던데."

"내 보기엔 오드라가 당신을 사랑하더군요. 그녀가 내 얘기를 반만 듣고 이간질하려고 한 것 같은데요. 결혼식은 문제없이 잘 치렀잖아요."

웨스는 고개를 끄덕였다. "내가 그 남자를 연상시켜서 그랬어요?"

"무슨 말씀이신지 모르겠네요." 내가 말했다.

"모르는 척해보라지. 당신을 고용하기 전에 신원조사를 다 해봤어요. 그냥 범죄자인지 아닌지만 확인하려고. 범죄자가 아니긴 하더군. 엄밀한 의미에서는. 하지만 난 당신이 누군지 알아. 본명이 뭔지."

루비가 문을 열고 들어왔다. "안녕하세요, 웨스트 씨."

"안녕, 루비 양. 만나서 반가워." 그는 싱긋 웃으며 루비와 악수를 나눴다.

"지금 막 웨스트 씨를 배웅하는 중이었어." 내가 말했다.

"프래니에게 안부 전해주세요!" 루비가 말했다.

"그럴게." 그가 말했고, 나는 그를 문으로 안내했다. 문간에서 웨스는 목소리를 낮췄다. "걱정할 것 없어요, 제인. 아무에게도 말하지 않을 테니까. 아내에게도. 누가 상관할 바도 아니고, 과거는 과거일 뿐이지."

과거는 절대 과거에 머물지 않는다. 바보들만 그렇게 생각한다. 나는 밖으로 나와 문을 닫았다. "뭘 알고 있다고 생각하는지 모르겠지만, 당신은 아는 게 없어요."

"이봐요, 사진이 있는데―"

나는 그의 말중동을 잘랐다. "백 번 양보해서 그게 사실이라 해도, 그게 당신한테 무슨 이득이 되죠?"

"난 지금 당신을 협박하는 게 아니야, 제인. 하긴, 웨딩업계에서는 그게 그리 대단한 일은 아니겠지, 당신이 한때 섹스 스캔들의 주인공이었다는 게 알려져도."

"그거 재밌군," 내가 말했다. "당신이 일을 그런 식으로 본다는 게 아주 재밌어. 아마 너무 어려서 기억하지 못할지도 모르겠는데―내가 태어나기도 전의 일이니까―1962년 존 F. 케네디 정부의 로버트 맥나마라 국방장관이 '상호 확증 파괴'[1]라는 전략을 천명했어. 들어보긴 했을까?"

"물론," 웨스가 말했다. "내가 상대보다 폭탄을 더 많이 갖고 있

---

1 대립하는 두 나라가 선제 타격을 받고도 반격할 정도의 핵전력을 서로 보유하면 양측의 파괴가 확실해진다는 개념. 이 '악마의 균형' 때문에 역설적으로 전쟁이 예방된다.

는 한 나는 괜찮다는 얘기지."

"그건 지나치게 단순화한 거고. 하지만 알고 있다니 다행이네, 정치에 입문하려면 그 정도는 알아야지."

"그래서 하고 싶은 말이 뭔데?"

"당신은 나에 대해 뭔가 알고 있다고 생각하지. 나는 당신에 대해 뭔가를 분명하게 알고 있고." 내가 말했다. "나는 프래니에 대해 잘 알지. 그녀의 과거에 대해."

"프래니가 말했을 리 없어." 그는 나를 쳐다보다가 이내 시선을 피했다.

"선거에 출마한다면, 여긴 좁은 동네니까, 썩 위대해 보이지는 않을 텐데, 장차 앨리슨 스프링스의 시장인가 뭐시긴가가 될 분의 아내가……"

"닥쳐."

"당신이 내 정체에 대한 당신 생각을 떠벌려봤자 그게 나한테 무슨 영향을 주겠어? 사람들이 신경이나 쓸까? 아마 안 쓸걸? 난 일개 시민에 불과하고 누구한테 표를 받아야 할 일도 없잖아? 난 아무 때고 딴 데로 이사 가서 웨딩플래닝을 하면 그만이지." 나는 어깨를 으쓱했다.

"당신 아주 못된 년이네."

"아마도. 자, 당신은 이렇게 알고 있다는 게 내 생각이야. 왜냐면 이게 사실이니까. 아비바 그로스먼은 마이애미 대학교 때 내 룸메이트였어. 한때 우린 아주 친한 사이였지만, 몇 년 동안 개에 관해선 듣지도 보지도 못했지. 그런데 말이야, 웨스, 가끔 내 꿈에 아비바가 나와. 좀 황당하지. 그보다 더 황당한 건, 당신이 그런 착각을 했다는 건데, 뭐 그게 꼭 당신 탓이라곤 할 수 없지. 인터넷으로 겨우 사십구 달러 주고 한 조잡한 신원조사가 뭐 얼마나 정확하겠어? 당신이 그 문제를 철저히 알아보지 못한 것도 다 이해가 돼. 당신은 바쁜 사람이잖아. 그거 갖고 괜히 뭐라 그러지 않을게, 내 약속하지. 사람들은 원래 실수를 하게 마련이잖아. 그런 걸로 도덕적 결함이 있다고 생각진 않아."

"고맙군."

"봤지, 난 당신을 좋아한다고." 나는 손을 내밀었다. "자, 악수하고." 그는 내 지시에 순순히 따랐다. "사업 번창하시길 바랍니다. 다음에 또 연락주세요." 내가 말했다.

나는 저 족제비 같은 놈이 멀어져가는 것을 지켜보았다. 놈은 뛰지는 않았지만, 우리 사이의 거리를 벌리려고 성큼성큼 부리나케 걸었다. 웨스 웨스트, 넌 에런 레빈의 발끝에도 못 미쳐.

그렇게 말하는 건 불공평할지도 모르겠다. 내가 만약 오늘 레빈과 마주쳤다면 어떤 생각이 들었을지는 알기 힘든 일이다. 그도 웨스 웨스트처럼 보였을지 모른다. 그러나 웨스나 둘 다 똑같이 거만하고 야심만만하다. 레빈의 경우엔, 그런 자질에 지적 능력과 동료 인류에 대한 열정적이고 거의 뼈저리는 연민이 더해져 활력이 넘쳤다. 하지만 이 말은 꼭 해둬야겠다…… 그 온갖 일들에도 불구하고 내가 레빈에게 호감을 느끼는 건, 그를 알게 된 당시의 나는 감화되기 쉬운 나이였으니까. 그를 알게 된 당시의 나는 어렸으니까.

열둘

오월, 루비의 열번째 생일 바로 전날, 나는 우연히 자기 사무실에서 나오는 웨스 웨스트를 보았다. 그는 시장 광장 쪽으로 가고 있었고, 나는 정반대 방향인 쉴리의 화원으로 가는 중이었다.

화원에서 예비 신혼부부 한 쌍을 만나기로 되어 있었다. 에드워드 리드와 에두아르도 온티베로스, 각각 리드와 에디로 통했다. 리드는 조경사였고, 그의 결혼식에서 꽃은 매우 중대한 과업이 될 터였다. 그는, 그의 표현을 빌리면, '건축학적 원예'라는 것을 원했고, 쉴리는 거기에 매달릴 것이다. 에디는 프래니와 같은 유치원에서 일하는 교사였고, 리드와 에디 모두 링컨-웨스트 집안의 겨울 결혼식에 참석했으며, 내 작업을 마음에 들어했다.

내 생각엔 두 사람의 이름이 영어식, 스페인어식으로 버전만 다를 뿐 같다는 사실에 내가 지나치게 호들갑 떨지 않아서 점수를 딴 것도 같다.

"사람들이 그걸 갖고 너무 짜증나게 굴어요. 네, 우린 이름이 똑같죠." 결혼 공지에 대해 의논하고 있을 때 에디가 말했다. "같은 이름을 쓰는 두 남자입니다. 이런 일도 있는 거죠. 그렇게까지 놀랍거나 웃긴 일은 아니잖아요."

결혼식은 팔월로 잡혔다. 테마는 WASP 피에스타.[1]

그나저나, 메인 주에서는 동성 결혼이 작년 십이월에 합법화됐고, 벌써부터 바빠지는 꼴을 보니 동성 결혼식 덕분에 내 일거리는 두 배 이상 늘어나게 생겼다. 정직원을 몇 명 고용해볼까 하는 생각도 들었다.

그건 그렇고, 웨스 웨스트는 휴대폰으로 통화중이었는데, 손짓 발짓 하는 품이 마치 연극이라도 하는 것처럼 온 세상에 자기밖에 없는 듯했다. 아니, 타인이 존재하긴 했지만, 그가 펼치는 전화통화 일인극의 관객 내지 그의 인상적인 부동산 중개 감각을 돋보이게 하는 들러리로만 존재했다. 웨스는 곧장 내 쪽으로 걸어오고 있었고, 나는 곧장 웨스 쪽으로 걸어가고 있었다. 그는 분명 나를 보지 못했고, 봤다고 해도 비키지 않을 게 분명했다. 그는 개를 산책시키다 줄이 엉킨 사람에게도 길을 양보하지 않았다. 걸음마하는 아기를 데리고 유모차를 끌고 가는 여자에게도 길을 양보하지 않았다. 우체국에서 나오는 중년 아저씨에게도 길을 양보하지 않았다. 팔짱을 낀 십대 연인들에게도 길을 양보하지 않았다. 그가 왜 내게 길을 양보하겠는가?

그날 오후 나는 밝고 경쾌한 기분이었으므로 루비의 가설을 시험해보기로 했다. 누가 나를 향해 곧장 오고 있을 때 내가 비키지 않으면 어떻게 될까? 날은 훈훈했고, 거리에는 다행히 빙판도

1 WASP는 백인 앵글로색슨계 신교도(White Anglo-Saxon Protestants)의 준말로 미국 사회의 주류 지배층을 가리킨다. 경멸의 의미를 담아 쓰기도 하고, 비유적으로 엘리트를 의미하기도 한다. 피에스타는 스페인어로 파티, 축제를 뜻한다.

없었다. 나는 팔을 휘두르며 계속 걸었다. 나는 충돌하거나 말거나 그를 향해 똑바로 걸어갔다.

두 사람의 코가 대략 십오 센티미터 거리까지 왔지만, 나는 계속 전진했다.

그가 비켰다.

제3장

메인 주에 관한 열세 가지,
아니 몇 가지 재미있는 사실

루비

Ruby

받는사람: 파티마 〈shes_all_fatima@yahoo.com.id〉
보낸사람: 루비 〈Young_Ruby_M@allisonspringsms.edu〉
보낸날짜: 9월 8일
Re: 해외 친구 펜팔 프로그램의 미국인 펜팔

파티마에게.

먼저 내 소개를 할게! 내 이름은 루비 미란다 영이야. 나는 열세 살이고 앨리슨 스프링스 중학교 2학년이지. 앨리슨 스프링스는 '소나무 주'라고도 불리는 메인 주에 있어. 인도네시아에서는 랍스터를 먹니? 메인 주에 관한 재밌는 얘기는, 미국에서 랍스터가 대부분 어디서 나오게? 바로 메인이야! 나는 랍스터를 좋아하긴 하지만, 환장하는 건 아냐. 우리 엄마는 내가 랍스터에 환장하지 않는 이유가 '질렸기' 때문이래. '질렸다'는 건 너무 많이 해봐서 싫증이 났다는 뜻이야. 또 우리 엄마가 그러는데, 새로운 단어는 그게 들어간 문장을 세 번 쓰면 잊지 않을 거래.

1. '질리다'라는 단어에 나는 질리지 않는다.
2. 나는 인도네시아 펜팔 친구가 있다는 것에 질리지 않는다.
3. 학교 식당에서 혼자 점심을 먹는 것에 질렸고, 2학년이 된 지겨우 일주일이지만 벌써 질렸다.

4. 덤: 우리 엄마는 랍스터에 질리기는커녕 정반대이다.

랍스터를 요리하는 방법은 아주 많아. 나는 랍스터 차우더와 랍스터롤을 좋아해('랍스터롤'은 '샌드위치'야). 나는 리처 선생님한테 사회와 세계 문화를 배우고, 그분이 우리 반 전체를 '해외 친구 펜팔 프로그램'에 등록했어. 선생님은 그걸 줄여서 해펜프라고 불러. 내가 싫어하는 것 중 하나는 사람들이 줄임말을 쓰는 거야, 해펜프처럼. 내가 재수없어하는 것 중 하나지. '재수없다'는 건 '유난히 짜증난다'는 거야. 내가 또 재수없어하는 것들은 학교 식당과 인스타그램 가짜 계정과 읽씹하는 사람들이야. 읽씹하고 선 나중에 '미안, 깜박 잊었네!' 하는 사람도 재수없어. 만약 내가 고양이나 개를 기른다면, 이름을 '재수'라고 붙이고 이렇게 말할 거야. '여긴 재수가 없네요.' 난 고양이도 개도 못 길러. 알러지가 있어서. 고양이와 개, 아마 다른 털 달린 동물들도 다. 아직 만난 적은 없지만 가령 사자나 낙타도. 또 딸기와 산양 치즈와 잣에도 알러지가 있어. 땅콩 알러지는 없어. 이건 정말 다행인데, 난 유기 농 땅콩버터를 제일 좋아하거든. 난 매일이라도 땅콩버터를 먹을 수 있고 이건 절대 '질리지' 않을 거야. 인도네시아에서도 '줄임 말'을 쓰니? 흥미로운 일 중 하나는 지난 학기까지만 해도 리처 선생님이 '남자'였다는 거야. 인도네시아에도 '성전환'한 사람들 이 있니? 난 인도네시아에 대해 별로 아는 게 없는데, 그래서 네 가 내 펜팔이 되면 좋을 것 같아!

네 이름을 구글에서 검색해봤는데, '파티마'가 아랍어로 '황홀

한' 또는 '빛나는 것'이라는 뜻이라는 거 알고 있었니? 이거 정말 재미있다. 내 이름 '루비'는 '소중한 보석'이라는 뜻이고, 이건 '빛나는 것'과 아주 비슷하니까, 우린 거의 의미상 쌍둥이(내가 방금 만들어낸 말이야)가 되는 거지! 네 이름은 어떻게 '파티마'가 됐어? 아차, 너네 부모님이 지어줬겠지…… 내가 내 이마를 탁 치고 있는 걸 상상해. 내 말은, 너네 부모님이 어째서 그 이름을 골랐을까? 그리고 미들 네임은 없어?

구글에서 인도네시아 사진을 검색해봤어. 넌 해변에 자주 가니? 나에 관해 알아둘 것 중 하나는, 내가 뭐든 구글에서 검색한다는 거야. 우리 엄마는 내가 구글 검색에서 세계 일인자일 거래.

안내문에 따르면 우리는 이메일을 '250단어 내외'로 써야 한다는데 난 500단어도 넘게 썼어! 빠른 답장을 기다릴게.

너의 펜팔,
루비.

덧붙임. 좀 이상하고 사생활 침해처럼 보이겠지만, 나는 이 이메일을 너한테 보내기 전에 리처 선생님한테 보여줘야 해. 이건 '숙제'거든. 언짢게 받아들이지 말아줘. 나는 숙제가 아니었어도 편지 친구를 사귀고 싶었어. 하여간, 리처 선생님은 내 편지를 보고 잘 쓰긴 했는데 랍스터 얘기를 너무 많이 하지 않았으면 좋았을 거래. 내가 랍스터에 '특별한 열정'을 갖고 있는 것도 아니니까. 선생님은 랍스터에 대한 부분이 '군더더기'처럼 느껴진다고 했는데, '군더더기'란 분량을 늘리기 위해 불필요한 말을 끼워넣는 걸 말해. 나는 '군더더기'를 넣지 않았어. 내 생각에 펜팔의 의미는 서로 상대방의 문화를 배우는 것이고, 랍스터는 메인 주에서 정말 중요하거든. 하지만 랍스터에 관한 부분에 굉장히 '질렸다'면 미안해.

덧덧붙임. 그리고, 리처 선생님이 이 얘기도 꼭 설명해야 한다는데, 선생님의 '정체성'은 늘 여자였고 이전에는 겉만 남자로 보였던 것뿐이래. '정체성'이란 건 '원래 가진 특성' 또는 '본래 성질'이란 뜻이야. (그런 뜻일 거라고 생각해.)

받는사람: 파티마 〈shes_all_fatima@yahoo.com.id〉
보낸사람: 루비 〈Young_Ruby_M@allisonspringsms.edu〉
보낸날짜: 9월 15일
Re: Re: Re: 해외 친구 펜팔 프로그램의 미국인 펜팔

파티마에게.
네가 보낸 이메일은 아주, 아주, 아주, 아주, 엄청나게 재미있었고, 단 한 단어도 질리지 않았고, 넌 아니라고 했지만 네 영어는 무척 훌륭해. 네가 어휘 공부를 하려고 해펜프를 신청했다니 나는 무척 기뻐, 왜냐면 어휘는 나의 '레종 데트르'거든. '레종 데트르'

란 '살아 숨쉬는 이유'를 뜻해. 나의 또다른 레종 데트르는 산소지, 하하. 너의 레종 데트르는 뭐야? 이슬람교도는 랍스터를 먹지 않고, 네가 비늘 있는 해물만 먹을 수 있다는 사실을 처음 알았어! 게다가, 네가 이슬람교도라는 것도 재미있어. 왜냐면 내가 아는 사람들 중 이슬람교도는 한 명도 없거든. 또 네가 이슬람교도라는 게 재미있는 게, 우리 반에서 나 말고 이슬람교도와 펜팔하는 아이는 아무도 없어. 그나저나, 넌 먹지도 못하는데 내가 계속 랍스터 얘기를 해서 곤란했다면 미안해. ㅜㅜ

네 편지를 읽으면서 구글 검색을 아주 많이 했어. 넌 '히잡'을 쓰니? 만약 네가 '히잡'을 쓴다면, 외출했을 때 머리가 뜨거워지면 어떻게 해? 인도네시아의 연평균 기온은 화씨 82.4도, 즉 섭씨 28.0도잖아, 아마 넌 이미 알고 있겠지만.

리처 선생님이 말하길 우리가 주고받는 이메일은 '자신에 관한 얘기와 상대에 대한 질문이 조화를 이루어야' 한대. '펜팔'은 서로에게 '학생인 동시에 선생님'이래.

나에 관한 재미있는 사실은 우리 엄마가 행사 기획자라는 거야. 엄마는 사람들이 자기를 '웨딩플래너'라고 부르는 걸 좋아하지 않지만, 엄마가 주로 기획하는 행사가 결혼식이긴 해. 나는 하교 후에는 엄마의 조수로 일해. 엄마는 내가 '신뢰할 수 있고' '나이에 비해 든든'하대. 나는 많은 일을 책임지고 있어.

1. 결혼서약을 할 때 신부와 신랑이 제 위치에 있는지 확인한다. 신부들과 신랑들은 생각보다 훨씬 더 자주 헤매. 또한 '반지'

가 어디 있는지 계속 신경쓰고, '피로연' 장소도 확실히 알아둬야 해.

2. 배달 물품을 받고 엄마의 '서명'을 대신한다.

3. 사무실 전화를 받는다. 나는 목소리를 아주 낮게 깔아서 아무도 내가 열세 살인 줄 몰라.

4. 소소한 물품을 챙긴다. 가령 엄마 사무실에서 세 집 떨어진 화원에서 부토니에르를 가져와. '부토니에르'는 '남자들이 소외감을 느끼지 않도록 상의 단춧구멍에 꽂는 꽃'이야.

5. 엄마를 위해 온라인 또는 여러 종류의 '조사연구'를 한다. 한번은 엄마가 십이월 결혼식 때 아이스크림 트럭을 대여할 수 있는지 알아봐야 했어, 결국 성사되지는 않았지만. 하여간 네가 메인 주에서 십이월에 아이스크림 트럭이 필요하다면, 빌릴 수 있어. (넌 인도네시아에 사니까 그럴 필요는 없겠지만!)

6. 테이블마다 '좌석표'를 놓는다. 이 일은 정확성이 생명이야. 사람들은 자리에 '잘못' 앉으면 굉장히 화를 내거든. 가끔은 '제대로' 앉을 때도 화를 내지만.

7. 기타 등등. ('기타 등등'은 '그 밖의 여러가지'란 뜻이야.)

나는 엄마한테 월급을 받고, 지금까지 3,998.93달러를 저축했어. 나는 또 아메리칸 익스프레스 '업무용' 카드도 받았어. 아메리칸 익스프레스 카드에는 루비 미란다 영이라고 적혀 있고, 그 밑에는 제인 기획사라고 박혀 있어, 그건 우리 엄마 회사 이름이야. 나는 이 카드를 '업무용'으로만 쓰게 되어 있어. 나는 카드 앞면을 엄지로 훑으면서 점자를 읽을 줄 아는 척하는 게 좋아. 나에 관한 재밌는 얘기: 내가 아는 한 나는 업무용 아메리칸 익스프레스 카드를 갖고 있는 유일한 열세 살짜리야.

또 재밌는 얘기는, 우리 엄마가 앨리슨 스프링스 시장에 '출마' 한다는 거야.

너의 의미상 쌍둥이,
루비.

덧붙임. 리처 선생님이 우리 이메일을 더이상 읽지 않겠대. 계속하고 있는지만 확인하시겠다는군. 이 소식에 네 마음이 편해졌으면 좋겠어.

받는사람: 파티마 〈shes_all_fatima@yahoo.com.id〉
보낸사람: 루비 〈Young_Ruby_M@allisonspringsms.edu〉
보낸날짜: 9월 22일
Re: Re: Re: Re: Re: 해외 친구 펜팔 프로그램의 미국인 펜팔

파티마에게.

안녕? 너희 자매가 정치에 관심 있다니 재미있다! 인도네시아에는 여성 국회의원 출마자 비율이 얼마 이상이 되도록 하는 '할

당'이 있다니 흥미로워(나는 인도네시아의 정치에 대해 아무것도 몰라서 구글 검색했어.) 근데 넌 몇 살이야? 고등학교에 다니니? 난 나와 나이가 똑같은 친구가 별로 없어. 내 나이 또래 애들은 상당히 '질리는' 편이거든.

네 질문에 대한 대답은 다음과 같아.

1. 맞아. 미국에는 여자 시장이 여럿 있는데 앨리슨 스프링스에는 지금까지 한 명도 없었고, 만약 우리 엄마가 당선되면 '최초의 여성 시장'이 되는 거니까 대단하지. 우리 엄마의 '친구'인 모건 부인이 말하길 이건 앨리슨 스프링스가 '수치스럽게 가부장적'이라서 그렇대. '가부장적'이라는 건 '남자가 모든 것을 통제한다'는 뜻이야. 그런데 우리 엄마는 자기가 '시장'에 출마하는 거지 '최초의 여성 시장'에 출마하는 건 아니래.

2. 아니. 미국에서도 메인 주에서도 행사 기획자가 시장이 되는 건 흔한 일이 아니라고 생각해. 하지만 '정확한' 숫자는 나도 몰라. 알아보고 나중에 다시 얘기해줄게.

3. 우리 엄마가 시장 후보가 된 건 앨리슨 스프링스 사람들이 다들 우리 엄마를 가장 친한 친구라고 생각해서야, 사실 우리 엄마의 가장 친한 친구는 나인데. 엄마 말이, 사람들이 자신을 가장 친한 친구라고 여기는 이유는 결혼식이나 각종 행사가 사람들한테 '친밀감의 환상'을 심어주기 때문이래. '친밀감의 환상'이란 사람들이 '자제력을 내려놓는다'는 걸 뜻해. '자제력을 내려놓는다'는 건 '사람들이 너무 많이 말하고 마시고 끌어안는다'는 뜻

이야.

4. 모건 부인은 우리 엄마를 가장 친한 친구라고 생각하는 사람들 중 한 명이야. 엄마는 모건 부인이 가장 친한 친구는 아니지만 '가장 좋은 고객'이자 '나의 대학 진학용 기금'임은 틀림없대. 모건 부인은 '사교계 명사'야. '사교계 명사'라는 건 '와인을 마시고 자선행사를 열고 다른 사람들 일에 간섭하는 부자 할머니'를 뜻해. 또 모건 부인은 〈앨리슨 스프링스 크라이어〉라는 우리 지역 신문사를 갖고 있어. 엄마는 그게 점점 '소식지'에 가까워진대. 나는 모건 부인을 '아주 많이' 좋아해. 모건 부인은 다채로운 어휘와 다채로운 옷을 갖고 있어.

5. 모건 부인은 남성 유방암 치료를 위한 자선 '파티'를 열었어. 모건 부인의 남편이 작년에 유방암으로 돌아가셨거든. 파티가 끝나고 모건 부인은 '자제력을 내려놓았고', 우리는 우리 SUV로 부인을 집까지 모셔다드려야 했어. 엄마가 모건 부인의 신발을 벗기고 침대에 뉘었지. 우리 엄마는 모건 부인이 '주정뱅이 수다꾼'이래. '주정뱅이 수다꾼'이란 '술에 취해도 보통 사람들처럼 곧장 곯아떨어지지 않는 사교계 명사'야.

우리 엄마와 모건 부인이 함께 있는 장면

모건 부인: 제인은 여태껏 내가 일을 맡겨본 기획자들 중 단연 최고야, 그래도 내가 당신에겐 의지가 되는 사람이지. 당신한테 일을 그만 맡길까 싶기도 했어, 당신이 좀더 나은 일을 하도록 말이야. 제인은 책을 쓰든가 TV쇼를 맡아야 해, 마사 스튜어

트[1]처럼. 제인, 솔직히 대답해봐요, 어렸을 때 꿈이 행사 기획자였나?

엄마: 전 제 일을 좋아해요. 다양성을 좋아하죠. 부인 같은 사람들하고 일하는 것도 좋고요. 수많은 사람들이 가장 소중한 기념일에 저를 자신들의 삶 속으로 끌어들이다니 이건 특권이잖아요.

모건 부인: 당신은 멋진 아가씨야, 제인 영. 미안, 이제 우리는 서로를 아가씨라고 부르면 안 되지, 기분 상하게 할 생각은 아니었어. 멋진 사람이지. 훌륭한 여자야! 당신 같은 딸만 있었어도!

엄마: 고맙습니다.

모건 부인: 행사 기획자가 되기 전에 하고 싶었던 일 한 가지만 말해봐요. 제인은 자기 얘긴 한마디도 안 하면서 내 모든 비밀을 주절주절 털어놓게 만들지. 학교 다닐 때 무슨 공부를 했는지 말해봐요.

엄마: 스페인 문학과 정치학을 전공했죠.

모건 부인: 정치학. 정치? 정치에 입문하고 싶었다고?

엄마: 네. 하지만 행사 기획에도 정치에서 사용될 법한 여러 수완들이 상당수 쓰이던데요. 연출 기법이라든가 조직 역량, 자신의 의도에 맞게 사람들을 유도하는 요령. 전에 다 말씀드렸는데요.

1 일명 살림의 여왕. 요리, 원예, 인테리어 등 생활 전반에 관해 조언하는 라이프 코디네이터 겸 사업가.

모건 부인: 내가 도와주겠어, 제인 영!

　여기서…… 컷!

6. 두어 달 후, 시장님이 사임한다고 했어. 시장님의 아내가 항
문암에 걸렸고, 이건 웃을 일이 아니야. 아내를 돌봐야 해서 더이
상 시장 일을 못하게 됐거든. 모건 부인이 엄마한테 시장에 출마
하고 싶다면 선거운동을 '지원'하겠다고 말했어. '지원'이라 함은
'돈을 주겠다'란 얘기야. 모건 부인은 또 '항문암 치료를 위한 자
선행사'를 열 거래.

7. 엄마가 나한테 시장에 출마해도 '괜찮냐'고 물어봐서 내가
말했어. "괜찮냐고? 그건 초 대박이지!"

8. 그러자 우리 엄마는 사람들이 공직에 출마하면 이따금 '지
저분하고 진실이 아닌 일들'이 들리고, 나는 엄마에 대해 들리는
'지저분하고 진실이 아닌 일들'에 대비가 되어 있어야 한대. 엄
마가 말하길 나는 (1) 그것들을 무시해야 하고, (2) 상처받지 말
아야 한다더군. 내가 "내가 (1)을 하면 (2)에 대해선 걱정할 필요
가 없잖아요!"라니까 엄마는 "루비, 엄마는 심각해"라길래, 내가
"엄마, 난 강인해"라고 했지. 난 강인해. 내가 얘기했는지 모르겠
는데, 학교에서 난 '별로 인기 없는' 아이거든. '별로 인기 없다'는
건 '점심때 아무도 내 옆에 앉고 싶어하지 않는다'는 뜻이야.

9. 그렇게 해서 우리 엄마는 시장에 출마하기로 했어. 아직까지
는 엄마에 대한 '지저분하고 진실이 아닌 일들'을 듣지 못했지만,
그래도 선거일까지 6주 남았어!

10. 우리 엄마의 경쟁상대는 웨스 웨스트라는 남자인데, 그의 결혼식 때 우리 엄마가 웨딩플래닝을 맡았어. 그 남자에 대해선 별로 할 얘기가 없네.

11. 딱 하나 얘기할 수 있는 건, 결혼식 때 아이스크림 트럭을 부르자는 걸 반대한 사람이 그 남자였어. 세상에 아이스크림 트럭 싫다는 사람이 어딨니?

너의 의미상 쌍둥이,

루비.

받는사람: 파티마 〈shes_all_fatima@yahoo.com.id〉
보낸사람: 루비 〈Young_Ruby_M@allisonspringsms.edu〉
보낸날짜: 9월 29일
Re: Re: Re: Re: Re: Re: Re: 해외 친구 펜팔 프로그램의 미국인 펜팔

파티마에게.

야호! 우리 엄마가 너네 반에서 하는 인도네시아 여성의 직무와 리더십 수업 때 영상 통화가 문제없이 가능하대! 선거일이 다가오면서 일정이 '빡빡'하긴 하지만, 한 시간 이내로 끊을 수 있다면 괜찮다고 해. 드디어 우리가 서로 얼굴을 볼 수 있다니 정말 대박이다! 네가 누군지 알아볼 수 있게 사진 한 장 보내줄래? '대

박이다'는 '매우 멋지다'는 뜻으로 내가 즐겨쓰는 말이야.

인도네시아에선 '싱글맘'이 선거에서 뽑히기 어렵다니 재미있네! 그 얘기를 모건 부인에게 했더니, 그건 '슬럿 셰이밍'[1]이래. '슬럿 셰이밍'이 뭐냐고 물었더니, '여자가 너무 자유로우면 사람들이 열받아하는' 거라는군. '싱글맘'이란 사실이 우리 엄마가 선거에 나가는 데 거의 영향을 끼치지 않는 것 같은데, 그 이유는 아마도 (1) 다들 우리 엄마를 알고, (2) 우리 아빠가 죽었기 때문일 거야. 나는 아빠에 관한 기억이 없고, 엄마는 과거에 대해 얘기하는 걸 별로 좋아하지 않아. 과거를 돌아보는 게 슬프기 때문인 것 같아. 난 아빠에 대해 거의 몰라. 난 호기심이 많은 편이지만, 그래도 엄마가 슬픈 건 싫어.

한편으론 아빠가 없어서 즐겁기도 해, 엄마를 나 혼자 독차지할 수 있으니까. 또한 모건 부인이 말하길 나는 '상당히 독립적'이고 '굳센 성격'이라면서 '가부장제에 영향을 받지 않아서' 그렇대. 모건 부인은 '가부장제'에 관해 아주 많이 얘기해. 부인은 '가부장제'에 강하게 반대해.

나는 엄마가 웨슬리 웨스트와의 공개토론을 준비하는 걸 돕고 있어. 휴대폰을 보고 엄마에게 질문을 줄줄 읽어주는 거야. 질문들은 다음과 같아.

1. 시에서 흑자가 나면 그 돈을 어떻게 쓸 것인가?

1 옷차림이나 품행을 이유로 '동정받을 가치가 없는 피해자'로 낙인찍는 전형적인 성차별 프레임 중 하나.

2. 우리 시의 가장 중요한 당면과제는 무엇이며, 그것을 어떻게 처리할 것인가?

3. 시 경계의 보안을 어떻게 지킬 것이며, 테러리스트들이 앨리슨 스프링스에 발붙이지 못하도록 어떤 대책을 세울 것인가?

4. 앨리슨 스프링스 같은 소도시는 테러리즘의 취약 표적이다. 학교나 공설 수영장, 도서관, 우체국 같은 공공시설을 폭력과 테러리즘에서 어떻게 안전하게 보호할 것인가?

5. 작년 겨울 어떤 차가 앨리슨 장군의 동상을 들이받아 동상이 망가졌다. 동상을 재건하는 대신 농산물 직판장을 만들어야 한다는 주장도 있다. 농산물 직판장을 테러리스트의 위협에서 어떻게 안전하게 보호할 것인가?

기타 등등.

질문이 대부분 테러리즘과 관련된 것이어서 내가 엄마한테 말했어. "이런 걸 걱정해야 할까? 앨리슨 스프링스가 테러리스트들의 주요 목표야? 그냥 메인 주의 한 조그만 마을이 아니고? 여기 사람들은 테러리즘을 무척 많이 걱정하는 것 같아."

엄마는 이랬어. "사실을 말하자면, 루비, 네가 이웃 사람들을 알고 그들도 널 알고 있을 때는 흔히들 생각하는 것처럼 테러리즘을 걱정할 이유는 없어. 앨리슨 스프링스 같은 곳에서는 전혀. 하지만 사람들이 선거 때 듣고 싶어하는 얘기는 따로 있다는 것 또한 사실이지."

그래도…… 엄마가 나를 안심시키려는 걸지도 모르잖아. 난

'신경과민'이거든. '신경과민'이란 '어떤 일에 대해 병이 생길 때까지 골똘히 생각한다'는 뜻이야.

테러리즘 피하는 법을 구글에서 찾아봤는데, 그러려면 (1) 항상 주변을 경계하고, (2) 뭔가 보이면 즉각 얘기하고, (3) 테러리즘은 가장 예상치 못한 장소, 가령 앨리슨 스프링스 같은 곳에서 발생할 수 있음을 명심해야 해.

그래서 이제 나는 외출할 때면 눈을 자주 깜빡이지 않으려 하고, 테러의 징후를 찾아서 사방을 매의 눈으로 훑어보는 중이야. 인도네시아에는 테러리즘이 많니?

너의 의미상 쌍둥이,
루비.

받는사람: 파티마 〈shes_all_fatima@yahoo.com.id〉
보낸사람: 루비 〈Young_Ruby_M@allisonspringsms.edu〉
보낸날짜: 10월 1일
Re: Re: Re: Re: Re: Re: Re: Re: Re: 해외 친구 펜팔 프로그램의 미국인 펜팔

파티마에게.

유레카! 나는 앨리슨 스프링스 공립도서관에 가서 앨리슨 씨한테 시장들 중 몇 퍼센트가 행사 기획자 출신인지 알아보는데

도와달라고 부탁했어. 그동안 온갖 단어의 조합('시장, 직업별' '시장, 이전 직업별' '시장, 시장이 되기 전에 했던 일은?' '행사 기획 분야에서 일했던 시장 수' 기타 등등)으로 구글 검색을 시도했지만 네게 줄 답을 찾을 수 없었거든. 앨리슨 씨는 우리가 일일이 직접 조사해야 한대. 그러면 '메인 주의 표본'을 추출할 수 있다면서. "표본이 뭐예요?"라고 내가 물었더니 앨리슨 씨는 이렇게 말했어. "전체를 볼 수 없을 때 이따금 전체 대신 작은 부분을 보는데, 작은 부분을 통해 더 큰 부분에 관한 결론을 낼 수 있지. 그럴 때 작은 부분이 바로 표본이야." 내가 말했어, "만약 잘못된 부분을 보고 있으면요?" 앨리슨 씨가 말했어, "그럴 수도 있지, 루비. 그게 위험요소란다. 하지만 최소한 우리는 메인 주의 시장들에 대해 배울 수 있어. 조사가 힘들 텐데 욕볼 각오가 됐니?" '욕보다'에 관한 재미있는 사실은, 고생을 겪는 걸 '욕-본다'고 표현하는 점이야, '욕-나온다'는 게 맞을 텐데, 왜냐면 고생을 하면 욕이 나오니까.

우리는 메인 주에는 소도시가 432개 있고, 행사 기획자 출신 시장은 한 명도 없다는 걸 알아냈어. 그래서 대답은, 현재 메인 주에서 행사 기획자 출신 시장은 0퍼센트야! 우리 엄마가 최초가 되겠지. 앨리슨 씨가 그러더라. 표본을 나라 전체로 확대하는 건 다음에 하면 될 테지만 그것도 날 잡아서 해야 할 거라고. 왜냐면 도서관 문 닫을 시간이 됐거든.

앨리슨 씨는 우리 동네 사서이자 역사학자야. 앨리슨 스프링스를 세운 앨리슨 장군의 후손이지. 앨리슨 씨는 우리 엄마랑 딱

한 번 데이트를 한 적 있어. 그는 연필처럼 생겼어. 깡말랐고, 머리는 지우개처럼 불그스름한 분홍색이야. 긴 눈썹은 금발에 가까운 빨강이고, 울대뼈가 굉장히 '도드라졌어'. '도드라진다'는 건 '간혹 앨리슨 씨가 말할 때 거기서 눈을 뗄 수 없다'는 뜻이야. 우리 엄마는 앨리슨 씨와 다시 데이트를 안 하는 게 그가 연필처럼 생겼기 때문은 아니래. 나는 앨리슨 씨가 무척 좋아, 왜냐면 그는 나보다 훨씬 더 잘 찾거든. 나는 남자애들에 관해 잘 모르지만, 탁월한 조사 능력은 남자친구로서 '무척 근사한 자질'이라고 생각해. 엄마한테 앨리슨 씨의 어디가 마음에 안 드는지 물었더니, '케미가 없대'. '케미가 없다'는 건 '그 사람을 볼 때 심장 및 기타 신체기관에 짜릿함이 느껴지지 않는다'는 뜻이야. 하지만 우리 엄마는 누구와 데이트하든 '케미가 없다'고 하는걸.

  한 가지 말해도 될까, 파티마? 네가 물어봤기 때문일지도 모르고, 엄마가 선거운동으로 너무 바쁘기 때문일지도 모르겠는데, 요즘 들어 나는 우리 아빠에 관한 생각을 많이 해. 아빠가 죽었다는 건 알지만, 난 아빠가 어떤 사람이었는지, 어떻게 생겼는지, 내가 아빠를 닮았는지 알고 싶어. 아빠와 나는 닮았을까? 아빠는 앨리슨 씨처럼 생겼을까? 아니면 겉만 남자로 보였을 때의 리처 선생님처럼 생겼을까? 하긴 누가 알겠니. 난 아빠 이름조차 모르는데. 만약 아빠 이름을 알면 구글에서 찾아볼 텐데. 엄마를 슬프게 만들고 싶진 않지만, 그래도 알고 싶어. 알고 싶어하는 게 잘못일까?

너의 친구이자 의미상 쌍둥이,

루비.

덧붙임. 11월 2일에 영상 통화할 때는 '사적'인 얘긴 절대 언급하지 말아줘. 네가 그럴 애가 아니라는 건 알지만.

받는사람: 파티마 〈shes_all_fatima@yahoo.com.id〉
보낸사람: 루비 〈Young_Ruby_M@allisonspringsms.edu〉
보낸날짜: 10월 5일
Re: Re: Re: Re: Re: Re: Re: Re: Re: Re: Re: 해외 친구 펜팔 프로그램의 미국인 펜팔

파티마에게.

내가 아주 나쁜 짓을 저지른 것 같아. 그에 대해선 아직 너에게 말할 마음의 준비가 안 됐어. 날 지독한 사람이라고 생각할까봐. 나는 네가 날 지독한 사람이라고 생각하지 않았으면 좋겠거든. 아주 나쁜 짓에 관한 얘기는 맨 나중에 나와. 암튼 지금 당장은 말하지 않아도 되지.

조언해줘서 고마워. 엄마에게 말할 적절한 타이밍을 찾기가 힘들었어. 엄마는 지금 선거 때문에 어마무시 바쁘고, 모건 부인 아니면 선거 캠프에서 일하는 사람들(대부분 자원봉사자들)이랑

항상 같이 있거든. 금요일 밤 늦게 다 같이 피자를 먹었는데 도대체 언제 끝날까 싶더라. 드디어 다들 떠난 후에 내가 말을 꺼냈어. "엄마, 얘기 좀 해요." 네가 말한 대로 했지. "난 아빠에 대해 좀더 알고 싶어."

엄마가 말했어. "루비, 그걸 왜 지금 알고 싶은 거야?"

내가 말했어. "왜냐면 나도 컸으니까."

엄마가 말했어. "그야 그렇지. 정말 많이 컸네."

내가 말했어. "그리고 외로워." 막상 그렇게 말하고 나니까, 그때까진 잘 몰랐는데 진짜 외로운 거야.

엄마는 :(표정이 됐어. 난 엄마의 저 표정을 안 보려고 제법 애쓰며 살아왔는데. 그래서 얼른 말했어. "'외롭다'는 건 아니야. 근데 자주 '외로이' 있잖아, 선거운동이 시작된 후로는."

엄마는 전에 했던 얘기를 또 했어. 엄마는 아빠를 '사랑'했지만 한편으론 또 아빠를 '알지' 못했대. (난 이해가 안 가. 어떻게 알지 못하는 사람을 사랑할 수가 있어?) 아빠는 교통사고로 세상을 떠났고, 엄마가 임신한 줄도 몰랐대. 엄마는 아빠와 함께 다니던 곳들이 있는 고향 도시를 견디지 못하고 메인 주로 이사 왔대. 그건 아주 오래전 일이고, 엄마도 지금과 다른 사람이었다고.

내가 말했어. "아빠 이름은 뭐예요? 엄만 한 번도 아빠 이름을 입에 올리지 않고, 사진도 없잖아."

엄마가 말했어. "너무 마음이 아파서."

"그럼 이름만이라도 알려줘."

"이름은……" 엄마는 한숨을 쉬었어. "그게 왜 중요해?"

"그게 왜 비밀인데요?"

"비밀이 아냐. 네가 한 번도 묻지 않았잖니. 네 아빠 이름은 마리아노 도나텔로야."

나는 그 이름을 따라 말했어. "마리아노 도나텔로." 혀끝에 맴도는 어감이 무척 감미로웠어, 마치 한여름에 오렌지맛 하드를 핥는 것처럼. 나는 다시 말했어. "마리아노 도나텔로…… 엄마, 난 이탈리아 사람이야?"

"응, 그럴걸."

"난 이탈리아 사람이구나." 파티마, 네 펜팔이 이탈리아인이자 독일계 유대인으로 밝혀진 건데, 이건 거의 인도네시아인이자 이슬람교도만큼이나 멋진 거지.

다음날 아침 '마리아노 도나텔로'를 구글에서 검색했는데 이탈리아에 있는 몇 가지 말고는 걸리는 게 별로 없었어. 난 '마이애미'를 검색어에 추가했어, 거기가 우리 엄마의 고향이거든. 그래도 나오는 게 없더라고. 그래서 '마리아노 도나텔로, 부고 기사'로 검색해봤는데 여전히 아무것도 안 나와. '부고 기사'는 '죽은 사람에 대한 독후감' 같은 거야.

앨리슨 씨는 그게 그렇게 이상한 일은 아니라는군. 마리아노 도나텔로가 사망한 해(내가 2003년생이니까 우리 아빠는 2003년이나 2002년에 죽었겠지)를 감안하면, 아빠가 온라인 존재감을 형성할 시간이 거의 없었을 거래. '온라인 존재감'이라는 건 '어떤 사람에 관한 인터넷상의 온갖 진실과 거짓'이야. 나의 '온라인 존재감'은 아주 처참해. 네가 만약 구글에서 내 이름 '루비 영'과 '앨리슨 스프링스'를 검색하면, 제일 첫머리에 뜨는 건 〈루비 영은 루저 찐따〉라는 가짜 인스타그램이야. 내가 6학년 때 어떤 애가 만들었는데, 엄마는 그걸 지워줄 사람을 찾지 못했어.

그다음날 앨리슨 씨가 족보 사이트 링크를 나한테 보내주면서 '가계도'를 만들어보고 싶다면 그 웹사이트를 이용해보래. 조사를 시작하려면 신용카드로 그 웹사이트에 49.95달러를 지불해야 했고, 이 지점에서 아까 말한 아주 나쁜 짓이 등장하는 거야. 나는 아래층에 내려가서 엄마한테 업무용 아메리칸 익스프레스 카드를 써도 되냐, 이건 사실 업무는 아닌데, 하고 물었는데, 엄마는 "그래"라면서 손을 흔들었어. 엄마는 통화중이었고, 분명 내 말을 제대로 듣지도 않았어. 나는 엄마가 "안 돼"라고 할 것 같아서 내 말을 제대로 듣지 않기를 바랐던 것 같아.

어쨌든 나는 그 신용카드를 쓰고 말았어!

웃기게 들리겠지만, 나는 너무 긴장해서 결국 토했어. 나는 속으로 이렇게 말했어. '루비, 찐따처럼 굴지 마.' 학교에서 애들이 그렇게 부르거든, 이미 눈치챘겠지만. '루저 찐따'라거나 '찐따 루비' 아니면 가끔은 그냥 '찐따'. '찐따'란 건 '겁이 많고 가끔 폭발한다'는 뜻이야. 칭찬은 절대 아니지.

엄마한테 돈은 갚을 거야. 나도 돈은 있으니까.

나는 아주 정직한 사람이야. 난 거짓말을 하지 않으려고 노력하고, 엄마한테 거짓말을 한다는 생각 자체가 싫어.

어쨌든, 심지어 그 족보 사이트에도 마리아노 도나텔로에 대한 정보는 하나도 없었어.

너의 펜팔,

거짓말쟁이 루비.

받는사람: 파티마 〈shes_all_fatima@yahoo.com.id〉

보낸사람: 루비 〈Young_Ruby_M@allisonspringsms.edu〉

보낸날짜: 10월 15일

Re: Re: Re: Re: Re: Re: Re: Re: Re: Re: Re: Re: Re: 해외 친구 펜팔 프로그램
의 미국인 펜팔

파티마에게.

답장이 너무 늦었지, 미안해. 실망스러운 소식이 있어. 엄마가
영상 통화를 못하게 될 것 같아. 정말 미안해……

:(

:(

:(

조언해줘서 다시 한번 고마워. 네가 알려준 대로 페이팔 계정
을 만들어서 내 은행계좌에서 엄마한테 49.95달러를 이체했어.
내가 사정을 설명하니까 엄마는 괜찮다면서, 그래도 신용카드를
'과외' 용도로 사용해 버릇하면 안 된대. 엄마가 '과외'라는 단어
를 잘못 사용한 것 같지만, 그래도 뜻은 다 알아들었어. '과외'라
는 건 '정식 교과목 이외의 활동, 가령 스포츠나 신문 편집, 왕따

괴롭히기, 프랑스어 모임' 같은 걸 말하거든.

엄마가 생각보다 화를 덜 낸 건, 그날 오후에 선거 토론이 있었는데 그 직전에 내가 얘기했기 때문일 거야. 엄마는 단장을 하느라 정신이 없었어. 어차피 동네 사람들 전부 다 엄마가 어떻게 생겼는지 아는데 말이야. 엄마는 행사 기획자일 때는 항상 소매 없는 검정색 원피스를 입었어. 하지만 정치인은 색깔 있는 옷을 입어야 해. 그래서 새 옷을 몇 벌 사고, 머리도 매만져야 했지.

토론은 앨리슨 스프링스 시청에서 열렸고, 시청은 엄마 사무실에서 두 블록만 가면 돼. 보통 때라면 걸어갔을 텐데, 모건 부인이 꼭 자기 리무진을 타고 시청에 도착해야 한다고 우겼어. 그건 바보짓이었어, 걸어갈 때보다 시간이 두 배로 걸렸거든.

시청은 도서관하고 비슷한 냄새가 나, 곰팡내는 좀 덜하지만. 낡은 물건과 종이와 라디에이터와 왁스 냄새. 하지만 난 그런 냄새를 좋아하는 편이야.

모건 부인은 엄마와 같이 대기실로 갔고 나는 방청석에 앉았어. 아직 아무도 안 와서 나는 둘째 줄에 앉기로 했지. 엄마가 나 때문에 정신 산만해질까봐 첫 줄에는 앉지 않으려고. 기다리는 동안 국어시간에 배울 책을 읽었어. 아빠가 변호사인 여자애에 관한 얘기인데, 걔 아빠는 누명을 쓴 아프리카계 미국인을 변호해. 다우어 선생님이 제일 좋아하는 책이라는데 난 별로 재미없더라. 책 속의 여자애가 세상 돌아가는 방식에 대해 너무 나이브하고, 자기 아빠한테 너무 빠져 있어. 아마 '공감'이 되지 않아서 그 책이 좋아지지 않았나봐. 만약 내가 어릴 적 이야기를 책으로 쓴다면, 난 마리아노 도나텔로에 관해 할말이 별로 없거든. 그런 생각을 하고 있는데 누가 내 이름을 불렀어. 프래니 웨스트라고, 웨스 웨스트의 아내였어.

"잘 지냈니, 루비?" 프래니가 말했어. "새 안경 예쁘다."

"바꾼 지 6개월쯤 됐는데요."

"우리 못 본 지 꽤 오래됐구나."

난 프래니를 많이 좋아하지만, 프래니의 남편이 우리 엄마의 '경쟁자'임을 감안했을 때 프래니와 얘기를 해도 되는지 모르겠더라고.

"왜?" 프래니가 말했어.

"아무것도 아녜요." 내가 말했어.

프래니는 내 옆자리로 와서 앉았어. 내 표정이 굳었나봐, 프래니가 이렇게 말했거든. "걱정 마. 토론이 시작되기 전에 자리 옮길게."

"어떻게 지냈어?" 프래니가 말했어. "학교는 어때?"

"펜팔을 하고 있어요." 내가 말했어.

"펜팔 좋다. 어느 나라 사람이야?"

우리는 너에 관해 한참 얘기했어. 좋은 얘기만 했으니까 걱정하지 마.

사람들이 들어오기 시작했어. 난 프래니가 자리를 옮겨줬으면 좋겠는데, 움직이질 않는 거야. 내가 말했어. "프래니는 어떻게 지내요?"

"아, 선거는 무척 흥미진진해! 난 항상 여기저기 뛰어다녀."

"저도요!" 내가 말했어.

"난 네 엄마가 그리워. 네 엄마와 얘기하던 때가 그리워. 우린 사실 친구도 뭣도 아니지만…… 엄마한테 내가 보고 싶어한다고 전해줄래?"

"네."

"실은 말이야, 루비, 지난 일 년 동안 좀 힘들었거든." 프래니는 우리 얘기를 듣는 사람이 있는지 주변을 둘러봤어. "내가 임신했었거든, 지금은 아니지만." 프래니의 눈이 그렁그렁해졌고, 침울한 금붕어처럼 보였어.

난 무슨 말을 해야 할지 모르겠더라. 우리 엄마는 무슨 말을 해야 할지 모를 때는 "무슨 말을 해야 할지 모르겠어요"라고 하거나, "저런……" 하거나, 아니면 아무 말 없이 '위로의 몸짓'을 건네면 된다고 했어. 나는 살며시 프래니 손 위에 내 손을 포갰어.

"고마워. '팔자가 그렇다'거나 '언제든 다시 노력하면 된다'고 말하지 않아서." 프래니가 말했어.

"그런 말은 안 하죠." 내가 말했어.

"내가 아이를 원했는지조차 모르겠는데, 왜 이렇게 슬픈 걸까?"

"저도 모르겠어요"라고 했다가, 문득 알 것 같았어. "가진 것보다 갖지 못한 게 더 슬프니까 그런 게 아닐까요. 갖지 못한 것들은 상상으로만 존재하고, 상상 속에선 모든 게 완벽하니까." 이게 바로 내가 마리아노 도나텔로를 생각할 때 드는 느낌이거든.

"그래, 그게 맞는 것 같아, 루비. 넌 무척 현명하구나."

"고마워요."

"넌 어떻게 그렇게 현명해졌어?"

"책." 내가 말했어. "그리고 엄마랑 많은 시간을 보내니까요."

"우리가 방금 한 얘기는 엄마한테 말하지 마." 프래니가 말했다.

"알았어요. 근데 어느 부분요?"

"내 상상 속에 존재하는 것. 네 엄마가 모르길 바란다기보다, 내가 직접 말하고 싶어서."

"입 꼭 닫을게요."

"아니다. 신경쓰지 마. 말하고 싶으면 해도 돼. 난 괜찮으니까."

"웨스트 부인," 누가 불렀어. "웨스 씨가 찾습니다."

"안녕, 루비."

"엄마한테 안부 전할게요."

나는 다시 책으로 돌아갔어. 고작 다섯 페이지쯤 읽었는데 토론이 시작됐어.

토론은 한동안 몹시 지루했고, 나는 책을 읽는 게 예의없는 짓일까 고민했어. 질문은 이미 다 들어본 것들이었고, 엄마가 입을 열기도 전에 무슨 말을 할지 대체로 알고 있었어. 막판으로 향하면서 토론은 점점 흥미진진해졌는데, 왜냐면 웨스 웨스트가 우리 엄마만큼 많이 연습하지 않았다는 게 뻔히 보였거든. 웨스는 말을 더듬었고, 그가 말한 후에 박수를 치는 사람도 없었고, 가끔은 사람들이 야유를 퍼부어서 당혹스러워했어. 패색이 확실히 짙어진 어느 순간, 웨스는 이렇게 말했어. "이 도시가 그릇된 방향으로 가고 있는 것이 저로서는 무척 우려됩니다!" 그러고 나서 그는 숨죽여 뭐라고 말했어. 너무 멀어서 무슨 말을 했는지는 안 들렸지만, 그의 입 모양이 어쩐지 낯익었어. 그건 세 음절로 된 단어였어.

첫 음절: 입을 벌린다.
두번째 음절: 입을 다물고 윗니로 입술을 살짝 문다.
세번째 음절: 처음과 똑같이 입을 벌린다.

우리 엄마가 입 모양으로 말했어. "프래니." 이번에도 나는 엄마의 입술 모양을 읽었어. 하지만 멀리서도 '프래니'라는 단어는 이해가 됐어, 왜냐면 프래니는 당연히 웨스 웨스트의 아내니까.

차를 타고 돌아오는 길에 나는 엄마한테 웨스 웨스트가 무대에서 엄마한테 입 모양으로 말한 게 뭐였냐고 물었어. 엄마는 "무슨 말인지 모르겠는데"라고 했어.

그래서 내가 말했지. "엄마가 '프래니'라고 얘기했을 때 말이야."

"기억이 안 나는걸. 아마 프래니가 토론장에 왔는지 물어본 거겠지."

그건 말이 안 되는 게, 엄마가 왜 토론이 한창 벌어지는 와중에 무대 위에서 그런 걸 물어보겠어?

자려고 침대에 누워서 나는 웨스 웨스트가 말하려 했던 단어를 알아내려고 입 모양을 따라해봤어. 아-비-아. 어-비-사. 어-티-아. 아-피-아. 이거랑 아주 비슷했는데.

잠이 안 와서 난 엄마가 '프래니'라고 말했던 장면을 떠올렸어. 그러다보니 엄마와 내가 프래니와 함께 웨딩드레스를 사러 뉴욕에 갔던 때가 생각났어.

그러다보니 메트로폴리탄 미술관에 갔던 때가 생각났어.

그러다보니 그때 벌어졌던 이상한 일이 생각났어. 어떤 할머니와 할아버지가 우리 엄마한테 다가와서 이렇게 말했어. "당신은 그 여자하고 참 닮았네요, 아비바 그로스먼."

난 그 이름을 늘 머리에 넣고 있었어, 왜냐면 '그로스먼'이라니 웃긴 성이잖아. 그게 내 성이 아니라서 다행이라고 안도했던 게 기억나. 그때 이미 내 학교생활은 충분히 고달팠으니까.

바로 그렇게 나는 웨스가 한 말을 알아냈어. '아-비-바.' 나는 침대를 빠져나와 '아비바 그로스먼'을 검색해봤어.

'아비바 그로스먼'에 관해 알아야 하는 것들은 다음과 같아.

아비바는 유부남 하원의원과 바람을 핀 머저리 여자야. 그 여자는 '블로그'를 하고 있었고 덕분에 플로리다에서는 엄청난 웃음거리가 됐어.

아비바 그로스먼은 우리 엄마보다 뚱뚱하고 우리 엄마보다 젊고 우리 엄마보다 머리가 더 곱슬곱슬해.

하지만 정말로, 우리 엄마랑 똑같이 생겼어.

'아비바 그로스먼'은 우리 '엄마'였어.

나는 화장실로 가서 토했어.

'엄마'가 내 방문을 두드렸지만, 난 엄마한테 들어오지 말라고 했어. "독감에 걸린 것 같아. 들어오지 마, 엄마는 지금 아프면 안 되잖아."

"루비, 생각이 참 깊구나. 하지만 엄마는 그 정도 위험은 무릅쓸 거야." 엄마가 손잡이를 돌리려 했지만, 난 문을 걸어잠갔어.

"진짜 안 된다고. 엄마는 아프면 안 돼! 난 괜찮아. 이미 토했는 걸. 세수했으니 이제 잘 거야."

다음 날, 난 엄마한테 아파서 결석해야겠다고 말했고 엄마는 그러라고 했어. 엄마는 요즘 선거 외에는 별로 신경을 못 쓰거든. 토론 직후에 모건 부인은 엄마가 압승할 거라고 했어.

토론 후 닷새가 지났고, 난 엄마를 계속 피하고 있어. 별로 어렵진 않아. 엄마는 맨날 모두에게 거짓말을 하고 다니느라 바쁘거든.

바로 이런 이유로 나는 우리 엄마가 너네 반 애들하고 얘기하면 안 된다고 생각해. 우리 엄마는 훌륭한 역할 모델이 못 돼. 엄마는 엄청난 거짓말쟁이고 망신거리야.

너의 펜팔,
루비.

덧붙임. 내 성은 '그로스먼'인 것 같아.

받는사람: 파티마 〈shes_all_fatima@yahoo.com.id〉
보낸사람: 루비 〈Young_Ruby_M@allisonspringsms.edu〉
보낸날짜: 10월 18일
Re: Re: Re: Re: Re: Re: Re: Re: Re: Re: Re: Re: Re: Re: Re: 해외 친구 펜팔 프
　로그램의 미국인 펜팔

　파티마에게.

　영상 통화 건에 대해 양해해줘서 고마워. 일정을 '재조정'해야
겠다는 건 친절한 얘기긴 한데 네가 왜 통화를 하고 싶어하는지
모르겠어, 우리 엄마가 어떤 인간인지 알면서.

　난 아직도 엄마와 얼굴을 마주치지 않고 있어. 우선 '아비바 그
로스먼'에 관해 찾을 수 있는 건 몽땅 읽는 중이야, 엄마가 더이
상 거짓말을 못하도록.

　'그로스먼'은 엄마한테 제법 잘 어울리는 이름이야, 왜냐면 엄
마는 무척 '그로스'[1]하거든. 마흔이나 먹은 늙다리 하원의원하
고 역겨운 짓을 했고, 그 얘길 자기 블로그에 썼어. 블로그 제목은
'어느 하원의원 사무소 인턴의 블로그'인데, 하원의원 이름이나
자기 이름은 한 번도 쓰지 않았지만, 당연히 다들 알아내지. 초등
학생도 알겠다!

　가령, 걔 이름은 얘기하지 않겠지만, 난 누가 〈루비 영은 루저
찐따〉 계정을 시작했는지 정확히 알고 있어. 내가 걔를 이르지 않

　1　gross. 속어로 역겹다는 뜻.

는 이유는 단 하나야, 걔가 들킬까봐 벌벌 떠는 게 더 나으니까. 괴롭힘에 관해 내가 배운 게 있다면, 그애들이 집중할 수 있는 뭔가가 있는 편이 더 낫다는 거야. 그 시시한 계정이 그 용도로는 딱이지. 내 머리에 케첩을 묻힌다거나, 화장실에 가두거나, 내 사물함에 개똥을 넣는 게 아니라, 그냥 인스타그램에 뭔가 허접한 걸 올리는 걸로 걔네들의 '루비 인생을 비참하게 만들고 싶은 욕구'가 충족돼. 요컨대, 나한테는 사실 인스타그램 계정 이전 상황이 더 개떡같았다는 거지.

나는 '마리아노 도나텔로'에 관해 생각해보기 시작했어.

네 모국어가 영어가 아니라는 건 알지만…… '마리아노 도나텔로'는 진짜 사람 이름 같지가 않거든.

그 이름은 이런 느낌이야.

1. 닌자 거북이 중 하나
2. 동화 속 등장인물
3. 포르노 배우
4. 지어낸 이름

그러게, 흥, 우리 엄마는 굉장한 거짓말쟁이야. 당연히 '마리아노 도나텔로'는 거짓말이지. 그런데 난, 뭐야, "난 이탈리아 사람이구나!"라니―어휴 이런 바보가 어딨니!

'마리아노 도나텔로'가 거짓이라면, 분명 이유가 있었겠지.

그리고 그 이유는 보나마나 나의 친아버지가 에런 레빈 하원의원이기 때문일 거야.

나는 '에런 레빈 하원의원'을 구글에서 검색했고, 늙긴 했지만 나랑 닮았더라고. 그는 엷은 녹색 눈에 곱슬머리고, 나도 녹색 눈에 곱슬머리야.

그 사람이 나에 대해 아는지 궁금해.

너의 의미상 쌍둥이,
루비.

덧붙임. 그로스먼보다는 차라리 레빈이 나아.

덧덧붙임. 네 말이 맞다는 건 알지만, 엄마한테 몽땅 다 얘기해야겠어…… 조만간.

받는사람: 파티마 〈shes_all_fatima@yahoo.com.id〉
보낸사람: 루비 〈Young_Ruby_M@allisonspringsms.edu〉
보낸날짜: 10월 24일
Re: Re: Re: Re: Re: Re: Re: Re: Re: Re: Re: Re: Re: Re: Re: Re: Re: 해외 친구 펜팔 프로그램의 미국인 펜팔

파티마에게.

너한테 이메일을 보내고 나서 곧장 엄마랑 대판 싸웠어. 나도 다 안 다고, 엄마는 거짓말쟁이고 걸레라고 했더니 엄마는 처음엔 울지 않다가 결국 울었고, 엉망진창이었어.

내가 말했어. "더이상 나한테 거짓말은 안 통해. 난 아빠가 누군지 알아야겠어."

엄마가 말했어. "마리아노 도나텔로라니까."

내가 말했어. "날 바보로 아는 거야?"

엄마가 말했어. "괜찮은 얘기로 포장해주고 싶었어."

내가 말했어. "난 진실을 원해."

엄마가 말했어. "진실은, 하룻밤 바람 상대였어."

내가 말했어. "그게 무슨 말이야."

엄마가 말했어. "딱 하룻밤만 같이 자고 두 번 다시 안 보는 사람을 말해."

내가 말했어. "토 나와, 안 믿어. 에런 레빈이라는 거 다 알아. 엄마가 그 사람이랑 한 '지저분한 짓'을 다 써놨잖아. 그 사람은 곱슬머리에 엷은 녹색 눈이고, 나도 곱슬머리에 녹색 눈이야."

엄마가 말했어. "그런 사람은 쎄고 쎘어, 레빈은 아니야. 네가 그 블로그를 찾아본 거라면 너도 알 텐데. 나는 그 사람하고 아기를 가질 만한 종류의 섹스는 하지 않았어."

내가 말했어. "진짜로 토 나올 것 같아, 맨날 거짓말만 하고, 엄마는 범죄자야."

엄마가 말했어, "루비, 아가, 엄마는—"

난 엄마 말을 끊었어. "날 '아가'라고 부르지 마."

"루비, 엄마는 범죄자가 아냐. 난 법을 어기지 않았어. 도덕률? 그래, 그건 어겼어. 하지만 법률은? 아냐. 엄마 고향에서 엄마는 웃음거리였고, 우리 식구들은 너무나 수치스러워했고, 아무도 내게 일자리를 주려 하지 않았어. 나에 관해 들어본 적 없는 사람도 구글에서 나를 검색하면 바로 다 나왔어. 구글이 얼마나 영구적인지 너도 알잖아. 『주홍글씨』라는 책 들어봤니, 루비?"

내가 말했어. "책 얘기는 하고 싶지 않아, 아비바 그로스먼."

엄마가 말했어. "관계 있는 얘기야. 헤스터라는 이름의 여자가 있는데, 그녀는 간통을 저질렀어."

내가 말했어. "난 그게 뭔지도 몰라!"

엄마가 말했어. "그 '간통'이 내가 한 짓이야. 정확히는 내가 했던 짓이지. 배우자가 아닌 상대와 섹스하는 것. 헤스터는 간통을 했고, 동네 사람들은 투표로 그녀에게 주홍색 'A'[1]가 적힌 옷을 입게 했어, 다들 그녀가 한 짓을 항상 알 수 있도록 말이야. 사람들이 구글에서 찾아볼 수 있는 스캔들에 연루된다는 건 그런 거야. 아니, 그보다 백만 배는 더 지독하지."

엄마가 말했어. "그래서 난 정식으로 개명하고, 멀리 이사 와서 우리 둘만의 생활을 꾸려나갔어. 난 좋은 사람이 되려고 노력했고, 너한테 좋은 엄마가 되려고 노력했어. 루비, 엄마는 의무를 다했어."

우리는 둘 다 엉엉 울고 있었어. 내가 말했어. "우리 성은 '영'도 아니잖아."

1 Adultery(간통)의 첫 글자.

"아냐, 맞아." 엄마가 말했어. "내가 우리에게 지어준 이름이야."

엄마는 나보고 품안에 들어오라고 팔을 벌렸지만, 나는 엄마한테 안기고 싶지 않았어.

"어떻게 엄마는 사람들한테 엄마에게 투표하라고 말할 수가 있어?" 내가 말했어. "사람들은 자기 표를 받는 사람이 누군지 알 권리가 있지 않아?"

엄마는 :(표정이 됐지만, 난 아무렇지도 않았어! 엄마가 말했어. "아니, 그건 엄마가 알아서 할게."

내가 말했어. "사람들이 알아내면?"

엄마가 말했어. "그건 그때 가서 알아서 할게. 사람들이 알아내면 엄만 사실대로 얘기할 거야. 그리고 그 사실은, 내가 어렸고 실수를 했다는 거지."

내가 말했어. "엄마는 왜 시장이 되려는 거야? 그렇게 많은 비밀을 가진 사람치고 너무 멍청한 짓 같아."

"나도 모르겠다, 루비. 아니, 알기야 알지, 네가 나이가 들면 알게 될 거야."

나는 소리질렀어. "지*한다, 아비바 그로스먼!" 욕을 써서 정말 미안해, 파티마. 해펜프에서는 '상스러운 표현'을 되도록 금한다는 건 알지만, 엄마한테 '지*한다'고 한 건 하나도 미안하지 않아. 왜냐면 (1) 십삼 년 동안 거짓말을 한 주제에, (2) '나이가 들면' 알게 될 거라니, 너무 어이가 없잖아. 난 내 방으로 뛰어들어가서 문을 쾅 닫았어. 너무 세게 닫아서 침대 머리맡 협탁에서 스탠드가 떨어졌어. 내 스탠드는 고슴도치 모양인데, 도자기 몸통에 금색 가시가 돋아 있어. 모건 부인이 내 열한번째 생일선물로 준 거지. 그게 백 조각쯤으로 깨졌어. 추정치지만.

엄마가 내 방문을 열고 보더니 말했어. "오, 세상에, 찰리!"

내가 말했어. "고작 스탠드 하나 갖고." 하지만 난 바보처럼 입술이 파르르 떨렸어. 이 나이에 그런 스탠드는 너무 유치할지 모르지만, 찰리는 최고의 스탠드였는걸. 모건 부인이 특별히 나를 위해 온라인으로 주문한 거였어, 고슴도치는 내가 제일 좋아하는 동물이거든. 근데 진짜 대박 아니니? 자기 엄마가 거짓말쟁이 창녀 종목 올림픽 챔피언이라는 걸 알아내고도 아직 고슴도치 스탠드 따위에 미련을 품을 수 있다는 게.

문제는, 난 친구가 별로 없다는 거야.

1. 엄마
2. 모건 부인
3. 앨리슨 씨
4. 리처 선생님
5. 너
6. 고슴도치 스탠드 찰리.

찰리가 목록 윗자리를 차지하는 건 아니지만, 그래도……

나는 옷도 안 벗고 이도 안 닦고 잠자리에 들었어. 스탠드를 끌필요도 없었지. 박살이 났으니까.

아침에 일어나니 엄마는 집에 없었어. 선거 캠페인 조찬에 가야 했거든. 엄마가 나한테 쪽지를 남겼더라. '미안해.' 쪽지는 찰리의 발밑에 있었어—엄마는 찰리를 다시 붙이느라 몇 시간은 끙끙 댔을 거야. 난 화가 났어. 다시 붙여줬다고 해서 단 1퍼센트도 엄마를 용서하고 싶은 마음이 들진 않았어. 램프가 깨졌다. 그럼 타깃[1]에 가서 새것을 사면 돼. 내 통장엔 3,949.98달러가 있고, 맘 내키면 아무 때나 새 도자기 램프를 살 수 있어.

　너의 펜팔,
　루비.

받는사람: 파티마 〈shes_all_fatima@yahoo.com.id〉

보낸사람: 루비 〈Young_Ruby_M@allisonspringsms.edu〉

보낸날짜: 10월 25일

Re: Re: Re: Re: Re: Re: Re: Re: Re: Re: Re: Re: Re: Re: Re: Re: Re: Re: Re: 해외 친구 펜팔 프로그램의 미국인 펜팔

　파티마에게.
　네가 도움을 주려고 애쓴다는 건 알지만, 솔직히 그건 잘 모르고 하는 말이야.
　솔직히 난 네가 우리 엄마 편을 들어서 되게 놀랐어. 기분 상

1　생활잡화, 가공식품, 가구, 옷, 전자제품 등을 취급하는 대형 유통할인점.

하게 하려는 건 아닌데, 이슬람 여자들은 우리 엄마가 한 짓이면 '돌에 맞아 죽기'도 하지 않니?

난 우리 엄마를 '슬럿 셰이밍'하는 게 아니야, 하지만 너도 우리 엄마가 제법 '걸레'라는 사실은 인정해야 해. 내가 '슬럿 셰이밍'이란 용어를 제대로 설명하지 않았는지도 모르겠다. '슬럿 셰이밍'은 여자가 '성관계'를 했다는 이유만으로 '걸레'라고 부를 때'를 말해. 하지만 그 사람이 실제로 '걸레'일 때는 '슬럿 셰이밍'이 아니라고 생각해.

우리 엄마는 거짓말쟁이야.

우리 엄마는 '유권자 상대 사기'를 치고 있고, '딸 상대 사기'도 치고 있어. '유권자 상대 사기'라는 건 '유권자들에게 거짓말을 한다'는 거고, 그건 '선거 조작'이 될 수도 있어. '딸 상대 사기'를 친다는 건 '딸에게 거짓말을 한다'는 거지.

루비.

덧붙임. 우리 펜팔에 잠시 휴지기를 가져야 할 것 같아. 네가 다른 사람과 펜팔을 하고 싶다면 그렇게 해, 난 괜찮아.

받는사람: 파티마 〈shes_all_fatima@yahoo.com.id〉

보낸사람: 루비 〈Young_Ruby_M@allisonspringsms.edu〉

보낸날짜: 10월 26일

Re: Re: Re: Re: Re: Re: Re: Re: Re: Re: Re: Re: Re: Re: Re: Re: Re: Re:
  Re: Re: 해외 친구 펜팔 프로그램의 미국인 펜팔

파티마에게.

지난번 내 이메일에 대해 사과할게. 엄마한테 너무 화가 난 나머지 너한테 쏟아부었어. 네가 다른 사람과 펜팔을 하길 내가 바랄 리가 없잖아. 넌 최고의 펜팔이고, 속마음을 털어놓을 수 있는 유일한 사람이야.

어제는 엄마하고 같이 선거운동 행사에 가야 했어. 앨리슨 스프링스 여성기업인협회 모녀 리더십 오찬이어서 빠질 수가 없었어. 나는 엄마한테 더이상 엄마를 지지하지 않으므로 가고 싶지 않다고 했어. 하지만 엄마는 내가 빠지면 모양새가 우스워지니까 제발 같이 가달라고 부탁했어.

나는 엄마한테 그렇다면 가긴 가겠지만 엄마를 위해서든 누굴 위해서든 일부러 차려입진 않겠다고 했어. 난 체크무늬 바지에 모건 부인이 준 '내 페미니스트 어젠다는 나한테 물어봐'[1]라고

---

1 마블 코믹스 『모킹버드』의 주인공 '바비'의 티셔츠에 새겨진 문구. 다른 마블 코믹스 작품에서 보조적인 여성 캐릭터에 머무르던 바비가 주체적인 여성 캐릭터로 재탄생한 것과 맞물리면서 반(反)페미니스트 성향 독자들이 작가에 대한 인신공격과 '페미니즘은 암이다'라는 등의 혐오를 담은 트윗을 폭발적으로 쏟아

적힌 티셔츠를 입었어. 이 티셔츠는 일종의 농담인데, 설명하기는 어렵고, 솔직히 이게 그렇게 웃긴 얘기인가 싶기도 해.

엄마는 내 옷차림을 갖고 트집 잡진 않았어. "쿨해 보인다"고 했지.

난 "어제 입고 잔 옷이야"라고 대꾸했어.

오찬은 홀리데이인 호텔 연회장에서 열렸고, 기본적으로 개떡 같은 결혼식처럼 보였어. 우리 반의 딜라일라 스튜어트란 애도 왔는데, 어른들이 주위에 있으니까 나한테 잘해주는 척하더라.

딜라일라 스튜어트가 "멋진 티셔츠네"라고 했어.

난 "고마워"라고 했지. 걔가 말한 '멋진'이란 건 정반대를 의미했지만. 딜라일라 스튜어트는 가장 악질이야.

딜라일라 스튜어트가 말했어. "그건 뭐라는 거야?"

나는 드래곤파이어처럼 희번덕거리는 눈으로 쏘아보며 말했어. "이건 내가 여자이자 인간이고 여성의 권리에 관심을 가진다는 뜻이야. 나중에 네가 원한다면 빌려줄 수도 있어."

엄마는 바빴고, 나는 기다란 연회 테이블 앞에 앉아서 식전 빵을 먹었어. 빵은 딱딱했지만 그래도 먹었지. 이게 딜라일라 스튜어트의 얼굴이다 생각하고 물어뜯었어. 엄마가 연설을 했고, 난 주기적으로 눈을 굴리고 한숨을 쉬었지만 너무 티내진 않으려고 노력했어. 하지만 생각해봐! 엄마는 자꾸 '정직'이니 '진실'이니 하는 한심한 정치적 수사를 들먹였다고.

냈다. 그 반발을 풍자하는 의미에서 실제로 이 문구를 새긴 티셔츠 상품이 한정판으로 출시되어 호응을 얻었다.

연설이 끝난 후 나는 화장실에 갔고, 화장실에서 나오는데 모건 부인이 나를 기다리고 있었어. "루비 영, 너 뭐가 문제야? 오늘따라 쉰 우유처럼 시큰둥하네."

"피곤해서요." 나는 모건 부인에게 거짓말하고 싶지 않았어. 거짓말쟁이를 엄마로 두는 건 개떡같은 일이야. 나까지 거짓말쟁이가 되잖아.

모건 부인은 개한테 하듯 내 머리를 쓰다듬었어. 그리고 말했어. "그에 대해 얘기 좀 할까?"

내가 말했어. "얘기할 거 없는데요."

모건 부인이 말했어. "선거운동이란 게 제법 힘들지."

내가 말했어. "별 볼 일 없는 시시한 동네의 별 볼 일 없는 시시한 시장 선거인데요. 대통령 선거도 아니고. 누가 이기든 무슨 차이가 있겠어요?"

모건 부인이 말했어. "그거 굉장히 시니컬한 시각이군. 그런 식으로 생각하는 사람들도 있다는 건 알지. 하지만 난 그렇게 생각지 않고, 내 알기론 네 엄마도 그렇게 생각지 않아. 나는 한평생이 동네에서 살았고, 너처럼 말이야, 이 별 볼 일 없는 시시한 동네를 사랑해. 비록 대통령 선거는 아니지만 누가 이기느냐는 매우 중요하다고 생각하지. 그래서 내가 네 엄마를 지지하는 거고."

나는 아무 말도 하지 않았어.

모건 부인이 말했어. "뭐가 네 신경을 긁는지 내가 맞혀볼까?"

"여긴 자유 국가예요." 내가 말했어.

"아주 오랫동안 너와 네 엄마 둘이서 이 세상에 맞서왔지, 그런

데 이제 너무 많은 사람들이 네 삶에 끼어들었어. 아마도 엄마를 딴 사람들한테 뺏기고 싶지 않아서?"

나는 고개를 흔들었어. 모건 부인이 날 그렇게 쩨쩨한 좀생이로 보는 게 너무 싫었어. 나는 아는 대로 털어놓고 싶었지만, 그런 식으로 엄마를 배신할 수는 없잖아. "그런 게 아녜요." 내가 말했어.

"하지만 뭔가 있는 거지?"

나는 입술을 깨물었다. "아무것도 아녜요."

"알았어, 루비 양. 언제든 얘기하고 싶을 때 나를 찾아와. 그냥 봐선 모르겠지만, 이래 봬도 난 아주 나이가 많고 꽤 현명하거든."

그 얘길 곱씹는 중이야, 파티마. 모건 부인한테 사실대로 말해야 하는 게 아닐까? 엄마를 배신하는 셈이 되겠지만, 나도 모건 부인의 말이 맞다고 생각하거든. 누가 앨리슨 스프링스의 시정을 책임지느냐가 중요한 문제라면, 사람들은 우리 엄마의 정체를 알아야 할 거야.

너의 친구(이길 바라는),
루비.

받는사람: 파티마 〈shes_all_fatima@yahoo.com.id〉

보낸사람: 루비 〈Young_Ruby_M@allisonspringsms.edu〉

보낸날짜: 10월 28일
Re: Re: Re: Re: Re: Re: Re: Re: Re: Re: Re: Re: Re: Re: Re: Re: Re: Re:
  Re: Re: Re: Re 해외 친구 펜팔 프로그램의 미국인 펜팔

파티마에게.

네 조언은 무시하기로 했어. 우정이란 게 항상 맞장구만 쳐주거나, 하라는 대로 해야만 한다는 걸 의미하진 않는다고 생각해, 안 그래?

모건 부인한테 말했어.

모건 부인과 단둘이 있을 기회를 얻기까지 참 힘들었어. 모건 부인은 우리집에 오면 늘 엄마랑 같이 있거든. 우버 택시를 불러서 모건 부인의 저택까지 갈 수도 없었어, 왜냐면 부인은 코기를 다섯 마리 기르고 난 개한테 알러지가 있어. '코기'는 '털이 복슬복슬한 닥스훈트'야. '닥스훈트'는 '보통 개를 길게 늘여놓은 버전의 개'이고. 영국 여왕도 코기를 기르고, 그래서 모건 부인을 '앨리슨 스프링스 여왕'이라고 부르는 사람들도 있어.

나는 모건 부인을 보러 〈앨리슨 스프링스 크라이어〉에 갔어. 거긴 모건 부인이 소유한 신문사이고, 우리 엄마 사무실에서 길을 세 번 꺾어 가면 있어. 그 신문사에 모건 부인의 사무실이 있는데, 콧수염을 기른 남자가 말했어. "하! 모건 부인은 이 사무실에

나오시는 법이 없단다." 그 순간 내가 재수없어하는 게 또 하나 생겼어. 그건 바로 웃는 대신에 '하'라고 말하는 사람들이야.

나는 그 남자의 '말투'가 마음에 안 들었어. 나는 엄마 대신 전화를 받는데, 고객한테나 모르는 사람한테나 하여간 누구한테든 그런 식으로 말한 적은 없거든. 성인 남자라면 사람들을 어떻게 응대해야 하는지 잘 알아야 하는 법 아니겠니. 내가 말했어. "모건 부인은 아저씨의 상관이고, 모르는 사람들한테 그런 식으로 말하면 안 되죠."

그 남자가 말했어. "넌 모르는 사람이 아니지, 잘난 우리 동네의 차기 시장님이 될 제인 영의 따님."

내가 말했어. "아저씨는 이렇게 말해야 하는 거예요. '모건 부인은 지금 자리를 비우셨습니다. 부인께 당신이 찾아왔었다고 전해드릴까요?'"

그 남자가 말했어. "아, 그래, 지금 막 그렇게 말하려던 참이었어. 그리고 난 부인의 비서가 아니야. 편집국장이지."

"그래도 모건 부인은 아저씨의 상관이죠." 내가 말했어.

"엄밀히 따지면, 그야 그렇지." 그 남자는 콧수염 끝을 가다듬었어.

"편집국장이 뭐예요?" 내가 물었어.

"사무실에 매일 나오는 사람."

나는 완벽히 훌륭한 질문에 그딴 식의 대답을 듣는 것을 좋아하지 않아.

결국 난 모건 부인에게 문자 메시지를 보냈고('가급적 빨리, 단

둘이 만나야겠어요. 이 문자는 혼자만 보세요'), 부인은 한 시간 후에 자기 사무실에서 보자고 했어. 그 얘긴 곧 콧수염 달린 남자의 말이 틀렸다는 뜻이지.

사무실에서 모건 부인이 말했어. "긴급한 일이란 게 뭐지, 루비? 무슨 비밀 얘기인데?"

나는 입을 벌렸다가 다시 닫았어. 말을 꺼내기가 어려웠어.

모건 부인이 말했어. "배고파 죽겠는걸. 우리 클라라에 가는 게 어떨까? 고백은 배부를 때 훨씬 잘 넘어가지."

클라라는 내가 제일 좋아하는 식당이고, 모건 부인은 그 가게 소유주 중 한 명이야. 클라라에서 내가 제일 좋아하는 음식은 콘차우더야. 치킨 포트 파이[1]도 클라라에서 내가 제일 좋아하는 음식이지. 나는 배가 고팠지만 속이 약간 메슥거리기도 했어. "지금 바로 하는 게 낫겠어요."

"뭘?" 모건 부인이 물었어. 부인은 눈이 휘둥그레져서 관심을 보였어. "뭘 할 건데?"

내가 말했어. "얘기드릴 게 있어요."

모건 부인이 말했어. "그래, 그럴 줄 알았지."

그리고 다 얘기했어. 우리 엄마가 아비바 그로스먼이라고. "우리 엄마는 거짓말쟁이인데, 엄마를 당선시키려다 돈을 다 잃으면 안 되잖아요."

모건 부인은 한숨을 쉬더니 눈매가 부드러워지면서 싱긋 웃었어. "루비, 그건 나도 다 아는 얘기야."

1 고기와 야채로 만든 스튜 위에 파이 반죽을 덮어 구운 요리.

"네?"

"내가 네 엄마와 같이 일한 지가 몇 년인데. 우린 여남은 개도 넘는 자선기금 행사를 함께 치렀어. 내가 네 엄마에 대해 조사도 안 해봤을 것 같니? 그런 것도 모르고 넘어가면 좋은 사업가라고 할 수 없지. 나는 아주 큰 부자고, 사람이 큰 부를 계속 유지하는 방법은 자신의 이익을 지키는 거야."

내가 말했어. "그럼 왜 엄마한테 시장 선거에 나서라고 부추겼어요?"

모건 부인이 말했어. "왜냐하면, 루비야, 그때 일은 하나도 중요하지 않다고 생각하기 때문이지."

"하지만, 모건 부인! 그 블로그 읽어보셨어요?"

"봤지."

"앨리슨 스프링스 사람들은 모건 부인이 자기들한테 거짓말을 했다고 생각지 않겠어요?"

"우린 거짓말을 하지 않았어, 루비. 무엇을 밝힐지 말지 선택하는 건 거짓말과 다르지. 네 엄마는 지금 제인 영이고—"

나는 부인의 말허리를 잘랐어. "아뇨, 아니에요."

"맞아, 제인 영이야, 루비. 거기에 대해선 그걸로 끝이야."

내가 말했어. "사람들이 알아야 할 것을 부인이 결정하는 건 옳지 않다고 생각해요."

모건 부인이 말했어. "그게 리더십이란 거지, 루비. 어쨌든 사람들이 알아내면 네 엄마는 부정하지 않을 거야, 그건 그때 가서 대처하마."

"그럼 엄마도 부인이 아신다는 걸 알아요?"

"꼭 구체적인 말로 한 건 아니지만, 이심전심으로 알지."

나는 모건 부인의 소파에 주저앉을 수밖에 없었어. "뭐가 뭔지 모르겠어요."

모건 부인이 말했어. "나한테 오기까지 정말 많은 용기를 냈구나. 그게 얼마나 마음을 크게 먹어야 하는 일인지 나도 잘 알지." 부인은 내 손 위에 자기 손을 얹었어.

나는 부인의 주름진 손가락을 봤어. 부인은 표범 모양 반지를 끼고 있었어. 표범은 황금이었고 표범의 녹색 눈은 에메랄드였어. 아마 내 은행계좌에 들어 있는 돈을 다 합쳐도 못 사겠지. 구역질이 났어. 보나마나 부인은 별로 좋아하지도 않으면서 그걸 샀을 거야. 난 손을 홱 뺐어. "나한테 용기니 뭐니 들먹이지 말아요!" 나는 소리질렀어. "부인이 날 어떻게 생각하든 난 상관 안 해요, 왜냐면 부인도 우리 엄마처럼 거짓말쟁이니까. 다신 보고 싶지 않군요."

나는 자리를 박차고 나와 그 콧수염 달린 멍청한 편집국장 앞을 휙 지나왔어. 집에 돌아와 지금 이 이메일을 쓰는 거야.

나는 모건 부인한테 엄청 실망했어.

어떻게 모건 부인은 우리 엄마가 생판 딴사람이라는데 신경을 안 쓸 수가 있어?

다들 머리가 어떻게 된 거 아냐?

너의 펜팔,

루비.

덧붙임. 나는 밥도 안 먹고 잠자리에 들어서 지금 배가 고파 죽을 지경이고 내 머릿속엔 오직 콘 차우더밖에 없어. 아무래도 모건 부인하고 클라라에 갈 걸 그랬어. 항의의 의미로 이제 다신 거기에 안 갈 예정이거든.

덧덧붙임. 모건 부인의 말은 옳지 않아. 사람들은 자기 표를 받는 사람이 누군지 '알 권리'가 있어.

받는사람: 파티마 〈shes_all_fatima@yahoo.com.id〉
보낸사람: 루비 〈Young_Ruby_M@allisonspringsms.edu〉
보낸날짜: 10월 31일
Re: Re: Re: Re: Re: Re: Re: Re: Re: Re: Re: Re: Re: Re: Re: Re: Re:
  Re: Re: Re: Re: Re: Re: 해외 친구 펜팔 프로그램의 미국인 펜팔

파티마에게.
행동 계획을 하나 마련했어. 이미 실행중이니까 '편지로' 날 말릴 생각은 하지 마.

1. 마이애미로 가서 에런 레빈 상원의원을 만날 거야. 만약 그

사람이 내 아버지라면, 만나서 얘기하고 싶어. 만약 그 사람이 내 아버지라면, 자기한테 딸이 있다는 걸 알아야 하잖아. 만약 그 사람이 내 아버지라면, 내가 마이애미에 가서 살아도 되겠지. 앨리슨 스프링스는 정나미가 떨어졌어.

2. 〈앨리슨 스프링스 크라이어〉에 아비바 그로스먼에 관해 '익명'의 편지를 보낼 거야. 모건 부인 말이 옳을지도 모르지만, 상관없어. 난 유권자들이 알 권리가 있다고 생각해.

엊저녁엔 항공편과 호텔을 알아봤어. 열세 살은 혼자서 여행하기 좀 곤란한 나이야.

다행히 스마트폰과 업무용 아메리칸 익스프레스 카드와 페이팔 개인 계정과 구글과 프린터만 있으면 거의 뭐든지 할 수 있어. 예를 들어, 항공사 웹사이트에는 '동반자 없는 미성년자'에 대한 규정이 있어서 나는 '아이 혼자 비행기에 탑승하는 것에 동의하고 게이트에 못 나간다'는 편지를 쓴 다음 엄마 서명을 위조했어. 나는 몇 년 동안 엄마의 사인을 위조했지만 엄마 모르게 한 건 처음이었어.

분명히 말하는데 엄마 돈을 훔친 건 아냐. 나는 이 여행에 드는 비용이 내 은행계좌 잔고, 즉 3,770.82달러를 초과하지 않도록 아주 신중하게 예산을 짰어.

그리고 〈앨리슨 스프링스 크라이어〉에 편지를 썼어. 초고를 여러 개 써봤는데, 이걸로 정했어.

〈앨리슨 스프링스 크라이어〉 편집국장 귀하

구글에서 '아비바 그로스먼'을 검색하시오.

　—깨어 있는 시민.

'깨어 있는 시민'이라는 부분이 아주 좋았다고 생각해.

나는 편지를 프린트해서 안이 비치지 않는 보안 봉투에 넣고, 공항으로 가다가 신문사 앞에 택시를 잠깐 세우고 신문사 우편함에 넣었어. 난 끔찍한 사람이 됐다는 기분에 젖지 않으려 애썼어. 그래도 아마 이건 지금까지 내가 살아오면서 한 일 중 최악이겠지.

하지만 신경쓰지 않기로 했어. 1월의 메인 주처럼 한기가 느껴졌어. 아이스크림을 먹다 머리가 띵해질 때처럼 한기가 느껴졌어. 아마 난 끔찍한 사람일 거야. 평생을 거짓말에 속아 살면 이렇게 끔찍한 사람이 되는 거겠지.

택시 운전사가 말했어. "혼자서 여행하기엔 좀 어리다만."

내가 말했어. "보기보단 나이 많아요."

"몇 살인데?"

"열다섯 살."

"난 열한 살쯤 되나 했네."

"대체로는 열세 살로 보던데요."

"흠. 핼러윈은 놓치겠다."

"그렇게까지 핼러윈을 좋아하진 않아요." 사실 나 핼러윈 엄청 좋아하는데! 난 코스튬 차려입는 걸 엄청 좋아하고, 해마다 엄마와 나는 코스튬을 세트로 맞춰 입었어. 가령 작년에 엄마와 나는 좀비 신부와 신랑이었어. 재작년에는 핫도그와 번이었지. 재재작년에는 〈포틀랜디아〉[1]에 나오는 캐릭터들이었어. 〈포틀랜디아〉는 〈워킹 데드〉와 〈하우스 오브 카드〉 다음으로 우리가 좋아하는 드라마야. 그리고 그 전해에는 좀비 신부들러리들이었어. 그 전해는 아이폰과 아이패드. 그 전해는 윌리 웡카와 황금 티켓.[2] 그 전해는 와플과 버터 한 조각. 더이상 코스튬에 관한 얘기는 하고 싶지 않네, 이걸 타이핑하면서 이미 눈물이 핑 돌고 있어. 하여간, 요즘 일어난 일들 때문에 핼러윈이란 걸 까맣게 잊고 있었고, 엄마도 분명 까먹었을 거야. 인도네시아에도 핼러윈이 있니?

"지금 가려는 곳에서도 핼러윈을 하겠죠." 난 택시 운전사한테 말했어. "아버지를 만나러 사우스 플로리다에 가거든요."

"대박이네, 거기 날씨가 훨씬 좋지."

"난 메인 주의 날씨가 좋아요."

"겨울에도?"

내가 말했어. "겨울이 무척 예쁘잖아요. 모든 게 눈부실 정도로 쨍하고. 공기도 엄청 상쾌하고, 목도 얼음 막대가 된 기분이고. 우리 엄마는…… 우리 엄마는 행사 기획자인데, 겨울 결혼식 사진이 항상 제일 잘 나온대요."

1 미국 포틀랜드에 사는 다양한 사람들의 일상을 그린 시트콤. 2018년 현재 시즌 8까지 방영됐다.
2 윌리 웡카는 로알드 달의 『찰리와 초콜릿 공장』에 등장하는 괴짜 초콜릿 공장 사장. 황금 티켓은 다섯 명의 어린이에게만 제공된 비밀 초콜릿 공장 견학 티켓.

"넌 천상 메인 주의 아이구나."

지금 공항이야. 보안검색대도 문제없이 통과했어. 내 위조 서명이 잘 통했지.

잠깐만.

엄마가 방금 나한테 문자 메시지를 보냈어. '벌써 학교 갔니? 오늘 저녁 핼러윈에 우리 뭐할까?'

나는 답신했어. '너무 늦었어.'

엄마가 답신했어. '너 계속 엄마한테 화내는 거 아니지.'

내가 답신했어. '선생님이 휴대폰 넣으래.'

엄마가 답신했어. '사랑한다, 루비.'

그러고 나서 엄마 번호를 차단해서 문자 메시지를 하지 못하게 했어. 마이애미 호텔에 도착하면 차단을 풀 거야. 일단 거기 가버리면, 엄마는 내가 거기 가는 걸 막을 수 없으니까. 이건 '동어반복'이지만, 동시에 '사실'이기도 하지. '동어반복'은 '같은 얘기를 다른 말로 하는 것'을 뜻해. 리처 선생님은 동어반복을 '가급적 피해야 한다'고 하시지.

비행기가 곧 이륙하려고 해, 그래서 휴대폰을 꺼야 해.

한동안 소식이 없더라도 걱정하지 마.

나를 도와주려 애쓰고 내 얘기를 들어줘서 고마워. 덕분에 인도네시아의 이슬람교도에 대해 참 많은 것을 배웠어. 너도 메인 주의 유대인이면서 유대교 신앙은 없는 사람에 관해 배운 게 있기를 바라. 사실 내가 좋은 '표본'이 되었는지 잘 모르겠어. 어쩌면 너도 좋은 '표본'이 아닐지도 모르지. '펜팔'로 문화를 배우려는 게 어리석은 짓일지도. 사실 알 수 있는 건 편지를 주고받는 특정인에 관한 것뿐이지. '펜팔' 프로그램에 대해 안 좋게 말하려는 건 아냐. 네가 내 펜팔이어서 정말 좋았어! 너보다 더 나은 펜팔은 바랄 수 없을 거야.

사랑을 담아,
너의 의미상 쌍둥이,
루비.

덧붙임. 집주소를 알려주면 마이애미 해변에서 진짜 종이 엽서를 보낼게.

제4장

집안의 천사

엠베스

Embeth

선거를 일주일 앞두고 결혼기념일 파티를 하려 했다니 오산이었다. 에런이 일 년 전 스물아홉번째 결혼기념일에 그 얘기를 꺼냈을 때 엠베스는 항암치료 2회차를 받던 중이었고, 저녁 내내 변기를 껴안고 있었다. "내년은 다를 거야." 화장실 문가에서 서성이던 에런은 숨을 너무 깊이 들이마시지 않으려 애쓰며 말했다. 그는 뒤에서 머리칼을 잡아주는 타입의 남자는 아니지만, 고통스러워하는 모습을 끝까지 지켜보기는 한다. 아내의 기운을 북돋아준답시고 후원자들을 위한 파티가 아니라 당신을 위한 파티라고 약속하는 남자다. 그녀가 그런 이벤트를 꼭 하고 싶다고 단 한 번이라도 말한 적이 있던가? 암 때문에 에런은 감상적이 됐다. 그 외엔 달리 설명할 방도가 없었다. 아니, 에런은 늘 감상적이었다. 그 감상적인 면이 그의 약점임을 엠베스는 결혼 전부터 잘 알고 있었다. "그러지 말고, 엠. 삼십 주년은 아주 근사하게 치르자. 우린 그럴 자격이 있어." 에런이 말했다. "브레이커스 호텔에서 하자. 이번엔 우리가 진짜 좋아하는 사람들만 부르는 거야. 딴 사람들 기분이야 어찌되든 신경 *끄자고*."

난 내년까지 살지도 못할 텐데, 엠베스는 생각했다. "십일월에

파티를 할 순 없어." 엠베스가 말했다. "선거운동 중일 거잖아." 엠
베스는 변기에 대고 구역질을 했지만 아무것도 나오지 않았다.
토하는 것보다 더 나쁜 건 토할 게 없는 것이다.

"아닐 거야." 에런이 말했다. "그러니까 내 말은, 선거운동 중이
기야 하겠지, 하지만 누가 신경이나 쓴대? 난 10선 의원이야. 결
혼 삼십 주년 기념일 하룻저녁 쉰다고 나를 다시 뽑고 싶지 않다
면, 빌어먹을 엿이나 먹으라지. 난 파티를 할 거야, 엠. 당신이 뭐
라든 상관 안 해. 호르헤한테 당장 문자해서 그날 일정을 비우라
고 할게."

그는 정말 그녀가 죽을 거라고 생각했던 게 틀림없었다.

그러나 지금 여기, 일 년 후, 그녀는 살아 있다. 부스스한 머리
카락, 흐리멍덩한 머리, 흉터 난 가슴, 두근, 두근, 말없는 짐승처
럼 뛰는 심장, 살아 있어, 살아 있어.

새벽 4시 55분, 에런은 넥타이만 안 했지 정장 차림이다. 그는
오늘 비행기를 타고 워싱턴 D.C.에 가야 한다. 저녁 8시에는 파티
에 참석하기 위해 돌아올 것이다. 피할 수 없는 일정이었다. 그의
경쟁자 마르타 비야누에바―금발의 가슴 큰 공화당원―가 빵
빵한 재원(가슴에 대한 완곡어법이 아니다)을 바탕으로 모두의
예상을 뛰어넘어 선전하고 있는 와중에, 에런은 하원에서 진행중
인 표결에 빠질 수 없었다. 도대체 왜 하원에서 그런 중요한 표결
을 선거 직전에 잡았는지 알다가도 모를 노릇이었다. 미디어를
이용한 여론 몰이도 여의치 않았다. 에런뿐만 아니라, 재선을 노
리는 모든 의원들이 마찬가지였다. 올해는 전례없이 총체적으로

엉망진창이다. 그는 막판 준비를 엠베스에게 떠넘겨서 미안했다. 그는 이런 일로 결혼 삼십 주년 기념일에 자리를 비워서 미안했다. 삼십 년이다! 상상이 돼? 그들은 아기였을 거야. 그들은 아직 태어나지도 않았을 거야. 그는 그녀의 이마에 키스했다.

"가." 그녀가 말했다. "조심해서 다녀와. 이미 준비 다 해놔서, 할 것도 별로 없어. 나 혼자 금방 다 해."

"당신은 천사야." 그가 말했다. "난 진짜 운 좋은 놈이야." 그가 말했다. "사랑해." 그가 말했다. "행복한 기념일 보내고 있어." 그가 말했다.

그녀는 공항까지 태워다주겠다고 했지만, 그는 좀더 자라고 했다. 이미 차를 불렀다.

엠베스는 돌아누워 다시 잠을 청하려 했지만, 쉬이 잠이 오지 않았다.

이왕 깨운 바에야 공항까지 데려다달라고 하지. 그게 더 나았겠다. 발병한 후로는 잠을 잘 못 잤다. 하루에 세 시간이나 자면 다행일까. 낮에는 기진맥진했다.

엠베스는 눈을 감았다.

잠이 들락 말락 할 때쯤 누가 카드를 섞는 것처럼 파다닥거리는 소리가 들렸다.

엠베스는 눈을 떴다.

진홍색 머리의 초록색 앵무새가 갈고리 같은 부리로 그녀의 이마를 정통으로 쪼려는 듯 그녀를 향해 곧장 날아들었다. 새는 전에 그녀의 유방이 있었던 벌판에 내려와 앉았다.

"세뇨라, 세뇨라." 앵무새가 말했다. "일어나요, 일어나요."

엠베스는 더 자야 한다고 말했지만, 앵무새는 그녀가 잠 못 이루고 있었음을 알고 있었다. 그녀는 모로 돌아누웠고, 앵무새는 그녀의 옆구리에 다시 자리를 잡았다.

"할 일이 많은데, 할 일이 많은데." 앵무새가 말했다.

"쉿, 저리 가, 엘 메테." 그녀는 앵무새가 어떻게 그런 이름을 갖게 됐는지, 그게 무슨 뜻인지도 몰랐다. 스페인어인가? 왜 스페인어를 배워두지 않았을까? 몰랐지, 플로리다에서 정치인의 아내 노릇하려면 고등학교 3년 동안 배운 망할 라틴어보다 그게 훨씬 유용하다는 걸. 사실 엘 메테가 수컷인지도 확실치 않았다. 엠베스는 눈을 감은 채 팔을 들어 허공을 휘저었다. 앵무새는 창문턱으로 날아갔다. "잠을 못 자면 오늘 난 쓸모없는 인간이 될 거야. 오늘은 멍하니 있으면 안 돼."

"엘 메테가 도와요. 엘 메테가 도와요."

"돕기는 네가 무슨." 엠베스가 말했다. "넌 꺼져주는 게 도와주는 거야. 우라질 잠 좀 자게 내버려둔다면 도움이 되겠군."

앵무새는 에런의 협탁으로 날아가 깃털을 가다듬기 시작했다. 나름 조용한 작업이었지만, 이미 글렀다. 엠베스는 잠이 달아나버렸다. 단념하고 하루 일과를 시작하는 것이 억지로 자는 척하는 것보다 덜 피곤했다.

엠베스는 침대에서 일어나 샤워실에서 머리를 감았고, 샤워실에서 나오니 앵무새가 수건걸이에 앉아 있었다.

"나한테 작게나마 사적인 공간을 허해주면 좋겠는데." 엠베스가 말했다.

엘 메테는 그녀의 머리 위로 날아가 분홍색 부리로 콕콕 쪼았다.

"수분 크림! 수분 크림!"

엠베스는 부엌으로 가서 커피를 따랐다. 끊어야 했지만, 커피 없는 삶이 무슨 의미가 있나? 그녀가 보기에, 살아가는 것은 나쁜 습관을 들이는 과정이다. 죽어가는 것은 그것들을 없애는 과정이다. 죽음은 습관이 없는 땅이었다. 커피도 없고.

엘 메테가 그녀의 어깨에 내려앉았다. "오늘은 같이 안 갔으면 한다." 엠베스가 말했다.

"엘 메테 간다. 엘 메테 간다."

"진지하게 말하는데, 난 병원도 가야 하고, 미장원과 세탁소와 꽃집과 양장점과 보석상도 가야 하고, 시시한 오찬 연설도 해야 하고, 파티도 있고―"

"파티! 파티!"

"난 파티를 좋아하지도 않아―"

"파티! 파티!"

"넌 파티에 못 가."

"파티! 파티!"

"너 진짜 말이 안 통하는구나, 엘 메테. 한 소리 하고 또 하고. 게다가 넌 네가 가벼운 줄 알지, 내 어깨를 누르는 너는 천근만근이야. 살찐 것 같은데. 지금 네 발톱이 내 어깨를 파고들고 있어. 넌 브래지어 끈보다 해로워. 버킨백보다 해롭고. 이러다 척추교정

받아야겠다."

가사도우미 마르가리타가 커다란 상자를 들고 부엌에 들어왔다. "레빈 부인, 안녕하세요! 결혼기념일 축하드려요! 이게 현관 앞 계단에 있더라고요." 마르가리타는 상자를 조리대 위에 올려놓았다.

엠베스는 발신인 주소를 보았다. 그녀의 둘도 없는 신실한 친구, 배송서비스센터가 보내온 것이었다. 엠베스는 셰프 나이프로 상자를 열었다. 상자 안의 무진장한 에어캡에 파묻혀 있는 것은 조잡하게 생긴 조각상이었다. 조각상은 대략 큼지막한 남근 사이즈였고 합성수지로 만들어졌으며 흑백영화에 색을 입힌 것처럼 화려하고 천박한 색조로 칠해졌다. 날개 달린 불그스름한 남자가 분홍색 토가를 입고 구릿빛 다윗의 별을 방패처럼 들고 있다. 일종의 유대교 천사임에 틀림없었다. 유대교에도 천사가 있던가? 그래, 물론 있겠지. 구약에도 천사는 나오니까, 유대교에도 천사가 있기야 하겠지. 구약에 나오는 인물은 모두 유대인 아니던가? 엠베스는 상자를 뒤집어보았다. 동봉된 정품인증서에 따르면 이것은 메타트론이라는데, 무슨 로봇 이름처럼 들렸다. 누가 이런 걸 그녀에게 보냈을까? 엠베스는 누가 천사를 갖다바칠 만한 타입의 여자가 아니었다.

"와, 멋지네요." 마르가리타가 말했다. 마르가리타는 키치[1] 취향이었다. 외모도 좀 키치스러웠다. 윤기가 반지르르한 새카만

---

[1] 고상하고 품위 있는 예술과 상반되는 질 낮고 저속한 미적 가치 혹은 싸구려 모조품.

머리는 풍자극 여주인공 같았고, 체리가 달린 신발을 신고 부엌을 활보했으며, 풋풋한 가슴을 턱밑까지 끌어모아 올렸다. 에런의 오른팔 호르헤는 처음 마르가리타 면접을 볼 때 이렇게 말했다. "저걸 집에 들이고 싶어하는 거 확실합니까?"

"그게 무슨 소리예요?" 엠베스가 물었다.

"제 말은, 저 여자는 '골칫거리'로 보인다고요."

"에런은 늙었어요. 나도 늙었고." 엠베스는 말했다. "내가 그이보다 더 자주 집에 있어요. 그리고 귀엽게 생겼다는 이유로 고용하지 않는 건 성차별주의예요. 게다가 마르가리타는 아주 똑똑한걸. 조각 전공 석사 과정을 밟고 있어."

"골칫거리입니다." 호르헤는 재차 말했다.

"맘에 들어?" 엠베스는 마르가리타에게 그렇게 물으며 무슨 쪽지라도 없나 에어캡을 뒤졌다. 암 때문에 그녀가 물러진 줄 알고 사람들이 이런 쓰레기를 보냈나보다.

"제 맘에 들고 자시고 할 게 아니죠." 마르가리타가 말했다. "사모님을 위해 보낸 천사잖아요."

"아니면 나더러 당신에게 주라는 걸지도." 엠베스는 슬쩍 떠보았다.

"다른 여자의 천사를 뺏으면 불행해져요." 마르가리타가 말했다.

"자기가 이 천사한테 집을 마련해주지 않으면 그대로 쓰레기통 행이야." 엠베스가 말했다.

"천사를 버리면 불행해져요."

제4장 엠베스 233

"불행이 아닌 게 어딨는데?" 엠베스는 천사의 머리를 잡아 들었다. "난 그런 거 안 믿어." 그녀는 쓰레기통 뚜껑을 열고 멈칫했다. "이거 재활용 쓰레기일까?"

"그러지 마세요." 마르가리타가 말했다. "두고 보면 마음에 들지도 모르잖아요?"

"그럴 리가."

"의원님이라면?"

"에런은 이런 거 질색해."

"알았어요." 마르가리타가 말했다. "저한테 주세요." 마르가리타는 천사를 받아들어 가방 속에 잘 모셨다.

"오늘 저녁 파티에 올 수 있어?" 엠베스가 물었다.

"네, 당연히 가야죠, 레빈 부인. 빠질 순 없죠! 제가 직접 드레스를 만들었어요. 상의는 빨간 코르셋이고 하의는 검정 후프 스커트[1]예요, 그리고 앙증맞은 검정 레이스 반장갑을 낄 거고요, 머리는 하나로 묶어 틀어올리고 조그만 베일을 쓸 거예요. 굉장히 드라마틱하겠죠."

"그런 것 같네. 내 장례식 때도 그렇게 입고 오면 되겠다."

"소름끼치는 얘기 하지 마세요, 레빈 부인. 이 드레스는 축제용이라고요."

"마르가리타, 스페인어로 '메테'가 무슨 뜻이야?"

"생떼 부리는 아이가 누구한테 뭘 내려놓으라고 소리지를 때 그러죠. 메테! 메테!"

---

1 버팀 살을 넣어 부풀린 치마.

"그 앞에 '엘'이 붙으면? '엘 메테'. 그럼 어떻게 돼?"

"어." 마르가리타가 말했다. "그럼 아무 뜻도 없는데요."

접수처 직원이 사과했다. 대기가 밀려 있어서 진료가 늦는다고. 원래 대기가 밀리게 예약을 받아놓은 거겠지, 엠베스는 생각했다.

엠베스는 휴대폰을 꺼내 에런의 하원의원 선거에 관한 인터넷 댓글을 찾아보았다. 그녀는 선거에 져도 개의치 않기로 했다. 세간에서 그녀에 대해 하는 말—야심 많은 여자다, 그녀가 아니었다면 분명 에런은 고등학교 영어선생으로 끝났을 것이다, 뭐 그게 나쁘다는 건 아니지만—과 달리, 엠베스는 남편의 패배를 거의 반길 태세였다.

"엠베스 레빈, 맞지요?"

뒤돌아보니 알레그라였다. 알레그라인데 너무 늙었다. 사십대 후반처럼 보였다. 맙소사, 엠베스는 생각했다. 늙어 보이는 게 아니네. 실제로 늙은 거야. 내가 오십대 후반이니까 사십대 후반 맞지. 알레그라는 엠베스가 병원에서 근무할 때 같이 일했었다. 둘은 무척 친했다. 사람들은 농담 삼아 두 사람을 '오피스 커플'이라고 불렀다.

"알레그라, 진짜 오랜만이네." 엠베스가 말했다.

알레그라는 엠베스의 빰에 키스했다. "어디 편찮으신가요. 별일 아니어야 할 텐데."

"작년에 아팠는데 지금은 나아졌어." 엠베스가 말했다. "그냥 검진하러 온 거야."

"어…… 음, 안색이 좋아 보이네요."

"거짓말. 병자같이 보이지." 엠베스가 말했다.

"정말 좋아 보여요…… 약간 피곤하신 걸지도. 사람들이 피곤해 보인다 그러면 진짜 듣기 싫긴 하지만."

"오늘 저녁에 우리 결혼기념일 파티가 있어. 그래서 여기 일이 끝나면 미장원에 갈 거야. 이 가망없는 지푸라기로 어떻게든 해봐야지."

"머리가 왜요, 예쁜데. 아주 시크해요." 알레그라가 말했다. "하여간 저도 파티가 있다는 거 알고 있었어요. 그러니까, 저도 참석하거든요." 알레그라가 말했다.

"왜?" 엠베스는 아무 생각 없이 내뱉었다.

"어, 초대받아서요. 선배가 초대한 줄 알았는데?"

젠장, 그런 건 까먹지 말았어야지, 엠베스는 속으로 생각했다.

"물론이야, 당연하지." 알레그라를 초대하다니 도대체 그때 머리가 어떤 상태였던 거지?

"놀라신 것 같네요."

"아냐. 난……" 사실을 말하자면 최근 그녀는 도무지 기억을 못했다. 항암치료 때문에 머리가 나빠졌을지도.

"레빈 부인." 접수처 직원이 불렀다.

"초대해주셔서 기뻤어요." 알레그라가 말했다. "뜻밖이긴 했지만, 기뻤죠. 그런데 선배가 바란 게 아니라면…… 그러니까 뭔가 착오가 있었던 거라면."

"당연히 바라지, 와야지." 엠베스는 알레그라의 손을 꽉 잡았다. 손은 차고 부드러웠다. 알레그라에게서는 프랜지파니 향이 났고, 백단향 또는 100% 코코아 분말처럼 뭔가 더 알싸하고 진한 흙내도 났다. "내 머리는 아무 생각 없을 때 더 잘 돌아가기도 하거든."

알레그라는 피식 웃었다. "선배도, 싱거운 소리 하긴."

"다음주에 아주 길게 점심을 같이 먹고 싶다." 엠베스가 말했다. "같이 먹을 수 있을까?"

"선배가 아프다는 걸 좀더 일찍 알았어야 되는데." 알레그라가 말했다.

"난 같이 어울리기에 재밌는 사람도 아닌걸." 엠베스가 말했다.

"그래도, 뭐라도 도와드렸을 텐데……"

어떻게 도와? 5킬로미터 걷기? 핑크 리본 달기?[1] 먹고 토하라고 치킨 수프를 갖다주나? 동정적인 트위터 글을 올리고? "고양이 귀는 왜 달고 있어?" 엠베스가 물었다. "지금 내가 헛것을 보는 건가 아니면 진짜로 고양이 귀를 달고 있는 거야?"

"아!" 알레그라는 살짝 민망해하며 수줍게 웃었고, 검은 고양이 귀 머리띠 아래 머리를 쓸었다. "코스튬이에요. 어제가 핼러윈이었잖아요."

"잊고 있었네." 엠베스가 말했다.

"에머리 학교의 핼러윈 파티는 오늘 아침이에요. 시험 삼아 써 봤죠. 제가 음료를 맡았거든요. 엊저녁에 학부모 한 분이 '펀치에

---

1   유방암 조기 검진과 예방 및 환자 격려 캠페인의 일환으로 매년 핑크 리본을 달고 걷는 대회가 열린다.

견과류는 넣지 마세요!'라고 문자를 보냈더라고요. 펀치에 견과류를 넣는 사람이 어디 있다고. 제가 거기 애엄마들 중 제일 나이가 많아서 아주 나를 실없는 사람으로 봐요."

"레빈 부인!" 접수처 직원이 거듭 외쳤다.

"그 귀 잘 어울린다." 엠베스는 그렇게 말하며 진료실로 들어가는 문을 열었다.

"엠베스는 오늘 기분이 어떠십니까?" 의사가 물었다. 의사는 영어가 모국어가 아니었고, 대명사 쓰는 것을 무서워하는 것 같았다.

"엠베스는 혹을 또 발견했어요." 엠베스는 쾌활하게 말했다.

병원에서 나오는 길, 엠베스는 바보같이 기분이 좋았다. 확실히 보장된 각종 검사들! 확실히 보장된 또 한바탕의 화학요법! 확실히 보장된 죽음! 그 어느 것도 기분 좋을 이유가 아닌데, 그래도 좋았다.

확실히 보장된 저녁 파티들 때문은 분명 아니었다.

올 게 왔다는 안도감 때문일까. 샤워실에서 멍울을 발견했을 때 그녀는 패배자가 된 기분이었다. 그게 뇌의 속임수이자 완벽히 바보 같은 생각이라는 걸 알면서도 떨치지 못했다. 그녀의 신체가 계속해서 비정상세포 군집을 증식시키는 건 그녀 잘못이 아니었다. 그러나 엠베스는 모든 걸 자신의 잘못으로 여기도록 키워졌다. 그녀는 무지막지하게 강한데 뭐 하나 똑바로 할 수 없었다. 엠베스, 비정상세포를 만들어내는 자. 엠베스, 세계를 파괴하는 자.

그저 날이 좋아서일까. 상쾌한 시월이 지난 후에 찾아온 상쾌한 아침이었다. 철 늦은 허리케인도 없었다. 그녀의 머리칼은, 얼마 있지도 않았지만, 평소보다 훨씬 고분고분 말을 잘 들었다.

알레그라를 만나서였을까.

멍울이 또 발견되지 않았다면, 시간이 있다면, 알레그라와 약속한 점심을 먹겠지. 그다음에 또 점심을 알레그라와 먹고, 두번째 점심 때는, 둘 다 좀더 마음이 편해져서는, 디저트 두 개를 시켜서 서로 나눠 먹으며 두 사람의 포크가 서로 가볍게 엉키고 부딪히고, 부스러기까지 남김없이 디저트 접시를 비우고, 그다음에 내가 웨이터에게 '네, 그래요, 에스프레소 주세요'라고 말하고, 알레그라는 둘이 같이 요가를 등록하자고 하고(하타 요가예요, 누구나 할 수 있어요), 요가를 하다가 둘 중 한 명이 독서모임을 제안하고, 나는 어떻게든 시간을 만들어 알레그라와 매일 만나고, 둘 중 하나 혹은 둘 다 죽을 때까지 매일 그랬을지도.

알레그라는 왜 닥터 후이의 병원에 왔을까? 물어봤어야 했는데. 너무 내 생각만 했군. 엠베스는 이따금 자신이 이 세상에서 암에 걸린 유일한 사람이 아니라는 사실을 잊는다.

엠베스는 엘 메테한테 차 근처에서 기다리라고 단단히 일러두었다. 날짐승을 병원에 데리고 갈 수는 없으니까. 엘 메테는 그녀의 테슬라 보닛에 앉아 있었다. 발톱으로 신나게 자동차 도장면을 긁어댔다. 새는 날아와 엠베스의 어깨에 내려앉았다. "이거 실크 블라우스야. 살살해."

"살살! 살살!" 새가 말했다. "잘 자요! 잘 자요!"

차에 타자마자 휴대폰이 울렸고, 엠베스는 신중하게 스피커폰을 켰다. 온갖 종류의 암을 달고 살지언정 뇌암만은 절대 사양이었다.

마이애미에 있는 에런의 비서 중 한 명인 타샤였다. 타샤는 신참이었다. 그녀는 선거사무소에 비상사태가 발생했다고 전했다. 하지만 에런의 비서들은 걸핏하면 호들갑을 떨어댔다. 특히나 신참인 경우에는. 그들은 경험이 부족해서 이게 일개 상황인지 비상사태인지, 위기인지 낭패인지 구분할 줄 몰랐다. 선거가 일주일 앞으로 다가왔는데 비상사태 아닌 게 어디 있겠는가? "호르헤가 알아서 처리할 수 없나요?" 엠베스가 말했다. "난 오늘 저녁 파티만으로도 일정이 꽉 차서. 도대체 왜 이런 쓸데없는 파티를 해야 하는지……" 엠베스는 사과조의 웃음을 실행했다.

타샤가 말했다. "비상사태라는 건 틀린 말이겠군요. 그냥 상황이 발생했다고 할게요."

"좋아요." 엠베스는 성마르게 말했다. "호르헤가 모든 상황을 잘 처리할 수 있으리라 믿어요."

"좋아요! 아주 좋아요!" 엘 메테가 말했다.

"쉬잇!" 엠베스가 말했다.

"네, 뭐라고요?" 타샤가 말했다.

"아, 당신에게 한 말이 아니에요. 딴 사람하고 얘기하던 중이었어요." 엠베스가 말했다. "호르헤한테 연락해요."

"알겠습니다. 그런데 문제는……" 타샤가 목소리를 낮췄고, 엠베스는 말소리를 알아들을 수 없었다. 엠베스는 더 크게 얘기해 달라고 말했다. "여자애요."

"뭐라고요?"

"여기 여자애가 있는데요," 타샤가 말했다. "자기가 의원님의 딸이래요." 타샤가 소곤거렸다.

"딸! 딸!" 엘 메테가 말했다.

"그건 불가능한데. 우린 아들밖에 없어요."

"지금 제가 아이를 보고 있는데요, 키는 125센티미터쯤 되고 치아교정기를 했고 곱슬머리예요. 열한 살이나 열두 살쯤 된 것 같은데—"

"됐어요, 타샤, 나한테 애가 어떻게 생겼는지 설명해줄 필요는 없어. 여자애들이 어떻게 생겼는지는 나도 잘 알고 있어요. 믿기 힘들지 모르겠지만 나도 한때 여자애였으니까. 그리고 당신이 여자애를 보고 있다는 사실을 반박한 게 아냐. 요는, 당신이 보고 있는 건 에런의 딸이 아니라는 거지. 남편과 나 사이엔 아들밖에 없으니까." 엠베스가 말했다.

"아들! 아들!" 엘 메테가 말했다.

"제발이지 좀 닥쳐줄래?" 엠베스가 말했다.

"전 아무 말도 안 했는데요." 타샤가 말했다.

"당신이 아니라, 딴 사람에게 한 말이에요. 호르헤한테 전화해서 사무소에 웬 얼빠진 애가 하나 있다고 하면 호르헤가 어떻게 하라고 말해줄 거예요. 내가 오늘은 얼빠진 사람들을 상대할 시간이 없네."

"알겠습니다. 그건 제가 알아서 할 수 있어요. 그런데 또 하나 중요한 건—"

"뭔데?"

"아이 말이 자기 성이 그로스먼이랍니다."

그 이름을 엠베스가 얼마나 혐오했던가! "그로스." 엠베스가 말했다.

"아뇨, 그로스먼요." 타샤가 말했다.

"들었어요." 그 이름을 두 번 다시 듣지 않고 남은 생을 보낼 수 있었다면 얼마나 좋았을까.

"선거가 다음주예요." 타샤가 말을 이었다.

"응, 타샤, 나도 알아요." 엠베스가 말했다.

"사모님이 아신다는 건 저도 알아요." 타샤가 말했다. "제 얘긴, 선거사무소에는 사람들이 엄청 많고, 오늘 또 엄청 많은 사람들이 들락거릴 거라고요. 선거운동원이며, 언론사 사람들이며. 일이 해결될 때까지 아이를 다른 장소로 옮기는 게 낫지 않을까요. 호르헤는 의원님과 함께 D.C.에 갔어요. 둘 다 전화를 안 받아요. 누가 볼까봐 문자를 남기고 싶지는 않고요. 오늘 연락이 닿지 않을지도 몰라요. 저는 말썽을 피하고 싶습니다."

말썽이 나면 어떻게 될까? 엠베스가 가지 않으면? 엠베스가 그냥 전화를 끊고 미장원에 가서 애초 계획했던 대로 일정을 계속 소화한다면? 엠베스가 끼어들어 애런을 위해 사태를 수습하지 않으면? 짜증나게시리 저 사람들은 애런이 위기를 몰고 오면 연락해야 할 사람으로 노상 엠베스를 지목한다. 어떻게든 진실을 모르게 보호받는 아내들도 있지 않나? 어째서 아무도 엠베스가 보호받아야 할 타입의 아내라고 생각지 않는 거지? 남편의 결점을 보지 않도록 온실 속에 남겨져야 할 타입의 아내라고는?

십여 년 전, 딱 한 번 엠베스가 끼어들지 않은 적이 있는데, 그 결과가 어떻게 나왔는지 보라.

"알았어요." 엠베스가 말했다. "내가 가서 애를 데려오죠."

"그동안은 어떡하죠?"

"청소도구 창고에 처박아놓든가! 정말이지 알 게 뭐람."

"창고! 창고!" 엘 메테가 말했다.

"닥쳐. 입을 지퍼로 잠가버린다." 엠베스가 소곤거렸다.

"청소도구 창고문을 잠가두라고요?" 타샤가 물었다.

"당신한테 말한 게 아니에요." 엠베스가 말했다.

"지금 누구랑 얘기하고 계신 거예요?" 타샤가 말했다. "죄송합니다. 제가 궁금해할 일은 아니죠."

그래, 네가 궁금해할 일은 아니지. "나는 엘…… 친구랑 있어요."

"친구? 친구?" 엘 메테가 말했다.

"그래, 친구라고 해두자." 엠베스가 말했다.

새는 엠베스의 목덜미 오목한 곳에 부리를 디밀고 구구구구 울었다.

"저는 여기 사무소에 청소도구 창고가 있는지 없는지도 몰라요, 레빈 부인."

"타샤, 정말이지! 말을 곧이곧대로 듣는 건 이 세상 살아가는

데 치명적인 약점이에요. 꼭 청소도구 창고일 필요는 없잖아. 그냥 내가 갈 때까지 거치적거리지 않게 치워두라고. 지하실도 좋고. 옥상도 좋고. 아무도 안 쓰는 칸막이 책상도 좋고. 염병할 장소는 당신이 알아서 골라!" 엠베스는 전화를 끊었다. 저 신참은 진짜 구제불능이다.

"구제불능." 엘 메테가 말했다.

엠베스는 사무소로 차를 몰고 가기 전에 휴대폰에서 레이철 그로스먼의 전화번호를 검색했다. 레이철 그로스먼, 일명 세계 최악의 이웃. 그래, 이것―이것이 뭔지 모르겠다만―이것은 절대적으로 레이철 그로스먼이 처리해야 할 문제야, 내 문제가 아니라.

엠베스는 찾아낸 번호로 전화를 걸었지만, 없는 번호라고 나왔다. 그녀는 차의 시동을 걸었다.

선거사무소에서는 전화가 여기저기서 울어댔다. 열성적인 응대로 이어지는 전화가 있는가 하면, 몇 주째 무시되어오다 결국 무시되는 전화도 있었다. 원피스를 입은 앳된 여자가 트윗을 작성했고, 같은 원피스의 좀더 저렴한 버전을 입은 여자는 또다른 문서―"재선 도전 후보들의 스냅챗[1] 활용 득실 검토"―를 작성 중인데, 결론인즉 선거운동의 현 단계에서 에런 의원이 거기에 뛰어드는 건 너무 늦었다는 것. 다들 이메일과 문자를 쓸 때 표현에

1 한때 미국 젊은 층에서 선풍적인 인기를 얻었던 메신저. 상대방이 수신하면 메시지가 사라져 '유령 메신저'라고 불렀다.

신중을 기했다. 누가 들여다볼지 또는 해킹할지 알 수 없는 노릇이고, 딴에는 웃기려고 썼는데 맥락과 뉘앙스, 아 그래, 촌철살인의 말맛 같은 게 빠지면 전혀 웃기지 않을 수도 있었다. 그럼에도 다들 문자를 이메일보다 선호했다. 이메일을 전화 통화보다 선호했다. 전화 통화를 직접 대면보다 선호했다. 직접 대면은 한사코 피하려 했다. 어쩔 수 없이 대면해야 한다면 저녁보다 점심이 낫고, 점심보다 차 한잔이 나았다. 다들 자신의 휴대폰을 증오했지만 휴대폰 없이 일하는 건 상상도 할 수 없었다. 청바지 입은 여자가 원피스 입은 여자들을 고약한 눈초리로 쏘아보며 청바지 입은 남자에게 원피스 입은 여자들은 중요한 일은 하나도 안 한다고 말했다. (그러나 원피스 입은 여자들이 사무소를 꾸려간다는 사실은 누구나 알고 있었다.) 치마 입은 여자와 추리닝 입은 남자가 올해 대선이 총선에 도움이 되는지 토론을 벌였다. 누가 '레빈 2006'이라고 적힌 너프[2] 럭비공의 낡은 모조품을 구석으로 던졌고, 그러자 누가 소리질렀다. "조용히 해, C-SPAN[3]에 하원 표결이 나와!" 그러자 누가 소리질렀다. "그딴 건 아무도 안 봐!" 그러자 또 누가 소리질렀다. "내가 본다!" 블레이저 입은 두 남자가 점심식사 주문을 받았고, 원피스 입은 여자는 자긴 커피 주문은 안 받을 테니 꿈도 꾸지 말라고 했다. 넥타이 맨 남자가 자기 이력서를 수정했고(하지만 다들 노상 그러고 있었다), 원피스를

2 미국의 유명 장난감 회사. 주로 총기류와 럭비공, 축구공 등 스포츠 용품을 생산한다.
3 공익을 위해 정부 활동과 공공 이슈를 다루는 미국 케이블 텔레비전 네트워크.

입은 여자가 "누가 제발 좀 의원님한테 '@'로 시작하는 트윗은 앞에 마침표를 찍어야 한다고 다시 한번 설명해드릴래?" 하더니 '노인네랑 일하려니까' 어쩌구저쩌구 웅얼거렸다. 원피스 입은 또다른 여자는 CNN의 아는 사람에게 이메일을 보냈다. "그냥 궁금해서요, 논쟁적인 사안의 토론자들은 어떻게 선정해요?" 넥타이 맨 남자가 다른 넥타이 맨 남자와 시시덕거렸고, 카키색 바지 입은 남자가 사무실 소모품을 훔치면서 언젠가 있을 자신의 선거전 장비를 비축중이라고 생각했다. 원피스 입은 한 여자가 전화기에 대고 자기 엄마한테 소리지르더니 조그맣게 투덜거렸다. "끝까지 버텨야 해, 안 그럼 학점을 못 딴다고!" 다들 무척이나 중요했고, 무척이나 저평가됐으며, 무척이나 대우가 나빴고, 모든 선거사무소가 그렇듯 무척이나, 무척이나 어렸다.

엠베스는 이 앳된 이들의 먼젓번 버전들은 알았지만 현재 버전에는 직접 아는 얼굴이 없었고, 그녀가 왔음을 알아차리는 사람도 없었다. 이도 저도 아닌 애매한 유명인의 세월을 거치면서 엠베스는 문간에 들어서는 요령을 터득했다. 눈에 띄길 바랄 때는 눈에 띄었다. 눈에 띄고 싶지 않을 때는 거의 전혀 눈에 띄지 않았다. 비결은, 마치 잘 아는 곳에 온 양 온화하고 따분한, 그러면서도 살짝 불쾌한 분위기를 풍기는 것이었다. 비결은 휴대폰이 될 때도 있었다. 그녀의 휴대폰(누구의 휴대폰이든 마찬가지지만)은 고독의 성채였고, 노련하게 통화에 몰두하는 척했다. 수수한 모자를 이용하는 방법도 있지만 절대 선글라스는 금물이다. 어떤 방법이든지 간에, 배경으로 투명하게 섞여드는 그 특별한 스위치는 나이를 먹을수록 더 켜기 쉬워졌다. 조만간 스위치가 아예 눌어붙어 두 번 다시 사람들 눈에 띄지 않게 되겠지, 엠베스는 생각했다.

엠베스는 타샤의 자리로 갔다. 타샤의 책상은 남편 사무실 앞별도로 분리된 리셉션 구역에 있었다. 타샤의 책상 맞은편에 그아이가 앉아 있었다. 시어서커 블레이저를 걸치고 활기찬 문양(무지개, 하트, 해, 구름)이 그려진 청바지와 '여성의 권리는 인간의 권리다'라고 적힌 티셔츠에 분홍색 러닝화를 신었다. 높은 습도 때문에 곱슬곱슬 뻗친 머리칼은 어정쩡한 포니테일로 올려 묶었다. 동그란 안경을 썼는데, 때문에 동그란 얼굴이 도드라졌다. 안경 속에 여린 녹색 눈이 있었고, 엠베스는 그 눈을 들여다보고 아이에게 학교 생활이 — 아니, 인생이 — 녹록지 않았겠구나 확신했다. 아이는 좀 무방비해 보였고 생존에 최적화되어 있다고 보기도 어려웠다. 엠베스는 아이를 보며 뒤집힌 거북, 가시 없는 고슴도치를 떠올렸다. 애 엄마가 애를 아주 잘 키웠거나 빵점짜리 엄마거나 둘 중 하나다. 애가 남들이 자신을 어떻게 보든 개의치 않는 것 같다는 점에서는 아주 잘 키웠다. 애가 세상에 나갈 준비가 되어 있지 않다는 점에서는 빵점이다. 엠베스의 눈에, 그래, 아이는 에런을 닮았다 — 곱슬머리, 밝은 색 눈. 에런의 눈은 녹색보다는 푸른색에 가깝지만. 하지만 다시 생각해보니 아비바 그로스먼의 이목구비도 에런과 꽤 비슷했다. 그러니 누가 장담할 수 있겠는가? 아이의 생김새는 대체로 유대인으로 보인다고 엠베스는 생각했다. 태평한 너드처럼 보였다. 아이는 헤드폰을 쓰고 태블릿에서 뭔가를 열심히 읽고 있었다.

만약 이 아이가 정말 에런의 딸이라면, 이렇게 오랫동안 숨겨왔다니 전혀 아비바 그로스먼답지 않은 짓이었다. 그 여자는 엠베스가 지금까지 만나본 사람들 중 가장 경솔했다. 내 남편하고 바람을 피울 양이면, 아니 꼭 바람을 피워야만 했더라도, 그런 얘기를 인터넷에 올리진 말라고! 절대 항문 섹스를 했다는 둥 그런 얘긴 쓰지 말았어야지, 빌어먹을. 이름을 바꿨다 해도 어차피 시간문제잖아.

"레빈 부인." 타샤가 의자에서 벌떡 일어나며 말했다. "오시면 바로 알려달라고 사람들한테 말해놨는데."

"몰래 들어왔어요." 엠베스가 말했다.

"이 아이입니다." 타샤가 말했다.

"응, 그새 여자아이가 또 하나 나타난 건 아니겠지."

"창고를 찾을 수가 없어서요, 그냥 여기 놔뒀어요."

"내가 애하고 얘기 좀 해볼게요. 잠깐만 자리를 비켜줄래요? 그리고 타샤, 이 얘긴 아무한테도 입도 벙긋하지 않으리라 믿어요."

타샤가 사무실을 나가자 엠베스는 아이와 나란히 2인용 소파에 앉았다.

"우리 똑같은 스니커즈를 신었네."

아이가 헤드폰을 벗었다. "네?"

"우리 똑같은 스니커즈를 신었네." 엠베스가 말했다.

"그건 검은색이잖아요, 내 건 분홍색이고. 이거 사려고 두 주를

더 기다렸어요. 내가 아는 사람 중엔 분홍색을 싫어하는 사람도 있어요."

"내가 제일 좋아하는 색은 아니지." 엠베스는 인정했다. 이를테면 유방암 캠페인의 핑크 리본을 더이상 보지 않고 죽을 수 있다면 여한이 없겠다.

"나도 그래요." 아이가 말했다. "이건 두번째로 좋아하는 색이에요. 모건 부인이 말하길 분홍색을 좋아하지 않는다는 건 여성을 좋아하지 않는다고 말하는 것과 마찬가지래요. 왜냐면 여자들은 분홍색과 깊숙이 연관되어 있으니까요."

"모건 부인의 요지는 잘 알겠어." 엠베스가 말했다. "하지만, 분홍색은 어릴 때부터 여자들에게 강요되어왔다는 점 또한 기억해둘 필요가 있지. 가령 어느 아기옷 가게를 가나 하나같이 여자애 옷은 분홍, 남자애 옷은 파랑이지. 그러니까 분홍색 옷을 입지 않겠다고 저항하는 건 여성들에게 부여된 구시대적 사고방식에 저항하는 거야."

"흠. 하지만 사람들이 그러는 게 분홍색 잘못은 아니잖아요. 그리고 분홍색을 볼 때의 기분을 파란색을 보면서 똑같이 느끼는 사람도 없고요. 여자애들한테 분홍색이 강요되는 만큼 남자애들한테도 파랑색이 강요되니까, 그 문제는 복합적인 것 같아요. 제 생각에 문제는 뉘앙스인 것 같은데, 이건 제가 새롭게 좋아하게 된 낱말이에요. 뉘앙스란 건—"

"난 엠베스야." 엠베스는 겨우 아이의 말을 끊었다. "엠베스." 그녀는 거듭 말했다. "레빈 하원의원의 아내지."

"알아요. 구글에서 의원님에 관해 찾아봤거든요. 저는 루비예요. 의원님을 만나러 왔는데, 그건 타샤 씨가 전화로 알려드렸죠. 죄송해요, 아까 옆에서 엿들었어요. 또 사전 약속 없이 찾아온 것도 죄송합니다."

"그러게, 미리 약속을 잡았으면 좋았을걸. 그래도 이왕 이렇게 된 거, 우리 롯의 아내는 되지 말자, 소돔을 뒤돌아보는."[1]

"진짜 재밌는 분이시네요." 루비가 말했다.

그 말에 순간 엠베스는 무장해제됐다. 웃기려는 의도는 없었다. 지금껏 아무도 엠베스를 재밌는 사람이라고 생각지 않았다, 엠베스의 천연덕스러운 농담을 알아듣는 사람은 가끔 있었지만. "아마 내가 너와 하원의원의 면담을 주선할 수 있을 거야. 하지만 그전에 먼저 몇 가지 질문에 답해줘야겠다."

루비는 고개를 끄덕였다.

"네 어머니가 아비바야?" 엠베스가 물었다.

"네. 지금 이름은 제인이지만." 루비가 말했다.

"왜 이름을 바꿨지?" 엠베스가 말했다.

"왜냐면 거짓말쟁이니까요." 루비가 말했다.

엠베스는 이 아이에게 돌직구 같은 매력이 있음을 인정해야 했다.

"왜냐면 스스로 부끄러워하니까요, 제 보기엔." 루비는 좀더 누

---

1 구약 「창세기」에 나오는 이야기. 죄악의 도시 소돔이 불벼락을 맞아 멸망할 때 선한 롯은 천사의 경고를 듣고 가족을 데리고 탈출한다. 그의 아내는 "돌아보지 말라"는 경고를 어기고 돌아보았다가 소금 기둥으로 변한다.

그러진 어조로 말했다. "그리고 사람들이 과거 엄마가 아줌마의 남…… 하원의원과 한 짓으로 자기를 재단할까봐 두려웠겠죠."

"그건 네 엄마 생각이 맞을 거야. 넌 여기 왜 온 거니?" 엠베스가 말했다.

"아버지를 만나고 싶어서요. 의원님이 맞는지는 확실치 않지만, 그분이 맞는지 아닌지 알고 싶어요."

"수많은 날 중 하필이면 이번주에 여기 온 게 누가 너를 부추겨서는 아니고?"

"무슨 말씀을 하시는지 잘 모르겠어요."

"가령, 네 엄마는? 네 엄마가 널 여기 보냈을까?"

"엄마는 내가 여기 온 거 몰라요." 루비가 말했다. "엄마한테 쪽지는 남겼지만."

"혼자서 여행하기엔 좀 어려 보이는구나."

"그렇죠, 하지만 전 나이에 비해 아주 성숙해요. 난 항상 많은 책임을 지고 있거든요. 우리 엄마는 행사 기획자인데, 난 오랫동안 엄마 밑에서 일했어요."

엠베스는 한숨을 내쉬었다. "넌 좋은 사람 같구나, 루비―"

"그렇지 않아요. 저는 끔찍한 짓을 했어요."

엠베스는 멈칫했다. "무슨 짓을 했는데?"

"말하고 싶지 않은데요. 법률을 어긴 건 아니지만 도덕률은 어겼을 거예요. 아니 어쩌면 도덕률도 어긴 건 아니지만 신뢰를 저버린 건 확실해요. 아니 어쩌면―"

"괜찮아, 신경쓰지 마, 끔찍하게 복잡한 상황인 것 같네." 엠베스가 말했다. "그건 일단 놔두자. 하지만 네가 찾아온 타이밍이 좀 수상하다는 건 너도 인정해야 해. 선거가 뭔지 아니?"

"네, 당연히 알죠."

엠베스는 자신이 루비를 모욕했음을 알았다. 변명을 하자면, 처음 보는 애가 뭘 아는지 알기란 어려운 일이다. "레빈 하원의원은 다음주 재선에 도전하고, 네 존재는 그에게 아주 이상적이라고 보긴 힘들지. 네가 하원의원의 딸로 판명되든 아니든, 그와 네 엄마 사이의 해묵은 스캔들을 들춰내고 싶어 안달인 사람은 널리고 널렸어. 네가 그 사건에 관해 얼마나 아는지 모르겠다만."

루비는 시선을 피했다.

"뭐, 그래. 음, 내 말의 요점은, 선거를 일주일 앞둔 시점에서 이건 하원의원에게 매우 나쁜 상황이 될 수 있다는 거야."

루비는 거기에 대해 곰곰 생각해보았다. 아이는 안경을 벗어 티셔츠 자락으로 안경알을 닦았다. "여긴 무척 덥네요. 내 평생 머리칼이 이렇게 곱슬거리긴 처음이에요."

"그 얘기 좀 해보자. 설마 플로리다에 처음 온 건 아니겠지?"

"처음이에요. 우린 메인 주에 살아요, 소나무 주요."

메인 주. 이유야 어찌됐든 메인 주에 사는 아비바 그로스먼이라니 엠베스는 생각만으로도 고소했다. 영원한 겨울로 꺼졌구나.

"암에 걸렸어요?" 루비가 무심하게 물었다.

"왜? 내가 암에 걸린 것처럼 보이니?"

"우리 엄마는 암환자를 위한 자선 기금 모금을 자주 했거든요. 암을 앓고 있거나 전에 암에 걸린 적이 있든가 그럴 것 같아요. 눈섭이 하나도 없잖아요." 루비가 말했다. "너무 많이 뽑았을 수도 있겠지만. 가끔 예비 신부들도 그래요."

"아니, 난 예비 신부는 아니고. 내가 신부였던 건 옛날 옛적 일이지. 암환자 맞아." 엠베스가 말했다. "평소엔 눈썹을 그려, 생각이 나면. 병원에선 다시 자랄 거라고 했지만, 아무래도 얘는 안 자라려고 작정한 것 같아."

"자기 남편을 '하원의원'이라고 부르다니 이상해요." 루비가 말했다.

"그럴지도. 하지만 하도 오래전부터 그래와서 나도 모르게 말이 그렇게 나오네. 그는 내 남편이지만 동시에 우리 지역구를 대표하지. 그러니까 실제로 그는 우리 하원의원이기도 하고 우리 남편이기도 해." 에런이 남편으로서 그녀를 실망시켰던 적은 몇 번 있지만, 솔직히 하원의원으로서 그녀를 실망시킨 적은 단 한 번도 없었다. 정치가로서 그는 정직했고, 지키지 못할 약속은 절대 하지 않았다.

"그런 식으로 생각해본 적은 없네요. 그럼 의원님이 출마할 때마다 늘 그에게 투표했어요?"

"응."

"혹시 앞으로 그에게 투표하지 않을 일은?"

"아마 없을걸." 엠베스가 말했다. "우리는 가장 중대한 이슈들에 대해 의견이 일치하고, 나는 그의 판단력과 비전을 신뢰해."

"'판단력'은 뭘 뜻해요?"

'판단력'으로 내가 뭘 뜻하려 했더라? 엠베스는 똑같은 대사를 너무 오랫동안 읊어와서 별 생각 없이 기계적으로 말했을 뿐이었다. "하원의원은 그에게 돈을 내는 사람들에게 주의를 기울이고, 후원자들보다 유권자들에게 더 주의를 기울이고, 유권자들보다 자신의 양심에 더 주의를 기울이지. 그 말은 곧, 그는 선거에서 당선되는 것보다 올바른 일을 하는 데 더 주의를 기울인다는 거야. 내가 얘기한 판단력이란 건 그런 뜻이야."

루비는 느릿느릿 고개를 끄덕였지만, 납득한 것 같지는 않았다.

엠베스는 열심히 루비의 표정을 살폈다. 루비는 에런이 제 엄마처럼 젊은 여자와 자게 됐을 때 그의 판단력에 관해 따져보는 중인 듯했다. 엠베스의 특별한 자질은 호르헤의 말마따나 '비관적 공감 능력'이었다. 그녀는 항상 생각할 수 있는 최악의 상황을 가정하고 공감대를 형성했다.

루비는 아이패드를 가방에 넣었다. "선거가 뭔지 아냐고 물으셨죠. 알아요. 그러니까, 저도 몇 년 동안 봐왔으니까요. 어릴 때부터. 우리 엄마는 나를 워싱턴 D.C.로 데려가서 버락 오바마가 대통령 선서하는 장면을 같이 봤어요. 저는 선거에 대해 알아요. 그게 제가 여기 온 이유는 아니지만, 의원님에 관해 알게 된 이유인 건 맞아요."

엠베스는 루비에게 자세히 설명해달라고 부탁했다.

"우리 엄마가 앨리슨 스프링스 시장 선거에 나왔거든요. 우리 동네죠. 엘리에저 앨리슨 장군의 이름에서 따왔는데, 그는 훌륭한 군인이었지만 남편과 아버지로서는 꽝이었어요. 사람이 어떤 건 잘하면서 어떤 건 영 못한다는 게 흥미롭지 않나요?"

"그래서 어떻게 하원의원에 관해 알게 됐는데?" 엠베스는 조급함을 숨기려 애썼다.

"우리 엄마가 웨스 웨스트와 맞붙게 됐는데요. 웨스는 부동산 중개업자예요. 웨스 웨스트가 토론을 하다가 '아비바'라는 말을 소곤거렸고, 그걸 보고 제가 구글에서 몇 가지를 검색했고, 그래서 마이애미로 오자고 결심하게 된 거죠."

"웨스 웨스트는 두시백[1]이군." 엠베스가 말했다.

루비는 웃음을 터뜨렸다. "모건 부인은 '두시백'이란 말을 부정적으로 사용하면 안 된대요. 여성 위생용품을 나쁜 말로 만드니까요. 두시백에는 아무 잘못이 없대요. 여성기 건강에 별로 좋지 않다는 것만 빼면."

"모건 부인이 누구지?" 엠베스의 휴대폰에서 알람이 울렸다. 그녀는 휴대폰을 찾아 가방을 뒤졌다.

"모건 부인은 지금은 나의 적이 된 할머니예요. 어째서 웨스 웨스트가 두시백이라고 생각해요?" 루비가 물었다.

"하원의원과 나는 다른 후보와 경쟁할 때 그 남자 또는 그 여자에 관한 정보 중, 대체로는 남자지만, 공격에 쓸 것과 쓰지 않을 것을 확실히 정하지. 어정쩡하게 걸쳐서 쓰는 일은 결코 없어. 비열한 짓이니까. 웨스 웨스트가 '아비바'라고 속삭인 게 바로 그

---

1 두시백douchebag은 휴대용 비데를 가리키는 말이자 혐오스러운 사람을 일컫는 속어. 개인을 모욕하는 내용을 담은 가사나 민감한 사안에 대해 경솔한 발언으로 많은 논란을 일으킨 유명 래퍼 카니예 웨스트가 가장 자주 들은 욕이기도 하다.

런 짓이야. 그는 네 엄마를 방해하려고, 그 순간 네 엄마의 입을 막으려고 그런 짓을 했어. 그건 그가 나약하고 배워먹지 못한 후보이며, 좋은 시장 감이 못 된다는 걸 보여주지, 아무리 앨리슨 스프링스처럼 쬐끄만 소도시라고 해도 말이야. 기분 나쁘게 듣진 마." 엠베스는 휴대폰 알람을 껐다. "젠장. 이십 분 내로 오찬 모임에 가서 연설을 해야 해. 그리고 에런은 지금 D.C.에 있어."

아이의 표정에서 좌절감이 묻어났다. "그걸 생각 못했네."

"오늘 저녁에는 돌아올 거야. 그렇게까지 비관할 건 없어, 다만 그동안 널 어떻게 해야 할지 모르겠다."

루비는 소맷단에서 삐져나온 실오라기를 잡아뜯었다. "저도 그 오찬 모임에 같이 가면 안 돼요?"

"엄청나게 지루할걸." 엠베스가 말했다.

"저도 알아요. 오찬 모임은 저도 많이 가봤어요. 빵은 늘 만든 지 오래된 거지만 샐러드는 가끔 먹을 만해요. 식사는 대체로 형편없어요, 디저트만 빼고. 맛있는 디저트는 그전에 나왔던 형편없는 식사를 잊게 하려는 속임수인 거죠."

"네 엄마가 가르쳐줬니?"

루비는 어깨를 으쓱했다.

"이런 건 안 가고 싶다, 정말." 엠베스가 말했다.

"빼먹을 수 있다면 뭘 하고 싶으세요?" 루비가 물었다.

"영화관에 가겠지." 엠베스가 말했다. "세수대야만한 팝콘을 사서, 친구 알레그라도 부르고, 그리고 예고편이 끝나면 자는 거지. 난 영화관에서 자는 게 좋아. 몇 달 동안 잠을 제대로 못 잤어.

하지만 그런 일은 일어나지 않겠지. 좋아, 네가 오찬 모임에 갔다고 치자. 누가 넌 누구냐고 물으면 뭐라고 할래?"

"'미래 여성 리더십 추진 모임'에서 멘토인 엠베스 씨를 보고 배우는 중이라고 하죠."

"즉석에서 꾸며낸 것치곤 솜씨가 굉장한데, 루비. 너 정치 쪽으로 나갈 생각 없니?"

"없어요. 저한테 소질이 있는 것 같진 않은데요. 사람들은 저를 별로 안 좋아하는 편이에요. 그러니까 제 또래 사람들은요."

"나도 사람들이 별로 안 좋아하는 편이지. 그런데 난 네가 좋아. 볼수록 호감이 가. 우린 방금 만났고, 정말이지 내가 너를 싫어할 만한 이유가 숱하게 많은데도 그렇다는 건 네가 놀랍도록 호감형이라는 뜻이 되지. 좋아, 같이 가자. 하지만 그전에 먼저 전화를 해야 해. 네 식구들이 네가 살아 있다는 걸 알고 싶어할 거야. 너 혹시 외할머니 전화번호 아니? 아마 이 근처에 사실 텐데."

루비는 외할머니를 모른다고 말했다.

"레이철 그로스먼을 모른다고?"

루비는 고개를 도리도리 흔들었다. "그로스먼이라는 사람은 단 한 명도 몰라요. 엄마한테 전화하진 않으실 거죠, 네?"

"농담하니? 너네 엄마는 내가 이 세상에서 가장 전화하고 싶지 않은 사람이야." 엠베스가 말했다.

엠베스는 타샤의 책상 위에 메모를 남겨 레이철 그로스먼의 전화번호를 찾아서 알려달라고 했다.

앨런 도서관 주차장에서 엠베스는 급히 연필을 꺼내 눈썹을 그렸다.

"한쪽 눈썹산이 좀더 높아요." 루비가 말했다.

"입 다물어, 엘 메테." 엠베스가 말했다.

"죄송해요. 전 그냥 도움이 될까 해서."

"오 이런, 너한테 한 말이 아냐. 널 딴 사람으로 착각했어."

"엘 메테라는 사람 말이죠. 그 이름 마음에 들어요. 스페인 어죠? 전 언어에 관심이 많아요. 인도네시아 친구하고 펜팔도 해요."

엠베스는 왼쪽 눈썹을 문질러 지우고 다시 그렸다. "이젠 괜찮니?"

루비는 엠베스를 바라보았다. "네." 루비는 그녀를 좀더 찬찬히 들여다보았다. "한쪽 눈썹이 치켜올라가 있으면 뭔가 약간 못마땅해하는 것 같아요."

"그런 것 같네." 엠베스가 말했다. "들어가자."

"그 친구분은 남자예요? '엘'은 남성을 뜻하잖아요, 보통."

"잘 모르겠는걸."

"우리 학교 선생님이랑 비슷하네요." 루비가 말했다.

"뭐가 비슷해?"

"성전환하셨거든요."

"아니, 이건 그런 게 아니라," 엠베스가 말했다. "그 친구는 앵무새야."

"우와, 앵무새를 키우세요? 저도 만나볼 수 있나요?"

그때쯤 두 사람은 입구에 다다랐고, 엠베스의 대학 동문회에서 나온 진이 그들에게 다가왔다. "레빈 부인, 어서 오세요! 와주셔서 정말 감사합니다!" 대학 동문 진이 큰 소리로 말했다.

볼품없는 검정 카디건에 볼품없는 검정 원피스를 입고 그 볼품없음으로 일종의 방어막을 구축한 진. 헝클어진 긴 머리를 염색도 안 하고 코코넛 오일로 감는 진. 편하고 실용적인 스웨덴제 뮬을 신은 진. 비싼 비누냄새를 풍기지만 결코 향수는 뿌리지 않는 진. 고급 안경테와 동문회에서 가는 바가지 여행에 돈을 펑펑 쓰는 진. 휘핏[1] 두 마리, 아니면 고양이 두 마리, 아니면 거북이를 키우는 진. 공정무역 초콜릿만 사는 진. 책을 끝까지 읽는 사람이 하나도 없는 독서모임에 소속된 진. 진은 입지 않고 헐렁한 오가닉 코튼 바지를 입는 진. 하원의원을 존경하긴 하지만 그가 인턴과 벌인 짓은 결코 용서가 안 된다는 진. 엠베스는 지금까지 수많은 진들을 만나왔다. 그녀가 얼마나 그 진들을 부러워했는지.

"진, 이렇게 다시 보니 정말 반갑군요!" 누군가를 전에도 만난 적이 있다고 상정하는 편이 언제나 나았다. 사실 이 특정 진을 만난 구체적 기억은 없었다. 이유 여하를 막론하고, 잊어버린 것보다는 틀리게 기억하는 편이 기분을 덜 상하게 했다.

"그날 정말 좋았죠." 진이 말했다.

"좋았죠, 좋았죠." 엠베스가 맞장구쳤다.

"날씨하며!" 진이 말했다.

1 그레이하운드 계통의 중형 견종으로 날씬하고 잘 달려 경주용으로 많이 기른다.

"날씨하며!" 엠베스가 깔깔 웃으며 말했다.

"날씨하며!" 루비가 따라 말하고선 제 입을 틀어막았다. "죄송해요. 두 분이 그날을 묘사하는 걸 듣고 있으니 저도 그때 있었던 것 같은 기분이 들어서요."

대학 동문 진은 루비를 바라보았다. "근데 넌 누구지?"

"이 아이는 내 멘티인데, 그러니까……" 엠베스는 명칭을 기억해내려 애썼다.

"미래 여성 리더십 추진 모임에서 엠베스 씨를 멘토로 모시고 있어요." 루비가 마저 채웠다.

"'미리추모'라고 하지." 엠베스가 덧붙였다.

"약자를 '미리추모'라고 해요?" 대학 동문 진이 물었다. "어감이 좀 안타깝네요."

"어, 그런 식으로 부르진 않고요. 우리 식으로는 '미추모임'라고 하죠." 루비가 설명했다. "미추모임의 모토는 '미녀도 추녀도 다 함께'예요. 너무나 오랫동안 추녀, 즉 못생겼다는 위협은 여성의 발언권과 영향력을 무력화시키는 데 사용되어왔죠. 모두 함께 아우름으로써, 니들이 우리 생김새를 갖고 뭐라 하든 우린 신경 쓰지 않는다는 메시지를 보내는 거예요. 우린 강하고 영리하다, 그게 중요한 거다, 라고요."

루비는 프로처럼 손을 내밀어 악수를 청했고, 대학 동문 진은 루비의 손을 잡고 흔들었다.

"무척 인상적인 젊은 여자분이군요." 대학 동문 진이 말했다.

오늘 이 자리에서 여러분과 만나게 되어 무한한 영광이며……

변주도 거의 없이, 엠베스의 연설은 지난 십오 년간 해왔던 연설과 똑같았다. 요지를 적은 메모장을 보지 않고도 술술 읊었다. 강아지 자세 요가를 하면서도 말할 수 있었다. 남편과 성관계를 하면서도 말할 수 있었다. 그런 일은 원체 드물었지만. 연설 요청을 받는 일이 에런한테 성관계 요청을 받는 일보다 훨씬 더 잦았다.

……일을 하지 않는다는 생각은 단 한 번도 해본 적이 없습니다. 우리 아버지는 뉴저지 주 밀번의 '스터전 킹'[1]이셨습니다. 어머니는 다리를 놓으셨고요. 진짜 다리요. 토목기사셨거든요.

[웃으라고 잠시 틈을 둔다.]

엠베스는 혼자 단상에서 정적을 음미했다. 사람들과 함께 있지만 혼자였다. 편안하고 볼품없으며 중성적인 옷을 입은 청중을 들여다보며 그녀는 이 여자들 중 몇 명이나 자신이 에런을 사랑하듯 제 남편을 사랑할까 궁금했다. 그렇다, 모든 아이러니를 불식시키는 아이러니였다! 엠베스는 에런을 사랑했다.

……저는 제가 일하는 엄마였다는 사실이 자랑스럽습니다. 재미있죠, 이 '일하는 엄마'라는 단어 말예요. '일하는'은 꾸미는 말이고 '엄마'가 명사입니다. '노동자-엄마'라고 하지도 않고, '엄마하는 노동자'라고 하는 법도 없죠…… 사람들은 엄마 부분을 강조하면서 노동자 부분을 낮잡아 보길 바라더군요. 저는 제 아

---

1 100년의 역사를 가진 레스토랑 겸 고급 식료품 전문점 '바니 그린그래스'의 창업자 혹은 그 식당을 가리키는 별칭. '철갑상어 왕'이라는 뜻.

이들이 자랑스러웠지만, 그에 못잖게 제 일도 자랑스러웠습니다……

지난 세월 동안 얼마나 많은 이들이 '정략결혼'이라고 수군거렸던가. 그래, 정략결혼인 건 맞지만, 그렇다고 그녀가 그를 사랑하지 않은 것은 아니었다. 엠베스는 저 여자들 중 몇 명이나 바람피운 남편을 용서했을까 궁금했다.

……보통 제일 먼저 떠오르는 화두는 여성의 선택할 권리 혹은 성폭력입니다만, 저는 여성 관련 이슈 중 가장 중요한 것은 임금차별이라고 생각합니다. 바로 이것이 다른 모든 불평등을 야기하는 근원이라고……

사실 남편이 바람피운 게 그렇게까지 대수로울 건 없었다. 공개적으로 바람피운 남편을 둔 아내가 됐다는 게 힘들었다. 부당한 대우를 받은 여자라는 몸에 안 맞는 수의(壽衣)를 입고 있는 게 힘들었다. 남편이 사과할 때 그 옆에 온순하게 서 있는 게 힘들었다. 눈길을 어디다 둬야 할지 파악하는 게, 적절한 정장 재킷을 고르는 게 힘들었다. 어떤 정장 재킷이 '지원을 아끼지 않는' '페미니스트' '굴하지 않는' '낙관적인' 이미지를 줄까? 어떤 빌어먹을 재킷이 한 벌로 그걸 다 소화해낼 수 있을까? 그녀는, 십오 년이 지난 지금까지도, 사람들이 자신을 아비바게이트 이후에도 남편 곁을 지켰다는 사실로 평가하는지 궁금했다.

……그러나 다들 아시다시피 통계를 보면……

엠베스는 J.크루에서 눈여겨봐둔 여름용 경량 캐시미어 스웨터가 아직도 판매되고 있을지 궁금했다.

눈썹에서 땀이 나고 있는지 궁금했다.

루비를 어떻게 하면 좋을지 궁금했다.

……저희 두 아들은 자랑스럽죠. 얘네들은 어느 모로 보나 뛰어나며 키 크고 건장한 사내애들입니다. 제가 고슴도치 엄마라서는 아니고요. [웃으라고 잠시 틈을 둔다.] 하지만 얘네들이 자기들과 대등하게 유능한 젊은 여성들보다 이십 퍼센트 더 많은 돈을 받을 자격이 있을까요? 아뇨, 전 그렇게 생각지 않습니다!

엠베스는 루비가 마음에 들었지만, 오늘이든 이번주든 이번달이든 에런을 만나게 해줄 수는 없었다. 에런은 게임을 하는 동안 침착을 잃지 말아야 한다. 가장 좋은 방법은 아이를 제 외할머니한테, 그 멍청한 레이철 그로스먼한테 인계하는 것이다. 운이 따른다면 타샤가 지금쯤 전화번호를 알아냈겠지.

……진정한 신념은, 어떤 것이 옳다는 것을 자신에게 불리해진 뒤에도 믿는 것입니다. 이것이 제가 제 아들들에게 하는 말이죠. 이것이……

게다가 아비바 그로스먼이 시장 선거에 나왔다고? 나름 배짱 하나는 알아줘야겠군. 엠베스는 아비바에 대해 생각지 않은 지 오래였다. 특히 미래의 형태로는.

……엄마로서 제 일생일대 성취는 두 아들을 페미니스트로 키웠다는 거죠……

간혹 생각을 한다 해도, 그녀에게 아비바는 영원히 2001년에 갇혀 있었다. 난잡하고 애정에 굶주린 자신감 없는 스물두 살짜리. 공직 선거에 출마하는 건 고사하고 애 엄마가 됐으리라곤 꿈에도 상상해본 적이 없었다.

……나는 엄마이기 전에 여자입니다. 나는 정치인의 아내이기 전에 페미니스트입니다. 나는……

엠베스는 첫눈에 아비바가 골칫거리임을 알았다. 제일 먼저 기억나는 건 그 입이다. 살짝 뿌루퉁하게 내민 커다란 입. 새빨간 립스틱. 다이어트 콜라캔을 들고 있었고, 캔 따개 앞부분을 따라 립스틱 자국이 묻어 있었다. 진열대에 걸렸던 고급 정장의 솔기가 터져나갈 듯 풍만한 곡선. 그런 옷매무새의 인턴이 많기는 했지만. 그들의 인턴용 정장은 큰언니나 엄마나 친구나 이웃한테 빌린 것들이고, 옷 입은 모양새만 봐도 그 출처가 뻔했다.

하지만 아비바를 그때 처음 봤을 리는 없다. 그들은 이웃에 살았다.

박수갈채.

박수갈채는 연설이 끝났음을 가리켰다. 대학 동문 진이 엠베스에게 감사를 표하고 질의응답 시간이 시작되었음을 알렸다. 왜 질의응답 시간을 갖자는 데 동의했을까? 그녀는 오로지 낮잠이 자고 싶을 뿐이었다.

볼품없는 잿빛 카디건에 볼품없는 잿빛 바지를 입은 잿빛 머리의 여자가 일어섰다. 저 옷 좀 봐, 엠베스는 생각했다. 여기 여자들은 정신병원 장례식장에 온 것처럼 입었다. 사실 엠베스의 옷차림도 별반 다르지 않았다.

잿빛 머리 여자가 물었다. "얘기하시는 모습을 지켜봤는데, 대단히 지적이시네요. 언제 선거에 나오실 예정인가요? 한 집안에 정치인이 두 명 있으면 안 됩니까?"

엠베스는 대중 상대용 웃음을 터뜨렸다. 속으로 혼자만의 농담을 했다. '이 집안에는 이미 정치인이 두 명 있을지도 모르죠.'

호랑이 담배 피우던 시절이라면 그 질문이 찬사로 들렸을 것이다. 예전에는 그녀도 그런 야망을 품은 적이 있었다. 그러나 전부 다 하얗게 불태워버렸다. 그녀는 에런을 꽉꽉 밀어놓고는 그가 진짜로 성공하자 분했다. 하지만 정치인의 아내로서 그녀는 정치를 실컷 누렸다. 그런데 생각해보면 정치에서 정치인의 아내보다 나쁜 직업은 없었다. 문자 그대로, 그보다 더 대우 나쁘고―그야말로 땡전 한 푼 안 준다―요구 많은 직업이 없었다. 아비바게이트가 한창일 때, 엠베스는 인신매매에 관한 여성 정치인 토론회를 보러 간 적이 있었다. 연구자들은 파워포인트 프레젠테이션으로 사람이 인신매매를 당하고 있는가를 판단하는 기준이 되는 질문을 스크린에 띄웠다. (1) 일에 대한 대가를 받는가? (2) 혼자 있는 시간이 전혀 없는가? (3) 다른 사람들이 당신에 대한 질문에 대신 대답하는가? (4) 마음대로 외출할 수 있는가? 기타 등등. 자신의 대답에 비추어봤을 때, 엠베스는 자신이 인신매매의 희생자일 가능성이 높다는 결론을 얻었다.

"저는 힐러리 클린턴이 아닙니다." 엠베스는 청중을 향해 말했다. "선거를 또 감당할 자신이 없네요. 방방곡곡 돌아다니고 싶은 욕심도 없고요. 요즘 제 관심사는 집밖을 거의 벗어나지 않습니다. 그나저나 저는 클린턴에게 투표할 거예요. 달리 뽑을 사람이 있나요?"

도서관에는 따로 휴게실이 없어서 엠베스의 소지품은 어느 칙칙한 사무실에 보관되어 있었다. 엠베스가 휴대폰을 켜자마자 호르헤에게서 전화가 왔다.

"연설은 어땠나요, 잘됐어요?" 호르헤가 물었다.

"잘됐어요. 표결은요?"

"아직 진행중입니다. 의원님이 파티에 늦으시겠는걸요―많이는 아니고 한 시간쯤."

"놀랍군요. 우리가 왜 이 파티를 여는지 나한테 다시 얘기해보시죠."

"의원님은 공항에서 바로 연회장으로 가실 겁니다, 그러니까 턱시도 좀 챙겨와주세요. 저는 원래 일정대로 돌아갑니다." 호르헤가 말했다.

"아니 왜요?" 엠베스가 물었다. 호르헤와 에런은 보통 같은 비행기를 타고 다녔다.

"변경 수수료를 두 좌석이나 낼 필요 있나요? 저는 파티 시작을 놓치고 싶지 않아요. 그리고 잠깐 시간이 되신다면 조용히 드릴 말씀이 있습니다."

엠베스는 무슨 얘기가 나올지 알고 있었다. 다음주면 선거도 끝나니 호르헤는 사직할 생각인 거다. 때가 됐음은 알고 있었다. 호르헤는 거의 이십 년 동안 그들과 함께였다. 그보다 더 충직하게 에런을 보좌한 사람은 없었다. 때가 됐음은 알지만, 엠베스는 호르헤 이후의 세상이 두려웠다. 새 호르헤가 등장하기야 하겠지만, 자신의 좁은 친교를 모르는 사람에게 열기가 무서웠다.

"그애랑 같이 있습니까?" 호르헤가 목소리를 낮춰 물었다.

"네, 여기서 점심 먹고 있어요." 엠베스가 말했다.

"어때 보여요?" 호르헤가 물었다.

"열세 살이죠. 여자애고. 곱슬머리에 눈은 엷은 녹색이에요. 말이 많고." 엠베스가 말했다. "거짓말쟁이 같진 않고, 아비바가 연상되지도 않아요."

"고마워요, 엠. 애를 봐주다니 당신은 정말 의인이에요, 그것도 다름 아닌 결혼기념일에. 어떤 기분일지 난 상상도 못하겠습니다."

"네, 나는 의인이죠." 엠베스는 힘없이 말했다.

"의인! 의인!" 엘 메테가 말했다.

"사실 같이 있는 게 싫진 않아요. 에런한테 얘기했어요?"

"아직요. 했으면 좋겠어요?"

"아뇨. 시간을 두고 이게 무슨 일인지 먼저 알아보죠. 만약 아무것도 아니라면 뭐하러 심기를 불편하게 해요?"

전화가 또 왔다.

"이건 받아야겠네. 에런이에요." 엠베스가 말했다.

"오늘 하루는 어때?" 에런이 물었다.

"괜찮아." 엠베스가 말했다.

"뭐 좋은 얘기 없어?"

"누가 우리한테 천사를 보냈어." 엠베스가 말했다. "나약하게 생긴, 엄청 조잡한 유대계 남자 천사야. 결혼기념일 선물 같은데,

누가 보낸 건지 모르겠네."

"거 참 희한하네." 에런이 말했다.

또 전화가 왔다. 타샤다.

"이건 받아야겠어." 엠베스가 에런에게 말했다.

"나도 그만 일 봐야 하니까. 그냥 당신 목소리가 듣고 싶었어. 사랑해, 엠."

"사랑해."

엠베스는 타샤의 전화를 받았다.

타샤는 레이철 그로스먼의 전화번호를 알아냈다고 전했다. "지금은 레이철 셔피로예요."

엠베스는 전화를 끊고 레이철 셔피로의 번호를 찍었지만, 연결 버튼은 누르지 않았다. 그녀는 휴대폰을 가방에 넣고 루비를 찾으러 나갔다.

루비는 대학 동문 진과 얘기를 나누고 있었다.

"오 세상에, 엠베스, 미추모임의 프로그램은 굉장하네요!" 대학 동문 진이 말했다. "루비랑 그 얘기를 하던 중이었어요. 거기에 딱 맞는 조카가 한 명 있는데."

"내년에는 운용되지 않을 거예요." 루비가 말했다.

"재정 문제로." 엠베스는 서글픈 표정을 과장되게 지으며 말했다.

"내가 도울 수 없을까요?" 대학 동문 진이 말했다. "제 전문 분야가 비영리잖아요."

"그럼 나한테 이메일을 보내줘요." 엠베스가 말했다.

여자들은 엠베스에게 감사를 표했고, 엠베스는 '천만에요' '별 말씀을'을 연발하느라 목구멍이 따끔거리고 억지로 웃느라 얼굴이 당길 지경이 됐다. 연설의 반응이 좋으면 늘 행사장을 벗어나는 데 생각보다 시간이 더 오래 걸렸다. 사진을 찍자는 사람도 있고, 자기 어머니에 관한 얘기를 하고 싶어하는 사람도 있었다. 울음을 터뜨리는 사람도 있고, 저녁 식사에 초대하는 사람도 있었다. 명함을 손에 꼭 쥐여주는 사람도 있고, 아들들이 결혼했는지 궁금해하는 사람도 있었다. 강연장에서 주차장까지 거리는 이삼백 미터도 안 되는데 한 시간이 걸렸다. 어쨌든 에런에게 투표할 여자들이어서 퉁명스럽게 대할 수는 없었다.

루비와 함께 차까지 다 왔을 때쯤 엠베스는 녹초가 됐다. 낯을 가리는 성격은 아니지만, 그렇다고 원래부터 외향적인 사람도 아니었다.

"쭉 생각해봤는데, 루비," 엠베스가 말했다. "우리 둘 다 오늘 하루 땡땡이치면 어떨까? 그러니까, 넌 마이애미가 처음이잖아. 뭐라도 해보자. 바닷가 좋아하니?"

"아뇨." 루비가 말했다.

"나도 안 좋아해. 그냥 사람들이 플로리다에 오면 다들 하고 싶어하는 일이라 말해봤어."

"저는 너드에 가까워요."

"나도 그래. 그럼 뭐가 하고 싶으실까?"

"음, 엠베스 씨의 앵무새를 만나고 싶어요. 한 번도 말하는 새를 본 적이 없거든요."

"엘 메테는 낯을 많이 가려서. 수컷인지 암컷인지 모르겠지만 하여간 개는 얼굴 내미는 걸 늘 좋아하진 않더라고."

"알았어요…… 그럼 영화 보러 가는 건 어때요?" 루비가 말했다.

"내 생각 해서 그런 말 하진 마라."

"그래서 영화가 생각난 건 사실이에요." 루비는 인정했다. "하지만 제가 보고 싶기도 해요. 모건 부인은 늘 말씀하시죠, '여자는 결코 자신의 즐거움을 희생해서 남을 즐겁게 해주려 해서는 안 된다.'"

"모건 부인 말씀이 맞아." 엠베스는 차의 시동을 걸었다.

시간대가 맞는 건 슈퍼히어로 영화밖에 없었다. 엠베스는 예고편이 끝나기도 전에 잠들었고, 이상한 꿈을 꾸었다. 꿈에서 그녀는 가지가 아주 많은 아름드리 거목, 아마 떡갈나무였는데, 나무꾼들이 그녀를 베어내려 하고 있었다. 상황이 그러하면 공황 상태가 되어야 마땅한데, 아니었다. 그녀의 기분은 거의 유쾌함에 가까웠다. 안마를 받는 것 같았다. 앙증맞은 도끼에 톡톡 찍히는 기분이란. 쓰러지는 기분이란.

루비가 엠베스를 팔꿈치로 쿡쿡 찔렀다. 영화가 끝나 있었다. "내가 어디서부터 못 봤지?" 엠베스가 말했다.

"영웅들이 세상을 구하고 끝났어요." 루비가 말했다.

"내 그럴 줄 알았어."

영화관을 나오자, 경찰 한 명이 반바지를 입고 검게 탄 다리와 곱슬거리는 검은 털을 융단처럼 드러낸 채 로비에 서 있었다. 루비는 티나지 않게 조심스레 그를 쳐다보더니 크리스마스날 아침처럼 신나서 말했다. "플로리다에선 경찰도 반바지를 입는군요!"

"맞아." 엠베스가 말했다.

경찰관은 영화관 매니저에게 휴대전화로 사진을 보여주고 있었다. 매니저는 손가락으로 루비를 가리켰다. "저기 있네요!"

루비는 주춤 뒷걸음질쳤다.

"루비 영이지?" 경찰관이 말했다.

"네 성은 그로스먼인 줄 알았는데." 엠베스가 말했다.

"그게요, 엄마가 성을 바꿨어요." 루비가 말했다.

"네 엄마가 아주 많이 걱정하고 있어." 경찰관이 말했다.

"엄마가 날 어떻게 찾았죠? 휴대폰은 꺼놨는데."

"'나의 아이패드 찾기'로 추적하셨다."

"'나의 아이패드 찾기'라는 게 있어요? 그건……" 루비는 남은 팝콘을 경찰관에게 던지고 달아나기 시작했다. 그런데 밖으로 나가는 게 아니라 여자 화장실 쪽으로 뛰어갔다.

엠베스와 경찰관은 나란히 화장실 쪽으로 향했다. 경찰은 머리에서 팝콘을 털어냈다. "이 사건에서 당신은 무슨 역할을 한 겁니까?"

"아무것도. 난 아무 상관 없는 사람이에요."

"당신은 실종 신고된 아이와 함께 있던 성인입니다." 경찰이 말했다. "아무 상관 없다고 말할 수 있는 상황이 아닌 것 같은데요."

"내가 무슨 변태도 아니고." 엠베스가 말했다. "내 이름은 엠베스 바트 레빈입니다. 변호사이자 레빈 하원의원의 아내죠. 이 꼬마는 남편을 만나려고 그이의 선거사무소에 왔어요, 그리고 남편은 오늘 저녁 늦게 D.C.에서 돌아오고요."

"그래서 열세 살짜리 여자애를 영화관에 데려온 겁니까?" 경찰이 말했다. "당신 남편 사무소에 나타난 누군지도 모르는 애들한테 다 그렇게 합니까?"

"얘기를 되게 이상하게 몰고 가시는데요, 그런 게 아닙니다. 쟤네하고 우린 가족끼리 서로 아는 사이예요."

"좀 전엔 그런 얘기 안 하셨잖습니까."

"당신하고 이제 막 얘기하기 시작했잖아요." 엠베스가 말했다. "루비는 예전에 우리 옆집 살던 사람의 손녀예요. 레이철 셔피로라고. 정 그러면 전화해서 물어보세요."

"그렇게 할 겁니다." 경찰이 말했다.

그들은 영화관 화장실에 다다랐다. "내가 들어갈 테니 여기서 기다리십시오." 경찰이 말했다.

"여자 화장실에 들어간다고요?" 엠베스가 물었다.

경찰이 멈칫했다. "불법은 아닙니다, 이건 진행중인 사건 현장이니까요."

엠베스는 눈을 굴리고 한숨을 내쉬었다. "내가 먼저 들어가죠. 사실, 저 아이는 나를 좋아해요. 내가 애를 데리고 나오죠. 괜히 소란 피울 거 없잖아요."

엠베스는 화장실 안으로 들어갔다. 어느 칸 아래를 살펴봐도 발이 안 보였다.

"루비. 이제 그만 나와. 잔치는 끝났어." 엠베스가 말했다. "너

좌변기 위에 올라가 있는 거 다 알아. 난 저 문들에 일일이 손대고 싶지 않다. 공공화장실은 기본적으로 지구에서 가장 더러운 곳이고, 내 면역체계는 완전히 손상됐다고."

"나갈 수 없어요. 아직 하원의원을 못 만났는걸요." 루비가 말했다.

"뭐…… 나를 만났잖니. 이제 우린 친구고, 그 말은 나중에 언제라도 하원의원을 만날 수 있다는 뜻이야. 내가 만나게 해줄게. 하지만 지금은 나와 같이 경찰서에 가자."

"내가 좌변기 위에 올라가 있는 거 어떻게 알았어요?" 루비가 말했다.

"왜냐면 나는 내 인생의 상당 시간을 사람들을 피해 화장실에 숨어 있었으니까, 됐니? 좌변기 위에 올라가 쪼그리고 앉아 있으면 되지."

"누구를 피해서 숨었는데요?" 루비가 물었다.

"오, 젠장. 모두 다지. 후원자들. 남편 사무소 직원들. 가끔은 남편도 포함해서. 말 그대로 난 모두가 다 싫어."

문이 스윽 열렸다. 루비의 얼굴은 눈물에 젖어 끈적끈적했다. "엘 메테도 아직 못 만났는데."

"루비, 내가 너한테 엘 메테에 관한 비밀을 알려주면, 내 부탁하나 들어줄래?" 엠베스가 말했다.

"뭐, 그러죠." 루비가 말했다.

"착하구나. 하지만 거래 조건을 확실히 알기 전까진 절대 함부로 동의하면 안 되지."

"거기 안에 어떻게 되어갑니까?" 경찰이 소리쳤다.

"좀 있어봐요." 엠베스가 마주 소리질렀다.

"네가 해줬으면 하는 일을 얘기할게. 그다음에 엘 메테에 관한 비밀을 알려주지, 동의해?" 엠베스는 빠르게 말했다. "아무한테도 말한 적 없는 거야."

루비가 고개를 끄덕였다.

"선거가 다음주라는 거 알지? 나는 네가 경찰한테 하원의원이 네 친아버지일지도 모른다는 얘기를 안 했으면 한다. 진짜 그가 맞는지 아닌지도 아직 확실치 않잖아. 네 엄마가 정확히 그 사람이라고 콕 집어 말한 것도 아닐 테고. 그리고 네가 여기 있다는 사실이 알려지면 그에게나 나에게나 굉장히 큰 골칫거리가 될 거야. 그래줄 수 있겠니? 네가 내게 엄청난 호의를 베푸는 셈이지."

루비는 거듭 고개를 끄덕였다. "알겠어요. 그럼 대신 뭐라고 할까요?"

"네 외할머니 레이철 셔피로를 만나러 플로리다에 왔다고 해."

"자자, 그만하면 시간은 충분히 드렸죠! 가자, 루비." 경찰관이 들어와 루비의 어깨에 손을 얹었다. 루비는 몸을 비틀어 그의 손을 떼어냈다.

"엘 메테의 비밀은 뭐예요?" 루비가 물었다.

"구십삼 퍼센트의 확률로 확신하는데, 엘 메테는 실재하지 않아." 엠베스가 말했다.

"괜찮아요. 나는 스탠드 친구도 있었는걸요."

경찰이 엠베스 쪽으로 몸을 돌렸다. "그쪽과도 볼일이 아직 안 끝났습니다. 경찰서까지 동행하시죠. 가실까요?"

엠베스는 반박할 수도 있었지만—그녀는 논쟁의 귀재였다— 경찰과 말다툼을 벌였다간 십중팔구 체포될 것이고, 그건 에런에 게 절대 필요치 않은 일이었다.

경찰은 루비를 안으로 데려갔고, 엠베스는 대기실에 앉아서 기 다렸다. 호르헤에게 전화를 걸었지만 곧장 음성사서함으로 넘어 갔다. "호르헤, 나 경찰서에 있어요. 파티에 늦을지도 모르겠네. 얘기하자면 길고. 당신이 집에서 에런의 턱시도 좀 갖고 올래요? 혹시 마르가리타가 집에 있으면 내 옷장에서 드레스를 골라달라 고 해요. 마르가리타가 없으면 적당히 골라서 가져와요. 감청색 만 아니면 돼. 두 번 다시 감청색은 입고 싶지 않으니까. 그리고, 내 가발도 갖다줘요. 오늘은 미장원에 들를 시간이 없었어. 그럼 파티장에서 봐요."

경찰이 나와서 엠베스에게 다가왔다. "가셔도 됩니다."

"어떻게요?" 엠베스가 말했다.

"아이 어머니 제인이 당신 신원을 보증해줬어요. 지금 아이의 외할머니가 아이를 데리러 오고 있습니다." 경찰은 약간 믿지 못 하겠다는 투였다. "나중에라도, 사전에 부모 동의를 확인하지 않고 열세 살짜리 여자애와 즉흥적으로 놀러가는 것은 피하십 시오."

"루비하고 얘기 좀 하고 싶은데요." 엠베스가 말했다.

"제가 막을 일은 아니죠."

엠베스는 경찰서 안으로 들어갔다. "이게 작별인사가 될 것 같네." 엠베스가 말했다. "네 외할머니가 도착하기 전에 난 여기서 빠져나가야겠다."

"하지만 난 아직 하원의원을 못 만났어요!" 루비가 다급히 소곤거렸다.

"알아. 거기에 대해선 미안하게 생각해. 방금 그이하고 얘기했는데, 비행기가 늦어진대, 그리고 오늘 저녁엔 우리 결혼기념일 축하파티가 있고. 결혼 삼십 주년이거든. 알고 있었니?"

"파티가 끝난 후에는요?" 루비가 말했다.

"자정이나 그 너머나 되어야 끝날 거야. 내일 오후는 어떠니?" 엠베스가 말했다.

"엄마가 내일 아침 비행기 표를 끊어놨어요!" 루비가 말했다. "난 엄청나게 난처한 상황이에요, 저축을 절반 넘게 써버린데다, 여기 와서 하려고 했던 일을 하나도 못했단 말예요."

엠베스는 슬픈 표정을 지어보였다. "미안하다, 루비. 이번주는 우리에게 무척 바쁜 한 주라서."

루비는 울기 시작했다. 눈물 콧물 범벅이 되어 엉망이었다. "만나게 해주긴 할 건가요?"

"나는…… 솔직히, 나도 모르겠다. 먼저 그이하고 얘기해봐야지."

"만약에 내가 경찰한테 엠베스 씨가 나를 유괴했다고 하면, 하원의원이 당신을 꺼내러 와야겠죠." 루비가 말했다.

"제발 그러지 마." 엠베스가 말했다.

"만약에 내가 경찰에 당신은 아주 나쁜 변태성욕자이고……"

"루비!"

"안 그럴 거예요. 그냥 하원의원을 만나고 싶었을 뿐이에요. 내 두 눈으로 직접 보고 싶었을 뿐이에요." 루비는 이마가 무릎에 닿을 때까지 고개를 푹 숙였다. "다들 날 싫어해요. 만약 내가 하원의원과 친인척이라면 난 중요한 인물인 셈이고, 그럼 나를 그렇게까지 싫어하진 않겠죠."

"루비, 사람 사는 게 그렇지가 않아." 엠베스가 말했다. "나는 그의 배우자인데, 다들 그를 좋아하지만 아무도 날 좋아하진 않는걸."

"엄마 말이 하원의원은 내 친아버지가 아니래요. 내 친아버지는 '하룻밤 상대'였대요. '하룻밤'을 어떤 사람과 자게 되면—"

"나도 그게 뭔지 안다." 엠베스가 말했다. "루비, 네 엄마 말이 맞아. 하원의원이 나한테 말했어. 자긴 네 아버지가 아니라고, 그리고 이렇게 말하게 되어 미안한데, 사실 그는 널 보고 싶지 않대."

루비는 침통하게 고개를 끄덕였다.

"하지만 그와 나는 닮았다고 생각해요. 그는 아주 나랑 닮았어요. 그건 엄연한 사실이에요."

엘 메테가 열린 창문으로 날아들어와 엠베스의 어깨에 앉았다.

"사실이지! 사실이지!" 엘 메테가 말했다.

"쉬잇!" 엠베스가 말했다.

"파티! 파티!" 엘 메테가 말했다.

"닥쳐, 좀!" 엠베스가 말했다.

"걔가 온 거죠, 맞죠?" 루비가 말했다. "엘 메테."

새는 루비에게 날아가 루비의 팔뚝에 가볍게 내려앉았다.

"엘 메테가 보이니?" 엠베스가 물었다.

"아뇨. 하지만 느껴져요. 얘는 깃털이 무슨 색이에요?"

"머리는 빨갛고 몸체와 날개는 녹색이야. 날개 끝은 살짝 파랗고. 눈은 초록색이고 부리는 연한 분홍색이야. 아주 잘생겼는데 약간 허세가 있어."

엘 메테는 루비의 가슴팍에 부리를 비볐다.

"보이면 좋겠는데." 루비가 말했다.

"난 안 보이면 좋겠다." 엠베스가 말했다.

"이 새가 뭘 의미할까요?"

"걔가 뭘 의미하는지 알고 싶지 않아. 내가 미쳤거나 외롭거나 둘 다라는 뜻일걸."

경찰이 들어왔다. "네 외할머니가 오셨다."

루비는 소매로 눈물을 닦았다. "두 분이 서로 아는 사이시죠?" 루비가 말했다. "저 좀 소개시켜줄래요?"

"우린 그리 대단한 친구는 못 됐어." 엠베스가 말했다.

대기실에는 전에 레이철 그로스먼이었던 여자가 그녀의 친구 로즈 호로위츠와 함께 서 있었다. 레이철 그로스먼은 도착했을 때는 무표정했지만 지금은 눈물이 그렁그렁했다. 저 두 여자는 날 좋아한 적이 없었지, 엠베스는 생각했다. 하지만 사람들이 그녀를 싫어한다는 생각은 엘 메테만큼이나 망상이 아니었을까?

엠베스는 정치인의 아내로서 가장 환한 미소를 띠고 인사했다. "로즈! 레이철! 두 사람 모두 만나뵙게 되어 반가워요. 이쪽은 내 친구, 루비 영 양이에요."

루비가 한 발짝 앞으로 나왔다―턱을 꼿꼿이 내밀고, 어깨를 쫙 폈다. "안녕하세요." 루비는 엠베스의 손을 꾹 쥐고 속삭였다. "미추모임이여, 영원하라."

엠베스는 우버 택시를 불러 파티가 열리는 호텔로 향했다. 영화관 주차장에 있는 차는 내일 아침에 가지러 와야겠다. 운전사가 백미러로 그녀를 흘끔거렸다.

"어디서 많이 본 것 같은데." 운전사가 말했다.

"그런 말 자주 들어요. 그런 상인가 봐요." 엠베스가 말했다.

운전사는 고개를 끄덕였다. "응, 하지만 유명인 같은데, 아닌가?"

"아닌데요." 엠베스는 휴대폰을 확인했다. 호르헤한테 문자가 와 있었다. '걱정 마세요. 지금 가는 중이고 얘기한 거 다 챙겼어요. 연회장에서 봅시다.' 문자 덕분에 운전사와 대화를 해볼 정도로 마음이 푸근해졌다. 최근에 어디선가 운전사도 승객을 평가한다는 얘기를 봤는데, 그녀에겐 어이없게 들렸다. 엠베스는 웨이터들이나 운전사들이나 그 외 사람들에게 항상 정중히 대하려 노력하는 편이지만, 항상 가면을 쓰고 있을 수는 없는 노릇이었다. 세상만사 모든 사람과 모든 행동이 다 평가를 받아야 하나? "제가 유명인은 아니고요, 유명인하고 결혼을 했죠."

"그래요? 뜸들이지 말고 말해봐요."

"남편이 레빈 하원의원이에요. 플로리다 제26 선거구죠."

"정치는 잘 몰라서. 남편이 하원에 오래 있었나?" 운전사가 물었다.

"10선 의원이에요. 올해 다시 선거에 출마했고, 제가 알기로 남편은 우버 본사에서 운전사들을 위해 고용세를 내도록 하는 데 깊은 관심을 갖고 있어요."

"선거인명부 등록을 안 했수다. 누가 되든 관심 없어서." 운전사는 백미러로 그녀를 힐긋 쳐다봤다. "그래서 아는 얼굴 같다고 한 건 아니고. 이혼한 아내의 언니하고 닮았네. 성질은 개같았지만 침대에선 끝내줬지."

엠베스는 대꾸할 말을 찾지 못했다. 고맙다는 얘기라도 할 줄 알았나? 엠베스는 고객이자 처음 보는 여자를 대할 때 올바른 어휘와 존댓말 사용법에 관해 이 남자에게 한바탕 설교를 해줄까 고민했다. 딱히 별 감정은 들지 않았지만, 루비 같은 아이들이 이런 무심한 여혐에 노출된다는 생각이 거슬리긴 했다. 그러나 긴 하루였고, 앞으로 십이 분 동안 현실세계의 운전사와 실랑이하는 것보다 휴대폰이나 들여다보는 게 더 편했다. 목적지에 도착하고 나서 그녀는 운전사 평가에 별 하나만 주었다.

호르헤는 호텔 정문 앞 원형 주차장에서 그녀를 기다리고 있었다. 눈에 띄는 턱시도 차림으로 정장 커버에 싸인 옷가지를 들고 야자나무 아래 서 있는데 땀 한 방울 흘린 기색이 없었다.

"아직 아무도 안 왔어요." 그가 말했다. "갈아입을 시간은 넉넉합니다."

"에런은 오는 중인가요?"

"비행기가 지연됐어요. 아홉시 반까지는 올 겁니다."

"한 시간 삼십 분 지각? 나쁘지 않네. 어떻게 당신은 땀 한 방울 흘리는 법이 없어요?" 엠베스가 물었다.

"음…… 나도 땀 흘려요. 속은 독성물질과 울분으로 가득 차 있죠."

두 사람은 엠베스 앞으로 예약된 호텔 방으로 올라갔고, 엠베스는 화장실에 들어가서 몇 가지 화장품을 급히 바르고 특별히 공들여 눈썹을 그렸다. 그녀는 큰 소리로 호르헤에게 말했다. "스팽스 챙겨왔어요?"

"당신은 그런 거 없어도 돼요. 그냥 팬티스타킹 입어요." 호르헤가 말했다.

"보정 속옷은 기본이에요, 호르헤."

엠베스는 팬티스타킹을 끌어올려 입었고, 스팽스만큼 탄탄하진 않았지만 그럭저럭 이걸로 버텨야 했다.

그녀는 가발을 모자처럼 썼다. 그리고 어깨만 살짝 드러난 검정색 저지 드레스를 입었다.

"이 드레스는 천년만년 입네." 그녀가 외쳤다.

"유행이 돌아왔어요." 호르헤는 늘 그런 쪽에 밝았다. "모든 옛 것은 다시 새것이 되죠."

엠베스는 에런이 무슨 날인가에 사준 백금 목걸이를 걸고, 굽

5센티미터짜리 힐을 신었다. 요즘 그녀가 신을 수 있는 한계가 그 정도였다. 그녀는 거울에 비친 자신을 보았다.

필수불가결한 보정 속옷을 빠뜨리긴 했지만 그래도 이런 조합을 골라오다니, 호르헤는 임무를 훌륭히 완수했다. 그는 뭘 하든 믿을 수 있는 사람이었다.

화장실에서 나오니 호르헤는 코를 골며 침대에서 자고 있었다. 호르헤의 평안한 얼굴을 보고 있자니 감상적인 기분이 들었다. 그를 보니 에런이 떠올랐다. 다만 그가 에런보다 더 나았다. 그가 에런보다 더 나은 건 그녀를 실망시킨 적이 없기 때문이었다. 호르헤가 얼마나 그리울까!

엠베스는 그를 쿡쿡 찔러 깨웠다. "준비 다 됐어요."

"죄송합니다!" 호르헤가 말했다. "깜박 졸았네요."

"할 얘기가 있다면서요? 아직 몇 분 정도 시간 있는 것 같은데."

"네, 아직 비몽사몽이라. 잠시만요." 호르헤가 일어나 앉았다. 잠에 취한 그는 더 어리고 수줍어하는 듯 보이기까지 했다. "말씀 드리기 곤란한데……"

"내가 도와주죠." 엠베스가 말했다. "당신은 선거가 끝난 후 에런과 나를 떠나고 싶어해요. 때가 되긴 했죠, 호르헤. 당신의 첫 사무실을 열 때가 된 거예요. 민간 부문에서 한몫 잡을 때가 된 거죠, 그게 당신이 하고 싶은 일이라면. 당신 본인의 이름으로 뭔가를 할 때가 됐어요. 우린 당신이 그리울 거예요, 항상 당신을 지지할 거고요. 만약 선거에 출마한다면 기금 모금을 도울게요. 당신을 위해 선거유세를 할게요. 사무소 직원들 찾는 걸 도와줄

282

게요. 당신은 우리에게 아들이나 마찬가지예요. 알고 있죠."

"엠, 친절한 말씀 고마워요. 하지만 그게 아니—"

"그래야 해요. 지금까지 당신보다 더 에런을 충실히 보좌한 사람은 없어요."

엠베스는 포옹에 서툴렀지만, 아직 청년 같은 이 남자를 끌어 당겨 안았다. "다른 할 얘기 또 있어요?"

"그 여자애는 어떻게 됐습니까? 이름이 뭐더라? 루비?"

"아, 문제없어요. 에런이 그애 아버지는 아닌 것 같아요. 루비—그애 이름이죠—는 그가 친부이길 바랐지만, 그로스먼이 하룻밤 상대였다고 얘기했대요. 어쨌든 걱정할 거 하나도 없어요."

그날 파티는 대체로 소거법으로 결정됐다. 손님은 이백오십 명 이었고, 그것이 어느 누구의 기분도 상하지 않고 초대할 수 있는 최소 숫자였다. 유명 셰프가 거품으로 구성된 요리를 준비했다. 요즘은 거품이 대세니까, 실체 없는 풍미가 대세니까. 배부르게 먹는 이는 아무도 없을 테고 다들 주린 배를 안고 집으로 돌아갈 것이다. DJ를 불렀고, DJ는 촌스러웠지만 아마추어 가수의 형편 없는 모창은 더욱 촌스러웠다. 테이블 장식은 허브와 다육식물로 구성했다. 엠베스가 이번 파티 때문에 쓸데없이 죽이는 것은 뭐 든—꽃일지라도—반대했기 때문이다.

파티였다. 여느 기금 모금과 다를 게 없었다. 다만 방 안 가득 수표책이 대기하고 있었다면 에런이 좀더 시간을 엄수했겠지.

물론 후원자들도 참석했다. 가장 열렬하고 손 큰 후원자들은 당연히 초대됐다. 그들 없이 파티를 할 수 있으리라 생각했던 것이 가장 큰 오산이었다. 열렬한 후원자보다 더 가깝고 소중한 사람들이 누가 있겠는가?

"오늘은 쉬어가는 날이라는 것도 잘 알고 이런 부탁 드리기도 참 싫지만, 부디 알츠슐러 부부와 몇 마디 나눠주실래요?" 호르헤가 말했다. "저 사람들이 지루해하는 것 같아서요."

엠베스는 지루해하는 알츠슐러 부부에게 다가갔다. "엠베스, 정말 멋져 보이네요. 정말 아름다운 저녁이에요." 알츠슐러 부인이 말했다.

"당신들이 오래가지 않을 거라고 생각한 때도 있었는데." 알츠슐러 씨가 말했다.

"여보." 알츠슐러 부인이 면박했다.

"왜? 내가 틀린 말 했나? 약한 놈들이나 겁쟁이들은 결혼생활 오래 못하지. 엠베스도 잘 알걸."

"알죠." 엠베스가 말했다.

난데없이 파티 기획자 몰리가 불쑥 나타나 엠베스의 손을 황급히 그러쥐었다. 눈에 보이지 않다가 불쑥 나타나 기습하는 것이 몰리의 특기인 듯했다. "더이상 식사를 미룰 수 없어요." 몰리가 소곤거렸다. "호세 셰프가 미친 듯이 화를 내고 있어요."

"실례할게요." 엠베스는 알츠슐러 부부에게 말했다. "호세 셰프가 미친 듯이 화를 내고 있다네요." 엠베스는 알츠슐러 부인의 뺨에 키스했다. "조만간 집으로 초대할게요."

저녁 식사가 나오기 시작했다. 그러나 엠베스가 앉아서 뭣 좀 먹으려 할 때마다 호르헤가 또다른 손님과 얘기 좀 몇 마디 해주십사 부탁했다. 엠베스가 한 바퀴 다 돌았을 무렵엔 호세 셰프의 마법 같은 거품이 몽땅 꺼졌고 그녀의 접시는 몽땅 치워졌다.

호세 셰프가 그녀의 평을 들으러 다가왔다.

"음식은 어떠셨습니까?"

"굉장했죠. 정말 고마워요, 호세 셰프. 우리에겐 너무 과분한 분이세요."

"하원의원님을 위해서라면 뭐든지. 의원님 본인이 못 드셔서 실망스러울 뿐입니다."

"표결 때문에요. 빠질 수 없는 일이라." 그날 저녁 엠베스는 이 대사를 백 번 읊었다. "얼마나 맛있었는지 그이한테 꼭 전할게요. 엄청 억울해하겠죠."

"아주 자세히 묘사해주세요. 괴롭혀드려야지." 호세 셰프가 말했다. "어느 요리가 제일 마음에 들었나요?"

"거품요." 엠베스가 말했다.

"어느 거품?"

"저는 와사비 바닐라가 가장 좋았어요." 몰리가 불쑥 엠베스 옆에 다시 모습을 드러냈다. "엠베스, 원래는 케이크 커팅을 하기로 되어 있었지만, 케이크는 그냥 내드려야 할 것 같아요. 대신 오프닝 댄스를 하기 전에 두 분이 샴페인 건배를 하면 될 거예요."

"네, 케이크를 내죠." 엠베스가 말했다.

9시 30분, 즉 변경된 도착예정 시각이 다 되어도 에런은 여전히 나타나지 않았고, 댄스를 위한 무대를 여는 수밖에 없었다.

9시 33분, 애런은 어수선하고 오자투성이인 문자를 보내 이제 막
비행기가 착륙했고 잠깐이면, 사십오 분이면 간다고 알려왔다.
몰리는 엠베스에게 또 계획을 수정해야 한다고 말했다. 늦어지고
있으니 엠베스가 연설을 해야 한다고.

"좀 이상하지 않나요. 이건 결혼기념일 파티라고요, 근데 나 혼
자 나가서 얘기하라고?"

"하원의원이 오시면, DJ한테 사모님이 고른 노래를 틀어달라
고 하고 두 분을 위해 댄스 무대를 비울 거예요. 그나저나 노래는
결정하셨어요? 제가 일단 〈스탠드 바이 유어 맨〉을 준비시켜놨
는데."

"호르헤랑 나는 농담으로 한 말이었는데." 엠베스가 말했다.

"알아요. 어떤 곡으로 할까요?" 몰리가 말했다.

"밴 모리슨의 〈크레이지 러브〉. 맞아요, 우린 구세대지."

몰리가 DJ에게 문자 메시지를 보냈다.

엠베스는 교묘하게 가발 속으로 손을 넣어 뒤통수를 긁었다.
"그래도 나 혼자 얘기한다는 게 영 이상할 것 같은데."

몰리가 엠베스에게 샴페인을 한 잔 부어주었다. "난 프로예요.
내 말 믿으세요. 파티 주최자가 이상하게 만들지 않는 한, 이상할
건 하나도 없어요." 몰리가 말했다. "어련히 알고 계시겠지만."

"〈잇츠 마이 파티(그리고 내가 울고 싶다면 울 거야)〉[1]에 맞춰
등장하고 싶은데." 엠베스가 말했다.

1 10대 여자애가 자신의 생일 파티에서 다른 여자애와 사라져버린 남자친구
때문에 슬퍼하는 심정을 그린 1960년대 노래.

"역설적이네요. 접수했습니다." 몰리가 말했다. "맡겨두세요."

"그건 그렇고, 행사 기획자가 되려면 어떻게 해야 하죠?" 엠베스가 물었다.

몰리는 훅 치고 들어온 사적인 질문에 잠시 어리둥절한 표정이었다.

"아는 사람이 행사 기획자인데, 그쪽으로 나가려면 어떻게 해야 하는지 궁금해서." 엠베스가 말했다.

"저는 코넬대 대학원에서 호텔 경영학을 공부했어요." 몰리가 말했다. "이제 DJ한테 가봐야겠어요."

엠베스는 레슬리 고어의 10대스러운 애처로운 울부짖음에 맞춰 입장했다. 그녀는 춤추듯 걸었다. 아무렇게나 에어로빅 스타일 차차차를 추었다. 쾌활하게 보이려 애썼다. 뭐가 됐든 개뿔 전혀 개의치 않는 사람처럼 보이려 애썼다. 엘 메테가 그녀의 어깨에 앉아 있었는데, 유난히 조용했다. 음악이 잦아들었고, DJ가 레빈 부인께서 짧게 전하고 싶은 얘기가 있다고 말했다.

엠베스는 청중을 둘러보았다. 어두웠고, 알레그라도 마르가리타도 호르헤도 닥터 후이도 어떤 사람도 보이지 않았다. "에런이 오는 중이라네요." 엠베스는 말문을 열었다. "아, 정치인 아내의 삶이라니! 남편은 항상 오는 중이죠."

농담 아닌 농담에 청중은 화기애애한 웃음을 터뜨렸다.

잠시 후, 마법처럼 사람들이 갈라졌다. 에런이 마치 홍해를 가르는 모세처럼 통로를 걸어들어왔다.

"나 왔어요." 에런이 우렁차게 외쳤다. 그의 잿빛 곱슬머리가 스포트라이트를 받아 찰랑거렸다. "나 왔어요, 엠베스 바트 레빈, 내 인생의 사랑!"

청중이 환호성을 터뜨렸다.

엠베스는 바보처럼 활짝 웃었다. 어쩜 저렇게 아직도 잘생겼는지. 어쩜 이렇게 금세 용서할 마음이 드는지. 어쩜 이렇게 저 남자를 사랑하는지.

이것이 결국 그녀의 인생일지도 모르겠다. 이 남자를 위해 그녀는 거짓말을 했고, 사람들을 속였고, 오욕을 참고 견뎠고, 알고도 모른 척했다. 이 남자가 불쾌한 일을 겪지 않도록 온 힘을 다해 비호했다. 루비, 세상의 파괴자로부터 이 남자를 지켜냈다. 사람들이 엠베스에 관한 책을 쓸 때, 넣을 말은 단 하나였다. 그녀는 그 어떤 여자보다 더 에런 레빈을 사랑했다.

그가 마침내 마이크를 잡았다. 그는 그녀의 손을 꼭 쥐었다. 그가 기대어오자, 엘 메테가 날아갔다. 그는 그녀에게 키스하고 나서 그녀의 귀에 대고 속삭였다. "어디까지 했어?"

제5장
선택하시오

아비바

I

당신의 이름은 아비바 그로스먼이다. 당신은 스무 살이고, 마이애미 대학교(허리케인스 파이팅!) 3학년에 재학중이며, 오늘은 제26 플로리다 선거구 마이애미의 민주당 레빈 하원의원의 사무소에서 인턴으로 일하는 첫날이다.

당신은 열의로 충만해 있다. 정치는 긍정적 변화를 가져올 수 있다! 하원의원은 믿음직스럽다! 그는 감화를 주는 연설자이다. 그리고 무척 동안이고 잘생겼다, 이게 중요한 건 아니지만. 하지만, 이봐, 그가 유대계 존 F. 케네디 주니어처럼 생겼다고 손해볼 건 없잖아.

당신은 기숙사 방 한가운데서 옷장을 들여다보며 고민하고 있다. 작년은 추리닝과 슬리퍼로 살았다. 당신이 가진 '좋은' 옷은 전부 꽉 낀다. 1학년 때보다 십 킬로그램이 더 쪘다. 그래도 뚱뚱한 건 아니지만 이때는 그렇게 생각지 않는다. 엄마한테 새 정장을 사달라고 부탁할 수도 있겠지만, 그러면 다이어트에 관해 잔소리를 들을 것이다. 아마 이러실걸. "물은 충분히 마시고 있니? 열시 이후에 뭐 먹거나 하는 거 아니지?" 그런 얘기는 듣고 싶지 않다. 새 직장에 집중하고 싶다. 바깥 온도가 32도인데도 당신은 검정색 타이츠를 신는다.

다음 쪽으로.

2

아직 스팽스가 세상에 나오기 전이고, 1999년 가을에는 타이츠가 그에 버금가는 물건이다. 당신은 스스로 선택한 소시지 케이싱에 살들을 밀어넣는다.

당신은 슈퍼 트윈 침대 위에 세 가지 선택지를 늘어놓는다. 신축성 좋은 검정색 크레이프 칵테일 드레스, 감청색 여름용 초경량 모직 원피스(이건 2년 동안 지퍼를 올려본 적이 없어서 겁난다), 흰색 블라우스와 회색 체크무늬 미니스커트 세트.

☐ 검정색 드레스를 선택한다면, 4쪽으로.

☐ 감청색 원피스를 선택한다면, 5쪽으로.

☑ 흰색 블라우스와 회색 미니스커트 세트를 선택한다면, 11쪽으로.

II

가장 프로페셔널해 보일 것 같아서 흰색 블라우스를 골랐는데, 막상 입고 보니 가슴 위에서 단추가 팽팽하게 당겨 아몬드 모양으로 틈이 벌어진다. 갈아입을 시간이 없다. 지각하긴 싫다. 어깨를 앞으로 옹송그리면 그럭저럭 틈은 가려진다.

"우와, 섹시한 언니!" 룸메이트 마리아가 말한다.

"갈아입어야 할까?"

"천만에, 그래도 립스틱은 좀 바르지."

당신은 입술에 대충 붉은 립스틱을 바른다. 화장을 거의 안 하고 다녀서 영 서툴다. 졸업 파티에 갈 때는 엄마가 화장해줬다. 그래, 이 말이 어떻게 들리는지 잘 안다. 당신은 엄마와 친하다. 엄마는 아마 당신의 가장 친한 친구일 것이다, 당신은 엄마에게 가장 친한 친구가 아니겠지만. 엄마의 가장 친한 친구는 로즈 호로위츠이고, 재미있는 사람인데, 재미있는 사람들이 흔히 그렇듯 가끔 뒤통수를 치기도 한다.

당신은 인턴 오리엔테이션에 참석한다. 다른 여자 인턴들은 심플한 검정색이나 감청색 시프트 드레스 차림이고, 당신도 저렇게 입고 올걸, 후회한다. 남자들은 카키색 바지와 파란색 드레스셔츠를 입었다. 비디오 대여점 블록버스터 직원들 같다.

어쩐지 눈총이 느껴진다. 오리엔테이션이 끝난 후, 당신은 화장실로 가서 공중화장실에서만 볼 수 있는 깔깔한 갈색 종이 타월로 입술을 문질러 붉은 립스틱을 지워보려 한다. 립스틱은 잘 지워지지 않고 번지기만 한다. 이제 당신은 비극적으로 보인다.

12

〈베이비 제인에게 무슨 일이 생겼는가?〉[1] — 엄마가 제일 좋아하는 영화다 — 에 나오는 베티 데이비스 같다. 얼굴에 물도 묻혀보지만 별 도움은 되지 않는다. 수돗물이 한 번에 5초씩만 나오게 세팅되어 있어 제대로 된 세수를 할 수 없는데다가 물 좀 묻힌 것 때문에 오히려 립스틱 자국이 얼굴에 문신처럼 배어들었다.

회의실로 돌아오니 유권자 전화에 응대하는 법과 전화를 바꿔주는 법을 교육하는 중이다. 남자애 한 명이 손을 들고 묻는다. "의원님은 언제 만나뵐 수 있습니까?"

연수 담당자가 의원님은 지금 워싱턴 D.C.에 계시고 저녁 비행기를 타고 돌아오신다고 말한다. 의원님이 돌아올 때쯤 여러분은 다들 퇴근했을 거라고.

"의원님은 잘생기고 매력적이지만, 현 단계에서 여러분이 그분과 직접 얽힐 일은 별로 없을 겁니다." 연수 담당자가 말한다.

오전 교육이 끝나자 콜센터로 이동하고, 아까 질문을 했던 남자애가 당신 옆에 앉는다. 깡마르고 훤칠하지만 어깨가 노인처럼 푹 꺼졌다. 이디시어 구절을 곧잘 사용하는데 전화한 사람들한테 제법 잘 먹히는 것 같다. 남자는 당신 또래지만 보고 있으면 외할아버지가 생각난다.

남자가 자신을 소개한다. "난 찰리 그린이야."

"아비바 그로스먼." 당신이 말한다.

---

1 자매간 갈등과 질투를 음산하고 기괴하게 그린 로버트 알드리치 감독의 심리 스릴러 영화(1962년작).

13

"함께 인턴을 하게 됐으니 점심이나 같이 먹을까?" 그가 묻는다.

애가 괜찮아 보여서, 혼자 먹는 것보다 나으니까, 고등학교 때 어울렸던 남자애들이 떠올라서, 당신은 그와 같이 점심을 먹는다. 다른 인턴들은 벌써 서로 친구가 된 것 같다. 어쩜 저렇게 빨리 친구가 되지? 저들과 비슷한 옷을 입고 왔다면 상황이 좀 달랐을까.

"졸업하면 뭘 하고 싶어?" 찰리가 프렌치프라이를 먹으며 묻는다.

"한동안 선거사무소에서 일해볼 생각이야. 그다음엔 아마 내 이름을 건 사무소를 열겠지." 당신이 말한다.

"나도 그래. 그게 바로 내가 하고 싶은 일이야!" 찰리가 말한다. "하이파이브 하자!"

당신은 손바닥을 맞부딪힌다.

"전공이 뭐야?" 찰리가 묻는다.

"정치학과 스페인 문학."

"나돈데! 더블 하이파이브!"

당신은 손바닥을 두 번 맞부딪힌다.

"스페인 문학은 아니지만. 하지만 그것도 멋진데. 나도 스페인 어를 배워야겠다. 제일 좋아하는 대통령은 누구야?" 찰리가 묻는다.

"신기하게 들릴걸. 너도 알다시피 베트남 때문에. 하지만 베트

14

남 건만 제외하면, 난 정말 린든 B. 존슨[1]이 좋아. 협상의 귀재이
자 탁월한 입법가였지. 그가 학교 선생님으로 시작했다는 것도
맘에 들어. 그 집안에서 머리글자가 LBJ인 사람들[2]은 다 좋아."

"심지어 개도 LBJ였지. 리틀 비글 존슨." 찰리가 말한다.

"내 말이!" 당신이 말한다. "넌 누가 제일 좋아?"

"그 모든 일들에도 불구하고, 빌 클린턴. 부탁인데 날 쏘진 말
아줘."

"나도 클린턴 좋아해." 당신이 말한다. "그는 부당한 평가를 받
고 있다고 생각해. 그러니까, 모니카 르윈스키도 똑같이 책임이
있는 거 아냐? 사람들은 그들 사이의 권력 불균형에 대해 말하
고, 나도 그건 중요하다고 생각해. 하지만 그 여자는 성인이고 자
기가 쫓아다녔잖아. 어쨌든 각자 알아서 선택하는 거지."

"아비바 그로스먼, 너 맘에 든다." 찰리가 말한다. "나의 공인
전화찬스 친구가 돼줘야겠어." 때는 〈누가 백만장자가 되고 싶은
가〉 퀴즈쇼가 한창 인기절정이다. "여기 인턴십에서 말이지."

"그 말인즉슨?" 당신이 묻는다.

"아, 그게, 우리 둘 중 한 명이 하원의원과 만나거나 아니면 곤
란을 겪는다거나 하여간 그런 상황이 오면 서로에게 보증인이 되
어주는 거지."

---

1 미국의 제36대 대통령. 별명은 LBJ. 베트남전 확전 조치로 인기를 잃었지
만 국내 정책은 대체로 성공적이라는 평이다.
2 린든의 부인 레이디 버드 존슨도 머리글자가 LBJ로 똑같다.

15

"좋아."

찰리와 당신은 전화번호와 이메일 주소를 교환한다.

점심을 먹은 후 당신은 퇴근할 때까지 콜센터에 앉아 있는다. 처음엔 어른들처럼 일하는 것 같아 재미있었지만 금세 지루해진다. 퇴근 무렵, 인턴 지도와 감독을 총괄하는 팀장이 당신을 사무실로 부른다.

당신은 사무실로 가면서 왜 나 혼자만 콕 집어 부른 건지 의아해한다.

"앉아요, 아비바." 팀장이 말한다.

앉았는데 치마가 너무 타이트해서 다리를 꼬지는 못한다. 허벅지가 으스러져라 꽉 붙이고 가슴 앞에서 팔짱을 낀다.

"첫날 어땠어요?" 그녀가 묻는다.

"좋았어요. 재미있었고요. 많이 배웠습니다." 당신이 말한다.

"음, 어쩌면 좀 어색할 수도 있는 얘긴데. 그게, 인턴들에게는 드레스 코드가 있어요."

드레스 코드는 당신도 읽었다. 그냥 '프로페셔널한 출근용 복장'이라고만 되어 있었다. 당신은 얼굴이 달아오르긴 하지만 당황하진 않는다. 그보다 화가 난다. 복장이 프로페셔널하지 못한 유일한 이유는 살이 쪘기 때문이고 젖가슴이 불편할 정도로 크기 때문이다.

그래, 좀 당황스럽긴 하다.

"일이 커지기 전에 미리 말해두는 게 좋을 것 같아서요." 팀장이 말한다.

당신은 고개를 끄덕이고 울지 않으려 애쓴다. 바보같이 턱이 파르르 떨린다.

"아니, 그렇게까지 문제시되는 건 아니고요, 아비바. 내일 하루는 쉬어요. 쉬면서 적당한 옷을 구하도록 해요, 알았죠?"

당신은 인턴 방으로 가서 소지품을 챙긴다. 다른 인턴들은 모두 퇴근했고, 눈물이 쏟아지기 시작한다. 잊어버리자, 당신은 생각한다. 여긴 아무도 없잖아. 운전하기 전에 울어버리는 게 낫지. 마이애미의 밤운전은 길을 헤매기 십상이고, 아직 구글맵은 발명되지 않았다. 당신은 흐느낀다.

누가 유리창을 톡톡 두드린다. 레빈 하원의원이다. 어렸을 때부터 알고 지낸 사람이다. 하원의원이 당신을 보며 미소 짓는다.

"우리가 인턴한테 막 그렇게 못살게 구나?" 의원이 다정하게 묻는다.

"하루가 기네요." 당신은 옷소매로 눈물을 닦아낸다.

"아비바 그로스먼, 맞지? 포리스트그린에서 이웃에 살았던."

"이젠 거기 안 살아요. 지금은 대학에 있어요. 기숙사에 살거든요."

"다 컸네."

"별로 다 큰 것 같지 않은데요. 휴게실에서 우는 모습을 보였으니."

"부모님은 안녕하시고?" 의원이 묻는다.

17

"아주 잘 지내세요."

"잘됐구나, 좋아. 그럼, 아비바 그로스먼, 둘쨋날은 첫날보다 낫기를 바라겠네."

하원의원의 매력에 대해선 익히 들었다. 인정해야겠다. 그가 옆에 있으면 따스해진다.

사무소를 나서는데 찰리 그린이 당신을 부른다. 찰리는 엘리베이터 앞 2인용 소파에서 당신을 기다리고 있다.

"헤이, 전화찬스 친구! 어디 갔었어?"

"엄마한테 전화하느라." 당신은 거짓말을 한다.

"있잖아, 이럼 어떨까. 우리 같이 코난을 보는 거야. 넌 코난 타입인데. 아니면 레터맨 쪽인가? 절대 제이 레노는 아냐."[1]

"코난 타입인 동시에 레터맨 타입일 수도 있지."

"바로 그거야, 그로스먼. 레터맨을 끝장내고 코난으로 넘어가자. 고대 로마인들이 즐겨 쓰던 방법이지."

당신은 깔깔 웃는다. 찰리 그린이 마음에 든다. 신고 다니던 슬리퍼처럼 편하다.

두 사람은 고개를 들어 엘리베이터 쪽으로 달려오는 하원의원을 본다. 그는 다리가 길다. 어디선가 그가 장대높이뛰기 챔피언이었다는 얘길 읽은 것 같은데, 그럴 만도 하다는 생각이 든다. 당신은 그가 몸에 달라붙는 트랙 쇼츠를 입은 모습을 상상한다.

---

1 코난 오브라이언, 데이비드 레터맨, 제이 레노는 심야 토크쇼를 진행한 유명 코미디언들이다.

18

"열쇠를 놓고 갔던데." 하원의원이 말한다. "열쇠고리가 귀엽네."

당신의 열쇠고리는 빙글빙글 돌아가는 칠보 공예 지구본이고, 고등학교 때 러시아 수학여행을 기념하여 아버지가 사준 선물이다. 하원의원은 지구본을 팽그르르 돌리고, 당신은 아버지한테 받은 조그만 세계에 비하면 하원의원의 손가락이 얼마나 큰지 새삼 알게 된다.

"고맙습니다." 당신이 말한다. 그가 당신에게 열쇠를 건넬 때 당신의 손끝이 그의 손끝에 닿고, 인간의 절묘한 회로망을 통해 그의 손길이 가랑이 사이에 직접 닿은 듯한 느낌이 든다.

"따라잡은 김에 생각해봤는데," 하원의원이 말한다. "우리 인턴 중 한 명이 첫날부터 울고 있었다는 게 마음에 들지 않아서 말이야. 닥터 그로스먼의 딸이 첫날부터 울었다는 건 확실히 마음에 들지 않아. 그러니까, 나는 살면서 무척 많은 스트레스를 받거든. 나중에 관상동맥우회수술을 받을지도 모르잖나. 팔라펠[1]이나 뭣 좀 사주고 싶은데. 아래층에 까페가 있어. 다른 것도 팔지만, 나는 보통 팔라펠이나 프로즌 요거트로 하지."

☐ 찰리를 하원의원에게 소개한 다음 선약이 있다고 말한다면, 20쪽으로.

☑ 찰리를 하원의원에게 소개하지 않고—아예 찰리가 거기 있다는 사실조차 잊는다—곧장 하원의원과 함께 나간다면, 22쪽으로.

---

1 각종 야채와 병아리콩을 갈아서 동그랗게 빚어 튀긴 중동 음식.

당신은 찰리가 거기 있다는 사실을 잊는다. 하원의원과 함께 막 나가려는 순간, 하원의원이 당신의 전화찬스 친구에게 손을 내밀어 악수를 청한다. "에런 레빈이네. 새로 들어온 인턴 중 하나겠지?"

찰리는 가까스로 자기 이름을 대고 이렇게 말한다. "만나뵙게 되어 영광입니다, 의원님."

"우리 사무소에 와줘서 고맙군, 찰리." 하원의원은 찰리의 눈을 뚫어져라 쳐다보며 말한다. "진심으로 감사하고 있어."

하원의원이 찰리에게 같이 카페에 가자고 제안한다.

"실은 저희끼리 선약이 있습니다." 찰리가 말한다.

"확정된 건 아닌데." 당신이 말한다.

"무슨 약속이었는데?" 하원의원이 묻는다. "요즘 젊은 사람들이 뭘 하는지 알고 싶군."

"레터맨을 본 다음 코난을 보기로 했습니다." 찰리가 말한다.

"그렇게 하지. 하지만 그전에 뭣 좀 먹자고. 겨우 열시 반이잖아. 아직 시간 있으니." 하원의원이 말한다.

"어, 네?" 찰리는 말을 더듬는다. "제 방은 무척 더러운데요. 룸메이트도 있고요."

"걱정 말게. 아래층에서 먹고 여기서 보면 돼. 홀 저쪽에 TV가 있거든."

세 사람은 아래층 카페로 가고, 하원의원이 레스토랑에 들어서자 주인이 절을 한다. "의원님! 그동안 어디 계셨습니까? 보고 싶었어요!"

"파루크, 이쪽은 새로 들어온 우리의 멋진 인턴들일세. 찰리와 아비바야." 하원의원이 말한다.

"저분이 일 너무 빡세게 시키게 놔두면 안 돼요." 파루크가 말한다. "저분은 밤새 일한다니까, 일주일에 6일은 철야야."

"그걸 아는 사람은 그렇게 일하는 자네밖에 없지." 하원의원이 말한다.

"누가 물으면 난 우리 의원님보다 더 열심히 일하는 사람은 없다고 말하지⋯⋯ 나를 빼고 말이야. 난 의원님이 아들들과 그 예쁜 사모님은 언제 보는지 모르겠단 말이야."

"항상 보고 있네. 지갑 속에서. 책상 위에서."

하원의원은 팔라펠 한 접시와 사이드로 후무스[1]를 주문한다. 파루크는 서비스로 바클라바[2]를 낸다.

"자네들 머리를 좀 빌려주게." 하원의원의 윗입술에 후무스가 묻었다. 당신은 말을 해줘야 하나 말아야 하나 고민하면서도 도저히 거기서 눈을 뗄 수가 없다. "내가 전미여성협회에서 리더십 격차와 그에 대한 대책, 특히 다음 세대를 위한 과제에 관해 강연을 하기로 했거든. 자넨 젊은 여성이지, 아비바."

당신은 너무 열심이다 싶게 고개를 주억거린다.

1 병아리콩을 갈아 레몬즙, 마늘, 오일 등을 섞어 만든 걸쭉한 수프 또는 소스. 이집트를 비롯한 중동지방의 향토음식.
2 얇은 페이스트리 반죽을 겹겹이 쌓고 견과류로 속을 채운 후 시럽을 듬뿍 끼얹은 터키의 전통과자.

"자네도 젊은 여성을 몇몇 알고 지내겠지, 찰리?"

"바라는 것보단 적지만요."

찰리의 말에 하원의원은 웃음을 터뜨린다. "그래, 좋은 생각들 있나, 제군들?"

찰리가 말한다. "심야 TV쇼하고 똑같은 것 같습니다. 저는 정말 심야 토크쇼에 환장……"

"그래, 나도 짐작했다네." 하원의원이 말한다.

"심야시간대 토크쇼 진행자는 항상 짙은 색 정장을 입죠. 대통령이 되려는 사람도 늘 짙은 색 정장을 입고요. 만약 여자들이 짙은 색 정장을 입으면 문제가 해결될지도요."

하원의원은 당신을 바라본다. "자네 생각은 어떤가?"

"찰리 말은 약간 우편향된 것 같은데요." 당신은 얼굴이 붉어진다.

"편향된 것 같다?" 하원의원이 말한다.

"약간요. 저는, 뭐랄까, 페미니스트는 아닙니다."

"아닌가?" 하원의원은 즐기는 것 같다.

"제 말은, 페미니스트까지 갈 것도 없다는 거죠. 그러니까, 저는 여자이기 전에 인간입니다." 당신은 어리고 철이 없어서, 페미니즘에 대해 잘못된 생각을 갖고 있기 때문에 이렇게 말한다. 당신은, 페미니스트는 당신 엄마와 로즈 호로위츠라고 생각한다. 페미니스트들이란 1970년대 행진에 대한 낭만적 기억을 갖고 있고, 구호가 적힌 배지와 티셔츠로 가득찬 낡은 트렁크를 간직한

중년 여자들이라고 생각한다. "하지만 제 생각엔—그러니까 제
가 알기론—여자들은 외모로 평가됩니다. 여자가 짙은 색 정장
을 입었다고 사람들이 그녀를 대통령으로 뽑을 리는 없어요. 사
람들은 그녀가 '남자가 되려고 한다'고 말하겠죠. 여자는 뽑히지
못합니다."

하원의원은 양해를 구하고 화장실에 간다. 찰리가 말한다. "어
떻게 의원님하고 아는 사이야?"

"전에 한동네 살았거든. 그리고 우리 아빠가 의원님 어머니의
심장수술을 했어."

"우와, 이런 엄청난 전화찬스 친구를 뽑다니, 나란 놈은 운도
좋아. 하원의원이 우리와 어울리다니 이거 꿈이야 생시야! 근데
진짜, 진정성 있는 사람이잖아. 정말로 우리 얘기에 관심을 가지
고 귀를 기울이는 것 같은데."

당신은 찰리의 말에 동의한다.

"아니, 난 원래 상원의원실이나 백악관에서 일하고 싶었는데,
여기도 흥미진진한걸."

세 사람은 다 같이 사무실로 다시 올라가고, 하원의원은 레터
맨을 튼다. 중간쯤 지나 하원의원은 넥타이와 드레스셔츠를 벗
고 흰색 러닝셔츠 바람이 된다. "미안, 제군들, 이쪽은 보지 말아
줘. 우라지게 덥군." 불현듯 당신은 찰리가 있어서 다행이라는 생
각이 든다. 여직원들이 자꾸 하원의원한테 반한다는 얘기를 많이
들었는데, 그런 클리셰는 피하는 게 낫다.

25

그날 밤 기숙사로 돌아왔는데 룸메이트 마리아가 보이지 않는다. 드문 일은 아니다. 마리아는 거의 여자친구 아파트에서 잔다. 당신도 가서 잘 여자친구 아파트 같은 게 있었으면 싶다. 기숙사 생활의 신선함은 사라진 지 오래다. 시멘트 블록 벽도 룸메이트가 붙여둔 〈펄프 픽션〉 포스터도 지긋지긋하다. 저 포스터는 닷새 이상 붙어 있지를 못하고 맨날 떨어진다. 샤워 대기줄도 공용 화장실도 문짝의 화이트보드도 지긋지긋하다. 저 화이트보드는 잘 지워지지도 않는다. 개인 물품이 자꾸 없어지는데 누가 훔쳐간 건지 그냥 딴 데 두고 까먹은 건지 알 수 없는 것도 지긋지긋하다. 사람들 체취도, 섹스 냄새도, 먼지 냄새도, 미식축구장 냄새도, 양말 냄새도, 잡초 냄새도, 일주일 넘은 피자와 라면 냄새도, 곰팡이 핀 수건 냄새도, 한 학기에 두 번 갈까 말까 한 침대 시트 냄새도 지긋지긋하다. 복도 건너편 녀석이 한 번 더 〈크래시 인투 미〉를 틀기라도 하면 죽을 것 같다. 녀석은 섹스할 때 그 노래를 튼다. 미치겠다. 그 모든 것들이 하루종일 일하고 집에 온 입장에서는 특히나 참을 수 없다.

하지만 육체적으로 피곤한 건 아니다. 속시원히 얘기를 털어놓을 상대가 있었으면 좋겠다. 당신은 엄마한테 전화를 걸까 하다가 관둔다. 시간이 늦기도 하고, 엄마는 이해하지 못할 일들도 있다.

늦은 시간이다.

당신은 룸메이트의 컴퓨터로 이메일을 확인한다. 마리아가 켜

놓고 간 브라우저에 블로그가 떠 있는데, 패션계에서 일하는 여자의 블로그다. 요즘은 다들 블로그를 한다. 조금 읽어본다. 여자는 자신의 옷차림 사진을 목 아래로 잘라서 올리고, 직장 상사와 업계의 성차별적인 관습에 불만을 토로한다.

이 정도는 나도 할 수 있겠다.

당신은 침대에 누워 랩톱을 꺼내고 블로그를 만들기로 한다. 당신의 경험을 숨김없이 말하기 위해 익명으로 쓴다. 나중에 이 블로그 때문에 사는 데 지장이 생기는 건 사양이다. 그냥 스트레스 해소용이다.

당신은 다음과 같이 쓴다.

여기 하원의원 사무소 인턴이 한 명 있다.

업무 첫날부터 나는 곤란에 처했다. 내가 사무실에서 뭘 훔쳤나? 지역 유권자들 앞에서 발작이라도 일으켰나? 워터게이트 같은 무단침입 사건을 벌이고 그걸 덮으려고 했나?

아니, 가상의 독자 여러분, 나는 드레스 코드를 어겼다.

하원의원실 인턴은 드레스 코드가 있고, 내 생각에 나는 코드를 잘 따랐다. 하지만 나의 거대한 가슴은 딴생각을 품었던……

내 생각에 문제는 이거다. 타고나길 작게 타고난 인턴이 나와 똑같은 복장이었다면 그 사람도 곤란에 처했을까? 아니올시다. 그 말은 곧, 하원의원실 인턴의 드레스 코드는 체형에 따라 이중 잣대를 들이밀고 있음을 의미한다. 그건 좀 구리지 않나.

그럼 내가 어떻게 해야 하는데? 난 대학교 1학년 첫 학기에 10킬로그램이 늘었다. 옷장을 새로 싹 개비해야 하나? 인턴은 무급이라는 얘길 내가 했던가? 남자애들은 IT 회사 뚱보들처럼 입었다. 어쩌면 나도 카키색 바지와 청남방을 사 입고 끝낼지도 모르겠다.

한편, 오늘 저녁에 거물을 만났다. 애니메이션 〈미녀와 야수〉에 나오는 개스턴을 아시는지? 그가 딱 그렇게 생겼다. 다만 좀더 근육질이다.

웃긴 게, 나는 항상 벨에게 이렇게 충고했다. "벨, 개스턴을 선택해. 그렇게까지 나쁜 놈은 아냐. 잘생겼고 부자잖아. 너한테 홀딱 반했고, 좀 자기중심적이긴 한데, 안 그런 사람이 어딨니? 진지하게 말하는데, 벨, 야수한테 가지 마. 그 남자는 성에서 혼자 살고 분노조절장애가 있는데다 가장 친한 친구라곤 하인인데 그것도 기껏 촛대잖아. 앞길이 온통 빨간 불이다, 야. 게다가 내가 말 안 했던가? 그놈은 야수야!"

♡♡♡

어느 하원의원 사무소 인턴.

당신은 글을 다 쓴 다음 다시 한번 읽어본다.
제법 웃기게 잘 쓴 것 같다.
당신은 발행 버튼을 찾는다.

28

☐ 일단 도큐먼트 폴더에 저장하고 내일 아침까지 기다렸다가 발행할지 말지 결정하기로 한다면, 30쪽으로.

☑ 그대로 발행한다면, 33쪽으로.

33

당신은 용기가 달아나기 전에 블로그 글을 발행한다. 새로고침 버튼을 몇 번 눌러 혹시 댓글이 달렸는지 확인한다. 없다. 칫솔과 치실로 이를 닦고 돌아오니 댓글이 하나 달렸다. '진품$$$루이비통$$$가방─품격 있는 모든 여자들이 원하는 것─클릭만 하면 OK.' 당신은 댓글을 지우고 스팸 필터링 설정을 강화한다. 웃음이 터진다. 이 블로그에 누가 댓글을 달 거라고 생각한 걸까? 여기를 아는 사람은 아무도 없다. 블로그를 지울까 잠깐 고민하다 그냥 놔둔다. 다음에 불평할 거리가 생기면 그때 또 쓰기로 한다.

이튿날 아침, 당신은 차를 몰고 보카러톤에 있는 엄마를 만나러 간다.

엄마를 생각하면 제일 먼저 떠오르는 말은 '너무'다. 엄마는 당신을 너무 꽉 끌어안고, 너무 오래 키스하고, 너무 많은 질문을 퍼붓고, 당신의 체중과 연애와 삶과 친구들과 미래와 물 소비에 관해 너무 걱정이 많다. 엄마는 거의 종교적 열정으로 당신을 사랑한다. 너무 많이 사랑한다. 그 사랑 때문에 당신은 엄마에게 당혹감과 더불어 죄책감에 가까운 감정을 느낀다. 태어난 것 빼고 그런 사랑을 받을 만한 일을 뭘 했길래?

엄마는 당신에게 새 출근용 복장을 사주면서 기뻐한다. 당연히 기뻐하지. 엄마 능력으로 해줄 수 있는 일이라면 뭐든 항상 기쁘게 해준다. 엄마는 당신의 체중에 대해 콕 집어 얘기하지 않는다. 대신 이런 식으로 말한다. "한 번 더 사이즈를 늘리면 유행을 앞서가는 패션으로 보이겠다." 또는 "치마가 뒤에서 자꾸 말려올라가는 건 별로지." 또는 "그 재킷 귀엽다. 근데 가슴 부분이 아주 살짝 죄는데." 또는 "란제리 코너로 올라가서 올인원 보정속옷 좀 볼까?" 당신은 반박할 기운도 없다. 이 옷들을 사는 목적은 앞으로 인턴 팀장한테 싫은 소리 듣지 않기 위해서다.

당신 몸에 대한 엄마의 못마땅함 중 어디까지가 실제 엄마의 발언이고 어디까지가 머릿속에서 지어낸 망상일까. 엄마가 아주 날씬하다는 사실은 부인할 수 없다. 엄마는 무용수처럼 다리가 늘씬하고, 작고 탱탱한 가슴에, 마흔여덟의 나이에도 오드리 헵번처럼 허리가 한 움큼밖에 안 된다. 엄마는 독실한 운동 신자다. 엄마가 본업인 교감 일보다 더 사랑하는 유일한 것이 운동이다.

쇼핑에 대한 대가로 엄마는 당신의 새 직장에 관해 꼬치꼬치 캐묻는다.

"그 의원하고 일하는 건 재밌니?"

당신은 웃음을 터뜨린다. "사실 그 사람하고 직접적으로 같이 일하는 건 아니에요."

"그럼 넌 뭘 하는데?"

"따분한 얘기예요."

"엄마한텐 아니지! 네 첫 직업인데!"

"돈 받고 일하는 것도 아닌걸. 그러니까 제대로 된 직업이라곤 할 수 없지." 당신이 말한다.

"그래도, 궁금하잖니." 엄마가 말한다. "얘기해봐, 우리 딸. 넌 무슨 일을 해?"

35

"전화도 받고. 커피도 사다나르고."

"아비바, 그러지 말고, 로즈 아줌마한테 들려줄 만한 괜찮은 얘기 좀 내봐봐."

"내가 로즈 아줌마한테 들려줄 얘깃거리나 만들자고 취업한 게 아니잖아."

"그 하원의원에 대한 거라도."

"엄마," 당신은 성질을 부린다. "옷 사준 건 고마운데, 아 진짜 할 얘기가 없대두. 나 마이애미로 돌아가야 해."

사무소에 가니 위선적인 팀장은 전보다는 그럭저럭 괜찮다는 반응이다. "좋아 보이네요."

당신은 그녀에게 감사를 표하고, 감사를 표하는 자신이 밉다. "싸구려 옷감에 꽉 죄인 내 살을 보고 더이상 역겨워하지 않아도 되니까 잘됐죠"라는 식으로 쏴붙이고 싶지만, 그러지 않는다. 당신은 이 직장에서 잘해내고 싶다. 망치고 싶지 않다. 엄마가 로즈 호로위츠에게 들려줄 만한 좋은 이야기를 만들고 싶다. 가슴 앞에서 팔짱을 끼어도 정장 재킷은 하나도 당기지 않고, 꼭 엄마가 안아주는 것 같아서 고마운 마음에 눈물이 핑 돈다. 과보호 부자 엄마를 두지 않은 다른 여자 인턴들은 그런 상황에서 어떻게 할지 궁금하다.

당신은 인턴 생활에 차차 적응해간다. 사람들이 보낸 메일을 읽기도 한다. 사무실에 커피를 나르기도 한다. 팩트 체크를 하기도 하고, 하원의원의 연설문에 쓸 자료를 조사하기도 한다. 때는

36

1999년이고, 당신은 사무실에서 인터넷 검색을 제대로 할 줄 아는 유일한 사람인 듯하다. "아비바, 당신은 마법사예요." 팀장이 말한다.

당신은 이제 '팩트 체크 전문가'로 통한다. 당신은 사무소에서 공식 '젊은 사람'이 되고, 청년 문제 전문가가 된다. 당신은 귀한 재원이 된다. 당신은 하원의원 본인이 직접 "아비바에게 맡기지." 하는 말도 들었다. 당신은 하원의원에게 젊은 유권자들과 소통하기 위해 블로그를 개설할 것을 권하고, 당신의 제안은 채택된다. 당신은 중요한 사람이 되는 게 좋다. 당신은 당신의 일이 좋다.

찰리 그린이 자신의 생일 파티를 할머니 집에서 하는데 와달라고 청한다. 사무소에서 이른바 혜성처럼 급부상했음에도 불구하고, 당신에게 친구라곤 여전히 찰리밖에 없었으므로 간다고 한다.

찰리의 생일 파티날 저녁, 팀장이 하원의원을 위해 자료조사를 해달라고 부탁한다.

"어떤 자료요?" 당신이 묻는다.

"이번 주말에 환경에 관한 연설을 하시는데 거기 필요한 자료예요." 팀장이 말한다. "이 연설의 성공은 엄청나게 중요해요, 분명 잘 알고 있겠지만."

"문제없어요. 내일 아침에 제일 먼저 착수하죠." 당신은 찰리의 생일 파티에 가야 한다고 설명한다.

"좀만 더 있다 가면 안 될까? 의원님이 오늘밤까지 받아봤으면 하시거든요. 좀 이따 의원님이 오시면 정확히 필요한 게 뭔지 얘기해주실 텐데."

"저녁 식사가 끝나는 대로 돌아올게요." 당신은 찰리네에 가고 싶은 생각이 별로 없지만, 그래도 가겠다고 얘기해놨다.

"의원님이 특별히 당신한테 부탁한 건데. 당신은 진짜 의원님 께 강렬한 인상을 줬어요." 팀장이 말한다.

"그렇게 말씀해주시니 감사합니다." 당신은 손목시계를 확인한다. 5분 내로 나가지 않으면 제때 센추리 빌리지에 도착하지 못한다. 당신은 책상 위에 놓여 있는 찰리의 생일 선물, 레터맨 베스트 컬렉션을 쳐다본다.

"찰리는 훌륭한 청년이죠. 그도 이해할 거예요. 우린 모두 한 팀이잖아, 안 그래요?"

☐ 팀장에게 엿 먹으라고 말한 다음 생일 파티에 가서 저녁 먹고 열시에 돌아온다면, 40쪽으로.

☐ 찰리에게 전화해서 늦겠다고 말한다면, 43쪽으로.

☑ 찰리에게 전화하지 않고(빨리 오라고 재촉당하기 싫다) 야근한다면(갈 수 있게 되면 간다), 45쪽으로.

당신은 책상에 엎드려 잠이 든다. 생일 파티는 물 건너갔고, 팀장도 퇴근한 게 분명한데, 하원의원은 뭐가 필요한지 얘기조차 없다.

누가 당신 어깨에 손을 얹는다.

하원의원이다.

"헤이, 잠꾸러기, 여태 여기서 뭐하고 있는 거지?" 하원의원이 말한다.

당신은 비몽사몽에서 이내 정신을 차리고 말한다. "의원님이 제가 필요하다고 해서 퇴근도 못하고 기다렸는데요!"

"아니, 사람들이 그럼 안 되지. 난 끝내려면 아직 멀었는데. 내일쯤 돼야 필요한 게 뭔지 얘기해줄 수 있어."

당신은 고개를 절레절레 젓고, 심호흡을 하고, 의도했던 것보다 더 매몰차게 말한다. "뭐, 그럼 집에나 가야겠네요."

"잠깐만, 아비바, 왜 그러는데?"

"의원님한테는 중요한 문제가 아니겠지만, 난 오늘 야근하느라 친구 생일 파티에 못 갔다고요. 유일한 친구였는데, 아마 날 미워하겠죠."

"거기에 대해선 미안하게 생각하네." 하원의원이 말한다.

"아뇨, 의원님 잘못은 아니죠. 내가 박차고 나갔어야 했는데. 성인이잖아요. 상황을 더 잘 파악했어야 했어요."

하원의원은 고개를 끄덕인다. "훌륭한 태도로군."

"내가 있고 싶어서 있었던 거예요. 난 여기서 일하는 게 정말

46

좋아요." 당신이 말한다.

"다들 자네가 굉장히 일을 잘한다고 생각하네." 하원의원이 말한다. "블로그에 대한 피드백이 아주 굉장해. 앞날을 잘 내다본 신의 한수였어. 엠베스와 나 둘 다 블로그 반응에 감동했어."

순간 당신은 그가 무슨 블로그 얘기를 하는지 헷갈린다. 잠이 덜 깬 상태로 혹시 그가 당신의 블로그를 읽은 건지, 어떻게 그게 당신이 쓴 건지 알았는지 의아해하다가, 이내 그가 자신의 블로그, 즉 하원의원의 공식 블로그를 얘기한다는 것을 깨닫고 말한다. "잘됐군요. 다행입니다."

하원의원은 당신이 소지품—꽃무늬 잔스포츠 백팩, 칠보 열쇠고리, 플라밍고 모양의 펜—을 챙기는 모습을 지켜보고, 당신은 왜 그가 아직 안 가고 있는지 모르겠다.

"귀여운 열쇠고리군." 하원의원이 말한다.

당신은 그가 전에도 그 말을 한 적이 있음을 기억하는지 궁금하다. 개떡같은 저녁이다. 자꾸 찰리가 생각난다.

찰리가 당신을 그쪽으로 좋아한다는 건 알지만, 당신은 찰리를 그쪽으로 좋아하지 않는다. 그럼에도 불구하고, 찰리는 당신에게 좋은 친구였다. 두 사람은 취향이 같고, 함께 있으면 즐겁고, 공통점이 많다. 당신은 찰리와 함께 훗날 당신이 출마할 선거에 대해서, 공공정책 분야에서 석사 학위를 딸지 아니면 로스쿨에 갈지, 상급 인턴십을 하는 게 나을지 아니면 초급 인턴십(현재 당신이 몸담고 있다고 생각하는) 내에서 승급을 시도하는 게 나을

지, 나중에 자리잡을 때 어떤 도시가 가장 좋을지, 선거운동 슬로
건은 뭐가 좋을지, 몇 시간이고 얘기를 나눴다. 당신은 특히 역설
이 담긴 슬로건을 생각해내는 게 재미있다. 이를테면, '정치는 추
잡한 일이다. 그 일을 하려면 그로스먼[1]이 필요할 때도 있다.'

사실상, 세상 그 누구보다 찰리와 더 많이 미래에 관한 얘기를
나눴다.

열두 살 생일 파티 때 당신은 같은 반 아이들을 모두 초대했는
데 겨우 세 명만 왔다. 왜냐면 같은 반의 다른 여자아이가 똑같은
날 파티를 열었기 때문이다. 인정할 건 인정하자, 찰리는 스물한
살이 되지만, 그래도 마찬가지다. 당신은 찰리와 그의 조부모가
식탁 앞에 둘러앉아 있는 모습을 상상한다. '우리끼리 먹을까?'
찰리가 대답한다. '아뇨, 좀만 더 기다리죠.' 찰리는 그 말을 반복
하다가 마침내 당신을 단념한다. 당신은 가책을 느낀다.

죄책감을 몰아내기 위해 뭐라도 해야 한다.

☐ 룸메이트에게 전화를 걸어 클럽에 가자고 한다면, 48쪽으로.

☐ 찰리에게 전화를 걸어 여러 번 사과하고 레터맨 혹은 코난을 같이 볼까
　물어본다면, 50쪽으로.

☐ 그냥 속으로 삼킨다면, 53쪽으로.

☑ 잘생긴 하원의원에게 키스한다면, 54쪽으로.

1 비속어로 해석하면 '추잡한 사람'이란 뜻이 된다.

54

당신은 그의 기분 나쁜 아내를 생각지 않는다. 정략결혼이었다고 들었다. 그게 뭘 의미하든. 당신은 그의 아들들을 생각지 않는다. 당신은 교감 엄마와 심장외과의사 아빠를, 당신이 무급 인턴으로 일할 수 있도록 두 분이 얼마나 힘들게 일하는지 생각지 않는다. 당신은 홀로코스트에서 살아남은 외할머니 에스터와 이모할머니 미미를 생각지 않는다. 당신은 인생에서 딱 한 번 경험한 섹스를 생각지 않는다. 그때 남자친구였던 아이는 분명 허락을 구하지도 않았다. 당신은 열네 살 여름방학 때 갔던 비만 캠프를 생각지 않는다. 당신은 스스로 자기 몸을 얼마나 증오하는지—사실 몸은 아무 죄가 없다—생각지 않는다. 당신은 자신의 몸에 대해 전혀 생각지 않는다. 당신은 다정하고 재미있는 찰리 그린을 절대 생각지 않는다. 당신은 스스로에게 하원의원 같은 남자를 원하는지조차 묻지 않는다.

요는, 당신은 아무 생각이 없다. 생각하고 싶지 않고, 그래서 생각지 않는다. 당신은 죄책감이 아닌 다른 것을 느끼고 싶다.

당신은 그에게 다가가 당신의 입술로 그의 입술을 누르고, 혀를 그의 입속에 집어넣는다. 당신은 대담하고 겁없고 무모하다. 당신은 그런 여자처럼 행동하는 게 좋다.

그의 혀가 당신의 혀와 잠깐 맞닿는가 싶더니, 이내 남성적 힘으로 당신의 혀를 입 밖으로 밀어낸다. 그는 당신을 떼어내고 당신의 어깨를 잡은 채 두 팔을 앞으로 쭉 뻗는다. 그는 주위를 둘러보며 아무도 없는지 확인한다.

"자네의 충동은 이해하네." 그가 말한다. "하지만 이건 부적절해. 이런 일은 두 번 다시 일어나선 안 돼."

당신은 고개를 끄덕이고 백팩을 집어들고 차로 달려간다.

그날 밤 당신은 그 문장에 대해 곰곰 생각한다. "자네의 충동은 이해하네."

그 말뜻은,

A. 나 역시 자네와 키스하고픈 충동이 있다.

B. 자네 같은 사람이 왜 나 같은 사람과 키스하고 싶어하는지 이해하지만, 사실 나는 자네의 충동에 공감하지 않는다.

C. 일반적으로 봤을 때, 나는 사람들이 다른 사람들에게 키스하고 싶어하는 충동을 이해한다.

당신은 그 말뜻이 뭔지 아는 것은 불가능하다는 결론에 이른다. 그래도 일단, 애인과 싸우고 기숙사에 있는 룸메이트에게 객관식 답안들을 보여준다. 룸메이트는 A라고 생각한다.

이튿날인 토요일, 찰리 그린에게서 전화가 온다.

"무슨 일 있었어?"

"사무실에 늦게까지 잡혀 있었어."

"대충 그럴 거라고 짐작은 했어. 다음번엔, 그러니까, 전화든 뭐든 해줘. 하여간 우리 할머니가 계속 널 보고 싶어하시거든."

"알았어."

56

"우리 할머니가 너네 외할머니를 아시는 것 같아." 찰리가 말한다.

통화중 다른 전화 알림이 뜬다. 모르는 번호지만 어쨌든 전화를 받는다.

"아비바." 하원의원이다. "오늘 사무소로 와줬으면 좋겠는데."

평소에는 팀장이 그 주의 일정과 관련해 전화한다. 한편으론 하원의원이 당신을 자르려나 싶기도 하고, 또 한편으론 하원의원이 당신에게 다시 키스하려나 싶기도 하다.

당신은 샤워하지 않는다. 추리닝 바지에 티셔츠 차림으로 자고 일어났는데 굳이 옷을 갈아입지도 않는다. 특별히 잘 보이고 싶지 않다. 신경쓰는 것처럼 보이고 싶지 않다.

당신은 사무소까지 차를 끌고 간다. 두 손이 얼음장처럼 차가운데, 보통 긴장하면 그런 증상이 나타난다.

당신은 올라가는 엘리베이터를 타고, 엘리베이터에서 내리니 에런 레빈이 자기 방으로 부른다. "문은 열어두게." 그가 말한다.

"키시미 강 수로 정비 사업에 대한 정부의 개입과 관련해 자네가 알아낼 수 있는 모든 것을 찾아내주게."

"알겠습니다." 당신이 말한다.

인터넷 검색은 이십 분 만에 끝난다. 키시미 강은 플로리다에서 가장 긴 강으로, 원래는 여느 강들처럼 높낮이 기복이 심하고 불규칙적으로 굽이쳤다. 그러다 20세기 중반, 낙관과 무모함의 시대에 미 육군 공병단은 수로를 직선으로 정비하면 홍수 조절에 도움이 되고 항공 운항 길잡이로서도 유용하겠다고 판단했다. 윈윈 아닌가! 공병단은 강의 양쪽 가장자리를 파내 운하를 만들었고, 셀 수 없이 많은 동식물군을 죽였으며, 말 그대로 회복이 불가능할 정도의 피해를 입혔다. 환경적 관점에서 보자면 키시미강 수로 정비는 재앙이었다.

당신은 하원의원의 방으로 가서 검색 결과를 설명하고, 복원사업에 지속적으로 들어갈 비용에 관해 몇 가지 팩트를 덧붙인다.

"비극이군." 그가 말한다.

"비극이죠." 당신은 동의한다.

"문을 닫게." 그가 말한다. 당신은 문을 닫는다. "자꾸 자네 생각이 나더군. 하지만 난 유부남이고 아이들도 있고 선출직 공무원이야. 그러니까 그래서는 안 되지." 그가 말한다.

"이해합니다." 당신이 말한다.

"하지만 그래도 난 우리가 친구가 되길 바라네."

"네." 그렇게 말하지만 당신에게 하원의원 나이대의 친구는 없다, 엄마를 제외하면.

하원의원은 당신에게 손을 내밀어 악수를 청한다.

☑ 악수를 한 다음 다시 한번 키스를 시도한다면, 60쪽으로.

☐ 악수를 한 다음 사무실을 나온다면, 94쪽으로.

☐ 악수를 거절하고 사직을 표명한다면, 95쪽으로.

60

당신은 그와 악수한다.

악수를 하고, 손을 놓지 않는다. 당신은 그를 당신 쪽으로 잡아당겨 다시 한번 키스한다.

☐ 재미 삼아 해본 거라고 생각한다면, 62쪽으로.

☑ 사랑에 빠진 거라고 생각한다면, 65쪽으로.

당신은 사랑을 해본 적이 없으므로, 이게 사랑인지 아닌지 확실히 알지 못한다.

그는 당신이 지금까지 알고 지낸 그 어떤 사람과도 다르다.

그는 찰리 그린 같은 또래 남자애들과 다르다.

그는 영리하고 강하고 존나 섹시하다.

야근할 핑곗거리를 찾는 건 당신에게 누워서 떡 먹기다.

아니, 그 부분은 잘못 기억하고 있다.

야근을 시킬 핑곗거리를 찾는 건 그에게 누워서 떡 먹기다. "아비바가 필요하군." 그는 말할 것이다. "아비바한테 맡기지."

그것은 당신이 어떤 업무를 실제로 해주길 원한다는 뜻일 때도 있고, 그가 당신을 원한다는 뜻일 때도 있다.

하원의원이 "문을 닫게"라고 말하기 전까진, 그가 진짜로 원하는 게 무엇인지 당신은 전혀 알지 못한다. 그 방식에는 설렘과 흥분이 있다. 게임쇼 참가자가 된 기분이다. 1번 문 뒤에는 무엇이 있을까요?

혹시 수상한 낌새를 알아챈 사람이 있을까.

당신은 이렇게 말할 정도로 진도를 나간다. "사랑해요."

그러면 그가 말한다. "나도 사랑해."

아니, 그 부분은 잘못 기억하고 있다. 그는 절대 그렇게 말하지 않는다. 그는 이렇게 말한다. "나도."

당신이 말한다. "사랑해요."

그가 말한다. "나도."

하지만 그는 애정을 숨김없이 표현하는 사람이 아닐지도 모른다.

당신은 사랑의 증거를 찾는다.

증거 1: 그가 나를 사랑하지 않는다면, 어째서 지금까지 나와 함께 시간을 보낸 걸까? 어째서 그렇게 많은 것들―그의 결혼, 그의 가족, 그의 직업―을 걸고 나를 만나는 걸까? 그는 분명 나를 사랑한다, 당신은 결론을 내린다.

증거 2: 한번은, 당신이 아무 말도 내비치지 않았는데, 그가 말한다. "재선되자마자 곧장 엠베스와 갈라설 거야. 우린 전부터 행복하지 않았어."

깊이 생각해보면 사실 이건 증거라고 하기 힘들지도 모른다. 그가 한 말이라곤 본인이 아내와 행복하지 않다는 것뿐이었다. 그건 당신과 아무 상관 없는 얘기일 수도 있지 않나? 당신이 불행을 초래했다고, 혹은 당신이 불행의 징후라고 어떻게 단언할 수 있나?

심지어 당신은 제대로 된 세번째 증거조차 떠올릴 수 없다. 맨 처음 브래지어를 벗은 당신을 봤을 때, 그는 '여태 (그가) 본 중 가장 섹시한 젖가슴'이라고 했다. 당신은 욕망의 증거를 사랑의 증거로 착각할 만큼 둔하지 않다. 그래도 욕망은 사람을 취하게 만들고 진가를 발휘하기도 한다. 당신은 늘 스스로 육중하다고, 보기 흉하다고, 떡대라고 생각했다. 그는 당신이 버터이고 자신은 뜨거운 나이프인 양 당신을 쳐다본다.

당신은 그가 당신을 사랑하든 말든 그건 중요치 않다고 단언
한다. 당신이 그를 사랑한다. 당신은 자기 감정을 잘 안다.

당신은 자기 감정을 잘 알지만, 그래도 몇 가지 마음에 걸리는
게 있긴 하다.

그는 당신과 질내 삽입 성교를 하고 싶어하지 않는다. 남녀가
할 수 있는 온갖 종류의 섹스를 하지만, 그것만은 안 한다. 당신
은 하원의원과 그걸 하고 싶지만, 그에게 부담을 주지는 않는다.
당신은 어떤 의미에서는 아직 처녀이고, 그다음에 일어날 일이
약간 무섭기도 하다. 허락을 구하지 않은 그 남자애랑 했을 때 너
무 아팠다. 그 이후로는 해본 적이 없다.

또 한 가지 마음에 걸리는 건, 그가 다음 선거 이후에 결혼생활
을 끝내겠다고 말한다는 사실이다. 하원의원은 이 년마다 선거를
치른다. 그가 하원의원을 계속하는 한, 결혼생활을 끝내기에 적
절한 타이밍이 있긴 있을까? 그는 언제나 선거운동 중이다.

그가 만약 상원의원이나 주지사(그도 그쪽을 선호한다)가 된
다면, 좀더 꼼지락거릴 여유가 있을 것이다. 아예 불가능의 영역
은 아니다. 그는 야심만만하고, 마이애미의 유권자들은 그를 사
랑한다. 그는 유대인이고 이스라엘과 사이가 좋다. 그는 스페인
어를 하고, 그건 사우스 플로리다에서 제법 유리하다. 그는 육군
에서 복무했고 참전 군인들의 복지 향상을 위해 늘 분투한다. 그
는 학교 선생님이었고, 시험을 학업 발달을 측정하는 유일한 도
구로 삼는 데 반대했다. 그는 모델처럼 사진을 찍는다. 아기들은

68

그를 사랑한다. 아기들은 그에게 꿀이라도 묻은 듯 매달린다. 요컨대, 그는 사람들이 원하는 기준 거의 대부분을 만족시킨다. 심지어 플로리다 밖에서도 하원의원은 스타가 되어가고 있다. 겨우 두번째 임기인데 여기저기 전당 대회에 불려다니고, 이미 몇몇 위원회와 소위원회에서 활동하고 있다. 아무도 에런 레빈이 평생 하원의원으로만 머물 거라고 생각지 않으며, 벌써부터 훌륭한 하원의장이 될 거라는 얘기가 나온다. 그 모든 것을 감안해볼 때, 당신은 그의 커리어가 그의 결혼생활이 끝나도, 모든 게 적절히 처리된다고 가정할 경우, 살아남을 거라 믿는다.

당신은 이런 얘기를 몽땅 털어놓을 수 있는 누군가가 필요하다.

☐ 찰리에게 얘기한다면, 69쪽으로.

☑ 엄마에게 얘기한다면, 70쪽으로.

당신은 불륜 얘기를 엄마에게 털어놓고, 엄마는 제발 끝내라고 애원한다. 엄마는 문자 그대로 무릎을 꿇고 빈다. 당신은 엄마에게 이렇게 말할 수밖에 없다. "엄마, 제발 바닥에서 일어나." 일단 그 얘기를 하고 나니, 엄마는 도무지 다른 얘기는 안 하려 든다. 당신은 엄마에게 말한 걸 후회한다. 당신은 그 관계에 대해 어른 대 어른으로 엄마와 논의하고 싶어서 말을 꺼냈다. 몇 가지 알고 싶은 게 있었다. 가령, 왜 그는 나하고 질내 삽입 성교를 하고 싶어하지 않을까? 하지만 엄마는 너무 도덕성만 따지고 들어 쓸모가 없다. 엄마는 평판을 들먹이고—"아비바, 평판은 내세까지 따라다녀!"—홀로코스트에서 살아남은 외할머니를 들먹이고, 생각나는 오만 것들을 들이댄다. 결국 당신은 울음을 터뜨리고 엄마한테 그와의 관계를 끝내겠다고 말한다, 그럴 리가 없다는 걸 알면서도.

당신은 얘기할 데가 없다는 사실을 받아들인다. 하원의원은 관계를 비밀에 붙여야 한다는 점에서는 아주 단호했다. "다른 인턴들한테도," 어느 날 밤 그는 말한다. "룸메이트한테도 말하면 안 돼. 아무한테도." 아마 그가 옳을 것이다. 믿었던 유일한 사람이 엄마인데, 그 결과 어떻게 됐는지 보라. 말할 상대가 없어서, 당신은 블로그에 쓰기 시작한다. 아주 조금만. 자세한 신상은 밝히지 않는다. 〈섹스 앤드 더 시티〉를 많이 봐서, 자신을 더 젊고 더 정치적인 캐리 브래드쇼라고 생각한다.[1]

데이터 분석을 보니 당신의 블로그를 정기적으로 방문하는 독

71

자는 대략 여섯 명이다. 그들은 때때로 응원 댓글을 남긴다. 한 사람은 심지어 플로리다에 사냐고 묻기까지 한다. 당신은 대답하지 않는다.

불륜이 설레고 흥미진진할 것 같지만, 대체로 그것은, 외로움이다. 낮에는 밤이 오기만을 기다린다. 밤에만 그를 보니까. 그렇다고 매일 밤은 아니고, 이틀에 한 번도 아니고, 심지어 일주일에 한 번도 아니다. 그가 시간이 있을 때, 보통은 밤늦게다. 좀 매정하게 말하면, 그는 장난감이 잔뜩 있는 어린애이고 당신은 그가 가끔 생각날 때만 갖고 노는 인형처럼 느껴지기도 한다. 때때로 그는 몇 주씩 D.C.에 머무는데, 그럴 때가 도리어 낫다. 적어도 그를 볼 기회가 아예 없다는 걸 아니까. 하지만 그런 날들도 안타깝기는 마찬가지다. 당신은 끊임없이 그가 그립다. 심지어 그와 함께 있을 때도 그가 그립다.

당신은 절대 그와 싸우지 않는데, 왜냐면 당신도 알다시피—당신의 마음 한구석은 알고 있다—만약 당신이 뭐라도 하나 큰소리를 내면 그는 당신과의 관계를 끝낼 것이다. 당신은 힘이 없고, 모든 힘과 권한은 그에게 있다. 그래서 때때로 당신은 절망한다. 하지만 당신이 그에게 키스했다. 그건 당신의 권한이었다, 안 그런가? 이건 당신이 요구한 거다. 이건, 당신이 믿다시피, 특별

1 〈섹스 앤드 더 시티〉는 뉴욕에 사는 30~40대 전문직 여성의 삶과 성문화를 그린 미국 드라마. 캐리 브래드쇼는 주인공 중의 한 명으로 직업이 섹스 칼럼니스트다.

한 사람과 같이 있기 위해 당신이 지불한 대가다.

축일이 다가오고 있다.

☑ 그에게 선물을 사준다면, 73쪽으로.

☐ 그에게 선물을 사주지 않는다면, 75쪽으로.

73

하누카 선물은 어린애들이나 받는 거지만, 당신은 그에게 하누카 선물을 사준다. 그는 빈손이고, 어차피 기대도 안 했다. 당신은 그에게 『풀잎Leaves of Grass』[1] 가죽 장정본을 선물한다.

"이거 반 달치 월급은 들었겠는걸." 그가 당신에게 키스하며 말한다.

"월급 한 푼 안 주면서." 당신은 그에게 인턴이 무급직임을 상기시킨다.

"그거 어떻게든 해야겠다, 사무소에서." 그가 말한다. "마음에 들어. 평생 받아본 선물 중 가장 마음에 들어." 그는 또 당신에게 키스한다. "은행이라도 털었어?"

"여름방학 때 어린이 캠프에서 알바했지." 당신이 말한다.

"맙소사, 캠프 아르바이트로 번 돈이라고? 가슴이 저릿저릿해지는데."

"바트 미츠바 때 받은 돈도 좀 남아 있었고."

"그만! 날 죽이려 그러지."

"별로 많이 안 들었어요. 어쨌든 마음에 든다니 다행이네."

"이 제목이 무슨 의미인지 알아?" 그가 묻는다.

그러고 보니 전혀 모른다. "자연하고 관계된 건가?" 당신은 자신없이 말한다. 그는 종종 당신에게 나이에 비해 어른스럽고 현

1　미국의 시인 월트 휘트먼(1819~1892)의 대표 시집. 인간 육체의 아름다움과 성욕을 적나라하게 표현해 당시에는 외설적이라는 비난을 받기도 했다. 모니카 르윈스키가 빌 클린턴 대통령으로부터 이 시집을 선물받았다고 공개해 화제가 된 바 있다.

74

명하다고 얘기하고, 당신도 늘 그에게 아는 것으로 감명을 주고 싶어 안달이다. (하지만 당신은 어리고, 세상에는 아직 모르는 것 천지다!) "학교에서 〈나 자신의 노래Song of Myself〉를 배우긴 했지만 시집 제목까지 다루진 않은 것 같은데."

"휘트먼이 살던 시대에 '풀grass'은 저급하고 통속적인 문학을 일컬었지. 그래서 그는 슬쩍 농담을 하고 있는 거야. '잎leaves'은 말하자면 책갈피이고. 거창하게 들리지만, 실은 정반대인 셈이지."

그는 정치에 투신하기 전에 영어 선생님이었다. 그는 곧잘 선생님 모드로 들어가고, 그게 당신은 귀엽기도 하고 짜증나기도 한다.

당신은 마이애미에서 팔십 킬로미터 떨어진 데이스 모텔에 있다. 당신은 이 동네가 어딘지 이름도 모른다. 침대보는 금색과 녹색의 폴리에스테르 섬유다. 에어컨 바로 아래 벽에는 불그스름한 자국이 있다. 에어컨은 곰팡내 나는 바람을 골골거리며 내뿜고, 물방울이 하염없이 똑똑 떨어진다. 당신은 그를 사랑한다. 당신은 그에게 사랑한다고 말한다.

그가 말한다. "우리가 함께한 시간들을 언제까지나 소중히 간직할 거야."

☐ 그의 말을 헤어지겠다는 사인으로 받아들이고 실제로 그와 결별한다면, 75쪽으로.

☑ 그가 당신을 내칠 때까지 기다린다면, 76쪽으로.

76

아마 그는 학사 일정을 감안해서 여름이 오기 전에 당신과 헤어지기로 했을 것이다. 그는 사무실에서 이별을 통보하고, 당신 생각에도 그게 적절하다. 당신의 마음 한구석은 진실을 알고, 이 관계가 영원히 갈 거라고 생각지도 않았다. 그래도 충격은 충격이다. 그가 말한다. "우린 정말 좋은 시간을 보냈어, 아비바. 하지만 다음 생이라면 모를까. 이번 생은 타이밍이 나빴어."

당신은 울기 시작하고, 바보가 된 기분이다.

"그러지 마, 울지 마. 너 때문이 아냐. 내가 무리하게 너를 좋아한 거야. 내 보기에 네 미래는 엄청나게 밝아. 그런데 생각하면 할수록…… 내가 발을 뻗고 자려면…… 우리 둘 다 발을 뻗고 자려면…… 난 부하직원과 거리낌없이 같이 자는, 그런 부류의 사내가 되지 못해. 내가 너의 직속 상사가 아니라는 건 알지만, 그래도…… 그건 나의 이기심이지, 잘못된 일이고, 누가 내 아이들한테 그런 식으로 대하면 난 기분이 좋지 않을 거야."

"우린 그냥 즐긴 거잖아." 당신은 흉한 울음을 터뜨린다.

"그다지 많이 즐기지 못한 얼굴인걸." 그가 말한다.

"내가 일을 그만뒀으면 좋겠어?"

그는 소맷자락으로 당신의 눈물을 닦아준다.

"당연히 아니지. 넌 지금까지 우리 사무소에서 일한 인턴들 중 최고야. 이제 학년도 올라가니, 호르헤는 너를 유급 직원으로 승진시키고 싶어해. 원래 이건 말하면 안 되는 건데. 그 얘기 들으면 놀란 척해야 해, 알겠지?"

당신은 고개를 끄덕인다.

그는 당신의 어깨를 토닥인다. "우린 운이 좋아. 우리에겐 그 시간이 필요했고, 그 과정에서 누구의 인생도 망치지 않았지. 지금 당장은 그렇게 느껴지지 않겠지만, 언젠가 뒤돌아보면 매우 좋은 결말이었음을 알게 될 거야."

좋은 결말이라니, 당신은 생각한다. 내가 어렸을 때 이런 불륜을 해봤는데 말이야, 와, 그 결말이 얼마나 좋았는지!

"뭐가 그렇게 웃기지?" 그가 말한다.

당신은 어른 여자이고, 당신은 어깨를 펴고, 당신은 소란을 피우지 않는다. 나중에 당신은 엄마에게 소리지른다. 엄마 잘못이 아님을 알면서도. 단지 엄마가 거기 있으니까, 엄마니까, 엄마는 감내할 거니까.

☑ 하원의원의 사무소에서 계속 일한다면, 78쪽으로.
☐ 하원의원의 사무소를 때려치운다면, 98쪽으로.

78

당신은 하원의원의 사무소에서 계속 일한다. 당신은 업무에 능숙하고, 불륜 관계를 맺고 있을 당시 매우 신중했으므로 그만둘 이유가 없다. 당신은 철이 들었음을 자축한다. 예전에는 상황을 꿰뚫어보는 데 애를 먹었다.

이따금 데이트도 하지만, 하원의원만큼 마음에 드는 사람은 아직 없다. 찰리 그린은 당신에게 흥미를 잃었다. 나중에 찰리는 대통령 선거 캠페인을 이끌고, 수석보좌관이 됐다가 정계에서 은퇴한 후 로스앤젤레스로 이주하여 정치 드라마의 자문역을 맡는다. 그 드라마는 상도 받았다. 이따금 당신은 뉴스에서 시사평론가로 나오는 찰리를 본다. 찰리는 전혀 변하지 않았다. 그렇게 많은 것을 이루고도 어쩜 저렇게 하나도 안 변했지? 당신은 궁금해할 것이다. 이룬 게 거의 없는데도 어쩜 난 이렇게 시계 초침처럼 달라졌지? 어째서 너에겐 항상성이 허용된 걸까, 변함없는 찰리 그린? 어째서 나는 변화무쌍한 아비바 그로스먼일까?

로즈 호로위츠가 조카 아치를 당신에게 소개해준다. 아치는 얼마 전에 변호사 시험을 통과해서 막 개업했는데 그의 분야는 인권법이다. "그건 '좋은 사람'들의 법이지, '개차반'들의 법이 아니라." 로즈가 말한다. "너희 둘은 공통점이 많을 거야. 그리고 인물도 나쁘지 않아, 아비바. 내 말 믿어, 딱 네 타입이야." 도대체 로즈 호로위츠가 당신의 타입을 어떻게 아는지 궁금할 따름이다.

당신은 엄마에게 혹시 로즈 호로위츠에게 하원의원 얘기를 했는지 묻는다. 엄마는 펄쩍 뛴다. "아비바! 그럴 리가 없잖니! 엄마 입은 은행금고야!"

결국 당신은 데이트에 나간다. 엄마가 바라기도 했고, 4개월하고도 보름이 지나기도 했다. 그동안 울 만큼 울었다. 아치는 잘생겼고―외모만 놓고 보면 하원의원이 연상된다―재미있고 자신의 일에 열정적이다. (아무래도 로스쿨에 진학해야 하려나?) 레스토랑에 관한 그의 취향(일식-쿠바식 퓨전)이나 옷차림(보수적이지만 양말에는 랍스터가 그려져 있다)도 흠잡을 데 없다. 그래도, 케미는 그다지 느껴지지 않는다.

"무척 즐거웠습니다." 아치가 디저트를 먹으며 말한다. "분명 다음에 또 만나도 좋겠지요. 하지만 알아두셔야 할 게, 나는 게이입니다. 직계가족 외에는 밝히지 않았어요. 로즈 이모한테 말했어야 했겠지만, 이모한테 말하느니 차라리 보도자료를 내는 게 낫죠."

"나는 누가 게이인지 아닌지 잘 못 알아봐요." 당신이 말한다. "예전 룸메이트가 나한텐 게이더[1]가 없다고 하던데."

"음, 그건 천만다행인데요. 나는 게이더를 가진 사람들한테 이를 갈아요. 일종의 편견일 뿐인데, 그런 웃기는 이름이 붙어서 사람들은 그게 재밌다고 생각하죠. 보통 게이더가 제일 발달한 사람들이 누군지 알아요? 광신도들이죠."

"게이더에 반대하는 캠페인을 펼쳐보면 어때요?" 당신이 말

---

1 '게이 레이더'의 줄임말. 상대가 동성애자인지 아닌지 파악하는 직감에 가까운 능력.

한다.

"그래볼까요?" 아치가 말한다.

"생각하는 것만큼 어렵지 않아요. 유명 매체 몇 군데에, 또는 당신 글을 실어줄 만한 곳에 기명 칼럼을 보내요. 첫 글은 좀 유머러스한 게 좋죠. 뭐든 주목을 끌 만한 것으로. 운이 좋으면 아마 사람들이 블로그에서 그 주제에 관해 다룰 거예요. 그리고 지역 방송사에 전화를 걸어요. 십중팔구 무시당할 텐데, 그래서 성소수자에 호의적인 정치인을 섭외할 필요가 있는 거죠. 사우스비치 같은 성소수자 유권자 수가 무시 못할 만한 지역 시의원 등에게 법안을 내게 하거나, 하다못해 '일상적인 성소수자 혐오 발언, 특히 게이더라는 용어의 사용'에 관한 성명서라도 내게 해요. 또 인터넷에서 당신과 같은 생각을 가진 사람들이 모인 게시판을 찾아서 팻말을 들고 나와 게이더에 항의하는 집회를 열자고 하는 거죠.

"게이더, 이 더러운 편견! 게이더, 끝이다!" 아치의 팻말 문구 제안이다. "아니, 끝이더?"

"음……" 당신은 웃으며 콧잔등을 찡그린다. "좀 더 나은 건?"

"고민해볼게요."

"공청회가 열리면, 사진발 잘 받는 고등학생을 한 명 구해서 개가 '게이더'라는 단어에 얼마나 부정적인 영향을 받았는지 얘기하게 해요. 다시 방송국에 전화해요. 이번엔 오겠죠. 정치인과 고등학생과 팻말을 든 시위자들. 시장이나 시의회 의장이 자꾸 '게

81

이더'라는 단어를 어색하게라도 말할 수밖에 없게 만들면—"

아치는 목청을 가다듬고 고지식하고 보수적인 말투로 말한다. "그러니까, 그 게이~더~라는 게 정확히 뭡니까?"

"바로 그거예요. 멋진 화면을 뽑은 기죠. 그들이 어떻게 버틸 수 있겠어요?" 당신이 말한다. "'게이더'라는 용어의 사용을 공식적으로 금지하는 데 실패한다 하더라도—그건 못하죠, 단어를 금지시키려는 사람은 없으니까—일을 다 끝냈을 즈음에는 적어도 인식이 좀 나아졌을 거예요, 1퍼센트쯤. 그리고 아마 그 사람들 중 일부는 게이더라는 말을 내뱉기 전에 멈칫하게 되겠죠."

"멈칫하고 이러겠죠. '이게 정치적으로 올바르지 않다는 건 아는데……' 하고 나서 어쨌든 내뱉을걸요."

"하지만 그 문구로 당신이 얼마나 정당함을 느낄지 생각해봐요. 그 정도면 이긴 거지!"

"그게 고무적인 건지 암울한 건지 모르겠네요." 아치가 말한다.

"당연히 고무적이죠, 수많은 물방울이 모여 한 양동이의 물이 되니까."

"그런 걸 정치라고 합니까, 아니면 언론이라고 합니까?" 아치가 농담조로 말한다.

"언론이죠." 하지만 다시 생각해보니 아닌 것 같다. "정치나 언론이나 똑같은 걸지도."

"흠. 요즘 인턴들은 그런 걸 배웁니까?" 아치가 묻는다.

"난 더이상 인턴이 아닌데요. 하여간, 내가 일을 시작했을 때는

82

블로그가 뭔지 아무도 몰랐어요. 다들 너무 구식이라."

"맞아요. 우리 사무실에도 케케묵은 변호사가 있는데, 컴퓨터를 어떻게 켜는지 나한테 다섯 번이나 물어보더군요. 난 그냥, 이보세요, 여기 스위치가 있잖아요, 별로 어렵지 않아요, 그랬죠."

아치는 당신을 아파트 앞에서 내려준다. 당신은 올해 기숙사에서 나왔다. 현관문을 열려는 순간 하원의원의 전화가 왔다. "근처 동네에 왔는데." 그가 말한다.

"왜요?" 당신이 말한다.

"혹시 집들이를 하려나 해서."

☑ 그를 집으로 초대한다면, 84쪽으로.

☐ 핑계를 댄다면('난 지금 보카러톤인데' 또는 '피곤해서'), 100쪽으로.

84

"들어와요." 까놓고 말해서, 당신이 기숙사를 나와 아파트로 옮기고 또 룸메이트를 구하지 않은 이유 중 하나는 이런 일이 생기길 바랐기 때문이다. 당신은 판을 벌였고, 선수가 이 부름에 저항할 수 없으리란 걸 알고 있다.

"오늘 저녁에 다들 보고 싶어했는데." 그가 말한다.

선거가 한 달 앞으로 다가왔고, 그날 저녁 공개 초청 토론회가 있었지만 당신은 가지 않았다.

"데이트 때문에." 당신이 말한다.

"아 그래? 내가 질투할 만한 사람인가?"

"아니." 당신은 블라우스를 벗는다.

"다행이군." 그가 말한다. "데이트를 하다니 다행이야. 난 네가 좋은 사람을 만났으면 좋겠어."

당신은 치마를 벗는다.

"예쁘네." 그는 화장실로 가서 수도꼭지를 연다.

당신은 머리를 하나로 틀어올려 묶는다. 아치와 데이트할 때는 풀어내렸지만, 머리가 헝클어지는 건 싫다.

"오늘 저녁에 네가 안 보여서 다들 의아해했어." 그가 소리친다.

당신은 텔레비전을 켠다. 〈누가 백만장자가 되고 싶은가〉 재방송이 나온다.

화면에 뜬 질문은 다음과 같다.

헨리 8세는 로마 교황청이 자신의 혼인 무효화를 허락하지 않

85

자 이 여자와 결혼하기 위해 교황과 결별합니다. 이 여자는 누구
일까요?

A. 앤 볼린
B. 제인 시모어
C. 클레페의 앤
D. 아라곤의 캐서린

"클레페의 앤." 그가 화장실에서 나오며 말한다.

답은 앤 볼린이다.

"망할. 저 두 앤은 항상 헷갈린다니까."

당신은 바닥에 쿠션을 내려놓는다. 당신이 무릎을 꿇고 앉자,
그가 바지의 지퍼를 내린다.

☑ 계속 그를 만난다면, 86쪽으로.

☐ 그에게 끝이라고 통보한다면, 150쪽으로.

86

당신은 슬그머니 다시 하원의원을 만나기 시작한다. 일주일에 한 번. 가끔은 두 번. 나쁜 습관이다, 당신도 안다. 안다, 안다고, 알아. 그가 가고 나면 당신은 그의 쓰레기통이나 여행가방이 된 기분이다. 사랑받는 게 아니라 기능성 도구가 된 기분이다.

당신은 일을 그만둘까 고민한다. 비록 여전히 이 일을 좋아하고, 이 일에 능숙하고, 능숙하다는 사실에서 자존감을 얻고 있지만. 당신은 무엇이든 찾아낼 수 있는 팩트 전문가 아비바로 인정받는 게 좋다.

일을 그만두면, 그와도 끝낼 수 있을 것이다.

☑ 일을 그만두지 않는다면, 87쪽으로.

☐ 일을 그만둔다면, 160쪽으로.

87

일을 그만둬야 한다는 걸 알면서도, 당신은 선거가 끝날 때까지 기다리기로 한다. 하지만 조금씩 단계를 밟아나간다. 당신은 새로운 이력서를 준비하고, 여기저기 가능성을 타진해본다.

11월, 그는 재선된다.

그는 결혼생활을 끝내지 않고, 당신도 그럴 줄 알았다.

다음 쪽으로.

당신은 한동안 그를 만나지 않고, 그가 보고 싶지도 않다.

당신은 1월에 일을 그만두기로 결심한다. 곧 졸업 학기다. 그만 두는 구실로 적당해 보인다.

당신은 팀장에게 간다. 업무를 인수인계할 수 있도록 월말까지는 있겠다고 말한다. "떠난다니 아쉽네. 우린 정말 당신이 있어서 좋았는데." 팀장이 말한다. "내가 무슨 말로 당신을 잡을 수 있을까?"

"그런 말은 없어요." 당신이 말한다.

팀장은 당신을 아래층으로 데려가 프로즌 요거트를 사준다. 파루크가 인사한다. "안녕하세요, 아비바!"

"아비바가 그만둔대요." 팀장이 말한다.

"나만큼 열심히 일하는 사람은 없는데, 아비바와 의원님을 빼면." 파루크가 말한다. 파루크는 당신과 팀장에게 서비스로 바클라바를 갖다준다.

"이 말은 해야겠는데," 팀장이 말한다. "첫날에는 당신이 이렇게까지 잘나갈 줄 생각도 못했어. 정말 당신 덕분에 인턴들에 대한 나 자신의 몇 가지 편견에 눈을 떴어요."

당신은 팀장이 친절한 의도에서 말을 꺼냈다는 걸 알면서도 심기가 불편하다. "왜요?" 당신이 말한다. "내 옷차림이 마음에 안 들어서?"

"응. 근데 그런 식으로 말하니까 거지같이 들리네. 우린 가끔 특정 부류의 여자들을 봐요. 정치판에서 모험을 해보면 재밌겠다고 생각하는 예쁜 여자들. 〈프라이머리 컬러스〉[1] 같은 걸 본 거지. 하지만 그런 사람들은 일단 이곳이 얼마나 지루한지 알고 나면 일을 안 하려 들죠."

"음, 팀장님이 그들을 좀더 환대하면 그들도 일을 하고 싶어할 텐데요."

팀장은 고개를 끄덕인다. "내가 좀 싸가지가 없죠. 공식적으로, 싸가지 없는 년 맞아."

팀장은 아이스티를 들어올리고, 당신은 다이어트 콜라를 들어 잔을 부딪힌다.

다음 쪽으로.

---

1   1998년 개봉 당시 현직 대통령 빌 클린턴과 모니카 르윈스키의 스캔들과 유사한 내용으로 주목받은 정치 코미디 영화.

90

1월 말, 퇴직하기 일주일 전, 하원의원이 D.C.에서 잠깐 돌아와 당신에게 '놀러가고' 싶냐고 묻는다. 그런 말투는 전에 기숙사에서 보던 남자애들 같다. 당신은 '놀러가고' 싶지 않지만, 어쨌든 그와 함께 나간다.

당신은 그의 차 안에 있다. 일을 그만두려는 이유가 전적으로 이렇게 그의 차 안에 있게 되는 상황에서 벗어나려는 건데, 네가 거기 왜 있어! 당신은 그의 차 안에서 후디니[1]를 떠올린다. 최근 후디니에 관한 책을 읽었고, 직장 상사와 바람을 피우는 건 구속복을 입고 쇠사슬을 감고 물속에 들어가는 것과 비슷하다는 생각이 든다. 스스로 곤경에서 벗어나려면 감정적으로 후디니가 돼야 할 것 같다.

당신을 그렇게 만든 건 당신 자신이다.

탓할 사람은 당신 자신밖에 없다.

논의를 위해, 그 밖에 탓할 사람이 또 누가 있을까?

A. 하원의원.

B. 자기한테 정부(情婦)가 있는 걸 딸은 모를 거라고 생각하는, 당신의 사랑하는 아빠.

C. 하원의원의 사무소에서 인턴 첫날 당신을 울린 여자 팀장.

D. 당신의 인생에 사사건건 간섭하는 엄마.

---

1 헝가리계 미국인 마술사. 밧줄, 수갑, 쇠사슬 등으로 온몸을 묶고 강물이나 금고에 들어갔다가 탈출하는 묘기로 명성을 얻었다.

E. 열네 살 때 남자친구.

F. 뭘 입든 헤픈 여자처럼 보이게 하는 가슴.

아니, 이상의 어느 것도 해당 없다. 문제는 나 자신이다.

미래에는 당신에게도 인턴들이 생길 것이다. 당신이 그들 중 누구랑 잔다고 생각하면 정신 나간 짓이고 잘못된 일로 느껴진다. 그런데 지금 이 순간, 당신은 하원의원 차의 조수석에 앉아 있고, 차는 빨간 불에 서 있으며, 당신은 생각중이다. 그냥 차문을 열고 내릴까. 널 막을 사람은 아무도 없어, 아비바 그로스먼. 넌 자유인이야. 네가 다 큰 성인이긴 하지만, 그래도 엄마한테 와서 데려가달라고 전화하면 엄마는 열 일 젖혀놓고 달려올 거야. 당신이 내부 손잡이에 손을 얹고 막 문을 열어젖히려는 찰나 불이 녹색으로 바뀌고 하원의원의 차는 다시 속도를 내기 시작한다.

"왜 이렇게 조용하지?" 그가 묻는다.

왜냐면, 하고 당신은 말하고 싶다. 난 당신이 전혀 알지 못하는 내면을 가진 사람이니까요. 하지만 그런 얘기를 입에 올리는 건 이 관계의 조건을 위반하는 셈이다. 지금 연주중인 관계와는 곡조부터가 다르니까. 만약 그가 내면 세계를 가진 사람을 원했다면 그냥 지금 아내와 잘 해나가면 될 일이다. 당신은 음식물 쓰레기 처리기다. 당신은 골프백이다.

"피곤해서." 당신이 말한다. "수업이랑 일이랑."

그는 음악을 튼다. 그는 힙합을 좋아하지만, 늘 가식처럼 보인다. 그는 젊게 사는 것에 강박관념이 있다.

아웃캐스트의 〈미즈 잭슨〉이 나온다. 처음 듣는 노래다. 노래 도입부에서 일인칭 화자/가수가 여자의 어머니에게 당신 딸을 그렇게 대해서 미안하다고 사과한다. 이보다 더 듣기 싫은 노래가 있을까.

"딴 노래 들으면 안 될까?" 당신이 묻는다.

"한번 들어봐. 정말이지, 아비바, 넌 힙합을 열린 마음으로 들어야 해. 힙합은 미래야."

"알았어요."

"아웃캐스트는 우리 시대의 월트 휘트먼이야. 아웃캐스트는—"

유리가 깨지고 쇠가 구겨지는 소리가 난다.

에어백이 터진다.

운전석 옆 창문에 금이 가고, 유리 너머로 바깥세상이 교회의 스테인드글라스에 그려진 초현실적 그림처럼 보인다. 유리 너머로 야자수와 다른 차량—담홍색 캐딜락—의 앞유리와 고개가 푹 꺾인 할머니가 보인다. 아마 죽었을 것이다.

"스테인드글라스 같아." 당신이 말한다.

"그보다 큐비즘에 가깝지." 그가 정정한다.

할머니는 알츠하이머를 앓고 있었던 것으로 드러날 것이다. 할머니의 운전면허증은 삼 년 전에 정지됐다. 할아버지는 할머니가 여태 차 열쇠를 가지고 있는 줄도 몰랐다. "아내가 그 차를 참 좋아했는데." 할아버지는 아내가 죽었다는 소식을 듣고 이렇게 말

93

할 것이다.

하원의원은 손목을 삐었다. 당신은 목을 좀 다쳤지만 심각한 건 아니고, 당시엔 다친 줄도 몰랐다. 그 순간에는 겁에 질렸다.

"괜찮아?"라고 묻는 그의 어조는 놀랄 만큼 차분하다.

당신은 머리가 어지럽고 몽롱하지만 이 자리를 떠야 한다는 건 안다. 경찰이 그가 전 인턴과 불륜을 맺고 있다는 사실을 알아내면 무슨 일이 벌어질지, 당신은 그런 일로부터 그를 보호하고 싶다. 당신은 그가 좋은 남자라고 생각한다. 아니, 좋은 하원의원이라고 생각하고, 그가 스캔들로 힘들어지지 않기를 바란다.

"난 가야겠어." 당신이 말한다.

"아냐, 여기 있어. 만약 저 여자가 죽었다면 수사가 이뤄질 테고, 넌 나의 증인이야. 네가 가버리고 나중에 네가 현장에 있었다는 게 밝혀지면, 우리가 뭔가를 은폐하려 한 것처럼 보일 거야. 그게 스캔들과 범죄의 차이지. 지나가는 폭풍우냐 내 커리어의 끝장이냐의 차이야. 경찰이 오면, 넌 내가 집까지 바래다주던 인턴이야. 이건 자신 있게 말해도 돼, 왜냐면 사실이니까."

당신은 고개를 끄덕인다. 머리가 멍하면서 몽롱하다.

"한번 말해봐, 아비바."

☐ 박차고 나간다면, 96쪽으로.
☑ 그대로 있는다면, 110쪽으로.

IIO

"난 인턴이고," 당신은 말한다. "레빈 하원의원은 나를 집까지 바래다주는 중이다."

"미안해, 아비바." 하원의원이 말한다.

"뭐가요?" 당신은 무심결에 말한다. "저 할머니가 들이받은 거 잖아. 당신 잘못은 아니지."

"앞으로 일어날 일들에 대해서."

당신은 경찰이 오기를 기다린다. 비가 내리기 시작한다.

다음 쪽으로.

III

당신은 폭풍우 한가운데 있다.

퍼붓는 비를 맞고, 옷은 푹 젖었다.

집이 떠내려간다.

당신의 개가 떠내려가는데 슬퍼할 틈도 없다.

사진첩은 없어졌거나 망가졌거나 물에 젖어 다시 살릴 수 없다.

보험도 안 된다.

당신은 매트리스 하나에 매달려 있다.

도와달라고 소리쳐 부를 사람도 없다.

가족과 친구들은 폭풍우에 숨졌다.

아직 살아 있는 자들은 당신이 살아남았다는 사실에 화를 낸다.

비가 영원히 그치지 않을 것 같다.

그러나 결국 비는 그치고, 비가 그치자 언론사에서 들이닥친다.

언론은 '폭풍우 속에서 매트리스에 매달린 여자' 기사를 사랑
한다.

"매트리스에 매달린 저 여자는 누굽니까?"

"어느 학교를 다녔습니까?"

"학교에서 인기 있었나요?"

"왜 저렇게 헐벗고 있어요?"

"매트리스 위로 올라갈 거였다면 옷을 좀더 걸쳤어야지!"

"왜 저렇게 생각이 모자라죠?"

"매트리스에 매달린 저 여자는 원래 사이코라는군요. 스토커
였다고 합니다. 폭풍우를 쫓아다녔다고요."

"낮은 자존감 때문에 고생했습니까?"

"폭풍우는 좀더 날씬하고 잘생긴 사람을 선호했겠죠."

"나는 스스로 페미니스트라고 생각하지만, 만약 당신이 폭풍우 한가운데서 매트리스에 매달려 있기로 했다면, 그건 당신이 알아서 해야죠."

"맙소사, 매트리스에 매달려 있던 여자애가 블로그를 하고 있었어!"

"매트리스에 매달린 여자의 전 남자친구와 단독 인터뷰입니다, 채널 고정하세요! 그로스먼은 항상 애정에 굶주렸고 집착이 강했다는군요."

다들 매트리스에 매달린 여자를 그렇게 사랑하면서(미워하면서), 아무도 폭풍우에는 관심이 없어 보여 참 희한하다고, 당신은 생각한다.

다음 쪽으로.

113

사람들이 '매트리스에 매달린 여자' 뉴스에 결코 질리지 않을 것처럼 보이던 어느 날, 더 큰 폭풍이 몰아닥친다. 훨씬 충격적인 폭풍이다. 테러리즘과 종말과 죽음과 붕괴와 대참사.

그리고 사람들은 당신에 대해 그럭저럭 잊는다.

☐ 부 래들리[1]처럼 집안에 틀어박혀 다시는 바깥출입을 하지 않기로 한다면, 114쪽으로.

☑ 생활을 계속 이어가기로 한다면, 118쪽으로.

1 하퍼 리의 소설 『앵무새 죽이기』에서 집안에 틀어박혀 동네 아이들한테 공포의 대상이 되는 인물.

당신은 생활을 계속 이어간다. 당연하지. 사실 선택하고 자시고 할 게 뭐 있는가? 당신은 침대에서 일어난다. 머리를 빗는다. 옷을 갈아입는다. 화장을 한다. 잊지 않고 샐러드를 먹는다. 레스토랑 직원들과 대화한다. 누가 당신을 빤히 보면 미소를 지어 보인다. 너무 큰 미소다. 사람들에게 좋은 사람으로 여겨지고 싶다. 시장에 간다. 검정색 원피스를 산다. 메이크업 리무버를 산다. 잡지를 읽는다. 운동을 한다. 인터넷은 피한다. 책을 읽는다. 샐러드에 질린다. 프로즌 요거트를 먹는다. 아빠와 농담을 한다. 그 일에 대해서는 아빠에게든 누구에게든 일절 입에 올리지 않는다. 자위를 아주 많이 한다. 하원의원에게 연락하지 않는다.

당신은 할아버지 장례식에 참석한다. 외할아버지만큼 가깝지는 않았지만, 그래도 어쨌든 눈물이 난다. 할아버지가 아르헨티나에서 인형을 사다주신 적이 있다. 이제 양가 할아버지 모두 세상을 뜨셨다. 당신은 운다. 엄청 운다. 돌아가신 할아버지 때문에 우는 게 아닐지도 모른다.

당신은 시너고그의 여자 화장실에 간다. 변기 칸에 들어가니 뒤이어 할머니 두 분이 화장실에 들어서는 소리가 들린다. 할머니들이 향수를 뿌리는 소리가 난다. 시너고그의 화장실은 언제나 미용 건강 용품 매장처럼 온갖 물품이 비치되어 있다. 향수뿐 아니라 껌, 헤어스프레이, 립밤, 수분크림, 구강청결제, 머리끈, 빗도 있다.

"향기가 달콤하네." 한 할머니가 말한다. "어디 거지?"

119

"나도 몰라." 다른 할머니가 말한다. "돋보기 안경을 안 가져와서. 어딘가의 짝퉁이겠지."

"짝퉁 아니야. 작년에 난리가 났잖아. 셜리가—"

"어느 셜리?"

"하다사 셜리 말이야. 하다사 셜리가 시너고그에서 짝퉁 향수를 화장실에 갖다놓는 건 부도덕하다고 해서, 이젠 다 진품이야."

"하다사 셜리는 웃기는 여자야."

"하지만 일을 제대로 처리할 줄 알지. 그리고 목소리 좀 낮춰. 하다사 셜리는 신출귀몰해."

"오늘은 안 왔어."

"그러게. 가엾은 에이브 그로스먼."

"에이브도 그거 알았을까?" 에이브는 당신의 할아버지다. 저 두 할머니는 친척이 아니니까 할아버지의 친구일 것이다. 그냥 여기 시너고그의 말 많은 호사가들이다.

"정신이 왔다 갔다 했잖아. 식구들이 그 얘긴 꺼내지도 않았어. 그게 미츠바[1]지."

"미츠바지." 다른 할머니가 맞장구친다. "만약 알았으면 곧장 저세상으로 갔을걸."

당신은 할머니들의 얘기가 당신에게로 넘어왔음을 깨닫는다. 저런 식의 대화가 결국 어디로 갈지 더이상 궁금하지 않다.

당신은 화장실에서 나와 두 할머니 사이를 비집고 들어간다.

1 유대교의 계율, 선행.

"잠깐 쓸게요." 당신은 향수를 집어들어 온몸에 뿌리고 병을 들여다본다. "조 말론[1]이네요." 당신은 할머니들에게 얘기해준다. "포도 향."

"아, 안 그래도 궁금했는데." 한 할머니가 말한다. "향이 참 달달해."

"잘 지내니, 아비바?" 다른 할머니가 말한다.

"아주요." 당신이 말한다.

당신은 두 할머니를 향해 미소를 지어 보인다. 너무 큰 미소다.

당신은 한 학기 늦게 대학을 졸업한다.

당신은 관련 분야에 입사 지원서를 넣는다. 주로 정계 쪽이지만, 홍보 쪽 몇 군데와 비영리기구도 두드려본다.

당신의 가장 의미 있는 실무 경험은 하원의원 사무소에서 쌓았지만, 그곳 사람들이 당신에게 추천서를 써줄 수 없는 이유는 명백하다.

그래도 당신은 희망을 품고 있다.

당신은 스물두 살이다.

당신은 이력서를 다듬고, 이력서는 괜찮은 편이다. 스페인어를 유창하게 한다! 우등으로 졸업했다! 대도시 하원의원 밑에서 이년 동안 일했고, 막판에는 유급 직원으로 승급했으며, '온라인 프로젝트 및 특별 연구조사원'이라는 직함도 생겼다. 한때 방문자 수가 백만 명이 넘는 블로그도 운영했지만, 이건 누구한테 자랑

---

1 조향사 조 말론이 설립한 영국의 럭셔리 향수 브랜드.

121

할 수 있는 건 아니고.

뉴욕, 로스앤젤레스, 보스턴, 오스틴, 내슈빌, 시애틀, 시카고, 거기 사는 모든 사람이 아비바 그로스먼에 관해 들어봤을 리 없다. 뉴스가 그렇게 멀리까지 퍼졌을 리 없다. 그건 지방 뉴스였다, 당신이 어렸을 때 있었던 '글로리아 에스테판과 마이애미 사운드 머신'[2]의 투어 버스 사고처럼. 그 사건은 사우스 플로리다에서 날마다 뉴스에 나왔다. 물론 전국 뉴스에도 났겠지만, 글로리아 에스테판과 그녀의 회복 과정에 대한 집요한 강박은 이 지역에 국한된 것이었다.

원서를 넣은 곳들에서 통 답이 없다.

마침내 한 군데서 전화가 온다! 전 세계 어린이들을 대상으로 의료 서비스를 원조하는 단체의 말단직이다. 단체의 본부는 필라델피아 외곽에 있다. 그들은 멕시코에서 많은 일을 하고 있고, 당신이 스페인어를 한다는 사실에 열광한다.

전화 인터뷰 일정이 잡히고, 그게 잘 풀리면 필라델피아로 날아가 해당 팀에서 면접을 볼 것이다.

당신은 필라델피아에서의 새 삶을 상상한다. 인터넷에서 겨울 코트를 찾아본다. 플로리다의 옷가게들은 겨울 코트를 거의 들여놓지 않는다. 겨울이 있는 곳에서 살면 얼마나 근사할까. 아무도 당신의 이름을, 당신이 스무 살 때 저지른 그 멍청한 실수(정

---

2 라틴 색이 강한 음악으로 1980년대 후반 많은 인기를 얻은 마이애미 기반의 미국 팝 밴드.

직하게 말하자면 실수의 연속이라고 해야겠지만)를 알지 못하는 곳에서 살면 얼마나 근사할까.

때는 유월이다. 당신은 엄마를 닦달해 집에서 내보내고, 침실에 앉아 오전 9시 30분에 전화가 오길 기다린다. 여름이고, 엄마의 학교는 방학이고, 엄마는 생고기 주위를 날아다니는 파리처럼 당신 주위를 맴돈다.

전화기는 울리지 않는다.

오전 9시 34분, 당신은 혹시 전화를 놓쳤나 아니면 시간을 잘못 알았나 걱정하기 시작한다. 이메일을 다시 보며 내용을 확인한다. 9시 30분 맞다.

☐ 전화가 올 때까지 기다린다면, 124쪽으로.

☑ 전화를 건다면(면접관이 당신한테 전화하겠다고 했지만, '너무 적극적'으로 보인다고 누가 뭐라겠는가?), 126쪽으로.

126

면접관은 첫 신호음에 전화를 받는다.

"아, 아비바, 전화하려고 했는데."

전화라는 게 인터뷰를 말하는 게 아니라는 건 확실하다.

"우리가 방향을 좀 바꾸기로 했어요."

보통 당신은 시시콜콜 따지지 않는다. 그러나 무시당하는 데 진력이 난 나머지 이렇게 말한다. "솔직히 까놓고 말씀해주시겠어요? 무슨 일이죠? 저는 정말 잘 되어간다는 느낌을 받았는데요."

면접관이 잠시 침묵한다. "저기, 아비바, 우리가 당신 이름으로 인터넷을 검색해봤는데, 당신과 하원의원에 관한 게 나왔어요. 난 정말 아무렇지 않았지만, 부장님이 우리는 비영리단체니까 흠잡을 데 없는 사람이 필요하다네요. 부장님 말씀이에요, 제 의견이 아니라. 사실 우리가 기부금에 죽고 사는 단체다보니까, 기부자들 중에는 성추문에 엄청 보수적이고 괴팍한 사람들도 있어서요. 난 당신 편을 들어 싸웠어요. 정말로요. 당신은 유능한 사람이고, 분명 좋은 곳을 찾을 거예요."

"솔직히 말해주셔서 감사합니다." 당신은 전화를 끊는다.

이것이 어디서도 답이 없는 이유다.

필라델피아에서, 디트로이트에서, 샌디에이고에서, 아비바 그로스먼 스캔들에 관해 들은 적이 없다 해도 이름으로 검색만 하면 그 추잡하고 상세한 내용을 속속들이 알아낼 수 있다. 당신은 진즉 알았어야 했다. 인터넷 검색은 당신 전공 아니었나.

키시미 강의 어두운 과거에 관해 알고 싶나? 시의회 의원 중 누가 동성애 혐오자인지 알고 싶나? 유부남 하원의원이 질내 삽입을 꺼려서 항문 성교를 하던 플로리다의 그 멍청한 여자애에 관해 알고 싶나?

당신의 수치를 찾아내는 건 클릭 한 번이면 족하다. 다른 사람의 수치도 마찬가지지만, 그렇다고 해서 뭐 하나 나아지는 건 없다. 고등학교 때 당신은 『주홍글씨』를 읽었고, 인터넷이 바로 그런 거로군 하는 생각이 든다. 소설 초반부에 보면 헤스터 프린이 오후 한나절 마을 광장에 강제로 서 있는 장면이 나온다. 서너 시간쯤 서 있어야 했나. 얼마가 됐든, 그녀에겐 견디기 힘든 시간이다.

당신은 그 광장에 영원히 서 있게 될 것이다.

당신은 죽을 때까지 주홍글씨를 가슴에 새기고 있게 될 것이다.

당신은 선택지를 고민한다.

선택지가 없다.

다음 쪽으로.

당신은 우울하다.

그때까지 나온 해리 포터를 하나하나 읽는다.

부모님 집 풀장을 떠다닌다.

방 안 책장에 꽂힌 어릴 때 보던 책들을 몽땅 독파한다.

어릴 때 좋아하던 〈끝없는 게임〉 시리즈를 읽는다. 당신은 더이상 그 책의 타깃 연령층이 아니지만, 그해 여름 당신은 그 게임북에 완전히 빠져든다. 게임북을 보면 당신은 각 장면의 말미에서 선택지 중 하나를 고르고, 그 선택에 해당하는 페이지로 넘어간다. 이 얼마나 인생과 흡사한가.

다만 〈끝없는 게임〉에서는 결말이 마음에 들지 않거나 다른 결말을 알고 싶다면 뒤로 다시 돌아가서 다른 것을 선택하면 된다. 당신도 그렇게 하고 싶지만, 불가능하다. 삶은 가차없이 앞으로만 흘러간다. 다음 쪽으로 넘어가든가 그만 읽든가 둘 중 하나다. 읽기를 그만두면, 이야기는 끝난다.

비록 꼬마였지만, 그때도 당신은 〈끝없는 게임〉의 내용이 상당히 노골적인 권선징악 이야기임을 인지하고 있었다. 가령 당신이 제일 좋아하는 『육상 스타!』편을 보면, 주인공 달리기 선수는 경기력 향상 약물을 먹을지 말지 결정하게 된다. 만약 약물을 먹으면 한동안은 경기에서 이기지만, 나중에는 끔찍한 일이 생긴다. 당신은 스스로 결정한 좋지 못한 선택의 희생자가 될 것이다.

만약 당신 인생이 〈끝없는 게임〉 시리즈 중 하나라면—『인턴!』이라고 해두자―지금쯤 〈끝〉이라고 떴을 것이다. 이야기가

129

나쁜 결말에 도달하고도 남을 만큼, 형편없는 선택을 이미 잔뜩 해버렸다. 그것을 만회하는 유일한 방법은 처음으로 돌아가서 다시 시작하는 것인데, 당신의 경우에는 해당 사항이 없다. 당신은 인간이지 〈끝없는 게임〉의 등장인물이 아니니까.

이 시리즈의 문제점은, 몇 번쯤 나쁜 선택을 하지 않으면 이야기가 엄청나게 지루하다는 점이다. 항상 착하게 살고 언제나 올바른 선택만 하면, 이야기가 무척 짧아진다.

당신은 하원의원이 〈끝없는 게임〉을 읽어봤을까 궁금하다. 나이가 좀 많긴 하지만, 그러면 정말 재미있게 읽을 것이고, 이 책이 인생에 대한 훌륭한 은유임을 알아볼 것이다.

☑ 그에게 전화한다면, 130쪽으로.
☐ 그에게 전화하지 않는다면, 146쪽으로.

130

그래서는 안 된다는 것을 알지만, 당신은 하원의원에게 전화하기로 한다. 사실 절대 연락하지 말라는 말을 분명히 들었다. 하지만 그날 저녁 사고 이후 당신은 그와 단둘이 있은 적도, 심지어 그와 얘기를 나눈 적조차 없다.

그가 전화를 받지 않자 당신은 음성 메시지를 남긴다. 〈끝없는 게임〉에 관해 횡설수설하고 있자니, 처음엔 심오해 보였던 생각도 전화로는 영 설득력 없게 들린다.

며칠 후, 호르헤 로드리게스가 집 앞에 나타난다. 그는 하원의원 사무소에서 중요한 인물이다. 지금은 그의 직함이 정확히 어떻게 되는지 모르지만, 전에는 기금 모금 팀장이었다. 몇 번 얘기는 해봤지만, 별로 엮일 일은 없었다. 호르헤는 매력적이고 무척 잘생겼다. 하원의원과 비슷한데 키는 그보다 작고, 쿠바인이고, 그보다 젊다. 아마 당신보다 다섯 살쯤 많을 것이다.

호르헤는 당신 엄마와도 아는 사이다. 엄마가 학교에서 하원의원을 위해 열었던 행사 때문이다. "아름다운 그로스먼 모녀시로군요." 호르헤가 말한다. "이렇게 만나뵈니 좋군요. 레이철. 잘 지내십니까? 학교는 어때요?"

"학교에서 잘렸는데요." 엄마는 묘하게 가시 돋친 어조로, 거의 시비 걸듯 말한다.

"유감이군요. 음, 아비바, 실은 당신을 만나러 왔어요."

당신과 호르헤는 뒤뜰로 나가고, 당신은 부겐빌리아 아래 앉는다. 엄마가 아이스티 두 잔을 가져온다. 호르헤는 엄마가 갈 때까지 기다렸다가 상냥하게 말을 꺼낸다. "아비바, 더이상 의원님께 연락하면 안 돼요. 다 잊고 앞으로 나아가는 게 모두에게 최선이에요."

"의원님에게 최선이죠." 당신이 말한다.

"모두에게 최선입니다." 호르헤는 우긴다.

"어디든 갈 곳이 있었다면 갔겠죠." 당신이 말한다. "내 인생은 완전히 망가졌어요." 당신이 말한다. "나를 고용하려는 사람은 앞으로 영원히 없을 거예요. 나랑 섹스하려는 사람조차 없을걸."

"그런 것 같아도," 호르헤가 말한다. "그렇게까지 나쁘지 않아요."

"삼가 여쭙니다만," 당신이 말한다. "도대체 당신이 그걸 어떻게 알아?"

호르헤는 대답하지 않는다.

"정치에 대해서 잘 알잖아요. PR에 대해서도. 당신이 나라면 어떻게 하겠어요?"

"나라면 학교로 돌아가겠어요. 법학이나 공공정책에서 석사를 하는 거죠."

"좋아요, 나한테 추천서를 써줄 선생님이 단 한 명이라도 있다고 치죠. 어떻게든 대학원에 진학했다고 치자고요. 대략 십만 달러를 추가로 학자금 대출을 받은 다음, 또 여기저기 입사 원서를 넣겠죠. 그럼 뭐가 달라지나? 내 이름을 검색하면 모든 게 다 저기 그대로 있는데, 바로 올해 그 사건이 일어난 것처럼 생생하게."

호르헤는 아이스티를 마신다. "학교로 돌아가지 않는다면, 자원봉사 일을 해볼 수도 있어요. 완전 딴사람이 되어보는―"

"해봤어요. 자원봉사자들도 나는 싫대요."

"당신에게 필요한 건 증인 보호 프로그램이군요." 호르헤가 농담처럼 말한다. "새로운 이름. 새로운 도시. 새로운 일."

"그럴지도." 당신이 말한다.

"솔직히 당신이 어떻게 해야 하는지 나도 잘 모르겠습니다만," 호르헤가 말한다. "이거 하나는 확실히 압니다."

"뭔데요?"

"당신과 섹스하려는 사람이 없을 거라고 했죠. 그건 사실이 아닙니다. 당신은 예쁜 여자예요."

당신은 예쁘지 않고, 설사 예쁜 여자라 하더라도, 그게 섹스 횟수와는 아무 상관 없다는 것을 안다. 수많은 못생긴 사람들이 섹스를 한다. 수많은 보통 사람들이 섹스를 한다. 수많은 예쁜 사람들이 밤을 홀로 보낸다.

당신은 예쁘지 않다. 당신은 흥미롭게 생겼고, 그 커다란 가슴이 남자들에게는 당신이 섹시하고 만만하며 좀 맹하다는 신호가 된다. 당신은 자신이 어떤 사람인지 정확히 알고 있고, 스캔들 이후 쏟아진 기사들을 통해 사람들이 당신을 어떻게 보는지 정확히 알게 됐다. 사람들이 당신에 대해 혹은 당신에게 하는 말 중 놀라운 건 하나도 없다. 부모님 집 수영장에서 여름 한 철을 보내고 느닷없이 예뻐지지도 않았다. 그리고 섹스할 상대는 얼마든지 있다. 기준을 충분히 낮추기만 하면 된다. 당신이 한 말은, '내가 같이 자고 싶어하는 사람은 아무도 나랑 자고 싶어하지 않을 것'이라는 뜻이다.

요컨대, 호르헤가 당신에게 작업을 걸고 있다는 것을 당신은 안다.

☑ 어쨌든 호르헤와 자기로 한다면, 134쪽으로.

☐ 호르헤에게 나가라고 한다면, 148쪽으로.

134

당신은 그가 앉아 있는 곳으로 다가가 그에게 키스한다. 당신은 그를 원하는 게 아니다. 아무나 상관없다. 당신은 그를 위층으로 데려가고, 고등학교 졸업 앨범과 연극반 시절 사진과 홍보지가 사방에 널린 자기 방보다는 손님방에서 섹스하는 게 낫겠다고 생각한다.

당신은 손님방에 들어가 문을 잠근다.

그는 확실히 경험이 많고, 그건 다행이다. 당신은 섹스 스캔들의 주역임에도 불구하고, 도무지 서툴고 미숙한 그대로이다.

그의 손길이 닿을 때 당신은 쾌락에 몸을 떤다. 당신은 한 떨기 풀잎이 된 느낌이고, 그는 따뜻한 여름바람이다.

"이렇게나 감미로운데." 호르헤가 말한다.

다음 쪽으로.

135

당신은 월경을 거르지만, 전혀 눈치채지 못한다.

다음 쪽으로.

136

당신은 또 월경을 거른다.

며칠 후, 당신은 변기를 끌어안고 있게 된다.

"아비바," 엄마가 큰 소리로 묻는다. "어디 아프니?"

"섭식 장애를 완성하는 중이야." 당신이 답한다.

"말하는 본새가 좀 그렇다?"

"미안해요. 몸살이 나려나봐."

엄마는 수프를 끓여 갖다주지만, 당신은 이불을 머리꼭대기까지 뒤집어쓴다.

영화도 봤고, 소설도 봤고, 이게 뭔지 제법 낌새는 명확하다.

피임약을 먹긴 했는데, 아무래도 설렁설렁 대충 먹었지 싶다. 먹어서 뭘 하겠어? 어차피 섹스도 하지 않던 때였는데.

임신 테스트기를 써본다.

파란 선이 나온다. 하지만 희미하다.

제대로 한 게 맞는지, 다시 테스트를 해본다.

파란 선이 두 줄.

당신은 낙태를 고민한다. 당연히 낙태해야지. 당신이 인생이라 칭하는 그 아수라장에 아이까지 보태야 할 이유는 그 어디에도 없다. 당신은 직업도 없고, 전망도 없고, 배우자도 없다. 당신은 뼛속까지 외롭다. 그게 아이를 가질 이유가 되지 않는다는 사실은 당신도 안다.

당신은 여성의 선택권을 지지한다. 여성의 선택권을 지지하지 않는 사람에게는 절대 투표하지 않을 것이다.

137

☐ 낙태하기로 한다면, 138쪽으로.

☑ 임신을 지속하기로 한다면, 141쪽으로.

I4I

대학교 마지막 졸업 학기에 당신은 성과 정치Gender and Politics
라는 정치학 세미나 수업을 수강했다. 수업은 얼마 전에 아이를
낳은 사십대 후반의 은발머리 교수가 맡았다. 교수는 아기—남
자애다—를 포대기에 들쳐업고 수업에 들어오곤 했다. 세미나를
듣는 남성은 그 아기가 유일했고, 이따금 토론이 과열 양상을 띠
었음에도 불구하고 아기는 단 한 번도 울지 않았다. 토론을 들으
면 잠이 솔솔 오는 것 같았다. 당신은 아기한테 샘이 났다. 당신도
남성으로 갓 태어나서 정치학자의 등에 업혀 있으면 좋겠다고 생
각했다.

수업은 딱히 이도 저도 아니었다. 수업이 문제가 아니라, 당시
당신의 기분 탓이었을 것이다. 스캔들은 잠잠해졌지만 당신은 증
오와 분노의 덩어리였다. 학기 중간쯤, 수업이 끝나고 교수가 당
신을 불러세웠다.

"우리 페미니스트들한테 등돌리지 말아요." 교수가 말했다.

"안 돌렸는데요." 당신이 말했다.

"여기서 좀 곤란해질 수도 있는 얘기를 해야겠군요. 당신의 리
포트 〈내가 절대 페미니스트가 되지 않으려는 이유: 공공정책에
대한 젠더프리 접근법〉은 그 반대를 시사하고 있지 않나요?" 교
수는 친절하지만 장난기 어린 눈빛으로 당신을 바라보았다.

"조너선 스위프트 식이에요. 풍자죠."

"그래요?" 교수가 물었다.

"내가 왜 페미니스트가 되어야 하죠? 그 온갖 일들이 벌어지고

있을 때 당신들 중 달려와서 나를 옹호해준 사람은 단 한 명도 없었는데."

"없었죠. 달려갔어야 했을지도요. 하지만 당신과 레빈 사이에 힘의 불균형은 애매한 구석이 있어요. 나는, 어느 면에서는, 당신을 옹호하지 않는 것이 보다 큰 공공의 이익에 부합했다고 봐요. 그는 훌륭한 하원의원이에요. 여성 문제에 대한 의견도 훌륭하고요. 완벽한 건 아니지만."

"〈마이애미 헤럴드〉는 내가 페미니즘 의제를 반백 년 후퇴시켰다고 썼더군요. 정확히 내가 뭘 어떻게 했길래요?"

"당신은 그러지 않았어요."

"그 여자는 하원의원 곁을 지켰어요. 나보다 그 여자가 더 페미니즘을 후퇴시킨 거 아닌가요? 바람피우는 배우자를 떠나는 게 더 페미니스트답지 않나요? 솔직히 저는 다섯 주 내내 이 수업을 들었는데—제가 평생 여자로 살아왔음은 말할 필요도 없겠죠—페미니스트가 뭔지조차 모르겠어요." 당신이 말한다. "도대체 페미니즘이라는 게 뭐예요?"

"정치학 교수로서 내가 보는 페미니즘은, 모든 성은 법 앞에서 평등하게 다뤄져야 한다는 신념이죠."

"그건 저도 아는 거군요. 그럼 제 리포트에 무슨 문제가 있나요?"

"문제는, 성별이 실재한다는 거예요." 교수가 말한다. "성별 차이는 엄연히 존재하고, 법은 그것을 반드시 인정해야 하며, 그렇지 않으면 그 법은 불공정합니다."

"알겠어요." 당신이 말한다. "근데 수업 후에 저를 부르셨잖아요. 하실 말씀이 뭔가요?"

"당신은 논리적으로 뒤따라야 할 질문을 빼먹었어요. 여자이자 인간으로서 내가 보는 페미니즘이란 무엇인가."

염병, 무슨 상관이람? 당신은 생각했다.

"페미니즘은 모든 여성이 가지는 스스로 선택할 권리입니다. 사람들이 당신의 선택을 좋아해야 할 이유는 없어요, 아비바. 하지만 당신에겐 선택할 권리가 있죠. 엠베스 레빈도 선택할 권리가 있는 거고요. 지지 시위 같은 걸 기대하면 곤란하죠."

당신은 눈을 굴리고 싶지만 참는다.

"리포트는 한 번 더 찬찬히 생각해서 다시 냈으면 좋겠군요." 교수가 말한다.

그다음주, 당신은 세미나 수강을 취소하기로 선택했다.

논리적 설명은 불가능하지만, 당신은 아기를 원한다.

당신은 지지 시위를 기대하지 않는다.

당신은 삶을 바꿔나가야 한다.

시간이 째깍째깍 흘러간다. 삶을 바꿀 시간은 7개월 남았다.

당신은 직장을 찾아야 한다. 하지만 당신은 나쁜 의미에서 인터넷 유명인사다. 멀찌감치 빠져나왔다고 할 만한 장소가 아예 존재하지 않는다.

그냥 집에 있으면서 부모님의 도움을 받아 아기를 키울 수도 있다. 하지만 아기는 여전히 '아비바 그로스먼'의 딸일 테고, 누가 아이한테 그런 짓을 하고 싶겠나?

학교로 돌아갈 수도 있겠지만, 그런다고 뭐가 해결되나? 당신이 호르헤에게 말했듯, 당신은 끝까지 '아비바 그로스먼'일 것이다.

문제는 당신의 이름이다.

☐ 그냥 집에 있는다면, 145쪽으로.

☑ 이름을 바꾼다면, 146쪽으로.

146

인터넷에는 없는 게 없다. 그들도 당신에 관해 알아낼 수 있겠지만, 당신도 무엇이든 알아낼 수 있다는 점에서 어느 정도 공정함은 있다. 당신은 구글에서 '플로리다, 합법적 개명'을 검색한다. 오 분도 못 되어 필요한 것을 죄다 알아낸다. 소요 시간, 소요 비용, 관련 부처, 구비 서류.

당신은 범죄를 저지르지 않았음을 확인하기 위해 비용을 내고 신원조회를 한다. 어쨌든 법을 어기진 않았다.

당신은 경찰서에 가서 지문을 등록하고 공증을 받기 위해 서명한다.

당신은 법원에서 개명 신청을 한다.

법원 서기는 당신의 서류를 살펴보고 말한다. "전부 제대로 있는 것 같네요."

"됐나요?" 당신이 말한다.

"됐어요." 서기가 말한다. 대기줄이 길게 늘어섰고, 서기는 당신이 누군지 무슨 짓을 했는지 관심 없다. 서기는 당신의 서류가 똑바로 작성됐는지에만 관심이 있고, 서류들은 정확하다. 관료제에, 정부에 고마운 마음이 부쩍 든다.

그래도, 누가 당신을 막으려들 것만 같다. 언론사에서 나타날 것만 같다. 그러나 아무 일도 없다. 이젠 아무도 당신에게 관심이 없을지도. 어차피 당신은 톰 크루즈가 아니다. 당신은 유명인이 아니다. 악명은 있지만, 사람들은 더이상 악명을 떨치지 않는 악인에게 싫증이 났는지도 모른다.

서기는 심리 날짜를 잡는다.

당신의 청원에 아무도 이의를 제기하지 않으므로, 심리는 취소된다.

당신의 이름이 바뀌었다.

당신은 제인 영이다.

다음 쪽으로.

당신은 외할머니한테 가서 돈을 주십사 청한다. 주실 거라는 건 알지만, 하여간 하기 싫은 일이다.

외할머니는 무척 자그마하다. 엄마보다 더 자그마하다. 어린애만한 체구다. 외할머니와 포옹하면서 당신은 이러다 외할머니가 으스러지겠다는 생각이 든다. 외할머니는 슬랙스에 가느다란 허리띠를 하고 통굽 플랫슈즈를 신었다. 외할머니의 옷차림은 항상 이런 스타일이다. 에르메스 스카프. 샤넬 퀼팅백. 잘 만들어진 물건을 신중하게 선택한다. 일단 선택한 다음에는 신경써서 관리한다. 스웨이드 구두는 솔질이 되어 있다. 목걸이는 서로 엉키지 않게 하나하나 종이에 싸놓는다. 핸드백은 각각 보관용 주머니가 있고, 사용하지 않을 때는 얇은 종이로 속을 채워놓는다. 당신은 외할머니의 옷방에서 보낸 즐거운 오후를 기억한다. "가진 게 없을 때는, 나의 아비바, 소중히 여기는 법을 배워야지. 가진 게 많을 때는, 언젠가 빈털터리가 될 수도 있다는 걸 알아야지." 외할머니는 말씀하시곤 했다. "무언가를 귀하게 여긴다는 건, 사랑한다는 거야."

외할머니는 외출할 때 늘 귀걸이를 하신다. 오늘의 귀걸이는 보석─비취와 에메랄드─으로 만든 과일이다. 외할머니가 가장 좋아하는 귀걸이다. 외증조할아버지가 만드신 물건이고, 외할머니가 독일에서 가져온 몇 안 되는 물품 중 하나다. 외할머니한테 있는 독일 제품은 모두 그때 가져온 거다. 외할머니는 살아 숨쉬는 한 독일 제품은 결코 사지 않으실 것이다. 나중에 언젠가 외할머니는 그 귀걸이를 당신한테 남기겠다고 약속한다. 하지만 당신은 그 '나중에 언젠가'를 생각하기 싫다. 그 나중에 언젠가에 외할머니는 돌아가실 테니까. 외할머니가 떠나시면 누가 당신을 '나의 아비바'라고 불러주겠는가?

당신은 멀리 떠나서 새로 시작해야 한다고 외할머니에게 얘기한다. 당신은 모든 게 죄송하다고, 외할머니와 이모할머니 미미와 그로스먼 집안에 안긴 수치와 망신에 대해 미안하다고 말한다.

외할머니는 수표장을 꺼내고, 정교한 금줄 세공 체인이 달린 독서용 안경을 쓰고, 앙증맞은 물방울무늬 수표장용 펜을 꺼낸다. 외할머니는 당신에게 얼마가 필요한지 묻는다.

당신은 만 달러를 말한다. 당신은 이전처럼 어리석지 않다. 만 달러로 아주 오래 버티지는 못하겠지만, 새로 시작하기엔 충분한 금액이다.

외할머니는 수표장에 이만 달러를 쓰고, 당신을 바짝 끌어당겨 안는다. 외할머니에게서는 카네이션과 사과와 탤컴 파우더와 샤넬 No. 5 향이 난다. "사랑한다, 나의 아비바." 외할머니가 말한다.

당신의 이름을 한 음절 한 음절 휘감아도는 외할머니의 독일식 억양에 당신은 울음이 터질 것만 같다.

"그놈은 좋지 못한 놈이었어." 외할머니가 말한다. "네 외할아버지가 살아 있었으면, 놈의 불알을 따버렸을 거야."

당신은 엄마에게 이곳을 떠난다고, 일단 자리를 잡고 나면 연락하겠다고 쪽지를 남긴다.

당신은 메인 주 포틀랜드로 가는 버스표를 사고, 포틀랜드에 도착해서는 싼 차를 산다.

부모님과 함께 휴가를 보낸 적이 있는 앨리슨 스프링스로 차를 몰고 간다.

때는 겨울이라 인적이 드물다.

당신은 도시 중심부에서 약간 벗어난 곳에 아파트를 빌린다. 14평짜리 분리형 원룸이다. 벽면은 이전 세입자의 추억을 내몰기 위해 최근에 페인트를 새로 칠했고, 사방에서 아직 자극적인 냄새가 난다. 짐이 없어서 아파트가 광활하게 느껴진다.

당신은 랍스터롤을 먹으며 당신이 할 수 있는 일을 생각해본다.

열심히 일할 의지는 있지만 근무시간은 탄력적이면 좋겠다. 아이가 나올 예정이니까.

게다가 상사들이라면 지긋지긋하다. 단독으로 일하고 싶지만, 사업을 벌일 만큼 큰돈은 없다.

당신은 아파트에서 이런저런 선택지를 저울질하고, 텔레비전에서는 제니퍼 로페즈가 나오는 영화를 하고 있다. 동화 같은 어리석은 얘기다. 여주인공은 웨딩플래닝을 해주다가 고객과 사랑에 빠진다. 당신은 동화 같은 얘기는 졸업했다. 다시는 일터에서 연애는 안 한다. 하지만 여주인공의 사업에는 흥미가 생긴다. 직업 관련 조언을 얻기 위해 로맨틱 코미디를 시청한다는 게 어떤 의미인지는 굳이 따지지 않으려 한다.

행사 기획자가 되려면 무엇이 필요한가? 제니퍼 로페즈는 뭘 갖고 있지?

책상. 전화번호. 명함. 컴퓨터.

저거라면 나도 할 수 있어, 당신은 생각한다.

제인 기획사, 당신은 생각한다.

전에는 더 형편없는 결정도 많이 했었다.

2000년대 초반, 모든 기업체가 웹사이트를 운영하지는 않았고, 웹사이트가 있는 기업체는 엄청난 이점이 있었다. 당신은 온라인 스킬을 어느 정도 갖추고 있고, 하원의원 밑에서 보낸 세월 덕분에 웹사이트 하나쯤은 뚝딱 만들어낼 수 있다.

당신은 전화가 오기를 기다린다.

일주일 후, 전화가 온다.

당신의 첫번째 고객이 될 수도 있는 이 사람은 모건 부인이라는 여자다. 당신은 시내 한 카페에서 모건 부인과 만나기로 약속을 잡는다.

당신은 검정색 시프트 드레스를 입는다. 거대한 가슴만 빼면 그리 두드러지지 않는 모습이다. 가슴은 뭐 어쩔 수 없고.

모건 부인은 지역 학교 교과과정에서 영어를 제2공용어로 확대하기 위한 기금을 모금하고 있다.

"메인 주에도 그런 수요가 많은가요?" 당신이 묻는다.

"오 맙소사, 그럼요! 주로 스페인어지만, 다른 언어들도 있지." 모건 부인이 말한다. 그녀는 자신의 여러 의견을 피력하기 위해 커다란 목소리를 적극 활용한다. 당신은 그녀에겐 시간이 곧 금이라는 것을 감지한다. 모건 부인은 무슨 일을 하다가 왔고, 또 어딘가로 가려는 참이다. 당신은 곧바로 모건 부인이 좋아진다. 그녀를 보면 WASP 버전의 외할머니 같다는 생각이 든다. "실은 그게 내가 당신한테 연락한 이유예요. 당신 이력서에서 스페인 문학을 봤거든. 다른 언어에 대한 감식안이 있는 행사 기획자를 쓰면 좋겠다 싶어서. 게다가, 내가 평소에 쓰던 기획자가 나를 두 번 실망시켰어. 당신은 나를 한 번은 실망시켜도 되지만, 그다음 엔 다른 사람을 알아볼 거야. 내 말 알아듣겠어요, 제인?"

"네."

"아이를 갖고 있군요." 모건 부인이 말한다. "그게 문제가 될 까?"

"아뇨. 저는 젊고—" 이것이 사실임은 알지만, 그래도 엄청 늙 은 기분이다. "일하고 싶습니다. 일이 필요해요."

"좋아요, 젊은 제인 영. 행사 기획 경험이 많은가요?"

"음, 저로서는 이게 새로운 직업이라서요. 직종을 전환하는 중 입니다. 원래는 정치 쪽에서 일하려고 생각했어요."

"정치라, 그거 흥미로운 얘기군요. 어쩌다 이력을 그렇게 틀었 지?"

당신은 조그마한 여자아이를 낳고, 아이를 루비라고 부른다. 루비는 착한 아기지만, 그래도 아기는 아기다. 루비는 방대한 양 의 대변을 배설한다. 루비는 끝없는 기저귀 공급을 필요로 하며, 뭐든 끝없이 공급해야 한다. 많이 울지는 않지만, 잠을 거의 안 잔다. 당신은 친구도 없고, 남편도 없고, 아기를 돌봐줄 사람을 정기적으로 고용할 돈도 없고, 도와줄 사람도 없다. 그렇다고 일을 그만둘 수도 없다. 당신은 돈이 필요하다. 그래서 루비는 조용히 하는 법을 배우고, 당신은 업무 전화를 받을 때 목소리에서 짜증을 지워내는 법을 배운다. 당신은 마음에 드는 베이비시터를 찾아낸다. 당신은 꽃을 주문하면서 루비를 목욕시킨다. 루비가 처음 말한 단어는 '카나페'[1]다.

당신은 엄마로서 루비에게 줘야 할 사랑을 늘 넉넉히 주고 있진 못하는 것 같다. 사랑할 여유가 어디 있는가? 당장 눈앞에는 두려움과 해야 할 일 목록뿐인데. 그래도 당신은 최선을 다해 루비를 소중히 돌보고, 외할머니 말씀을 머릿속에 떠올린다. "무언가를 귀하게 여긴다는 건, 사랑한다는 거야." 당신은, 되도록 후회하지 않으려 하지만, 루비가 외증조할머니를 모르고 살 거라는 사실은 안타깝다.

당신은 엄마에게 전화할까 하다 그만둔다. 이 결정은 엄마와 관계없다. 오랫동안 당신은 잘잘못이야 어찌됐든 엄마에게 화가 나 있었지만, 더이상은 아니다. 내 아이를 낳고 보니 엄마가 용서되고, 엄마도 분명 당신을 용서했으리란 걸 안다. 엄마에게 오란 소리를 안 하는 이유는, 당신 인생의 그 부분을 루비에게 설명하고 싶지 않아서다.

사람들이 물으면 당신은 루비 아빠가 해외에서 숨졌다고 말한다. 그러면 다들 남편이 군인이었나보다 짐작하지만, 당신은 결

---

1 비스킷 위에 치즈나 고기 등을 얹은 파티용 술안주.

코 시원하게 얘기하는 법이 없다. 몇 가지 흥미로운 내용을 슬쩍 흘리면, 사람들은 자기들 멋대로 이야기를 만들어낸다. "가엾은 제인 영, 남편이 해병대에 있었대! 바그다드에서 죽었다나? 팔루 자였나? 아, 너무 캐묻지 않는 게 좋겠어. 가엾은 루비 영, 제 아빠 얼굴 한 번 못 보고!"

앨리슨 스프링스에서 산 지도 몇 년이 흐르자 사람들은 더이상 당신에게 질문하지 않는다. 당신은 동네에서 잘 알려진 사람이다.

당신은 루비가 깨어 있는 동안 거의 일분일초까지 같이 있고, 지구상의 어느 두 인간도 이보다 더 가깝지 않을 것이다. 당신은 루비에 관해 모르는 게 없고, 이보다 더 사랑할 수 없다. 루비는 재치있는 말장난에 대한 감이 좋다. 루비는 따옴표와 땅콩버터와 낱말을 사랑한다. 루비는 정서적 경계심이 없고, 그래서 철없게 보이기도 하지만, 루비는 철없는 아이가 아니다. 학교 여자애들은 루비를 좋아하지 않고, 루비도 아랑곳하지 않는다. 루비는 그 애들 맘에 들려고 자신을 바꾸지 않을 것이다. 루비는 그애들이 자기를 그냥 내버려뒀으면 한다. 당신은 그 여자애들한테 살의를 느낀다. 루비는 지식을 발견하는 법을 알고, 지식에서 기쁨을 얻는다. 루비는 한겨울에 아이스크림 트럭을 부르려면 어디로 연락해야 하는지 안다. 당신은 루비에게 뭐든 안심하고 맡길 수 있다. 루비는 당신이고, 루비는 당신이 아니다. 이를테면, 당신의 삶은 거짓이지만, 루비는 절대 거짓말을 하지 않는다. 루비는 조지 워싱턴이 체리나무를 베어버린 이야기를 듣고 그게 뭐가 대단하다는 건지 잘 이해하지 못했다. "당연히 사실대로 말해야지. 체리나무를 베어버린 건 은폐하기엔 너무 큰일이잖아요."[1]

아이가 곰곰 생각에 잠겨 묘한 눈빛으로 당신을 쳐다보는 날이 올 것이다. 아이는 고개를 갸웃한다. 아이의 표정이 이렇게 말하는 것 같다. "난 엄마를 전혀 모르겠어."

당신은 아이를 잘 알고 있다는 생각이 들지만, 아무리 잘 아는 전문 분야라도 경계를 늦추지 않는다는 게 당신의 생활 신조이다. 아이에겐 당신도 접근할 수 없는 영역이 있다.

당신은 딸을 사랑하지만, 이젠 선택지가 거의 남아 있지 않다. 당신의 선택은 딸에 의해 좌우된다.

어쩌면 선택지가 줄어든 게 아닐지도 모른다. 어쩌면 답이 훨씬 명백하고, 그래서 당신은 질문을 하지 않는 건지도 모른다. 삶은 불가피하게 풀려간다. 당신은 계속 다음 쪽으로 책갈피를 넘긴다.

당신이 예상치 못한 것은, 직업 특성상 어쩔 수 없이 온 동네 사람들의 비밀을 알게 된다는 점이다. 당신은 고해 신부이고, 온 동네의 죄를 알고 있다. 가령, 당신이 웨딩플래닝을 맡았던 한 예비 신부는 자신이 살인자라고 말했다. 보고 있으면 아기 사슴이 생각나는 여자였다. 무척 호리호리하고, 커다란 눈망울에, 걷는 게 약간 휘청휘청했다.

---

1 손도끼를 선물받은 어린 워싱턴이 도끼를 시험하느라 아버지가 아끼는 체리나무를 베어버렸는데, 나중에 이를 발견하고 분노한 아버지에게 자신이 한 짓이라고 솔직하게 말하자 아버지가 그의 정직함을 칭찬했다는 일화가 있다.

열여섯 살 때 그녀는 차를 몰다 나무를 들이박았고, 같이 타고 있던 친구 셋이 숨졌다.

음주운전은 아니었지만, 문자 메시지를 보내려고 휴대폰을 집어들었을 수는 있다. 그녀는 당시 일에 대한 기억이 흐릿했다. 사람들은 그녀가 기억하지 못한다고 하자 거짓말이라고 생각했지만, 그녀는 맹세코 사실이라고 했다. "솔직히 저도 기억이 났으면 좋겠어요." 그녀가 말했다. "그러면 죄책감을 느껴야 할지 말아야 할지 알게 될 테니."

그녀는 자살을 기도했다.

한동안 정신병원에 다녔다.

회복했다.

남자를 만났고, 이어서 당신을 만났다.

당신은 그녀에게 결혼에서 제일 고대하는 게 뭐냐고 물었다. 그녀는 새 이름을 고대하고 있다고 말했다.

"바보 같죠? 정말, 저한테 그이와의 결혼이 중요한 이유 중 절반은 공식적으로 딴 사람이 된다는 거예요."

딱 한 번, 십 년 뒤쯤, 당신에게 당신의 과거를 들이댄 사람이 있는데, 바로 그 여자의 남편이다. 당신은 여자의 비밀을 이용해 놈을 찍소리도 못하게 만든다.

옳지 않은 짓일지도 모르지만, 놈은 당신과 루비의 삶의 방식과 생계를 위협하고 있다. 놈은 야심가다. 놈은 공직에 출마하고 싶다고 당신에게 수차례 얘기한 바 있다.

당신은 놈에게 말한다. "당신이 내 정체에 대한 당신 생각을 떠벌려봤자 그게 나한테 무슨 영향을 주겠어? 사람들이 신경이나쓸까? 아마 안 쓸걸? 난 일개 시민에 불과하고 누구한테 표를 받아야 할 일도 없잖아?"

삼 년 후, 모건 부인이 사전 약속도 없이 불쑥 당신 사무실에 나타나서 말한다. "결정했어, 앨리슨 스프링스의 차기 시장은 당신이어야 해."

"재밌는 얘기네요." 당신이 말한다. "하지만 가능성이 전무해요."

"어째서? 달리 자네가 하는 일이 뭐가 있다고?"

"많죠. 회사도 운영하고 있고요. 딸도 키우고 있고. 그리고 모르셨나본데, 저는 배우자가 없어요."

모건 부인이 우긴다. "이쪽으로 내 감은 절대 틀리는 법이 없어."

"선거운동할 돈도 없어요."

"나 돈 많아. 부자 친구들도 몇 톤쯤 있고."

"부인 돈이든 친구 분들 돈이든 그런 식으로 낭비하시면 안 되죠. 저는 과거가 있어요."

"과거 없는 사람도 있나? 누굴 죽였어? 애를 학대했어? 마약을 팔았어?"

"아뇨." 당신이 말한다. "아니죠. 아니에요."

"감옥에 갔다 왔어?"

"아뇨."

"그럼 어릴 때 저지른 철없는 실수였나본데, 그런 건 아무도 신경 안 쓸 거야." 모건 부인이 말한다. "좋아, 말해보게. 뭐 그렇게 나쁜 짓을 했길래?"

"전도유망한 유부남과 불륜을 저질렀고, 그때 전 이십대 초반이었죠."

부인이 껄껄 웃는다. "엄청 화끈했나?"

"제법 화끈했죠."

"아직도 그 남자에 관한 진한 꿈을 꾸나?"

"가끔은요. 꿈에서는 주로 왜 자기 나이의 절반밖에 안 되는 여자애와 자면 안 되는지 그 남자한테 차분하게 설명해요."

"아무도 신경 안 쓸 거야." 모건 부인이 말한다. "아무도 신경 안 써. 게다가 자네는 대통령 선거에 나가는 게 아니라고, 요즘은 그쪽 기준도 꽤나 낮아진 것 같지만."

"그리고 저는 딸도 있고 결혼도 안 했죠." 당신이 말한다.

"나도 알아. 루비랑은 알고 지내는 사이니까. 사랑스러운 아이지, 루비는."

"왜 하필 저예요?" 당신이 묻는다. "전 한 번 덴 사람이에요."

"왜냐면 내가 당신이 좋으니까. 당신은 동네 사람들을 다 알고, 사람들은 당신을 신뢰하고 존경하지. 그리고 그쪽 업계 일이란, 내 장담하는데 당신은 이 동네에서 시체가 제일 많이 묻힌 곳이 어딘지 알걸? 그리고 그건 늘 쓸 만하지. 난 여기서 삼십 년을 살았고, 세금도 여기다 냈는데, 죽기 전에 여자 시장을 내 눈으로 보고 싶어."

당신은 공직에 출마하면 안 된다는 걸 안다.

그랬다간 당신과 당신의 과거를 너무 정밀한 현미경 앞에 갖다 대는 꼴이 된다는 걸 안다.

만약 선거에서 지고, 비밀이 탄로나면, 당신의 사업과 지역 사회 내 당신의 평판에 타격이 올 가능성이 높다는 걸 안다.

다른 한편으로, 당신은 서른일곱이다.

당신은 루비의 엄마라서 기쁘지만, 루비를 사랑한다고 해서 자신을 위한 뭔가를 바라지도 말아야 하는 건 아니다.

이것이 전국구 공직이 아니라는 걸 안다. 대통령도, 상원의원도, 하원의원도 아니다.

이것이 젊었을 때 상상했던 게 아니라는 걸 안다.

그래도, 시장이 된다는 건 대단한 일인 듯하다.

당신은 스무 살일 적 당신과 그렇게 많이 다르지 않다. 무엇보다도, 당신은 아직 정치의 힘으로 긍정적 변화를 만들어낼 수 있다고 믿는다. 그리고 당신은 이 동네와 이 동네에 사는 사람들을 사랑하게 됐다. 웨스 웨스트나 그와 비슷한 사람이 시장이 되는 건 생각하기도 싫다. 웨스 웨스트는 약자를 괴롭히는 놈이다. 놈은 아내를 괴롭힌다. 놈은 당신을 괴롭히려 했다.

당신의 외조부모는 공공 서비스를 신뢰했다. 이 불완전한 국가가 그들을 거두어주었고, 뭔가 그에 대한 보답을 해야 한다고 믿었다. 무언가를 귀하게 여긴다는 건 사랑한다는 거다.

당신의 딸이 전부 다 알아낸다. 그리고 당연히, 예측가능한 반응을 보인다. 아이는 당신을 미워하고, 이어서 달아난다. 아이는 당신에게 쪽지를 남긴다. 그게 무슨 위로가 될 것처럼. 이렇게 어릴 수가! 세상에서 무슨 일들이 벌어지는지 통 생각이 없다.

당신은 아이의 휴대폰을 이용해 위치를 추적하려 하지만, 아이도 신기술에 관해 빠삭해서—아이는 당신이 공식적으로 인정하는 '사무실의 젊은 사람'이다—일찌감치 휴대폰을 꺼놨다.

당신은 아이의 아이패드를 이용해 위치추적을 할 수 있다는 데 생각이 미친다. 아이패드에는 GPS가 없지만, 와이파이에 접속하면 위치가 지도에 뜬다.

깜박이는 점이 당신의 심장처럼 맥동한다.

아이는 플로리다에 있다.

마이애미다.

아이는 하원의원을 찾으러 가버렸다.

당신은 마이애미 경찰에 전화를 걸어 아이의 위치를 얘기한다.

당신은 공항으로 나가려다 발길을 멈춘다. 최선의 시나리오를 가정해도 거기까지 날아가는 데 일고여덟 시간은 걸리는데, 지금 당장 훨씬 더 가까운 데 있는 사람을 알고 있다.

당신은 엄마에게 전화를 건다. 당신은 공황 상태지만, 엄마가 전화를 받자마자 안도감이 밀려든다. 엄마가 무언가에 대해 걱정하게 되면, 당신은 그에 대해 걱정하지 않아도 된다.

"엄마," 당신이 말한다. "가서 루비 좀 데려와주세요. 애가 지금 경찰서에 있어요."

"맡겨둬." 엄마가 말한다.

당신은 엄마에게 어느 경찰서인지, 찾아가야 할 경찰관이 누군지 알려준다. 당신이 무슨 일이 있었는지 설명하려는 순간 엄마가 말허리를 자른다. "그건 나중에 얘기하자. 바로 가야겠으니."

"고마워요." 당신이 말한다.

"천만에. 어차피 할 일도 없는데." 엄마가 말한다.

"그래도 뭔가 할 일이 있으셨겠죠."

"로즈하고 영화관에 가기로 한 것 정도?" 엄마가 말한다. "영화보다 이게 훨씬 낫지."

"무슨 영환데요?" 당신이 묻는다. 엄마가 루비를 데리러 가줬으면 하면서도, 왠지 전화를 끊기가 망설여진다.

"영국 여자가 형편없는 미국 억양으로 말하는 영환데. 뭔가 유대인하고 관계된 거라더군. 로즈가 골랐어. 관객과의 대화도 있대. 어쩌면 볼 수도 있으려나? 루비가 그런 영화 좋아할까?"

"좋아해요."

"비행기 타고 내려올래? 얼굴 보면 좋을 텐데. 네 외할머니가 궁금해하셔."

"할머니한테 사랑한다고 전해주세요. 늘 할머니 생각 한다고."

"그럼 내려와. 만나러 와."

"그럴게요. 하지만 지금 당장은 여기서 움직일 수가 없어요."

"못 움직여? 루비를 데리러도 못 오니?"

"엄마가 루비를 데리고 이쪽으로 오시면 안 될까요?" 당신은 잠시 침묵한다. "실은, 제가 시장 선거에 출마했거든요. 선거는 다음주고, 오늘 저녁에 마지막 토론이 있어요."

"시장?" 엄마 목소리는 부드럽고 따스하고 안도감이 묻어나며, 경외감과 자랑스러움이 가득하다. 엄마 목소리는 마치 반딧불이가 한여름 밤을 바라보고 있는 것처럼 들린다. "아비바 그로스먼! 그딴 것쯤이야!"

"못 이길지도 몰라요." 당신이 말한다. "사람들이 나에 관해 알아냈거든. 시간문제일 뿐이었지만."

"사람들한테 해명했어? 네 입장에서 할말을 했어?"

"항변할 것도 없어. 내가 선택한 일들이었는걸. 내가 했던 일들이고."

"네가 뭘 했길래? 그건 섹스였어. 그 남자는 케케묵은 아저씨였지. 넌 애였고. 나리시케이트[1] 한 바가지였다. 플로리다 사람들은 하나같이 애기들처럼 앵앵거렸지."

"그렇다 해도."

"루비 걱정은 하지 마라." 엄마가 말한다. "넌 거기 있어야지. 싸워야지."

토론회에서, 상대 후보자는 케케묵은 스캔들과 당신의 이중 정체성을 파고든다. 당신은 무대응으로 일관하고, 심지어 그가 나쁘다고도 생각지 않는다. 대체로 상대는 훌륭하게 처신해왔다. 당신은 상대방 아내의 사연을 알고, 그걸 이용할까도 생각하지만, 그러지 않기로 결정한다. 그건 비열한 짓이고, 논점을 흐리는 짓이다. 솔직히 그의 아내가 한 일이 무슨 상관인가? 다른 여자의 인생을 망가뜨리면서까지 시장이 되어봤자 뭐하겠는가?

1 '어리석은 짓'을 뜻하는 이디시어.

토론이 끝났을 때 당신은 청중 속에서 그녀를 알아본다. 그녀는 당신을 바라보며 입모양으로 말한다. '고마워요.'

모건 부인이 당신에게 다가온다.

"어땠어요?" 당신이 묻는다.

"박빙이 될 거야." 부인이 말한다.

"저한테 거신 것 후회하시죠?" 당신이 묻는다. "그러길래 경고드렸잖아요."

"천만에! 나는 사람들한테 판돈을 걸고, 특히 똑똑한 여자들한테 걸지. 이번 건 제인의 입문용 선거야―그 스캔들을 걷어치우는 용도지. 이제 사람들은 무슨 일이 있었는지 다 알고, 당신에 대해서 알 만큼 알지. 이번 선거에서 지면 또 나오면 돼. 좀더 큰 선거에 도전할 거야."

"제정신이 아니시네요."

"그럴지도. 난 이 동네에서 누구보다 큰 수표장을 갖고 있거든. 그리고 가장 큰 수표장이 보통 이기지."

"항상 그런 건 아니에요."

"알았어, 그럼 가장 큰 수표장은 항상 가장 많은 판을 돌릴 수 있지."

당신의 엄마가 아이를 데리고 앨리슨 스프링스에 도착하자 당신은 그들을 으스러져라 껴안는다. 그들의 몸을 당신의 몸속에 녹이고 싶다. 당신 뼈를 그들 뼈에 붙여버리고 싶다.

당신은 루비를 학교에 보낸다. 아이는 학교를 빼먹을 만큼 빼먹었다. "얘기는 나중에 하자." 당신이 말한다.

루비는 순순히 따른다.

루비를 학교에 데려다주고 나서, 당신은 엄마에게 동네를 한 바퀴 보여준다. "정말 예쁜 동네네. 영화 세트장 같다."

당신은 엄마에게 당신의 회사를, 당신이 그동안 일군 것을 보여준다. "정말 멋지다. 이 사람들이 다 네 밑에서 일하는 거야?"

당신은 엄마에게 손님방을 보여준다. "아기자기 예쁘다, 아비바. 프레테 리넨[1]이라니, 호텔 같아."

"엄마 어디 아파요?" 당신이 묻는다. "어떻게 아무 불만이 없어?"

엄마는 어깨를 으쓱한다. "뭐에 불만을 가져야 하는데?"

"시비를 걸려는 건 아니지만, 전에 엄마는 나한테 불만이 무척 많았잖아."

"아닌 것 같은데. 난 하나도 기억 안 난다."

"내 머리 스타일이며. 내 옷이며. 내 청결도며. 내―"

"아비바, 넌 내 딸이야. 엄마니까 당연히 얘기해줘야지. 내가 얘기 안 하면 네가 어디 가서 그런 것들을 알겠니?"

"난 여기서 제인으로 통해요."

"맙소사. 좀더 유대인다운 이름을 고를 순 없었니?"

"유대인 제인도 많이 있어요."

"재미없는 이름이잖아. 너무 고루한 이름이다. 제인 영. 자, 이게 네가 원하던 불만이다."

1 이탈리아의 유명 고급 침구 브랜드.

당신은 손님방을 나와서, 잘 자라는 인사를 하기 위해 딸의 방으로 건너간다. "엄마, 죄송해요." 루비가 말한다.

"이제 집에 왔으니까 됐어." 당신이 말한다.

"엄마, 그 사람이 날 안 보겠대요. 날 보고 싶지도 않다는 사람이 우리 아빠일 리가 없어."

"일이 그렇게 돼서 미안하다만, 그 사람 말이 맞아. 그 사람은 네 아빠가 아니야. 엄마는 그 사람하고 섹스한 적도 없어. 엄마는 절대—"

"그게 아니라," 루비가 말허리를 끊는다. "돌아오는 비행기 안에서 생각해봤는데, 아빠가 누구냐는 중요하지 않은 것 같아. 엄마가 내 엄마고, 엄마는 내 가장 친한 친구야."

"엄마가 수많은 실수를 저질렀다는 거 알아. 하지만 난 최선을 다했어."

"사과해야 할 게 또 있는데." 루비가 말한다. "신문사에 말한 사람이 나예요."

"알아." 당신이 말한다. "그건 상관없어."

"상관있어요. 선거에서 질지도 모르잖아."

"그럴지도 모르지." 당신은 인정한다. "하지만 사실을 말하자면, 그러잖아도 졌을 수 있다는 거야. 공직에 출마하기로 결심한다면, 이것 하나만은 확실히 알아둬야지. 이기지 못할 수도 있다는 것."

"내 잘못이야." 루비는 퀼트 이불을 머리꼭대기까지 뒤집어쓴다.

"그렇지 않아, 루비." 당신은 이불 속에서 아이를 파낸다. "그 신문사는 모건 부인 소유야. 부인은 그 기사를 실을 수도 있고 덮을 수도 있었어. 난 실으라고 말했어."

"왜 그랬어요?" 루비가 묻는다.

"왜냐면 그 편이 더 나으니까. 결국 언젠가는 나오게 될 얘기였어. 난 그때 일이 부끄럽지 않아, 더이상. 또 당시 내가 처했던 상황을 타개하기 위해 내가 했던 일들도 부끄럽지 않아. 그리고 만약 사람들이 그때 일로 나를 평가하고 싶어서 나에게 투표하지 않겠다면, 그건 그들의 선택이지."

선거 당일, 모건 부인은 전형적인 투표소 사진을 위해 미리 손을 써놓는다.

당신은 붉은색 정장을 입는다. 옷을 고르는 데 일 초도 걸리지 않는다. 다른 옷은 아예 고려의 대상이 되지 않는다. 옷매무새는 완벽하고 사진도 잘 받을 거다. 이제 당신은 나이를 먹었고, 어떤 게 당신에게 잘 어울리는지 안다. 루비는 파랑색 원피스를 입고, 당신의 엄마는 회색 바지와 흰색 블라우스에 에르메스 스카프를 걸친다. "빨강, 하양, 파랑." 엄마의 소감이다.

당신은 소방서에 설치된 투표소까지 걸어간다. 사무실에서 몇 블록만 가면 된다. 선거일에 불이 나면 어떻게 되는지 궁금하다.

모건 부인은 차를 타고 가라고 했지만, 당신은 걷기로 한다. 날은 춥지만 맑고 화창하다. 당신은 엄마와 딸과 함께 거리를 걸어간다. 당신의 시선을 피하는 사람들도 몇 명 있지만, 대부분 당신을 보고 손을 흔들며 행운을 빌어준다. 사람들이 보여주는 이런 따스함에 당신은 놀라지만, 놀랄 일은 아니다. 당신은 그들의 결혼식을 기획했다. 당신은 그들의 가장 내밀한 날들을 목격했다. 흐느끼는 아버지들에게 조용히 휴지를 건넸고, 식을 올리고 6개월 만에 태어난 갓난아기들을 안았고, 인종차별주의자 시어머니들을 공항까지 바래다드렸고, 치명적이지 않다면 부도 수표에도 그러려니 했고, 총각 파티가 통제불능으로 치달을 때는 모른 척했다. 요컨대, 그들에게도 비밀이 있다.

투표소에 도착하자 사진기자 대여섯이 당신을 기다리고 있다. 앨리슨 스프링스 바깥의 언론사들도 기사를 따갔다. 솔깃한 이야기다. 섹스 스캔들. 몰락한 여자. 정치인과 잤던 여자가 본인이 직접 정치에 나선다. 미국 정치인의 생애에는 2막이 있다.

"아비바," 사진기자 한 명이 부른다. "여기 좀 봐주세요."

"제인," 다른 사진기자가 소리친다. "여기요!"

당신은 저쪽을 보고 미소 짓고, 이쪽으로 고개를 돌리고는 더 활짝 웃는다. 이가 드러나게 웃는다.

"누가 이길 거라고 생각하십니까?" 기자가 묻는다.

"박빙이겠지요." 당신이 말한다. "상대 후보가 훌륭한 선거운동을 펼쳐왔어요."

당신은 루비를 엄마한테 맡기고 안으로 들어가 투표한다.

평소 당신은 우편으로 투표하는데, 공공장소에서 투표지에 기입하고 있으려니 뭔가 예스럽고 묘하게 은밀한 느낌이다. 커튼을 달은 후에도 다 보여주고 있는 것 같다. 커튼 때문에 더 노출된 느낌이다. 당신은 고해성사를 하는 가톨릭 신자다. 쇼핑센터에서 졸업파티 때 입을 드레스를 입어보는 고등학생이다. 뒤가 트인 병원 가운을 입고 출산을 기다리는 임부다. 고등학교 연극 〈로미오와 줄리엣〉에서 무대 끝에 서 있는 유모다. 상사와 잤는데 다들통나버린 인턴이다.

말이 났으니 말인데, 어젯밤 당신의 꿈에 아비바 그로스먼이 나왔다. 꿈에서 그녀는 마이애미 시장 선거에 출마했다. 당신은 그녀에게 다가가 조언을 구했다. "하나만 물어도 될까?" 당신이 말했다. "어떻게 그 스캔들을 극복했어?"

그녀가 말했다. "수치스러워하기를 거부했어."

"어떻게?" 당신이 물었다.

"사람들이 덤벼들어도 난 가던 길을 계속 갔지." 그녀가 말했다.

당신은 가슴을 활짝 편다. 정장 재킷의 단추를 여민다. 머리칼을 단정히 쓸어넘긴다.

당신은 투표지에서 당신의 이름을 찾고, 선택한다.

〈끝〉

작가 노트

메인 주에 앨리슨 스프링스라는 곳은 없지만, 플로리다 주 보카러톤의 실체는 입증할 수 있다. 나는 그곳에서 나고 자랐다.

'할머니들의 속설'(이디시어로 버브 메이스 bubbe meise)은 여자 어르신들의 민간 처방 또는 구전 비법을 뜻한다.

제인이 스페인어로 인용한 구절은 가브리엘 가르시아 마르케스의 『콜레라 시대의 사랑』에 나오는 말로, 거칠게 번역하자면 이렇다. "인간은 어머니가 낳은 그날 영구히 태어나는 게 아니다. 생은 인간 스스로 자꾸 거듭 태어나게 만든다."

지은이 **개브리얼 제빈**

1977년 뉴욕에서 태어났다. 하버드 대학교에서 영문학을 공부했다. 책으로 이어진 사람들의 따뜻한 이야기를 그린 『섬에 있는 서점』이 세계적 베스트셀러가 되었고, 여성에게만 적용되는 이중잣대를 그려낸 소설 『비바, 제인』이 현실의 사건들을 환기시키며 화제를 모았다. 청춘 성장물인 『내일 또 내일 또 내일』로 아마존 올해의 책 1위에 올랐다.

옮긴이 **엄일녀**

을묘년 화곡동에서 태어났다. 서울 대학교 언론정보학과를 졸업하고 출판 기획과 잡지 편집을 겸하다 지금은 전업 번역가로 일하고 있다. 『섬에 있는 서점』『내일 또 내일 또 내일』『그녀의 몸과 타인들의 파티』『여자는 총을 들고 기다린다』『레이디 캅 소동을 일으키다』『비극 숙제』『샬럿 스트리트』『너를 다시 만나면』『미스터 세바스찬과 검둥이 마술사』『안 그러면 아비규환』『거짓말 규칙』 등을 번역했다. 『리틀 스트레인저』로 제10회 유영번역상을 수상했다.

문학동네 세계문학

비바, 제인

1판 1쇄 2018년 9월 15일 | 1판 4쇄 2024년 2월 2일

지은이 개브리얼 제빈 | 옮긴이 엄일녀
편집 강무성 | 디자인 김현우 강무성 | 저작권 박지영 형소진 최은진 서연주 오서영
마케팅 정민호 서지화 한민아 이민경 안남영 왕지경 황승현 김혜원 김하연 김예진
브랜딩 함유지 함근아 고보미 박민재 김희숙 박다솔 조다현 정승민 배진성
제작 강신은 김동욱 이순호 | 제작처 영신사

펴낸곳 (주)문학동네 | 펴낸이 김소영
출판등록 1993년 10월 22일 제2003-000045호
주소 10881 경기도 파주시 회동길 210
전자우편 editor@munhak.com | 대표전화 031) 955-8888 | 팩스 031) 955-8855
문의전화 031) 955-1927(마케팅) 031) 955-2685(편집)
문학동네카페 http://cafe.naver.com/mhdn
인스타그램 @munhakdongne | 트위터 @munhakdongne
북클럽문학동네 http://bookclubmunhak.com

ISBN 978-89-546-5273-5 03840

잘못된 책은 구입하신 서점에서 교환해드립니다.
기타 교환 문의 031) 955-2661, 3580

www.munhak.com